OTTILIE ARNDT studierte Pädagogik und Kunstgeschichte, war als Lehrerin tätig, arbeitete daneben in der Redaktion einer Kinderzeitschrift und veröffentlichte zahlreiche Kurzgeschichten. Nach einem mehrjährigen Aufenthalt in Südamerika promovierte sie in Erziehungswissenschaften und Soziologie und arbeitete in der internationalen Bildungsforschung. Unter ihrem Autorennamen Lena Bloom sind drei Nürnberg-Krimis erschienen. Sie lebt mit ihrem Ehemann in Nürnberg.

LYDIA OSTERMEIER studierte Pädagogik und Kunstgeschichte, arbeitete danach als Lehrerin und zusätzlich als Tutorin an der Ludwig-Maximilians-Universität in München. Sie war als Schulleiterin im Raum München und aktiv in der Lehrerweiterbildung tätig. Sie verfasste Fachbeiträge, arbeitete an einer Reihe von Schulbüchern mit und entwarf Kurzgeschichten. Sie hat eine Tochter und einen Sohn und lebt mit ihrer Familie in München.

ARNDT & OSTERMEIER

Eibengift

KRIMINALROMAN

emons:

MIX
Papier aus verantwortungsvollen Quellen
FSC® C083411
FSC
www.fsc.org

Umschlagfoto: Photocase.com/sanjarok
Umschlaggestaltung: Tobias Doetsch
Druck und Bindung: CPI – Clausen & Bosse, Leck
Printed in Germany 2011
ISBN 978-3-89705-801-9
Originalausgabe

Abwärts senkt sich der Weg,
Von trauernden Eiben umdüstert,
Führt er durch Schweigen stumm
Zu den unterirdischen Sitzen.

Ovid, Metamorphosen IV, 432

EINS

»Die weiße Perle am Ammersee!«

Kriminaldirektorin Renate Wörlein ließ ihre Augen über den imposanten Bau wandern. Breit und behäbig ragte er am Ufer des Sees auf. An dem vorspringenden Mittelbau der weißen Villa war nicht an Blendsäulen und Halbpilastern gespart worden. Links und rechts vom dreistöckigen Mittelbau zogen sich Arkadenbögen über die Quertrakte. In den Bogenfenstern spiegelte sich das letzte Licht dieses Freitagabends im Mai. Alle vier Eckpunkte des Gebäudes wurden von Erkeranbauten flankiert, die in spitzen Giebeltürmchen endeten.

Versonnen betrachtete sie die vier kupfernen Harfespieler auf den Spitzgiebeln, die in ihrer grünen Patina ins Land grüßten, und wiederholte: »Die weiße Perle am Ammersee. So heißt doch die Villa, nicht wahr, Otto? Sehr hübsch. Frisch restauriert. Hundert Jahre dürfte sie schon auf dem Buckel haben. Mitten im Naturschutzgebiet mit Blick auf Andechs, den heiligen Berg, das Wettersteingebirge und den See. Dein Conrad Desch hat entweder gut geerbt oder beim Kauf die Gunst der Stunde genutzt und mit Schmiergeld nicht gespart.«

Kriminaloberrat Otto Fechter schüttelte den Kopf. »Nichts dergleichen. Sein Urgroßvater hatte sich in diesen Winkel verliebt. Reich, wie er war, ließ er sich gern als großer Mäzen in der Kunstszene rund um den Ammersee feiern. Hier in Holzhausen waren sie alle einquartiert. Bei deren legendären Festen war er mit Begeisterung dabei. Ja, so mancher Künstler hätte buchstäblich von Luft leben müssen, wäre da nicht der alte Desch gewesen. Aber er hatte auch einen untrüglichen Blick für Qualität. Mit Schmieranten und Möchtegernkünstlern machte er kurzen Prozess. Die warf er kurzerhand aus dem Haus, mitsamt ihrer Leinwand. Und das ist nicht bildlich gemeint.«

Renate hörte interessiert zu, während sie sich der Villa weiter näherten. »Und siehe da, das künstlerische Qualitätsgen ist direkt auf den Urenkel übergesprungen. Desch ist doch berühmt für seine Spürnase. Hat er jemals einen Fehlgriff getan?«

»Nein.« Mehr konnte Otto nicht sagen, das ließ seine Kurzatmigkeit nicht zu.

Renate bemerkte das mit Sorge. Kein Wunder bei dem Übergewicht, das Otto mit sich schleppte. Gutes Essen hatte bei ihm einen nahezu erotischen Stellenwert. Es war sein Maß aller Dinge. Otto, dieser maßlose Genießer, war wie sie selbst Anfang fünfzig. Doch er war auf dem besten Weg, sich mit Messer und Gabel umzubringen. Sie kannten sich eine halbe Ewigkeit, genauer gesagt schon von der Ausbildung her, und hatten einige Verbrechen gemeinsam aufgeklärt. Das schweißte zusammen und war auch der Grund, warum sie sich um ihren langjährigen Freund Sorgen machte.

Endlich hatten sie das Portal erreicht und wurden sofort auf die Vernissage eingestimmt. Links neben dem Eingang, auf langen, biegsamen Stäben in unterschiedlichen Höhen angeordnet, wiegten sich fußballgroße rote Eibenbeeren. »Eibenelegie« hieß die Fiberglas-Installation, wie sie dem erklärenden Schild entnehmen konnten.

Ein junger Mann in rot-schwarzer Livree trat ihnen in den Weg. Er nahm ihre Einladungskarte auf einem Silbertablett entgegen und studierte sie eingehend. Wehte da nicht ein Hauch von Verachtung herüber, als er sie beide von Kopf bis Fuß musterte? Was sollte das überhebliche Hochziehen der linken Augenbraue? Renate beobachtete ihn verblüfft.

»Die letzte Zeile auf der Einladungskarte haben Sie wohl nicht gelesen«, merkte der Livreeträger mit näselnder Arroganz an.

Nun geschah Erstaunliches. Otto machte einen blitzschnellen Ausfallschritt, kam neben dem Livrierten zum Stehen und flüsterte ihm wenige Worte ins Ohr. Der stand daraufhin augenblicklich stramm und öffnete ihnen mit einer tiefen Verbeugung die Tür.

»Otto, du bist mir eine Erklärung schuldig. Was geht hier vor?« Renate bugsierte ihn in eine Nische des Eingangsbereichs.

Über Otto Fechters Gesicht glitt ein stillvergnügtes Grinsen. »Dem livrierten Lackaffen habe ich Folgendes erklärt: ›Wenn du dir nicht sofort deine dümmliche Arroganz aus dem Gesicht wischst, erzähle ich deinem Chef, dass du zwei Jahre wegen Drogenbesitzes in Stadelheim abgesessen hast.‹ Mein visuelles Gedächtnis funktioniert nämlich noch einwandfrei.«

»Mag sein, aber was steht denn auf der Einladungskarte?« Sie riss

Otto die Karte aus der Hand und las laut davon ab: »Große Abendgarderobe erwünscht.«

Renate wurde blass.

»Und das sagst du mir nicht, du Hornochse!« Die blanke Wut sprühte aus ihren Augen. »Wie steh ich denn jetzt da im kurzen Rock? Von dir ganz zu schweigen! Dein ausgebeulter Trachtenanzug fleht kniefällig nach einer Reinigung. Wenn eine Kleiderordnung erwünscht ist, dann will ich mich auch daran halten. Was machen wir jetzt? Reingehen geht ohne Abendgarderobe nicht, also heimgehen.«

Otto ließ Renates Wutausbruch ungerührt über sich ergehen. Amüsiert verfolgte er, wie sich ihre blauen Augen vor Zorn verdunkelten und sie sich aufgeregt durchs Haar fuhr. Dass sie damit ihre Frisur ruinierte, war ihr offenbar gar nicht bewusst. Ungeschickt zupfte er ein paar der blonden Strähnen in Form und tätschelte ihre Hand.

»Selbstverständlich gehen wir hinein. An unserer Garderobe gibt es nichts auszusetzen. Du wirst schon sehen.«

Renate war davon keineswegs überzeugt und folgte Otto nur widerstrebend in den Ausstellungsraum.

Dezente klassische Musik lag wie duftiger Chiffon über dem großen Saal. Helles Lachen und die unterschiedlichsten Stimmlagen fügten sich nahtlos in den Klangteppich ein. Junge Mädchen in rotweiß gestreiften kurzen Kleidchen boten auf Tabletts Champagner und andere Getränke an. Renate und Otto griffen zum Champagner und blickten sich neugierig um. Die Wände, in zartem Rauchblau gehalten, wurden immer wieder durch weiße, flächige Jugendstilornamente aufgehellt. Eine gläserne Kuppel, die von außen gar nicht zu sehen war, ließ die Decke bis ins Unendliche wachsen. Üppiger Jugendstil. Der Marmorboden schimmerte in makellosem Weiß.

Kunstbeflissen schoben sich die Gäste von Bild zu Bild. Natürlich trugen fast alle Damen lange Abendkleider, wie Renate bitter bemerkte. Das wäre die ideale Gelegenheit gewesen, ihr fränkisches Abenddirndl erstmals vor einem oberbayerischen Publikum zu präsentieren. Dieser Otto! Ein ausgewachsener Ignorant in Bekleidungsfragen. Sie bedachte ihn mit einem bösen Seitenblick.

Otto merkte davon gar nichts. Mit erwartungsvoller Andacht näherte er sich den Bildern. »Anderswelt I« hieß das, vor dem er verweilte. Er musterte es mit höchster Konzentration. Hochgewachsene, überschlanke Frauengestalten bevölkerten eine unwirtliche Mondlandschaft. Die Umrisslinien bruchstückhaft, aber wohlakzentuiert gesetzt. Hier ein eleganter Hüftschwung, dort eine eckige Schulter und ein kantig nach vorwärts gerichtetes Knie. Sie strebten alle zu einem Ziel hin. Hin zu einer uralten Eibe. Grau- und Weißtöne beherrschten das Bild. Ottos Augen waren ständig damit beschäftigt, fehlende Begrenzungslinien zu ergänzen, diffusen weißen, schwarzen und grauen Farbinseln Volumen zu geben. Eine Thing-Versammlung? Nur mit Frauen? So mochte er es. Bilder, die seine Phantasie beflügelten.

Der Titel des Gemäldes daneben war »Anderswelt II«. Graue und schwarze Schattenrisse tanzten um eine mächtige Eibe. Übersteigerte Bewegungen, absurd verdrehte Gliedmaßen, Schatten, die einander überlagerten und durchdrangen, irrlichterten über die weiße Leinwand. Ein wilder Totentanz? Entfernt erinnerte Otto das Bild an das Höhlengleichnis von Platon. Eine Scheinwelt?

Diese Bettina Tauber, wie Otto der Signatur entnehmen konnte, zog mit ihren Bildern den Betrachter in eine fremdartige Welt hinein und ließ ihn mit einem ganzen Bündel Fragen zurück. Eine Könnerin, eine Meisterin.

Wer rempelte denn da so? Das Vernissagepublikum wurde zunehmend ungehobelter. Unwillig fuhr er herum.

Renate war der Störenfried. Nun zerrte sie heftig an seinem Ärmel und zog ihn mit sich. »Otto, das musst du dir ansehen.« Vor einem Bild mit dem Titel »In der Liebe verloren« machte sie halt. »Otto, das Bild muss ich haben. Sag das dem Desch. Aber der Preis muss stimmen, sag ihm das auch.«

Otto legte den Arm um Renates Schulter und begutachtete mit ihr das Bild. Mit zusammengekniffenen Augen prüfte er den dunstig blauen Himmel, um dann wieder zu dem roten Schuh zurückzukehren. Das Gemälde wurde beherrscht von einer mächtigen Eibe, deren plastische, blau verschattete Rindenstruktur von vielen Jahrhunderten erzählte. Ein Bach, geheimnisvoll umwabert vom Bodennebel, floss über weiße Sinterterrassen und ergoss sich über die dicken, schlangenähnlichen Wurzeln der Eibe. Im oberen Drittel des Stamms tat sich ein dunkles Loch auf. Eine Locheibe. Und da war er, der rote Schuh. In dem nahezu schwarzen Loch stand ein roter High Heel mit Plateausohle. Absatzhöhe gut und gerne fünfzehn Zentimeter.

»Dass du einen Schuhtick hast, weiß inzwischen das ganze LKA. Wenn dann hinter deinem Schreibtisch auch noch das Bild mit diesem roten Huren-High-Heel hängt, bringst du die Gerüchteküche ordentlich zum Brodeln. Wunderbar. Eine entzückende Vorstellung. Ich rede umgehend mit Desch.«

»Wie schön, die Herrschaften vom LKA sind ja doch gekommen.« Mit diesen Worten trat eine Dame in einem schwarzen Hosenanzug auf Renate und Otto zu. Übergroß. Überschlank. Überraschend fest der Händedruck, mit dem sie die beiden begrüßte. »Ich bin Barbara Engel, der gute Geist des Hauses. In meinen Händen liegt die gesamte Organisation. Herzlich willkommen Frau Direktor Wörlein. Auch Sie, Herr Kriminaloberrat Fechter, heiße ich herzlich willkommen zur Vernissage unserer drei Eibenkünstlerinnen. Sie werden sehen, wie unterschiedlich Bettina Tauber, Laura Berger und Verena Bach das Eibenthema interpretieren.« Barbara Engel warf einen kurzen Blick auf die hereinströmenden Gäste und stellte erfreut fest: »Sehen Sie, der Innenminister ist soeben eingetroffen. Soll ich Sie zu ihm bringen?«

Otto wehrte freundlich ab. »Lassen Sie nur. Wir werden ihm im Laufe des Abends schon über den Weg laufen.«

»Und wann kommst du?«, setzte Barbara Engel so unvermittelt in den Raum, dass Otto sich unwillkürlich umdrehte, um nachzusehen, wer gemeint war.

Barbara Engel strich eine ihrer schwarzen Locken aus der Stirn und lachte auf. »Das ist der Titel von meinem Lieblingsbild. Es hängt direkt hinter Ihnen, neben der Bauminstallation. Übrigens, das Büfett wird eröffnet, wenn Herr Desch seinen großen Auftritt hatte. Ich rechne in fünfzehn Minuten mit ihm.« Mit einem routinierten Lächeln entfernte sie sich.

Renate und Otto wandten sich um und betrachteten die Bauminstallation mit dem Titel »Totholzruhe«.

Ein skelettartig ausgebleichter Eibenstamm streckte seine verdrehten und verwundenen Aststümpfe nach allen Richtungen. Wie bei einem Leichenfundort wurde das Eibenskelett von einem rot weißen Polizei-Absperrband abgegrenzt. Gleich einer Tätowierung war »Totholzruhe« auf Stamm und Äste eingebrannt.

»Das wäre eine passende Installation für das Münchner LKA in der Maillingerstraße. Für so eine Realisierung von Kunst am Bau könnte ich mich richtig erwärmen«, meinte Otto mit Kennermiene.

»Dort drüben steht der Innenminister. Dem kannst du deine Vorstellung, wie Steuergelder verwendet werden sollten, gleich persönlich mitteilen«, schlug Renate vor und drängte ihn weiter zum Lieblingsbild von Barbara Engel mit dem geheimnisvollen Titel »Wann kommst du?«.

Die Bildmitte wurde wieder von einem mächtigen Eibenstamm beherrscht. Grün verschleiert warfen die Äste ihre blauschwarzen Schattenflecken darauf. Im unteren Drittel des Stamms tat sich ein dunkler Spalt auf. Eine Schlupfeibe. Ein Spalt, für einen zierlichen Menschen groß genug zum Durchschlüpfen. Eine blonde Haarsträhne, der letzte Schwung eines roten Kleides, ein Fuß, der sich zum Durchstieg hebt.

Otto konnte sich Barbara Engels Begeisterung nicht anschließen. Viel zu plakativ. Laura Berger ließ in ihrem Bild keinen Raum für Geheimnisse oder überraschende Wendungen. Solche Bilder bekamen erst durch wortreiche mystische Erklärungen ihr Fundament. Das kannte er zur Genüge. Vor diesen Erklärungsergüssen flüchtete er regelmäßig bei Ausstellungen. Ihm reichte das, was er selbst sehen und lesen konnte.

Ein kurzer, prüfender Rundblick, und er konnte die ausgestellten Werke den Künstlerinnen treffsicher zuordnen. Bettina Tauber, die Farbminimalistin, setzte ihre Bildvorhaben mit wohlberechneten, akzentuierten Pinselstrichen um, Laura Berger dagegen malte nahezu altmeisterlich und Verena Bach hatte sich auf Installationen spezialisiert.

»Herr Desch kommt. Wenn Sie möchten, können Sie ihn an der Auffahrt begrüßen.« Mit diesen Worten informierten die jungen Mädchen in ihren rot-weißen Kleidchen die Gäste. Sofort begann ein allgemeines Gedränge und Geschiebe in Richtung Ausgang.

Eingekeilt in die Menschenmenge, blieb ihnen keine Wahl. Auch Renate und Otto wurden ins Freie hinausgeschoben.

Über dem Ammersee hatte sich mittlerweile eine samtige Dunkelheit ausgebreitet. Unten am See näherte sich gemächlich ein Schiff, nur von Fackeln erleuchtet. Vier Personen stiegen aus. Gemessen schritten sie über den Landungssteg und den Kiesweg nach oben. Die Gruppe bildete ein Dreieck. Vorneweg, in einem langen azurblauen Kleid, eine rot gelockte Schönheit. Wie eine griechische Tempelwächterin hielt sie in den erhobenen Händen eine Fackel. Hinter ihr schritt Desch, flankiert von zwei blonden Frauen. Beide waren in wallende rote Kleider gehüllt, das Haar fiel ihnen weit über die Schultern. Auch sie trugen Fackeln. Desch, deutlich kleiner als seine beiden Begleiterinnen, hatte sich untergehakt. Seine schwarze Hose, verbrämt mit roten Biesen, steckte in weißen Cowboystiefeln mit hohen Absätzen. Über dem schwarzen Hemd spannte sich eine weiß-goldene Brokatweste. Aus der Westentasche leuchtete das weiß-blaue Rautenmuster eines Einstecktüchleins.

»Das ist also Conrad Desch, der bekannte Galerist?«, fragte Renate.

Otto nickte und beobachtete, wie sich ihre Augen förmlich an Desch festsaugten. An seiner ungewöhnlichen Erscheinung, seinem exzentrischen Auftreten. Der runde Kopf saß halslos zwischen den schwarzen Kragenecken. Die breiten Lippen waren zu einem spitzbübischen Grinsen verzogen, und die kleinen hellen Augen wanderten über die erlesene Gästeschar.

Gemächlich schob Conrad Desch seine linke Hand zwischen die Westenknöpfe. Der Napoleon vom Ammersee. Keine seiner Bewegungen war von den Gästen unbemerkt geblieben. Begeisterter Beifall brandete auf, Blitzlichter zuckten, und Mikrofone verschiedener Fernsehsender richteten sich wie kriegerische Lanzen auf Conrad Desch.

Den nun folgenden staatstragenden Reden, in denen viel von Kultur, Bildungspolitik, Förderung der Künste und Mäzenatentum gesprochen wurde, schenkte Otto keine Aufmerksamkeit. Lieber vertiefte er sich in die Gesichter der Gäste.

Alle waren sie Deschs Einladung gefolgt: die Mächtigen, die Müßigen und die Möchtegerns, die um jeden Preis dazugehören wollten. Neues Geld, alter Adel, Bildungsbürgertum, junge, attraktive Errungenschaften der Münchner Celebrity-Szene, Hungerleider und notorische Büfettfresser – alle waren sie da, wie jedes Jahr. Und wie in jedem Jahr entdeckte er auch einige fragwürdige Gesichter. Gesichter von Leuten, die er mit Geldwäsche, Drogenhandel und anderen Delikten in Verbindung brachte.

In der erlauchten Runde wurde eine gewisse Unruhe spürbar. Als erfahrener Szenekenner wusste Otto dies richtig zu deuten.

»Renate, jetzt wird es ernst. Reiß dich los, wir müssen zum Büfett. Gleich geht der Ansturm los.«

Wenige Minuten später war das Büfett im Saal eröffnet. Dank Ottos Zeitkalkül hatten sie die Konkurrenz weit hinter sich gelassen. Ungestört griffen sie nach den erlesenen Häppchen und ließen sich mit den Tellern in einer gepolsterten Sitzgruppe nieder.

Beim Essen fand Otto endlich die Zeit zu erklären, warum das mit der Kleiderordnung nicht so wichtig war.

»Renate, inzwischen hast du sicher bemerkt, dass ein kleiner Kreis der Gäste der Kleiderordnung nicht gefolgt ist. Das ist der innere Zirkel. Die wissen Bescheid. Und die kennen sich auch untereinander. Der Rest sind die Möchtegernpromis, die sich auf jedem besseren Fest herumtreiben. Das ist der dekorative Hintergrund. Auch deiner.«

»Wieso gehörst ausgerechnet du zum inneren Zirkel?«, erkundigte sich Renate misstrauisch. »Hast du dich etwa schmieren lassen?«

»Nein, keine Sorge. Ich war vor Jahren maßgeblich an der Aufklärung eines Kunstfälschungsskandals beteiligt. Damit habe ich Desch den Arsch gerettet. Seitdem überschlägt er sich vor Dankbarkeit. Schau nur, da kommt er schon.«

Conrad Desch verbeugte sich gerade so tief vor Renate, dass es nicht devot wirkte, und platzierte exakt zwei Millimeter über ihrem Handrücken einen Kuss. Dann boxte er Otto in die Seite: »Na, du alter Trachtler, was sagst du zu meinen Eibengrazien? Sind dir die vielen roten Punkte aufgefallen? Zwei Drittel der Werke sind bereits verkauft.«

»Aber hoffentlich nicht das Bild mit dem roten Schuh. Das hätte ich gerne erworben«, sagte Renate zu Desch.

Otto entging Renates Manöver nicht, mit dem sie ihre Worte begleitete. Wie zufällig landete ihre Hand auf der Linken von Desch. In ihre Augen schlich sich ein verträumter Glanz.

Doch Desch schien davon nichts zu merken. Bedauernd hob er die Schultern. »Es tut mir leid, aber das war eines der ersten Gemälde, die verkauft wurden. Laura kann für Sie noch einmal ein ähnliches Bild malen. Kommen Sie gelegentlich in meiner Galerie in München vorbei. Dann besprechen wir die Einzelheiten.«

Für Desch war damit das Problem gelöst. Er verabschiedete sich von Renate mit einem kernigen Händedruck, dagegen von Otto mit einem Augenzwinkern und einem leichten Schlag auf die Schulter. »Ich wünsche noch eine gute Unterhaltung. Otto, es wäre empfehlenswert, diesmal bis zum Ende des Feuerwerks zu bleiben. Es ist das exquisiteste, das jemals über dem Ammersee abgebrannt wurde.«

Nachdenklich sah Renate ihm hinterher, wie er in seinen absurden Cowboystiefeln davonstapfte. Wahrhaftig der Napoleon vom Ammersee. Er sah aus wie ein Mann, der bekam, was er wollte. Sein Lächeln war charmant und spitzbübisch, doch es lag auch Macht darin und die Arroganz, die Macht auf dem Fuß folgt. Jede seiner Bewegungen war bewusst kalkuliert, vom Handkuss bis zum augenzwinkernden Schulterschlag. Dazu seine ungewöhnliche Kleidung. Auch dahinter steckte Kalkül. Dazu fiel Renate eine Episode ein, die sie über Napoleon gelesen hatte. Der hatte bei seiner Krönung alle seine Generäle in Paradeuniform antreten lassen. Er dagegen erschien in der schlichten Kleidung eines einfachen Soldaten.

Desch kam ihr ähnlich vor. Erst sorgte er durch den Hinweis auf Abendgarderobe dafür, dass sich alle fein machten, und dann kam er in einer Kleidung daher, die meilenweit davon entfernt war. Für sie war auch das ein Beispiel von Machtdemonstration, ein kleines, aber vielsagendes. Er ließ die Gäste nach seiner Pfeife tanzten. Und wie sie tanzten, die Schönen und Reichen und die, die unbedingt dazugezählt werden wollten.

Ah- und Oh-Rufe schallten vom Portal herein. Das Feuerwerk versprühte einen ersten vielfarbigen Funkenregen.

Renate und Otto sahen eine Weile zu, dann drückten sie sich hinter dem Rücken der staunenden Menge vorbei und strebten dem Auto zu.

Jetzt zahlte es sich aus, dass Otto es weit oben an der Straße geparkt hatte. Ungehindert konnten sie das Grundstück verlassen und hatten auch noch den großen Vorteil, den Alkoholkontrollen zu entgehen, die die Polizei in Kürze rund um den Ammersee durchführen würde. Deschs Feste versprachen immer fette Beute. Manche, so erzählte man sich zumindest, ließen die Strafzettel sogar einrahmen, sozusagen als Nachweis, in die Villa Desch geladen worden zu sein.

ZWEI

Der Samstagmorgen dämmerte herauf. Sebastian Klenk schritt mit wachem Blick seinem Ziel zu, einer kleinen Erhöhung im Eibenwald. Dort würde er mit dem Fotografieren beginnen und auf den ersten Sonnenstrahl warten, der sich im filigranen Geäst der Eibe verfing, die er im Visier hatte. Mit diesen Fotos wollte er den Bildband über die Eibenmalerinnen einleiten.

Seine Gedanken wanderten zur gestrigen Vernissage in der Desch-Villa zurück. Zu der perfekten Inszenierung, der Opulenz von Farben und Formen. Hoffentlich machte ihm Barbara Engel, dieser Drache, nicht noch einen Strich durch die Rechnung. Während der Vernissage war sie ihm nicht von der Seite gewichen und hatte jede Bildeinstellung kritisch überwacht, als ob die drei Künstlerinnen ihre persönliche Erfindung wären, an der sie alle Rechte besaß.

Sorgfältig prüfte er die Morgendämmerung. Sein wichtiger Moment nahte. Er musste sich beeilen, um rechtzeitig an seinem Standort zu sein. Der Weg näherte sich dem Bach, der durch den Eibenwald floss. Nur noch ein paar Meter. Jetzt. Er hob die Fotoausrüstung von der Schulter, baute das Stativ auf und kontrollierte erneut das Licht. Die blaue Stunde. Hervorragend. Wie ein Scherenschnitt hoben sich die schwarzen Eibennadeln von dem geradezu unwirklichen Blau des Himmels ab. Er fotografierte wie besessen. Nach und nach verlor das Blau an Intensität, jetzt musste er nur noch auf den einen ersten Sonnenstrahl warten.

Er richtete die Kamera auf die Locheibe. Sie war sein Motiv. Auf sie würde der erste Sonnenstrahl fallen. Die Linse erfasste einen roten hochhackigen Schuh im Loch der Eibe. Weiteres Rot geriet ins Bild. Ein rotes Kleid. Eine Frau. Ihr Gesicht lag im Wasser des Baches, der die Eibe umfloss. Er drückte ab. Wieder und wieder. Faszinierende und verstörende Bilder.

Endlich kam er zur Besinnung, ließ die Kamera los und rannte zu der Frau. Er zog sie aus dem Wasser und drehte sie um. Mund und Augen standen weit offen, kein Lebenszeichen war zu erkennen. Laura Berger.

Sebastian Klenk atmete tief durch. Er griff nach seinem Handy und setzte einen Notruf ab.

Dann ließ er sich ins Gras fallen und dachte nach. Laura, seine Laura war tot. Die lebenslustige Laura, seine Muse, lag hier im Wasser. Was war da passiert? Ein Selbstmord? Niemals. Freiwillig ertränkt sich doch niemand in einem zwanzig Zentimeter tiefen Bach. Diese Fotos von der toten Laura Berger würde er nicht verwenden, so schön sie auch in ihrer Morbidität waren. Aus der Ferne hörte er das Jaulen von Sirenen.

Die Sirenen erstarben, aber die Richtung, aus der er sie gehört hatte, war klar. Sie kamen vom Parkplatz her. Er wartete und wartete. Warum kamen sie nicht? Er hatte seinen Standort doch eindeutig erklärt.

Ratlos erhob er sich aus dem Gras, packte seine Ausrüstung zusammen und machte sich auf den Weg zum Parkplatz.

Aus der Ferne sah er schon das rot-weiße Absperrband und begann zu laufen. Die dämlichen Polizisten sicherten tatsächlich die falsche Stelle ab. Atemlos kam er an der Absperrung an und keuchte: »Die Tote liegt doch dort hinten!«

Einer der Beamten kam mit Respekt einflößender Miene zu ihm heran und fragte: »Wer sind Sie?«

»Sebastian Klenk. Fotograf aus Weilheim. Ich habe die Frau gefunden und die Polizei alarmiert.«

»Wurde Ihnen nicht gesagt, dass Sie vor Ort zu warten haben?«

»Habe ich doch. Der Fundort ist dort hinten. Ich habe die Sirenen gehört, als aber niemand von der Polizei kam, bin ich nachschauen gegangen. Warum sperren Sie denn hier ab?«

»Wir haben hier auch eine Tote.«

Sebastian Klenk starrte den Polizisten fassungslos an. »Nicht möglich. Noch eine Tote?«

Sein Blick irrte hinüber zu der Eibe, vor der sich ein anderer Polizist zu schaffen machte. Als der sich von dem mächtigen Stamm ein paar Schritte entfernte, erkannte Sebastian den Baum. Die Schlupfeibe. Der Zipfel eines roten Kleides lugte aus dem gespaltenen Stamm hervor. Und ein Fuß mit einem roten Schuh. »Wann kommst du?«, sagte er dem Polizisten. »Genau das ist es.«

»Wie bitte? Ich kann mich nicht erinnern, dass wir zusammen ein Weißbier getrunken haben. Unterlassen Sie gefälligst das Duzen.«

Doch Sebastian Klenk hörte ihm gar nicht zu, ihm schwirrte der Kopf. Was ging hier vor?

Mittlerweile war auch der andere Polizist herangekommen.

Aufgeregt erzählte Sebastian Klenk den beiden Beamten von den Eibenmalerinnen und der Vernissage in der Villa Desch. Seiner Ansicht nach müsste es sich bei dieser Toten hier um Bettina Tauber handeln.

»Wenn ich sie ansehen darf, kann ich es Ihnen genau sagen.«

Die beiden Beamten drehten sich von ihm weg und berieten kurz miteinander. Dann hob einer das Absperrband an.

Sebastian Klenk schlüpfte durch. Fasziniert starrte er ein paar Schritte später auf die Szene, die sich ihm bot. Sie entsprach ganz genau dem Motiv des Bildes »Wann kommst du?«. Perfekt inszeniert. Er musste an sich halten, um nicht unverzüglich seinen Fotoapparat in Anschlag zu bringen. Aus dem rückwärtigen Teil des Stammes ragte der restliche Körper der Frau hervor. Sie lag da mit dem Gesicht nach unten, die Arme weit nach vorne ausgestreckt, wie auf ein bestimmtes Ziel gerichtet.

Der Beamte, der Sebastian begleitet hatte, streifte Einweghandschuhe über und drehte das Gesicht der Frau so weit zur Seite, dass Sebastian Klenk es betrachten konnte.

Kein Zweifel: Es war Bettina Tauber. Klenk bekam auf einmal weiche Knie. Er musste sich setzen. Die beiden Eibenmalerinnen waren tot.

Jemand rüttelte ihn am Arm. Es war der Polizist. Er fragte besorgt: »Geht es wieder? Der Kriminaldauerdienst und die Spurensicherung sind eben eingetroffen. Sie müssen uns noch den anderen Fundort zeigen.«

***

Es war schon spät am Nachmittag, als Renate Wörlein und Otto Fechter im Paterzeller Eibenwald eintrafen. Am Parkplatz wurden sie von Hauptkommissar Jan Altinger ungeduldig und missgelaunt erwartet.

»Mir ist immer noch nicht klar, was das LKA bei diesem Fall zu suchen hat. Wir haben mittlerweile eine Soko von zwanzig Leuten gebildet. Traut ihr es der Weilheimer Kripo etwa nicht zu, zwei Morde gleichzeitig aufklären zu können?«

Otto Fechter kannte Altinger bereits von einigen Fortbildungsveranstaltungen her, die er in Ainring abgehalten hatte. An seiner Fähigkeit als Polizist gab es keinen Zweifel, das war ihm gleich aufgefallen. Nach der letzten Veranstaltung hatten sie bis weit nach Mitternacht miteinander gefachsimpelt und ein Bier nach dem anderen niedergemacht. Seitdem duzten sie sich. Im Grunde konnte er es Jan Altinger gut nachfühlen, dass der sich zurückgesetzt fühlte.

Er machte Renate mit Jan Altinger bekannt. Dabei registrierte er erfreut, dass sie für Jan keine Unbekannte war. Im Bereich der Organisierten Kriminalität hatte sich ihre Kompetenz mittlerweile weit herumgesprochen. Dann erklärte er Jan Altinger, wieso das LKA in diesen Fall eingeschaltet worden war. Er berichtete von der gestrigen Vernissage in der Villa Desch am Ammersee, von der Anwesenheit des Innenministers und von dem ganzen illustren und internationalen Publikum.

»Als wir durch den Kriminaltechnischen Meldedienst von den zwei toten Malerinnen erfuhren und uns die Tatortaufnahmen anschauten, schrillten bei uns und im Innenministerium alle Alarmglocken. Die Künstlerinnen waren in Sammlerkreisen weltweit bekannt, und die Gästeliste der Ausstellung liest sich wie das ›Who is who‹ des Geldadels. Es sind uns aber auch ein paar Namen aufgefallen, die uns gar nicht gefallen. Darüber sprechen wir noch, wenn wir mehr wissen. Jedenfalls ist der Fall ganz hoch oben aufgehängt. Theoretisch könnte man dabei mit allem rechnen. Wir arbeiten zusammen. Ihr macht die üblichen Ermittlungen vor Ort, wir kümmern uns um den Rest. Dann sehen wir weiter.«

Otto sah Jan Altinger an, dass er sich mit dieser Form der Zusammenarbeit wenig anfreunden konnte, und boxte ihn kumpelhaft in die Seite. »Wir nehmen dir die Ermittlungsleitung nicht aus der Hand, wir unterstützen dich. Und jetzt bringst du uns zu den beiden Tatorten.«

Renate, die wesentlich leichtfüßiger voranschritt als der schwergewichtige Otto, hatte den abschüssigen Einstieg in den Eibenwald bald überwunden und schaute sich wie verzaubert um. Immer wieder entdeckte sie eine Eibe von Ausmaßen, wie sie sie noch nie zuvor gesehen hatte bei derart langsam wachsenden Bäumen. Wie alt diese Giganten wohl sein mochten, fünfhundert oder gar tausend Jahre alt? Dann stand sie vor der Eibe mit dem gespaltenen Stamm, der Schlupfeibe. Schlupfeibe. Was für ein ungewöhnlicher Name für einen Baum. Otto hatte ihn benutzt, als sie die Tatortfotos sichteten. Das Areal war nach wie vor mit rot-weißem Band abgesperrt und wurde von zwei Spurensicherern sorgfältig durchkämmt.

Sie holte das Tatortfoto aus der Tasche und betrachtete es. Immer wieder schweifte ihr Blick zwischen Foto und Baum hin und her. Die Ähnlichkeit zu dem Bild »Wann kommst du?« war tatsächlich frappierend. War das eine Botschaft des Täters? Wenn ja, an wen richtete sich die Botschaft? Steckte dahinter vielleicht eine Drohung? Wenn ja, wem wurde gedroht? Fragen über Fragen, auf die sie keine Antwort wusste.

Schnaufend wie ein Walross trat Otto neben sie und musterte den Baum. Sein Atem wurde ruhiger, und er machte zwei Schritte zur Seite. Renate sah seine nachdenkliche Miene und fragte: »Was überlegst du dir?«

»Laura muss von hier aus gemalt haben. Die sanft gewellte Rindenstruktur, der Ast, der das Eibengrün fächerförmig über den Stamm breitet. Komm her und schau es dir selbst an.«

Renate stellte sich neben ihn und nickte. »Tatsächlich, so könnte es gewesen sein. Aber hilft uns das weiter?«

»Zumindest können wir annehmen, dass sie hier in freier Natur gemalt hat. Das ist ein öffentlicher Raum, der gern aufgesucht wird. Vielleicht kann sich jemand an die Malerin erinnern und hat dabei Beobachtungen gemacht, die uns weiterhelfen.«

Jan Altinger, der ihnen schweigend gefolgt war, sagte: »An dieser Schiene arbeiten wir bereits. Es wurden Befragungstrupps zusammengestellt und Handzettel angefertigt. Außerdem wollen wir so schnell wie möglich an die Presse gehen. Wenn es recht ist, schauen wir noch den zweiten Tatort an. Ich habe den Fotografen, der die andere Leiche gefunden hat, bereits hinbringen lassen.«

Renate ließ sich die Richtung zeigen und machte sich schon mal allein auf den Weg. Sie wollte in Ruhe die Umgebung auf sich einwirken lassen. Ottos kurzatmiges Schnaufen würde sie dabei nur stören. Ihr Auge schulte sich von Schritt zu Schritt mehr, und sie konnte nun leicht die Eiben von den Fichten und Tannen unterscheiden.

Eine Eibe, die sich bis zum Äußersten verdreht in die Höhe

schraubte, zog sie magisch an. Welche Hindernisse hatte der Baum wohl zu überwinden gehabt, um sich derart drehen zu müssen, dass es direkt schmerzhaft aussah? Sie ging ganz dicht an den Baum heran und fuhr mit der Hand über die rötliche Rinde. Warm und sanft gewellt, fühlte sie sich an wie eine menschliche Haut. Man tat sich an ihr nicht weh, verletzte sich nicht.

Als Ottos und Jan Altingers Stimmen in der Ferne erklangen, setzte sie ihren Weg fort. Sie hörte dem leisen Plätschern des Baches zu, der sie nun begleitete. Es dauerte nicht lange, dann sah sie die Absperrbänder. Dahinter bewegten sich die Spurensicherer in ihren weißen Schutzanzügen geschäftig hin und her. Immer wieder wateten sie durch das Wasser hin zur Eibe, die mitten im Bach stand. Die Locheibe. Sie holte das entsprechende Tatortfoto aus der Tasche. Die tote Frau im roten Kleid, in der gleichen Sichtachse ihr rechter roter Stöckelschuh im Loch der Eibe. Nachdenklich schloss Renate die Augen und erinnerte sich plastisch an das Bild, das sie gestern während der Ausstellung gern gekauft hätte. Wenn ihr dies gelungen wäre, würde sie nun das Bild einer Toten besitzen. Jetzt fiel ihr auch wieder der Titel des Gemäldes ein: »In der Liebe verloren« hieß es. Warum wurde der Tod der Künstlerin so inszeniert, warum ihr eigenes Bildmotiv nachgestellt? Hatte sich etwa ein verschmähter Liebhaber an ihr gerächt? Damit hätten sie es mit einer Beziehungstat zu tun. Dafür war das LKA nicht nötig. Das konnte die Weilheimer Kripo allemal selbst erledigen.

Der Mann, der neben einem Polizisten auf einem Baumstamm saß, kam ihr bekannt vor. Sie schätzte ihn auf Ende dreißig, Anfang vierzig. Sein wild gelocktes dunkelbraunes Haar fiel ihm in die Stirn. Als er es mit einer heftigen Bewegung zurückwarf, kamen seine wasserhellen Augen zum Vorschein. Ein ungewöhnlicher Kontrast zu den dunklen Haaren. Ein Mann, der die Aufmerksamkeit auf sich zog, auch ihre. Das war doch der Fotograf, der sich während der Vernissage ständig in der Nähe der Eibenmalerinnen aufgehalten und ein Foto nach dem anderen geschossen hatte.

Sie ging auf ihn zu und reichte ihm die Hand. »Wörlein. Polizei. Ich habe Sie gestern in der Villa Desch gesehen.«

»Gestern, ja klar. Ich hatte von Conrad Desch die Erlaubnis, während der Vernissage Fotos von den Eibenmalerinnen zu machen. Klenk ist mein Name, Sebastian Klenk.«

»Dann sind Sie der Fotograf, der die Leiche von Laura Berger gefunden hat. Wie kam es dazu? Was haben Sie zu so früher Stunde hier gemacht?«

»Fotos. Mir fehlten noch ein paar atmosphärische Fotos für den Bildband über die Eibenmalerinnen.«

»Erzählen Sie. In welcher Position fanden Sie die Frau?«

»Wenn Sie möchten, zeige ich es Ihnen ganz genau. Kommen Sie.«

Renate folgte ihm zum Ufer des Baches.

Sebastian Klenk blieb neben der Markierungstafel der Spurensicherung stehen und ging in die Knie. »Sehen Sie, hier lag sie mit dem Gesicht im Wasser. Körper, Kopf und Schuh auf einer geraden Linie. Als Fotograf habe ich dafür ein Auge. Das lange blonde Haar wogte sanft im Wasser. Ein schrecklicher und zugleich schöner Anblick. Faszinierend und morbide. Ein Bild, wie es sich jeder Fotograf wünscht.«

Kaum war ihm der Satz herausgerutscht, erkannte Klenk die peinliche Situation.

»Haben Sie davon Fotos gemacht?«, fragte hinter ihm gefährlich leise der inzwischen herangetretene Jan Altinger.

»Natürlich. Ich hatte schon mehrfach auf den Auslöser gedrückt, bis ich merkte, dass hier etwas nicht stimmte.« Klenk reichte Altinger die Kamera. »Im Display können Sie sehen, dass die Fotos hier entstanden sind. Vielleicht sind sie sogar für Sie nützlich? Ich bin ein sehr guter Fotograf, bestimmt besser als Ihre Polizeifotografen.«

DREI

Jan Altinger von der Kripo Weilheim verließ am Montagvormittag die Münchner Rechtsmedizin und blickte eine Spur besser gelaunt auf den vorläufigen Befund in seiner Hand. Zumindest die rechtsmedizinischen Ergebnisse brachten ihn in dem komplizierten Mordfall Eibenwald ein Stückchen weiter.

Das war auch bitter nötig, denn die mühevolle Kleinarbeit, die den kompletten Samstag und Sonntag in Anspruch genommen hatte, war keineswegs erfolgreich gewesen. Die Befragung der Anwohner von Paterzell hätte man sich glatt ersparen können. Niemandem war zur fraglichen Zeit etwas Verdächtiges aufgefallen. Seltsam. Man hätte doch meinen können, in dem kleinen Ort würde kein Motorengeräusch unbemerkt bleiben. Gerade von den betagten Bewohnern hatte er sich dazu Aufschluss erhofft. Normalerweise hatten die eher einen leichten Schlaf. Denn eines stand für ihn fest: Die Malerinnen wurden in einem Auto zum Eibenwald gebracht, wie denn sonst?

Auch die akribische Suche der Spurensicherer hatte bis jetzt wenig Erhellendes gebracht. Natürlich gab es viele Spuren, doch die konnten aus allen möglichen Quellen stammen. Der Paterzeller Eibenwald war ein häufig besuchter Ort. Anfänglich war Jan Altinger an Reifenspuren besonders interessiert gewesen. Er konnte sich nicht vorstellen, dass der Täter sich die Opfer einfach auf die Schulter geladen hatte, um sie zu den Bäumen zu bringen. Irgendein Gefährt, eine Schubkarre vielleicht, müsste er doch benutzt haben. Als er gestern aber beobachtet hatte, wie Rollstuhlfahrer, Kinder mit Tretrollern und Mountainbiker an der Polizeiabsperrung vorbei in den Eibenwald eindringen wollten, war er um eine Illusion ärmer geworden. Allen Spuren nachzugehen, würde Wochen in Anspruch nehmen.

Das Haus, das die Malerinnen nahe dem Eibenwald bewohnten, hatten sie ebenfalls nach sachdienlichen Hinweisen überprüft. Leider vergeblich.

Zudem zog sich die Befragung der Gäste, die an der Vernissage teilgenommen hatten, in die Länge. An einige davon war äußerst schwer heranzukommen. Dabei erwiesen sich die Möchtegernpromis als besonders unangenehm. Die meinten doch tatsächlich, ihn wie einen Schulbuben behandeln zu können. Voll Arroganz von oben herab. Denen hatte er erst einmal in aller Klarheit zeigen müssen, wo der Barthel den Most holt.

Altinger verstaute den vorläufigen Befund der Münchner Rechtsmedizin in seiner Aktentasche und machte sich auf den Weg in die Maillingerstraße zum LKA.

Dort wurde er von Otto Fechter höchstpersönlich an der Pforte abgeholt und in dessen Büro gebracht. Mit dem Hinweis, Kaffee zu besorgen, verschwand Fechter gleich darauf wieder.

Altinger stellte sich ans Fenster und begutachtete zunächst die Aussicht auf die gegenüberliegende Häuserzeile. Er konnte in seinem Weilheimer Büro mit einem schöneren Blick aufwarten, das freute ihn. Gnädig gestimmt schaute er sich im Büro um. Die wenigen Stücke Wand, die nicht von Aktenschränken verdeckt waren, zierten hübsche Bilder. Jan Altinger war kein Kunstexperte, deshalb wagte er es nicht, dazu ein Urteil abzugeben. Hinter dem kantigen, sachlichen Schreibtisch mit eingeschaltetem Computer stand ein dick gepolsterter, mit tannengrünem Leder überzogener Schreibtischstuhl in Überbreite. Immerhin musste er Otto Fechters gewaltigem Hinterteil standhalten.

Otto Fechter, der Fächler. Von irgendjemandem hatte Jan Altinger gehört, dass Fechter einen riesigen Fächer besaß. Mit dem fächelte er sich Luft zu, wenn es in einer Sitzung heiß zuging. Er selbst hatte es zwar noch nicht gesehen, aber er traute ihm so etwas durchaus zu. Fechter kümmerte sich wenig um die Meinung anderer.

An der Tür polterte es, und eine Stimme rief: »Mach mal auf, ich hab keine Hand frei!«

Altinger öffnete und ließ Otto Fechter herein.

Der hielt ein Tablett mit Kaffee, Weißwürsten und Brezen in den Händen und stellte es auf dem runden Besprechungstisch ab.

»Arbeitsfrühstück. Deshalb der Kaffee. Mir würde ein Weißbier auch besser schmecken. Setz dich hin und fang an, sonst erleben die Weißwürscht noch das Zwölf-Uhr-Läuten, und das wäre ein Sakrileg. Frau Wörlein kommt auch gleich, aber die nimmt es mit den Weißwürschten nicht so genau. Die kommt aus Franken.«

Das sagte alles, und Jan machte sich unverzüglich über die Würste her. Er war schon bei der zweiten Wurst, als Renate Wörlein hereinkam.

»Schön, Sie zu sehen, Herr Altinger. Bleiben Sie bitte sitzen und lassen Sie sich beim Essen nicht stören.«

Sie stellte ihre Tasche neben dem Stuhl ab, setzte sich zu ihnen an den Tisch und schaute auf ihre Armbanduhr. »Drei Minuten vor zwölf. Da muss ich aber Tempo machen mit den Weißwürsten.«

Otto Fechter schob seinen leer gegessenen Teller zur Seite und stapelte den von Jan Altinger darauf. Danach verschränkte er die Arme über seiner Wampe und sah ihn erwartungsvoll an. »Was hat die Obduktion der zwei Malerinnen ergeben?«

Altinger holte den Schnellhefter mit dem rechtsmedizinischen Befund aus seiner Aktentasche und schlug ihn auf.

»Die chemisch-toxikologische Analyse von Blut, Urin, Mageninhalt und Lebergewebe ergab, dass beide Frauen mit hochkonzentriertem Taxin, dem Gift der Eibe, vergiftet wurden. Zudem wurden ihnen K.-o.-Tropfen verabreicht, genauer gesagt GHB.«

Otto Fechters Faust krachte so heftig auf den Tisch, dass die zweite Weißwurst von Renate Wörleins Teller flutschte. »Wieder dieses Dreckszeug«, schimpfte er. »Wenn ich GHB schon höre, könnte ich vor Wut platzen. Gamma-Hydroxybuttersäure. Von keinem Gift habe ich mir bis jetzt die offizielle chemische Bezeichnung gemerkt, aber von dem schon. Dieses Giftzeug hat München in den achtziger Jahren durch den Donisl-Fall ganz schön in Verruf gebracht. Das Donisl verkam damals zu einer echten Räuberhöhle. In dem ach so traditionsreichen Lokal wurde Gästen immer wieder mal GHB heimlich ins Bier geträufelt. Meist Besuchern aus dem Ausland. Sie wurden ausgeraubt und in der Nähe des Wirtshauses auf eine Bank gelegt. Das Schlimme dabei war, dass sie sich an nichts erinnern konnten. Sie glaubten, sie wären am Verlust ihres Geldes selbst schuld gewesen, so besoffen wie sie waren. Deshalb hat die Fahndung nach den Tätern auch so lang gedauert, sicher fast ein Jahr.«

Otto Fechter sah zu, wie Renate Wörlein ihre Weißwurst vom Boden aufhob und sorgfältig nach Schmutzspuren absuchte. Das veranlasste ihn aber keineswegs zu einer Entschuldigung, vielmehr wütete er weiter: »Wer in München Bier mit GHB versaut, begeht ein Kapitalverbrechen. Das ist ein direkter Anschlag gegen ein Münchner Kulturgut. Solche Täter sollten umgehend des Landes verwiesen werden!«

»Wir Franken mögen auch kein Liquid Ecstasy im Bier«, merkte Renate Wörlein an und legte betrübt die Wurst zur Seite. »Mit GHB versetztes Bier schmeckt uns ebenso wenig wie Weißwurst mit Staubflusen. Bei uns ist es nämlich noch weit mehr als ein Kulturgut, es ist unser Lebenselixier. Ich bin aber nicht für Ausweisung, sondern für tätige Reue und hätte da gleich einen Vorschlag: während des Oktoberfestes Abend für Abend die vollgekotzten Maßkrüge spülen und die verpinkelten Bierzelte putzen.«

»Aber ohne Gummihandschuhe«, warf Jan Altinger schnell ein. »Wir Weilheimer reagieren auf manipuliertes Bier ebenfalls rundum allergisch. Ich versteh bloß nicht, warum nach dem Donisl-Fall mehr als zwanzig Jahre verstreichen mussten, bis man endlich den Besitz von GHB und den Handel damit unter Strafe stellte.«

Danach nahm er den Faden seiner Berichterstattung genau dort wieder auf, wo er von Otto Fechter unterbrochen worden war. »Es wurden noch Alkohol, Orangensaft und ungewöhnlich viel Zucker nachgewiesen. Laut rechtsmedizinischem Gutachten geht man davon aus, dass speziell der Zucker zur Geschmacksverbesserung diente, denn Taxin schmeckt extrem bitter. Bei beiden Frauen kam es zu keinen sexuellen Übergriffen. Die Todeszeit dürfte ziemlich gleich sein. Zwischen ein und drei Uhr morgens. Man konnte mir nicht sagen, welche der Frauen zuerst starb.«

Er schlug eine andere Seite in seinen Unterlagen auf und warf einen kurzen Blick darauf. »Und nun zum Mageninhalt. Bei beiden wenig. Alles halb verdaut. Die eine irgendetwas mit Fisch, die andere ein bisschen Fleisch.«

Otto Fechter bekam einen versonnenen Gesichtsausdruck. »Hoffentlich hat es sich bei dem Fisch um die Seezungenröllchen gehandelt. Die waren hervorragend. Genau auf den Punkt gegart. Schade, dass sie ein wenig aus der Mode gekommen sind. Man findet sie viel zu selten auf Büfetts. Nur diesen pappigen Sushi-Kram. Und zum Fleisch? Na, ich weiß nicht recht. Jedenfalls hätten die Rinderfilet-Kanapees für meinen Geschmack eine Spur zarter sein sollen.«

Jan Altinger zog scharf die Luft ein. Befand er sich jetzt hier in einem Feinkostladen oder was? Ach, wie auch immer. Über Otto Fechter kursierten mittlerweile so viele seltsame Geschichten, da kam es darauf auch nicht mehr an. Kommentarlos blätterte er eine Seite weiter und fuhr fort: »So, das waren die Gemeinsamkeiten. Jetzt komme ich zu den Unterschieden. Bettina Tauber, die in dieser sogenannten Schlupfeibe steckte, war auf alle Fälle tot, bevor sie durch den Stamm bugsiert wurde. Sie wies nämlich erhebliche Schürfwunden auf, die kaum bluteten. Wenn sie noch gelebt hätte, wäre viel mehr Blut geflossen. Anders sieht es bei Laura Berger aus. Die hat noch gelebt, als sie zu der Locheibe gebracht wurde. In ihren Lungen befand sich nämlich Wasser aus dem Bach, in dem sie mit dem Gesicht lag. Sie hat zwar keine Abwehrverletzungen, aber im Nackenbereich gibt es leichte Schürfmale. Offenbar hat der Mörder ihren Kopf unter Wasser gedrückt.«

Renate Wörlein, die in ihrem Notizbuch herumsuchte, blickte überrascht auf. »Trotz GHB und Taxin war es nötig, sie zu ertränken? Da war sich der Täter oder die Täterin über die Wirkung des Eibengiftes wohl nicht absolut sicher?«

»Mir wurde von der Rechtsmedizinerin erklärt, dass es nicht einfach ist, eine genaue Dosis herzustellen. Zudem dauert es seine Zeit, bis das Gift wirkt. Es ist ein Mithose-Gift, das die Zellteilung hemmt.« Jan Altinger goss sich Kaffee nach. »Es wurde schon im Mittelalter für Abtreibungen verwendet. Nicht selten endete diese Prozedur tödlich. Die Rechtsmedizinerin konnte wirklich viel Interessantes über das Gift der Eibe berichten. Wenn ich nicht hier den Termin gehabt hätte, würde ich höchstwahrscheinlich jetzt noch bei ihr sitzen. Ich hatte zum Beispiel keine Ahnung, dass es heutzutage in synthetischer Form auch in der Krebstherapie eingesetzt wird.«

Fechters ungeduldiges Stirnrunzeln brachte Jan Altinger wieder zum eigentlichen Thema. »Aber zurück zu den Eibenwaldmorden: Wie gesagt, braucht es Zeit, bis das Taxin wirkt. Um diese Zeitspanne zu überbrücken, wurde nach Ansicht der Rechtsmedizinerin möglicherweise das GHB eingesetzt. Damit wurden die Opfer schneller willenlos. GHB entfaltet seine Wirkung zwischen zehn und dreißig Minuten. Das hängt ab vom körperlichen Allgemeinzustand und der Höhe der Dosis.«

»Aber auch von der Alkoholmenge«, gab Otto Fechter zu bedenken. »Gerade durch den Donisl-Fall sind wir darauf aufmerksam geworden. In Verbindung mit Alkohol kann GHB sogar lebensgefährlich sein. Im Extremfall kommt es zum Atemstillstand. Gibt es Erkenntnisse zur Darreichungsform, ich meine flüssig oder als Pulver?«

»Dazu hat die Rechtsmedizinerin nichts gesagt. Ich persönlich tippe auf die flüssige Form. Die ist einfach und unauffällig zu handhaben.«

Renate Wörlein, die sich verschiedene Notizen gemacht hatte, legte den Stift nun weg und stützte nachdenklich das Kinn in die Hand. »Frage: Mit wem wurden die Frauen zuletzt gesehen? Diese seltsame Tötungsart lässt für mich den Schluss zu, dass der Täter mit seinen Opfern relativ lang zusammen war.«

Jan Altinger war der gleichen Meinung. »Das denke ich auch. Leider haben wir bis jetzt niemanden aufgetrieben, der uns dazu genauere Angaben machen konnte. Man hat die Malerinnen vor dem Feuerwerk gesehen, aber danach nicht mehr. Conrad Desch war darüber fuchsteufelswild. Er hätte sie noch für ein Foto mit einem wichtigen Kunden gebraucht.«

»Kurz vor dem Feuerwerk haben Renate und ich die Malerinnen auch noch gesehen«, brummte Otto Fechter. »Ich erinnere mich, dass dieser Fotograf aus Weilheim ständig um sie herumscharwenzelte. Dem müsste doch am ehesten aufgefallen sein, mit wem die Frauen Kontakt hatten. Wie sieht es überhaupt mit seinem Alibi aus, ist das überzeugend?«

Altinger machte eine wegwerfende Handbewegung. »Keine Spur. Er versicherte uns, dass die Aufnahmen, die er vor dem Feuerwerk gemacht hat, seine letzten von der Vernissage waren. Er hat sie uns gezeigt, aber das heißt noch nicht, dass wir ihm das glauben. Seiner Aussage nach ist er noch vor Ende des Feuerwerks nach Hause gefahren. Das mache er immer so, sagte er uns, damit er nicht in den Stau gerät, wenn alle losfahren. Gegen halb eins kam er nach Hause. Dort hat er sich umgezogen und seine Fotoausbeute überprüft. Zwischen drei und halb vier ist er nach Paterzell in den Eibenwald gefahren, um noch ein paar bestimmte Aufnahmen zu machen. Dabei hat er dann die Leiche von Laura Berger entdeckt. Die Fotos haben wir uns ausgedruckt. Von Bettina Tauber sind keine dabei, an dem Tatort ist er erst gewesen, als die Polizei eintraf. Angeblich. Den Rest kennt ihr von ihm selbst. Seine Frau hat übrigens nicht gehört, wann er nach Hause gekommen ist. Sie schlief bereits.«

Renate Wörlein runzelte die Stirn. »Mich beschaftigt nach wie vor das Taxin in Kombination mit GHB. Wir wissen, dass GHB ein flüchtiger Stoff ist, der nur eine begrenzte Zeit im Blut und Urin nachweisbar ist, maximal sechs Stunden im Blut und bis zu zwölf Stunden im Urin.«

»Richtig. Deshalb war es ein großes Glück für uns, dass der Fotograf den Leichenfund so schnell gemeldet hat. Der Rechtsmedizinerin, die wenig später vor Ort war, ist sofort der Schaumpilz aufgefallen, der sich vor Mund und Nase der toten Bettina Tauber gebildet hatte. Sie sagte mir, das sei ein sicheres Zeichen für ein Lungenödem und könne auf eine Vergiftung hindeuten. Misstrauisch wurde sie zudem wegen des ungewöhnlichen Fundortes im Eibenwald. Sie setzte daraufhin das gesamte Giftprogramm für beide Leichen in Gang. Dabei ist sie auch auf das GHB gestoßen.«

»Das war wirklich ein Glück. Aber was ist das für eine Handschrift, Taxin und GHB? Was sagt uns das?«, grübelte Renate Wörlein.

»Vielleicht, dass es sich um eine Täterin handelt«, schlug Altinger vor. »Bei Giftmorden sind weibliche Täter statistisch in der Überzahl. Mord durch Gift ist heimtückisch, und Heimtücke ist nun einmal ein weibliches Merkmal.«

»Trotzdem überrascht mich das Taxin. Giftmorde sind mittlerweile rückläufig, auch bei Frauen. Es ist kein großes Geheimnis mehr, dass der Rechtsmedizin heutzutage fast immer ein präziser Nachweis gelingt«, merkte Renate Wörlein an.

»Fast, Sie sagen es. Bis auf das eine Gift, das wir alle kennen und niemals benennen, weil die Anwendung erschreckend einfach ist.« Mit verschwörerischer Miene schaute Jan Altinger Renate Wörlein an und setzte hinzu: »Natürlich könnte auch ein Mann die Tat begangen haben, der den Anschein erwecken wollte, eine Frau sei die Täterin. Wir werden das alles in unseren Ermittlungen berücksichtigen. Trotzdem werden wir zunächst die Frauen im direkten Umfeld der Opfer unter die Lupe nehmen. Mit der dritten Malerin, dieser Verena Bach, fangen wir an. Wer weiß, vielleicht zieht sie einen Vorteil aus dem Tod der beiden Kolleginnen.«

»Das ist gut. Wie verbleiben wir?« Renate Wörlein klappt ihr Notizbuch zu und blickte fragend um sich.

Otto Fechter erklärte, er wolle sich eingehend mit Conrad Desch und dessen Assistentin Barbara Engel unterhalten und sich dabei genau in der Galerie umsehen.

Jan Altinger fand diesen Vorschlag hervorragend. Diesem Kunstrummel konnte er nichts abgewinnen, und auf den Conrad Desch mit seinem herablassenden Gehabe verzichtete er von Herzen gern. Er und seine Mitarbeiter hatten mit der Tatortanalyse und der Zeugenbefragung sowieso alle Hände voll zu tun.

Renate Wörlein sagte nach kurzem Nachdenken: »Mich interessiert speziell diese Verena Bach, die dritte Malerin. Ich würde sie mir gern selbst vornehmen. Dazu bräuchte ich aber vorab alle Informationen, die über sie vorliegen.«

»Dann ist es am besten, wenn Kommissarin Amire Önar Sie begleitet. Sie hat sich eingehend mit Verena Bach auseinandergesetzt. Ich regle das sofort«, versprach Jan Altinger. Er verstaute den rechtsmedizinischen Befund wieder in seiner Aktentasche und verabschiedete sich.

Auch Renate Wörlein packte ihre Unterlagen zusammen. Sie rief Otto ein »Ade« zu und machte sich auf den Weg zu ihrem Büro. Dabei ging ihr erneut die Heimtücke der Giftmischerinnen durch den Kopf. Mit der Überzahl von Frauen bei Giftmorden hatte Jan Altinger zwar recht, aber nicht unbedingt mit der Schlussfolgerung der Heimtücke. In Polizeikreisen waren weibliche Giftmörderinnen eine hinlänglich durchdiskutierte Tatsache. Ja, Giftmorde sind heimtückisch und vor allem grausam, dachte sie, da die Opfer oft qualvoll sterben müssen. Darum gelten Grausamkeit und Heimtücke in der Gesetzgebung auch als besonders verwerflich.

Dass aber Frauen eher zu Gift greifen als Männer, lag nach Renates Ansicht an ihrer körperlichen Unterlegenheit, und nicht an ihrer besonderen Neigung zur Heimtücke. Giftmorde konnten ohne großen Kraftaufwand in die Tat umgesetzt werden. Frauen waren nicht raffinierter, ideenreicher, hinterhältiger, grausamer und heimtückischer als Männer. Renate wusste genau, dass es dazu keine wissenschaftlich verwertbaren Erkenntnisse und Erfahrungswerte gab. In der Öffentlichkeit kursierte aber noch immer das nicht ausrottbare Vorurteil, Frauen wären besonders grausame und heimtückische Täterinnen.

Männer kamen hierbei besser weg. Sie griffen meist zum Messer, gingen den Gegner frontal an und machen kurzen Prozess mit ihm. Brutal und gewalttätig, aber nicht heimtückisch. Doch Renate kannte auch eine Reihe heimtückischer Taten, die nahezu ausschließlich von Männern durchgeführt wurden. Sie manipulierten die Bremsen oder das Steuer eines Autos und spannten Drähte als Stolperfallen vor eine Treppe oder in Halshöhe zwischen zwei Bäume.

VIER

Von der Maillingerstraße zur U-Bahn waren es nur wenige Gehminuten. Otto Fechter liebte die öffentlichen Verkehrsmittel. Während er mit der Rolltreppe sanft nach unten glitt, blies er die Backen auf und intonierte den markigen Rhythmus des bayerischen Defiliermarschs. Auf der gegenläufigen Rolltreppe schwebte Münchens Altoberbürgermeister Jochen Vogel, ebenfalls ein leidenschaftlicher U-Bahnfahrer, an ihm vorbei. Man kannte sich, man grüßte sich.

Am Bahnsteig tauchte Otto in die geballte Lebensfreude und Disziplinlosigkeit einer Schulklasse ein. Er konnte gar nicht hinsehen, wie die Vierzehnjährigen sich gegenseitig vor Übermut gefährlich nah an die Bahnsteigkante schubsten. Bot denn hier niemand diesem Treiben Einhalt? Endlich entdeckte er die Lehrerin. Jung, zierlich, freundlich lächelnd, kaum zu finden unter den groß gewachsenen Lümmeln. Drei der Schüler vergnügten sich damit, Papierkügelchen in ihre Anorakkapuze zu werfen. Otto schwoll der Kamm über den Sauhaufen, mit dem die Lehrerin auf Erkundung gehen musste. Mit ein paar schnellen Schritten war er bei den Übeltätern und stellte sie zur Rede. Zwei duckten sich sofort weg.

Der Dritte visierte mit einem Papierkügelchen erneut die Kapuze an und zischte: »He, Alter, das geht dich einen Scheißdreck an.«

Ottos Blut kam in Wallung. Wie eine Dampfwalze schob er sich auf den Jugendlichen zu, drückte ihn mit seinem Bauch an die Wand und sagte leise: »Du klaubst das Papier aus der Kapuze, und zwar sofort, sonst setzt es was.« Der Junge dachte gar nicht daran. Er vollführte eine Seitwärtsdrehung, um Ottos Bauch zu entgehen. Dabei trat er unglücklicherweise auf die eigenen offenen Schuhbänder. Er verlor den Halt, stürzte zu Boden und schlitterte bäuchlings direkt auf seine Lehrerin zu. Begleitet vom johlenden Gelächter seiner Kameraden rappelte er sich hoch.

Was dann geschah, konnte Otto leider nicht weiter verfolgen, da seine U-Bahn eingefahren kam.

Am Odeonsplatz begrüßte ihn die Theatinerkirche in ihrem satten Gelb. Beim Tambosi war jeder Stuhl besetzt. Die Münchner wussten eben, wie man das Leben genießt. Otto verkniff sich einen

Tambosi-Espresso. Kaffee würde er bei Desch bekommen. Aber eines musste trotzdem sein. Mit wenigen Schritten stand er vor der Residenz und strich einem der Bronzelöwen, die vor dem Portal Wache hielten, zärtlich über die Schnauze. Das brachte Glück. Und weil alle Münchner an die Glück bringenden Löwen glauben, glänzen ihre Schnauzen mittlerweile in hellem Gold.

Deschs Galerie in der Brienner Straße war in einem frisch restaurierten Jugendstilhaus untergebracht und fiel vor allem durch ihr maßvolles Understatement auf. Nur zwei Bilder waren im Schaufenster zu sehen, natürlich ohne Preisangabe. Ein Bild zeigte eine Maschine-Mensch-Konstruktion, übergroß in eine weiträumige Landschaft gestellt. Entfernt erinnerte sie Otto an den Maler Giorgio de Chirico, die Künstlersignatur sagte ihm jedoch nichts. Als er das zweite Bild eingehend betrachtete, weiteten sich seine Augen. Den Stil kannte er. Der Desch hatte doch tatsächlich einen Kirkeby ergattert. Kein anderer konnte so elegant mit Farben und Formen spielen. Otto trat ein paar Schritte zurück, dann noch einen. Aus der Landschaft wurden mit einem Mal Personen. Wie bei einem Vexierbild. Dieser Däne Per Kirkeby war ein Magier unter den Malern.

Lautes Hupen ließ Otto aufschrecken. Kein Wunder, er stand mitten auf der Brienner Straße. Großzügig übersah er den Stinkefinger, der ihm gezeigt wurde, und schritt hoheitsvoll dem Galerieeingang zu.

»Desch, du krummer Hund, sagst mir nicht, dass du einen Kirkeby hast!«, platzte er heraus, kaum dass er durch die Tür war.

Ottos volltönende Stimme krachte hinein in die vornehme Stille des Raums und rief sofort Barbara Engel auf den Plan.

Sie begrüßte ihn mit gedämpfter Stimme. »Schön, dass Sie da sind, Herr Kriminaloberrat. Herr Desch erwartet Sie bereits. Wenn Sie mir bitte folgen wollen.« Mit langen Schritten ging sie ihm voraus durch die Schauräume.

Otto war das Tempo, das sie vorgab, gar nicht recht. Zu gern hätte er noch einen Blick auf die ausgestellten Bilder geworfen. Außerdem hatte er im Vorbeigehen äußerst interessante Kundschaft entdeckt. Zwei schwarz verschleierte Frauen, bei denen nur die Augen zu sehen waren, betrachteten konzentriert ein Gemälde. Ein junger Mann mit eindeutig arabischem Einschlag lehnte sichtlich gelangweilt an der Wand.

Ein amüsiertes Schmunzeln glitt über Ottos Gesicht. So, so, der Desch hatte Kundschaft aus den Emiraten. Da kam heute ordentlich Geld in die Kasse, und zwar bar auf die Hand.

Desch thronte hinter seinem weißen, geschwungenen Schreibtisch. Auf seinem PC flimmerten Zahlenkolonnen, die er mit einer Tabelle in einer Broschüre verglich. Er klappte sie zu und kam hinter dem Schreibtisch hervor. In kumpelhafter Freundlichkeit ergriff er Ottos Arm und führte ihn zu einer schwarzen Sitzgruppe.

»Schön, dass du da bist, Otto. Dein Espresso kommt gleich. Auch sonst hat Frau Engel, mein guter Stern, alles für dich vorbereitet.« Damit wies er auf den gedeckten Tisch und auf die süßen und salzigen Häppchen.

Eine junge Mitarbeiterin brachte zwei Espressi und verschwand diskret.

Wohlgefällig blickte ihr Otto nach. »Das muss ich dir lassen, nicht nur bei deinen Bildern, auch bei deinem Personal hast du ein geschicktes Händchen.« Er nahm einen Schluck von seinem Kaffee und rückte mit seinem Hinterteil so lange auf dem glatten Leder hin und her, bis es ihm behagte. Ohne Umschweife kam er zur Sache. »Conrad, du weißt, warum ich hier bin. Du sollst mir alles über deine Eibenmalerinnen erzählen. Wie hast du sie kennengelernt? Wo lebten sie? Wie lebten sie? Welchen Freundeskreis hatten sie?«

Auch Desch brachte sich in eine bequeme Sitzposition und schloss für einen Moment die Augen.

Erst jetzt bemerkte Otto, wie müde Desch wirkte. Seine Schultern fielen nach vorn, um die Mundwinkel gruben sich tiefe Falten. Ein müder, alter Mann. Da war nichts mehr von dem schlitzohrigen, lebenslustigen Napoleon vom Ammersee zu erkennen.

Otto war so tief in seinen Betrachtungen versunken, dass er beinahe überhörte, was ihm Desch berichtete.

»Zuerst habe ich Bettina Tauber kennengelernt. Das wird jetzt sieben Jahre her sein. Es war an der Kunstakademie, hier in München. Die Studierenden stellten ihre Jahresabschlussarbeiten aus. Dabei habe ich sie entdeckt. Ich wusste sofort: Das ist eine äußerst begabte Malerin. Schon damals hatte sie ein untrügliches Auge, war in jeder Maltechnik überdurchschnittlich und hatte bereits ihren Stil, ihre Formensprache gefunden.« Desch seufzte tief. »Weißt du, Otto, die musste nicht auf irgendeinen Larifari zurückgreifen, um Aufmerksamkeit zu erzielen. Sie ist – sie war – einfach gut.«

Otto nickte zustimmend. Er war von Bettina Taubers Können ebenfalls beeindruckt. »Deine Kunden haben das wohl auch schnell erkannt?«

Ein schlaues Lächeln nistete sich in Deschs Augen ein. »Gewissermaßen. Du weißt doch, wie das so läuft. Ist ein Künstler bekannt, dann haben seine Werke einen Wert, und der Käufer kann davon ausgehen, dass der Preis noch steigt. Eine gute Geldanlage also.«

Das machte Otto neugierig. »So wie ich dich kenne, heißt das, dass du bei der unbekannten Bettina in die richtige Trickkiste gegriffen hast. Wie ging das?«

Deschs Mundwinkel sanken unwillig nach unten. »Otto, wie derb du doch sein kannst. Nennen wir es lieber Strategie mit viel Psychologie. Ich kenne meine Kunden. Die einen überwachen sorgfältig den Kunstmarkt und erkennen sofort, wenn ein Künstler im Wert steigt. Die suchen eine möglichst gewinnbringende Geldanlage, denen bedeutet das Werk an sich wenig. Ja, und dann gibt es noch die anderen, die sich gern mit schönen Dingen umgeben und natürlich auch das Geld dazu haben.«

Otto nickte ungeduldig. Von dem ganzen Kunstgeschäft verstand er schließlich auch einiges. Er war nicht von ungefähr eine Zeit lang in der Abteilung Kunstraub tätig gewesen. Vorsichtig manövrierte er sich in Deschs Redefluss hinein. »Ich nehme an, für Bettina Tauber hast du einen finanzstarken Schöngeist gefunden.«

Desch nickte zustimmend. »Ja, dieser Käufer schätzt handwerkliches Können. Er spürt genau, ob Werk und Person übereinstimmen. ›In Bettinas Bildern kann ich regelrecht herumspazieren. Immer wieder fallen mir neue Details auf. Ihre Kreativität befruchtet meine Kreativität. Es ist also ein stetes Geben und Nehmen‹, sagte er einmal voll Begeisterung. Das machte es sehr einfach. Er kaufte einige Bilder und hängte sie, das muss ich betonen, äußerst geschickt in seinen Häusern und im Büro auf. Damit wurde Bettina auch für andere Käufer interessant, und die Nachfrage setzte ein. Aber die richtige Wertsteigerung erfolgte erst bei den Ausstellungen. Frankfurt, Köln, Basel, London. In die Tate Modern hatte sie es noch nicht geschafft, aber das ist nur noch eine Frage der Zeit.«

»Bei der Vernissage habe ich mir den Flyer genau durchgelesen«, unterbrach ihn Otto. Desch schien sich zunehmend für einen umfassenden Vortrag zu erwärmen. Dem wollte sich Otto keineswegs aussetzen. »Sie hatte ja sogar schon Ausstellungen in Amerika. Habe ich da nicht Namen wie das Cleveland Art Museum und das Museum of Fine Art in Houston gelesen? Ich bin beeindruckt.«

»Ja, nicht wahr?« Desch quittierte Ottos Einwurf mit einem selbstgefälligen Lächeln. »Das habe ich wirklich gut hingekriegt.«

»Aber wie kommen nun Laura Berger und Verena Bach ins Spiel?«, fragte Otto und konsultierte heimlich seine Uhr. Es war doch immer das Gleiche. Bei Desch konnte man Stunden verhocken. Dazu hatte er heute aber keine Zeit. Die Befragung von Barbara Engel stand ja auch noch an.

Desch setzte sofort wieder eine geschäftsmäßige Miene auf. »Laura ist bei mir seit ungefähr vier Jahren unter Vertrag. An ihrer Begabung und ihrem Können war nichts auszusetzen. Allerdings hatte ich anfangs kein Interesse daran, eine zweite Eibenmalerin zu fördern. Das war Barbara Engels Idee. Immerhin ist sie die Eventmanagerin. Und Lauras Bilder verkaufen sich inzwischen so gut wie die von Bettina. Barbara war es auch, die vor zwei Jahren darauf bestand, Verena Bach mit ins Boot zu holen.«

Otto blickte erstaunt auf. »Wer hat denn in deinem Laden nun das Sagen? Seit wann lässt du dir die Künstler vorschreiben?«

»Marketing. Mein lieber Otto, dafür hat Barbara ein untrügliches Gespür. Ich bin der Talentscout, wenn ich mal die Fußballsprache bemühen darf. Barbara Engel ist für die schlagzeilenträchtigen Inszenierungen zuständig. Aber ich meine, das soll dir am besten Barbara selbst erklären.«

Das war Otto sehr recht und er wandte sich zur Tür. Doch Desch hielt ihn noch einmal zurück: »Wie läuft es denn so mit dir und deiner fränkischen Kollegin? Franken und Oberbayern froh vereint, oder wie Hund und Katz?«

Otto lehnte sich mit einem breiten Grinsen gegen die Tür. »Ich sag es mal so: Eher geht ein arabischer Scheich mit der Lederhose zum Oktoberfest, als dass ein Franke seinen Patriotismus aufgibt. So gesehen sind die Franken die standhaftesten Bayern. Sie wissen es bloß nicht, und wir sagen es ihnen nicht.« Nach einer kurzen Pause setzte er nachdenklich hinzu: »Doch wir brauchen die Franken, gerade solche wie die Renate Wörlein. Blitzgescheit und voller Tatendrang.«

Er blinzelte Desch verschwörerisch zu. »Aber das sagen wir Oberbayern den Franken auch nicht. Sonst kennen die in ihren Forderungen bald überhaupt kein Maß und Ziel mehr.«

Dem stimmte Desch sofort zu und ergänzte: »Und machen uns womöglich noch die Schwaben, die Niederbayern und die Oberpfälzer rebellisch. Diese Kriminaldirektorin ist aber eine Fränkin, die ich gut leiden kann. Sie scheint sich immerhin für Malerei zu interessieren.« Nun klang Bedauern aus seiner Stimme: »Mit dem Bild, das ihr so gefiel, wird es halt jetzt nichts mehr.« Desch kam offenbar ein weiterer Gedanke, denn er hob die Hand und bedeutete Otto, noch zu warten. »Du solltest ihr von der Holzhausener Künstlerkolonie erzählen. Von den Malern der Künstlervereinigung Scholle. Ich denke da an Eduard Thöny, den berühmten Zeichner des Simplicissimus. Zeig ihr die Thöny-Villa am Ammersee. Erzähl ihr von Walter Georgi, der die wunderschönen Holzhausener Alltagsszenen gemalt hat. Und vergiss nicht, sie zum Brunnenbuberl am Stachus zu führen. Das ist ein Werk des Bronzegießers Matthias Gasteiger.«

Beim Reden war Desch an sein Bücherregal getreten und hielt Otto nun ein Buch hin. »Da, das schenkst du der fränkischen Renate. Es ist ein Buch über die Maler der Scholle. Und wenn ihr euch sowieso beruflich am Ammersee herumtreibt, solltest du sie zur Gasteiger-Villa führen und mit ihr zum Holzhausener Friedhof hinaufwandern. Dort sind viele Maler der Scholle begraben.«

Otto Fechter war ganz gerührt. Diese fürsorgliche Seite war ihm an Desch neu. Renate schien bei ihm einen bleibenden Eindruck hinterlassen zu haben.

Mit dem Buch in der Hand machte er sich auf den Weg zu Barbara Engels Büro. Dabei zog er kurz Bilanz: Drei anerkannte Malerinnen. Zwei hatten es sogar in den hochpreisigen Bereich geschafft, die dritte konnte zumindest gut von ihrer Kunst leben, was nur wenigen Künstlern gelang. Die beiden erfolgreichen Malerinnen waren tot. Was steckte dahinter?

***

»Ja, wo kommen wir denn da hin! So geht das nicht. Machen Sie das etwa beim Zahnarzt auch so?«

Otto hatte bereits den Zeigefinger zum Klopfen gekrümmt. Interessiert ließ er die Hand nun sinken. Durch die Tür war aufgeregtes Gemurmel zu hören.

»Ganz richtig. Wenn Sie Zahnschmerzen haben, rufen Sie beim Zahnarzt an und vereinbaren einen Termin. Und bei uns machen Sie das gefälligst auch so.« Schneidend wie ein Schwert drang Barbara Engels Stimme nach draußen. Mit derselben scharfen Klinge schnitt sie ihrem Gesprächspartner das Wort ab. »Nein, Herr Desch hat jetzt keine Zeit. Nein, auch nicht für nur drei Bilder.«

Das Gemurmel bekam einen flehenden Unterton, dem Barbara Engel energisch ein Ende setzte. »Hier, ich habe Ihnen den Termin aufgeschrieben. Nein, nein, früher geht es nicht.«

Die Tür ging auf und ein junger Mann schob sich an Otto vorbei. Sein Gesicht wurde von der Künstlermappe, die er fest an sich drückte, halb verdeckt. Es war ein junges Gesicht. Ein Gesicht mit maßlos traurigen Augen. Otto sah mitleidig hinterher, als der junge Mann in Richtung Ausgang schlurfte.

Gramgebeugt legte der Künstler die Hand auf den Griff der Eingangstür. Doch dann straffte er die Schultern, blickte zurück und schrie: »Ja, dann leck mich doch am Arsch, du ungefickte alte Krähe.«

Mit einem leisen Plopp fiel die Tür ins Schloss, und Otto löste sich aus seiner Erstarrung.

»Das müssen Sie nicht so ernst nehmen, der kommt wieder, spätestens in sechs Wochen.«

Barbara Engel stand in der weit geöffneten Bürotür und strahlte Otto mit einem breiten Lächeln an. »Sie müssen wissen, Kunst kommt bisweilen von Können, aber Kunst und Kinderstube – ja, da sind wir des Öfteren auf zwei unterschiedlichen Planeten zu Hause. Ach, was soll's.« Sie wies einladend in ihr Büro. »Nehmen Sie Platz. Herr Desch hat mich bereits vorgewarnt, dass Sie mich noch befragen werden.«

Otto versank in einem weißen Ledersessel und gestattete sich einen schnellen Rundblick. Eine Wandseite wurde von einem mächtigen Bücherregal beherrscht. Überwiegend schien es sich um kunsthistorische Werke zu handeln. Aber zwei Regalmeter wiesen klar erkennbar Literatur aus dem Wirtschaftsbereich auf.

Barbara Engel war seinem Blick gefolgt. »So, jetzt kennen Sie auch meine Ausbildung: Kunstgeschichte und Betriebswirtschaft.« Mit einem verhaltenen Seufzer setzte sie hinzu: »Allerdings glaube ich, Herr Deschs untrüglicher Blick für Kunst ist für mich unerreichbar. Selbst wenn ich mich alt und grau studiert hätte.«

Jetzt hatte Otto einen Einstieg in das Gespräch gefunden. Er verlagerte den Oberkörper leicht nach vorn und legte die Hände zwischen die Knie. »Sie sind für das Marketing zuständig. So hat es mir Conrad erzählt. Was muss ich denn darunter verstehen?«

Barbara Engel schlug entspannt ihre langen schlanken Beine übereinander.

Otto musterte sie wohlgefällig von oben bis unten. Sie trug einen schwarzen Samtblazer mit einem Dekolleté, das mehr Fragen aufwarf, als sie zu beantworten, zu einem schwarz schimmernden Satinrock über hauchzarten schwarzen Nylonstrümpfen mit Naht. Die waren ihm sofort ins Auge gestochen, als sie ihn durch die Ausstellungsräume geführt hatte. Otto konnte sich gar nicht mehr daran erinnern, wann er zum letzten Mal Strümpfe mit Naht zu Gesicht bekommen hatte. Hoch erotisch.

Bei Frauen bewunderte er das attraktive Äußere aus voller Seele, was aber bis jetzt nicht dazu geführt hatte, auch bei sich für ein Mindestmaß an Attraktivität zu sorgen. Gerade Renate ließ nichts unversucht, ihn von einem modischeren Outfit und den Vorteilen einer Gewichtsabnahme zu überzeugen. Doch ihre diesbezüglichen Vorschläge hörten sich an wie eine Frontalattacke auf seine Lebensfreude, eine Liste des reinen Verzichts und der abscheulichsten Zumutungen. Von allem weniger und von vielem, was ihm besonders gut schmeckte, nichts.

Das konnte und wollte er nicht. Lieber richtete er sich nach der Ansicht seines Vaters. Was macht einen Mann für eine Frau anziehend? Das hatte der ihn in einem ihrer seltenen Vater-Sohn-Gespräche gefragt und gleich selbst mit der Antwort aufgewartet: Geld, Macht und Einfluss. Das ist für Frauen das Erotischste überhaupt an einem Mann. Dafür sehen sie über eine Glatze, ein künstliches Gebiss oder eine Wampe großzügig hinweg.

Auf Macht und Einfluss war Otto nicht erpicht. Dazu fehlte ihm der Ehrgeiz. Aber das ordentliche finanzielle Polster, das sein Vater zu Lebzeiten angehäuft hatte, war ihm sehr willkommen. Es freute ihn zu sehen, wie es sich durch geschickte Geldanlagen quasi von selbst vermehrte. Er war wohlhabend und hätte es eigentlich gar nicht nötig, seine Zeit beim LKA zu vergeuden.

Er sah zu, wie Barbara Engel eine Strähne ihres schwarz gelockten Haares verspielt um den Finger wickelte. Eine attraktive Erscheinung. Wie alt mochte sie wohl sein? Er schätzte sie auf Mitte vierzig. So um den Dreh herum. Aber das Schönste an ihr waren ihre großen grünen Augen. In ihnen versank er nun – ohne Haltegriff und Schwimmhilfe. Wie konnte er es nur anstellen, Barbara Engel dezent davon in Kenntnis zu setzen, dass er zumindest eines der Dinge besaß, die Männer so anziehend und erotisch machten?

Was hatte sie gesagt? Nur mühsam konnte er den letzten Satz rekapitulieren. »Wenn Desch von einem Künstler überzeugt ist, dann schlägt meine große Stunde. Dann plane ich punktgenau die Vermarktungsstrategien.« Ja, so hatte sie es gesagt.

»Aha. Bei den drei Eibenmalerinnen sind Sie demnach auch so verfahren.« Otto räusperte sich gründlich. Irgendwie klang ihm die eigene Stimme plötzlich so nichtssagend, so ausdruckslos im Ohr.

»Davon können Sie ausgehen.« Barbara Engel nickte. »Herr Desch hat Ihnen sicher gesagt, dass er auf keinen Fall drei Eibenmalerinnen wollte. Aber da musste ich mich einfach durchsetzen. Drei ist eine magische Zahl, und die drei Malerinnen habe ich wie ein Gesamtkunstwerk konzipiert.«

»Ach was, das geht einfach so?« Ottos Gesicht war ein einziges Fragezeichen. »Waren denn die Malerinnen mit dieser Art von Vermarktung einverstanden?«

»Nicht unbedingt. Nein, eigentlich gar nicht. Zu Anfang musste ich schon mit Engelszungen reden. Besonders bei Bettina.« Ihre Augen verdüsterten sich, und ein harter Zug schlich sich in die Mundwinkel. Dann lachte sie auf. »Nomen est omen – Engel – Engelszungen. Das ist eben mein Metier. Darin bin ich Meisterin. Andere für eine Idee zu begeistern.«

Davon war Otto mittlerweile rundum überzeugt. »Wie sah die Strategie nun genau aus?«

»Schauen Sie, wenn Desch mir grünes Licht gibt, dann läuft bei mir ein ganzes Szenario ab. Die drei Malerinnen konnten mit ihrem Können überzeugen. Zunächst bei der Debütantenausstellung in der Kunstakademie und drei Jahre später beim BBK.«

Otto nickte. Er kannte sich aus. Für ihn war BBK nicht nur das Kürzel einer Krankenversicherung. Desch hatte ihn schon mehrfach mitgenommen in das Untergeschoss des Völkerkundemuseums. Dorthin lud der Bund der Bildenden Künstler junge, Erfolg versprechende Künstler etwa drei Jahre nach ihrem Examen ein. Sie durften ihre aktuellen Arbeiten vor einem anspruchsvollen Publikum präsentieren. So mancher Künstler wurde danach von einem Galeristen unter die Fittiche genommen. Die Verträge mit Bettina Tauber, Laura Berger und Verena Bach waren demnach auf die gleiche Weise zustande gekommen.

»Das ist der Zeitpunkt, ab dem es für den Galeristen teuer wird«, fuhr Barbara Engel fort. »Die Bilder müssen gezeigt werden. Nicht nur hier in den Schauräumen. Köln, Basel, London, dort sind die angesagten Messen. Wir bezahlen Unsummen für unsere Kojen.«

Otto lehnte sich zurück und blickte diskret auf die Uhr. So ein Ärger aber auch. In einer Stunde hatte er einen Termin in der Maillingerstraße. Stundenlang könnte er dieser Barbara zuhören. Ihr Enthusiasmus war regelrecht ansteckend. Ihm fiel aber auch die Zielstrebigkeit auf, mit der sie ihrer Arbeit nachging. Er konnte sich gut vorstellen, dass so mancher Künstler davon überfordert war. Deshalb fragte er: »Lief es mit den drei Malerinnen denn so glatt, wie Sie es sich vorgestellt hatten?«

Barbara Engel lächelte amüsiert. »Ich sehe schon, Sie dringen schnell zu den wesentlichen Informationen vor. Speziell mit Bettina und Verena musste ich tatsächlich mehrfach ein deutliches Wort sprechen. ›Mädchen‹, habe ich gesagt, ›ihr müsst euch persönlich präsentieren. Und genau so, wie ich es plane.‹ Ich habe für die Messeauftritte die Kleidung ausgesucht und gekauft. Alle Dialoge habe ich mit ihnen durchgekaut. ›Merkt euch eines‹, habe ich immer gesagt: ›Der Käufer, der Sammler hat immer recht. Und wenn er im Bild Heidelbeeren sieht, dann sind es eben Heidelbeeren. Und wenn er in seinem Auftragsbild einen Arsch sehen will, dann malt ihm doch Ärsche rein.‹«

Otto war verblüfft. »Das ließen die Malerinnen mit sich machen?«

»Laura schon. Laura musste ich gar nichts erklären, die hatte ihr Image virtuos ausgebaut. Verena zeigte zwar guten Willen, war aber doch sehr unbeholfen. Man sah ihr den oberfränkischen Dorftrampel noch ein wenig an. Aber Bettina. Ach Bettina. Die war nur glücklich, wenn sie hinter ihrer Staffelei stand.«

»Was ist daran auszusetzen? So stelle ich mir eine Künstlerin vor. Ohne Not muss die auch keine Ärsche reinmalen, wenn ich das so drastisch wiederholen darf.« So ein Tralafitti hatte doch eine wie Bettina Tauber gar nicht nötig. Und das sollte gutes Marketing sein? Otto befielen größte Zweifel.

Barbara Engel konnte seiner Mimik und Gestik offenbar die richtigen Informationen entnehmen. Das schien eine ihrer großen Stärken zu sein. Jedenfalls suchte sie jetzt seriöses Terrain. So kam es Otto zumindest vor.

»Ich gebe Ihnen ein Beispiel, damit Sie verstehen, mit welchen Schwierigkeiten ich es teilweise zu tun habe. London, die Kunstmesse Frieze Art Fair, letztes Jahr im Oktober.« Barbara Engels Gesicht glühte vor Stolz. »Von den Organisatoren der Messe wurden die drei zu einem Künstlergespräch eingeladen. Das ist etwas ganz Besonderes, eine Ehre für die Malerinnen und auch für unsere Galerie. Insgesamt verlief das Gespräch hervorragend. Die internationalen Kunstkenner waren begeistert. Anschließend standen unsere Malerinnen noch für weitere Interviews in unserer Koje bereit. Wir hatten eine extra große organisiert. Fragen Sie nicht, was uns das gekostet hat. Unsummen. Bei Laura und Verena lief es gut. Eigentlich nur, weil Laura dabei war. Die beherrschte den Künstlerjargon wie keine Zweite. Sie hatte auch Verena gut im Griff. Bei den beiden lief es also ganz ordentlich. Aber Bettina.«

Barbara Engel verdrehte ihre Augen himmelwärts. »Ein Bild der Verzweiflung. Sie stand da wie ein Stück Holz. Ihre Antworten beschränkten sich auf: ›Warum nicht? – Vielleicht. – Wenn Sie das sagen. – Das könnte man durchaus so sehen.‹ Dann, nach etwa einer Stunde, trat sie einen Schritt nach vorne und verkündete in voller Lautstärke: ›Schluss jetzt, die Affenfütterung ist vorbei, der Zoo ist geschlossen.‹ Sie verschwand und ging in ihr Hotel. Wir hatten so ein Glück, dass sie es auf Deutsch sagte. So verstanden viele der Besucher, die überwiegend aus England und Amerika kamen, ihren ungezogenen Satz nicht. Als ich sie am nächsten Tag zur Rede stellte, antwortete sie mir tatsächlich: ›Der ganze Bohei geht mir am Arsch vorbei.‹ Stellen Sie sich das mal vor, Herr Fechter. Da müht man sich ab, setzt alle Hebel in Bewegung, und dann kommt das. Für mich war Bettina eine ausgesprochen schwierige Künstlerin.«

Noch über ihren Tod hinaus wurde Otto diese Bettina immer sympathischer. Betont beiläufig stellte er nun seine wichtigste Frage.

»Frau Engel, wo waren Sie eigentlich am Samstag in der Zeit zwischen zwei Uhr nachts und fünf Uhr morgens?«

»Sie meinen die Zeitspanne, während der Bettina und Laura ermordet wurden?« Barbara Engel wirkte keineswegs überrascht. »Das Fest endete nach dem Feuerwerk, also bald nach Mitternacht. Eine knappe Stunde später waren dann wirklich alle Gäste abgefahren. Mit dem ganzen Aufräumen hatte ich nichts mehr zu tun. Dafür haben wir hervorragend geschultes Personal. Ich denke, spätestens gegen ein Uhr bin auch ich gefahren.«

»Wohin?«

Nach München zurück. In meine Wohnung im Lehel. Wissen Sie, das brauche ich dann dringend. Nach so einem Trubel will ich niemanden mehr hören oder sehen. Es war kaum Verkehr. Ich glaube, um kurz nach zwei lag ich schon im Bett.«

»Kann das jemand bezeugen?«

»In der Tiefgarage und im Lift habe ich niemanden getroffen. Ich lebe allein.« Barbara Engel hob bedauernd die Schultern. »Ich befürchte, ich habe niemanden, der mein Alibi bezeugen könnte.«

Das hatte Otto insgeheim befürchtet. Das Alibi war nicht einmal ein Fingerschnippen wert. Und was war mit Desch? Himmel, den hatte er noch gar nicht nach seinem Alibi gefragt! Das musste er sofort nachholen. Er verabschiedete sich und kündigte an, noch einmal kurz bei Desch vorbeizuschauen.

Barbara Engel nahm das zum Anlass, ihm schnell noch einen Zettel in die Hand zu drücken.

»Geben Sie den bitte Herrn Desch. Dann kann er gleich den Termin für den jungen wilden Künstler in seine Agenda eintragen.«

Barbara Engel blieb im Türrahmen stehen und blickte Otto Fechter nachdenklich hinterher. Mit Männern kannte sie sich aus und wusste meist schon auf den ersten Blick, was von dem einen oder anderen zu halten war. Doch dieser Fechter ließ sich nicht so einfach einordnen. Er war zwar auf ihre dezent gesetzten erotischen Botschaften sofort angesprungen, aber nicht mit der Intensität, die sie erwartet hatte.

Es wurde ihr immer klarer, dass sie ihn nicht unterschätzen durfte. Von Kunst und vor allem vom Kunstmarkt verstand er mehr, als er im Gespräch mit ihr hatte durchblicken lassen. Das war ihr schon während der Vernissage an ihm aufgefallen. Ein unbedeutender Nebensatz, das Verharren vor einem Gemälde in einer bestimmten Pose, das Vorschieben der Unterlippe. Sie kannte sich aus mit der subtilen Körpersprache von Kunstkennern und Menschen im Allgemeinen und konnte sie mittlerweile treffsicher interpretieren. Otto Fechter vermittelte auf den ersten Blick den Eindruck eines gutmütigen Teddybären im ausgebeulten Trachtenanzug, der mit freundlichen dunklen Augen harmlos in die Welt schaute. Als er aber Deschs pompöser Selbstinszenierung überhaupt keine Aufmerksamkeit schenkte und dafür umso intensiver die anwesenden Gäste studierte, schrillten bei ihr die Alarmglocken.

Keine Sorgen machte sie sich dagegen um seine weibliche Begleitung, diese Kriminaldirektorin Wörlein. Von Kunst verstand die so gut wie nichts. Das war ihr nach wenigen Augenblicken klar geworden. Wenn sie ihr Eindruck nicht trog, waren sie im Team gleichberechtigt. Wer hatte denn nun das Sagen, doch nicht dieses unbedeutende Nichts von einer Frau? Ohne Schuhe würde sie ihr nicht einmal bis zur Schulter reichen. Zugegeben war ihr Gesicht mit den hellblauen Augen ganz hübsch, wenn man auf ungeschminkte Frauen stand. Aber sonst? Ein Landei im braven schwarzen Kostüm, mehr auch nicht. Wieso hatte ausgerechnet sie diese Position beim LKA? Hatte sie sich etwa durch diverse Betten nach oben geschlafen? Irgendwie war das wenig wahrscheinlich, bei dem unscheinbaren Aussehen. Möglicherweise brauchten sie eine Quotenfrau, damit die Geschlechterbilanz stimmte. Genau, das passte zu ihr. Das war eine, der es rein um die Karriere ging. Solche Frauen kannte sie zur Genüge. Mangelnde Fähigkeit verstanden sie hinter Effizienz und Sachorientierung zu verbergen. Mit meterdicken Scheuklappen liefen sie durch die Welt und kriegten nur das mit, was für die Karriere förderlich war. Von ihr drohte keine Gefahr.

Dagegen war bei Fechter allergrößte Vorsicht geboten. Auf keinen Fall war er ein Polizist, den man mit weiblicher Raffinesse locker um den Finger wickeln konnte.

***

Auf dem Weg zu Deschs Büro dachte Otto Fechter immer noch über Barbara Engels Alibi nach, das keinen Pfifferling wert war. Er hasste es, wenn Frauen, die ihm gefielen, in Schwierigkeiten steckten. Da war er ganz parteiisch.

Bevor er an Deschs Tür klopfte, warf er rasch einen Blick auf den Zettel, den Barbara Engel ihm mitgegeben hatte. Darauf stand der Termin für den jungen Künstler. Kein Wunder, dass der Bursche so ausfällig geworden war. Erst in sechs Wochen durfte er seine Werke präsentieren. Das war ja schlimmer als ein Facharzttermin bei den gesetzlichen Krankenkassen. Neben dem Datum waren vier kryptische Buchstaben vermerkt: c. n. e. p.

Otto klopfte und trat auch sofort ein.

Desch hob den Kopf und starrte ihn entgeistert an.

»Also, ihr vom LKA müsst Zeit ohne Ende haben. Du bist ja immer noch da. Was hast du so lange bei meinem Engel gemacht?«

»Ermittelt.«

Otto verschanzte sich hinter einer undurchdringlichen Miene. Einem Pokerface, wie er hoffte. Er kam heran und stützte beide Hände auf Deschs Schreibtisch.

»Conrad, ich habe dich noch gar nicht gefragt, was du nach dem Fest gemacht hast.«

»Ich hab mich ins Bett gelegt.«

»Wo und mit wem? Kann das jemand bezeugen?«

»Wie jetzt? Im Schlafanzug lass ich mich bei niemandem blicken. Da bin ich eigen. Na, in der Villa am Ammersee habe ich doch meine eigene kleine Wohnung mit Salon, Bad und Schlafzimmer. Da hat mich keiner gesehen. Und wenn einer aufgetaucht wäre, dem hätte ich glatt den Kopf abgerissen. Männer in meinem Alter möchten nach Mitternacht ihre Ruhe haben.«

Das leuchtete Otto zwar ein, aber aus ermittlungstechnischer Sicht war es ein einziges Desaster. Er erinnerte sich zudem wieder an das Vernissagepublikum. Einige waren darunter gewesen, die er für sich sofort unter die Ganovenrubrik einsortiert hatte. Natürlich war der Weilheimer Kollege Jan Altinger mit der Überprüfung der gesamten Gästeliste befasst, trotzdem schadete es nicht, selbst auch einen Blick darauf zu werfen. Es ging ihm nur um zwei oder drei Typen. Deshalb bat er Desch um eine weitere Kopie der Gästeliste.

Conrad Desch holte sie aus einem Ordner und behielt sie noch einen Augenblick nachdenklich in der Hand.

»Mit dem sturen Hund von der Weilheimer Kripo war nicht zu reden, der hat mich gestern behandelt wie einen Schwerverbrecher. Von verschiedenen Kunden, die auch bei der Vernissage waren, habe ich mittlerweile Ähnliches gehört. Aber von dir kann ich hoffentlich mehr Taktgefühl erwarten.«

»Gesetzestreue Bürger behandle ich wie Kronjuwelen. Auf deiner Vernissage habe ich aber ein paar fragwürdige Visagen entdeckt.«

Mit mäßigem Interesse erkundigte sich Desch: »Wen zum Beispiel?«

»Das fällt mir schon wieder ein, wenn ich die Namen lese.«

»Otto, ich dreh keine krummen Dinger, das weißt du. Ansonsten bin ich Geschäftsmann. Für die Integrität meiner Kunden bin ich weiß Gott nicht verantwortlich.«

Otto griff nach der Liste und holte den Zettel von Barbara Engel aus der Tasche seines Trachtenjankers. Er schob ihn über den Schreibtisch. »Das soll ich dir von deinem Engelchen noch geben.«

Desch betrachtete die Botschaft, ein wissendes Lächeln glitt über sein Gesicht.

Otto war das nicht entgangen. Interessiert lehnte er sich über den Schreibtisch. »Habe ich jetzt etwa einen verschlüsselten Liebesbrief von Tür zu Tür getragen, oder was hat es mit den vier geheimnisvollen Buchstaben auf sich?«

»Otto, in Liebesdingen gehen Engelchen und ich getrennte Wege. Wir haben aber eine Wette laufen, und zwar, wer bei der Künstlerbeurteilung den richtigen Riecher hat. Also, wo Daumen rauf oder wo Daumen runter. Jeder gibt dabei sein spontanes Gutachten ab.«

»Sag bloß, das macht ihr über die vier Buchstaben?« Otto war jetzt wirklich neugierig.

»*Cacatum non est pictum* ist die Langform von c. n. e. p.«, deklamierte Desch mit gelangweilter Miene.

Otto zog indigniert die Augenbrauen hoch. »*Cacatum* … Ich krieg es jetzt zwar nicht mehr genau zusammen, aber in meinen Ohren hört es sich ausgesprochen schmutzig an. Habe ich recht?«

Desch nickte beifällig: »Hingeschissen ist noch nicht gemalt, heißt das. Also Daumen runter.«

Um seinen nächsten Termin einzuhalten, musste Otto nun doch ein Taxi in die Maillingerstraße nehmen. Was war bei der Befragung herausgekommen? Die Galerie Desch spielte im ganz hohen Preissegment mit. Aber das wusste er bereits. Barbara Engel, die Marketingkünstlerin, führte ein hartes Regiment, doch der Erfolg gab ihr recht. Ihr Alibi konnte man jedoch vergessen. Das war nicht einmal so viel wert wie das Schwarze unterm Fingernagel. Ebenso verhielt es sich mit dem von Desch. Schade. Beides bedauerte er.

Barbara Engel hatte es fertiggebracht, dass sein Herz bei ihrem Anblick bis zum Hals schlug. Er trug sich sogar mit dem Gedanken, sich einen neuen Trachtenanzug auf Maß schneidern zu lassen, der seine üppige Leibesmitte charmant überspielte. So weit war er für eine Frau selten gegangen. Mit Desch, dem schrulligen Eigenbrötler, fühlte er sich dagegen irgendwie seelenverwandt.

FÜNF

Trotz der sommerlichen Temperaturen fröstelte es Verena Bach. Zwei Eibenmalerinnen waren tot. Sie dagegen lebte. Eng schlang sie den flauschigen Bademantel um sich und wärmte die eiskalten Hände an der heißen Teetasse. Laura und Bettina waren tot. Im Briefkasten die Botschaft. Nur drei Sätze. Böse und bedrohlich: »Totholz. Sieh dich vor. Bald bist auch du totes Holz.«

Waren wirklich alle Fenster geschlossen und die Tür verriegelt? Sie stand auf und machte erneut einen Rundgang durch das Haus.

Bettinas Haus. Ein altes Bauernhaus am Ortsrand von Paterzell. Sie hatte es vor Jahren gekauft, damit sie nah am Eibenwald sein konnte. Bettina war keine arme Künstlerin. Sie stammte aus einem reichen Elternhaus und konnte einfach dort ein Haus kaufen, wo sie es wollte. Sie war aber auch großzügig. Laura und sie selbst durften bei ihr wohnen, wann immer und so lange sie wollten. Auch das Atelier, zu dem Bettina das gesamte obere Stockwerk hatte ausbauen lassen, benutzten sie nun schon seit Jahren gemeinsam.

War eigentlich die Tür zum Atelier verschlossen? Sie konnte sich auf einmal nicht mehr daran erinnern. Verena Bach stieg die knarrende Holztreppe hinauf und drückte die Türklinke nach unten. Offen. Ein bestialischer Gestank schlug ihr aus dem schmalen Spalt entgegen. Weiter ließ sich die Tür nicht öffnen. Irgendein Hindernis schien sie zu blockieren. Sie warf die Tür ins Schloss, drehte den Schlüssel um und raste die Treppe hinunter. Dabei stolperte sie über den Saum des Bademantels und stürzte. Atemlos rappelte sie sich wieder auf, rannte zurück in die Küche und verschloss die Tür.

***

Es war zwei Uhr nachmittags, als Renate am Ortseingang von Paterzell ihr Auto hinter dem Wagen der Weilheimer Kommissarin Amire Önar einparkte. Sie stieg aus und ging auf den schwarzen Golf zu.

In diesem Augenblick schwang die Fahrertür auf, eine schwarzlockige junge Frau setzte zackig ihre Füße auf die Erde und kam ihr mit einem strahlenden Lächeln entgegen.

»Servus. Ich bin die Amire, Amire Önar, Ich hab Sie glei wiederkennt im Rückspiegel, Frau Direktorin Wörlein. Ihre Vorträge über Motivanalysen, da war ich fei dabei.«

Renate schüttelte Amires Hand. »Wörlein genügt. Aber erklären Sie mir bitte, warum Sie so lupenrein den oberbayerischen Zungenschlag beherrschen.«

Amire lachte. »Das will jeder als Erstes von mir wissen. Alle erwarten nämlich von mir astreines Kanakendeutsch, sobald sie mich sehen und meinen Namen hören. Dann legen die gleich los mit Fragen wie ›Du verstehen Deutsch?‹ oder ›Woher du kommen?‹ und so.« Sie lachte wieder. »Ja mei. Ich bin halt pfeilgrad das gelungene Integrationsbeispiel.«

Erneut ließ sie ihr ansteckendes Lachen erklingen.

Renate stimmte herzlich mit ein. »Sie sind sich Ihrer außergewöhnlichen Wirkung auf andere aber schon bewusst, oder? Bei Ihrem durch und durch orientalisch anmutenden Aussehen mit den rabenschwarzen Haaren, den dunklen Augen und der braunen Haut überraschen Sie jeden, wenn Sie den Mund aufmachen und im schönsten oberbayerischen Dialekt reden.«

»Ja freilich. Ich kann schon Hochdeutsch, aber mir taugt es halt, wenn die anderen baff sind«, antwortete Amire mit einem lustigen Augenzwinkern und wurde gleich darauf ernst. »Das mit der Integration ist aber nicht immer einfach. Ich denke noch an meine Zeit als Umläuferin. Vor allem im Streifendienst wurde mir nichts geschenkt, und zwar von meinen eigenen Landsleuten. Gerade die jungen männlichen Türken sparten nicht mit gemeinen Beschimpfungen wie Bullenhure, Polizistenschlampe, Polizeifotze oder Schlimmerem.«

Über Amires Gesicht glitt ein trüber Schatten, den sie mit einem Lächeln sofort wieder wegwischte. »Inzwischen hat sich das geändert. Jetzt werde ich sogar bewundert und gefragt, wie ich es geschafft habe, bei der deutschen Polizei arbeiten zu dürfen.«

Renate kannte ähnliche Beispiele und vermutete deshalb: »Ich nehme an, hauptsächlich haben Sie das dem liberalen Denken und dem Integrationswillen Ihrer Eltern zu verdanken.«

Amire nickte zustimmend und griff nach einem Schnellhefter auf dem Rücksitz ihres Autos. »Hauptkommissar Altinger hat mir gesagt, Sie möchten die Informationen, die ich bis jetzt über Verena Bach zusammengetragen habe.«

Renate überflog die erste Seite. Dann klappte sie den Hefter zu. »Am liebsten würde ich gleich mit ihr persönlich sprechen. Sie wissen, wo sie wohnt?«

»Klar. Ich war gestern bei ihr. Fahren Sie mir einfach nach.«

Renate stieg wieder in ihren Wagen und folgte dem schwarzen Golf ein enges Sträßlein entlang. Sie kamen an blühenden Gärten vorbei und hielten bald darauf an einem kleinen Anwesen am Rand des Eibenwaldes.

Amire stand schon an der Haustür und läutete, als Renate erst noch das Auto verschloss und nachkam.

Amire läutete erneut. Niemand öffnete, und sie sah Renate verwundert an. »Ich habe Frau Bach heute Vormittag angerufen, weil ich sowieso noch einmal mit ihr sprechen wollte. Da sagte sie, sie würde den ganzen Tag hier sein. Seltsam. Gehen wir doch um das Haus herum. Vielleicht ist sie im Garten.«

Doch dort war niemand. Sie traten auf die bucklige Terrasse und schauten durch die kleinen Sprossenfenster der Terrassentür in ein Wohnzimmer mit rehbraunen Polstermöbeln. Von Verena Bach war nichts zu sehen. Die Hintertür war verschlossen, und sie kehrten wieder zur Haustür zurück. Amire läutete erneut, diesmal mit einer Hartnäckigkeit, dass Renate allein vom Zuschauen schon selbst der Daumen wehtat.

Sie spähte durch die Scheibengardinen am Fenster neben der Haustür. Täuschte sie sich oder hatte sie im Hintergrund nicht doch eine schattenhafte Bewegung wahrgenommen?

»Ich glaube, da drinnen ist jemand, läuten Sie weiter«, flüsterte sie Amire zu. Dann, ein wenig später: »Hören Sie mit dem Läuten auf. Ich habe ein Geräusch gehört.«

Nichts. Stille.

Amire wurde es offenbar zu dumm. Sie donnerte mit der geballten Faust gegen das Türblatt und rief: »Frau Bach, machen Sie doch auf. Wir sind es, Kripo Weilheim.«

»Frau Önar?«, fragte zaghaft eine leise Stimme hinter der Tür.

»Ja. Ich bin es. Amire Önar und Frau Wörlein.«

Die Haustür wurde von innen aufgeschlossen. In dem schmalen Spalt, den die Länge der Sperrkette zuließ, tauchte ein bleiches Gesicht auf. Verena Bach. Sie entfernte die Kette und öffnete die Tür.

Renate erschrak, als sie das verstörte Gesicht der jungen Frau im

Bademantel sah. Das rote Haar stand strähnig und unordentlich vom Kopf ab. Dunkle Schatten lagen um ihre Augen, die Lippen schimmerten bläulich blutleer. Mit der bildschönen Frau im azurblauen Kleid, die auf Deschs Vernissage einer der Glanzpunkte gewesen war, hatte sie nur noch entfernt Ähnlichkeit.

»Um Himmels willen, Frau Bach, was ist denn los?«

»Ich weiß nicht. Ich fürchte mich.« Verena Bach taumelte.

Renate griff zu und packte sie fest um die Taille. Schritt für Schritt führte sie die junge Frau in die Küche und setzte sie auf einen Stuhl.

Aus ihrer Handtasche holte sie das Kreislaufmittel hervor, das sie für sich immer dabeihatte, und sah sich in der Küche nach Zucker und Löffel um. Auf einen Teelöffel voll Zucker träufelte sie einige Tropfen.

»Mund auf und runter damit«, befahl sie Verena Bach, »dann hinlegen.«

Widerspruchslos fügte sich die junge Frau. Sie ließ sich in das Wohnzimmer führen und auf das Sofa betten. Die Decke, die Renate über sie breitete, zog sie eng um die Schultern und schloss die Augen. Tränen quollen unter ihren geschlossenen Lidern hervor, und sie flüsterte: »Ich fürchte mich so schrecklich. Der Brief.«

Renate griff nach ihrer Hand, die sich eiskalt anfühlte, und fragte: »Was für ein Brief?«

»Küchentisch. Umschlag.«

Amire, die gespannt zugehört hatte, stand sofort auf, um sich auf die Suche zu machen.

Renate rief ihr hinterher: »Schauen Sie doch bitte gleich noch nach, ob Sie was zu Essen auftreiben, und vor allem Kaffee.«

Kurz darauf kam Amire zurück. In der einen Hand, die sie mit einem Stück Küchenpapier abgedeckt hatte, hielt sie den Umschlag, in der anderen eine Tüte Cracker. Sie legte den Umschlag vor Renate auf den Tisch und sagte: »Ich weiß nicht, wovon die Frauen sich ernährt haben. Ich habe jedenfalls nur diese Cracker gefunden. Der Kaffee ist gleich so weit.«

Während Amire abermals in die Küche ging, streifte sich Renate Latexhandschuhe über. Sie griff nach dem Brief und musterte zunächst eingehend den Umschlag. Nichts. Keine Adresse, keine Briefmarke. Demnach könnte ihn der Schreiber selbst in den Briefkasten geworfen haben. Sie zog das Stück Papier aus dem Umschlag und las die kurze Botschaft.

Erschreckt weiteten sich ihre Augen. »Wann kam der Brief?«

Verena wandte ihr das tränenverschmierte Gesicht zu. »Ich weiß nicht. Ich habe erst heute Mittag in den Briefkasten geschaut. Da habe ich ihn gefunden.«

Amire kam mit drei Tassen Kaffee herein und stellte sie auf den Tisch. Dabei warf sie Renate einen fragenden Blick zu.

Die winkte sie zu sich heran und hielt ihr das Blatt hin. »Nur lesen, nicht anfassen. Ich nehme den Brief mit und lasse ihn im LKA-Labor auf mögliche Spuren untersuchen. Vielleicht gehört der Schreiberling zu denen, die zum Zukleben Briefumschläge abschlecken. Auf alle Fälle muss er ihn selbst eingeworfen haben. Theoretisch könnte er das wohl schon letzte Nacht getan haben, nicht wahr, Frau Bach?«

Verena Bach nickte stumm.

Nachdem auch Amire die knappe Botschaft gelesen hatte, fragte sie: »Frau Bach, wer könnte das geschrieben haben? Hatten Sie mit jemandem Streit? Vielleicht mit einem anderen Künstler? Gibt es einen Verehrer, den Sie abgewiesen haben? Denken sie nach. Wir müssen in alle Richtungen ermitteln.«

Verena Bach schüttelte stumm den Kopf. Sie setzte sich auf, griff nach der Kaffeetasse und trank einen Schluck. Abermals rollten Tränen über ihre Wangen, und sie schluchzte: »Ich will hier weg. Ich fürchte mich. Da oben im Atelier stimmt was nicht. Die Tür geht nicht auf, und es stinkt furchtbar.«

Alarmiert stellte Amire ihre Tasse auf den Tisch und erhob sich. »Ich schau nach, was da oben los ist.«

Auch Renate stand auf. »Das möchte ich mir ebenfalls ansehen.«

»Ich bleibe hier nicht allein«, jammerte sofort Verena Bach. »Ich komme mit.«

Zu dritt stiegen sie die Holztreppe hinauf.

Amire, die als Einzige bewaffnet war, entsicherte ihre Heckler-Koch. Sie schloss die Tür auf und drückte mit dem Ellbogen dagegen. Sofort spürte sie den Widerstand. Sie warf sich mit ganzer Kraft gegen das Türblatt. Renate griff mit ein. Zusammen gelang es ihnen endlich, die Tür so weit zu öffnen, dass man hineinsehen konnte. Im Raum war niemand. Es herrschte jedoch ein heilloses Durcheinander. Ekelerregender Gestank nach ranziger Butter und Erbrochenem schlug ihnen entgegen. Amire trat ein paarmal kräftig gegen die Tür. Endlich gab sie so weit nach, dass sie hineinschlüpfen konnte. Nun zeigte sich auch, warum die Tür so schlecht aufging. Ein schwerer Tisch stand dahinter. Sie wuchtete ihn zur Seite und ließ die anderen herein.

Verena Bach schrie auf und wollte in den Raum laufen.

Doch Renate hielt sie zurück. »Bleiben Sie, wo Sie sind. Sagen Sie uns einfach, was Ihnen auffällt.«

»Alle unsere Bilder sind weg, sogar das eine von Bettina, das halb fertig auf der Staffelei stand.«

»Wann waren Sie das letzte Mal im Atelier, und wann haben Sie zuletzt alle Bilder gesehen?«

Verena Bach überlegte kurz. »Am Sonntagnachmittag. Da bin ich mir ganz sicher. Ich hab nämlich an einem meiner Bilder weitergearbeitet, bis mir das Licht zu schlecht wurde. Es könnte sechs Uhr am Abend gewesen sein, als ich aufgehört habe. Danach habe ich mich noch durch die Fernsehprogramme gezappt und bin gegen zehn ins Bett gegangen.«

»Gut. Das genügt zunächst, Frau Bach. Wir gehen wieder nach unten.« Renate wandte sich an Amire. »Informieren Sie Ihre Weilheimer Kollegen. Wir brauchen sofort die KTU. Sagen Sie ihnen auch, dass Buttersäure versprüht wurde.«

Amire rief Jan Altinger an und gab ihm einen kurzen Überblick über die neue Sachlage. Danach schnitt sie eine jammervolle Grimasse. »Es dauert doch noch einige Zeit, bis die von der KTU hier sind. Inzwischen sterbe ich vor Hunger. Wenn es Sie nicht stört, Frau Wörlein, würde ich gern eine Kleinigkeit zum Essen besorgen.«

»Keineswegs. Sollte Ihnen dabei eine Leberkässemmel über den Weg laufen, dann bringen Sie die bitte für mich mit. Oder besser zwei«, fügte Renate mit einem Blick auf Verena Bach hinzu.

Mit einem beschwingten »Passd scho« wirbelte Amire davon.

Renate sah ihr verblüfft hinterher. »Passd scho« hatte sie gesagt. Wenn sie das P noch einen Hauch weicher ausgesprochen hätte, wäre ein typisch fränkisches »Bassd scho« daraus geworden. Dann musterte sie Verena Bach streng und befahl: »Sie gehen jetzt unter die Dusche und ziehen sich ordentlich an. Sobald Frau Önar zurück ist und wir eine Kleinigkeit gegessen haben, machen wir einen Spaziergang. Der ist gut für den Kreislauf und bringt Sie auf andere Gedanken. Außerdem dürfen wir der KTU nicht im Wege herumstehen.«

SECHS

Renate fielen die winzigen Veränderungen an Verena Bach auf, als sie nebeneinander den Weg durch den Eibenwald entlanggingen. Je tiefer sie in den Wald eindrangen, desto verschlossener wurde ihr Gesichtsausdruck. Auch ihre Körperhaltung wirkte zunehmend angespannter. Ruhelos schoss ihr Blick hin und her, dazwischen drehte sie sich immer wieder unvermittelt um. Sie hatte Angst, aber wovor? Vor wem? Der Eibenwald war an diesem späten Montagnachmittag wie ausgestorben, keine Menschenseele weit und breit.

»Erzählen Sie doch, wie Sie die beiden anderen Malerinnen kennengelernt haben.«

Verena Bach schreckte aus ihren Gedanken hoch. »Wie bitte?«

»Wie haben Sie Bettina Tauber und Laura Berger kennengelernt?«

»Beim Eibenmalen im Wald.«

»Hier? An welcher Stelle genau?«

Verena Bach schüttelte den Kopf. »Nicht hier. In einem anderen Eibenwald. Er ist in der Nähe von Gößweinstein, aber das sagt Ihnen sicher nichts. Ein kleiner Ort in Oberfranken.«

»Und ob mir das etwas sagt, zumindest Gößweinstein. Das ist ein berühmter Wallfahrtsort in der Fränkischen Schweiz. Die Basilika trägt ganz die Handschrift ihres genialen Baumeisters Balthasar Neumann. Ich komme aus Nürnberg. Da gehört das zum fränkischen Grundwissen. Bei Gößweinstein gibt es also auch einen Eibenwald?«

»Ja. Er ist auf den ersten Blick nicht so eindrucksvoll wie dieser hier. Die Bäume sind nicht so imposant, denn sie sind nicht so alt. Aber er ist auf andere Weise schön. Man muss ihn sich selbst erschließen, dann sieht man seinen Zauber. Das sind die Eiben vor den schrundigen Felswänden aus Dolomitgestein.« Verena Bach strebte einem umgefallenen Baumstamm zu und ließ sich darauf nieder.

Renate setzte sich dazu und betrachtete nachdenklich die alte Eibe vor sich mit den ringförmig in den Stamm gehackten Löchern und den Wülsten.

Verena Bach war ihrem Blick gefolgt. »Das ist die Spechteibe. Und sehen Sie dort drüben den umgefallenen Eibenstamm, aus dem nun die Äste senkrecht nach oben wachsen? Eine Eibe gibt nicht auf. Sie duckt sich unter dem hohen Blätterdach der Buche oder des Ahorns und schmiegt sich eng an sie an. Oder sie verwächst mit einer anderen Eibe wie mit einem Ehepartner. Eiben sind gesellig. Ich liebe diese Bäume. Sie sind meine Freunde. Sie inspirieren mich. Besonders Bettina fühlte ähnlich wie ich. Laura suchte an den Bäumen eher die extreme Form, das Außergewöhnliche.«

Ihr Blick strich über den am Boden liegenden Stamm, aus dem die Zweige trotzig nach oben strebten. »Wir begegneten uns zufällig im Gößweinsteiner Eibenwald. Ich saß schon an meiner Staffelei vor der Felswand, als sie zu mir heraufstiegen. Das könnte bald fünf Jahre her sein. Genau. Ich war zweiundzwanzig. Ich hatte mein Studium an der Nürnberger Kunstakademie beendet und arbeitete an einer Kunstmappe, die ich bei verschiedenen Galerien vorlegen wollte.«

»Wovon lebten Sie denn in dieser Zeit?«, hakte Renate interessiert nach.

»Hauptsächlich von meinen Eltern. Ich hatte zwar ein paar Nebenjobs, aber sonst lebte ich von der Unterstützung meiner Eltern. Peinlich, oder?«

»Bei meinen Kindern war das in dem Alter nicht anders. Glücklicherweise stehen sie jetzt auf eigenen Beinen. Meine Tochter ist einunddreißig und gerade dabei, mich zur Großmutter zu machen. Sie ist im vierten Monat schwanger. Heutzutage ist das in dem Alter nur normal. Ich war neunzehn, als ich sie bekam, und schaffte gerade noch mit Ach und Krach vor der Geburt das Abitur.«

Renate sagte das im lockeren Ton so dahin, dabei war die Zeit keineswegs locker abgelaufen. Mit neunzehn Jahren schwanger von einem Mann, der selbst kaum für seinen Lebensunterhalt aufkommen konnte – der Ärger in ihrem Elternhaus war perfekt gewesen. Vom ersten Tag an war Florian bei ihren Eltern unten durch gewesen. Er war zehn Jahre älter und hatte als Architekt immer noch nicht Fuß gefasst. Ein Versager. Wäre da nicht seine Mutter gewesen, Renates heutige Schwiegermutter. Eine Frau voll Tatkraft und Pragmatik. Sie sah sich wieder mit ihr zusammen auf der Terrasse des Hauses sitzen, in das sie gebeten wurde, als ihre Schwangerschaft Florians Mutter zu Ohren gekommen war. Charlotte stellte ihr mit abschreckender Direktheit, die eher einem Verhör glich, ihre Fragen: Liebst du Florian? – Ja. – Willst du das Kind bekommen? – Ja. – Du wolltest doch zur Polizei. Willst du das immer noch? – Ja. – Gut, dann packen wir es zusammen an. Auf Charlotte war von dieser Stunde an Verlass gewesen. Sie war stets zur Stelle, wenn sie gebraucht wurde, ganz im Gegensatz zu Renates eigenen Eltern. Bei denen standen immer die eigenen Bedürfnisse im Vordergrund. Rund um die Welt wollten sie. Etappe für Etappe hatten sie alle Länder rund um den Globus bereist, kannten alles. Unbekannt blieben ihnen allerdings ihre Enkel. Jetzt beklagten sie sich, dass kein Hahn nach ihnen krähte.

Renate betrachtete die junge Frau an ihrer Seite mit gemischten Gefühlen. Die Denkweise von Künstlern war ihr unbekannt. Deshalb fragte sie: »Wieso wollten Sie unbedingt Malerin werden?«

»Ich fühlte mich dazu berufen. Ich hatte Talent, das wurde mir schon früh gesagt. All die Einwände meiner Eltern, das sei eine brotlose Kunst, schlug ich selbstverständlich in den Wind. Auch die Tatsache, dass nur ein kleiner Prozentsatz an Künstlern allein von der Kunst leben kann, interessierte mich nicht. Ich wusste es besser. Ich war beseelt von meiner Berufung zur Künstlerin und überzeugt, dass es nur eine Frage der Zeit sei, bis mir der große Wurf gelingt und damit der Durchbruch zum Erfolg.«

»Das ist Ihnen doch gelungen. Mit Ihren siebenundzwanzig Jahren können Sie schon eine beachtliche Karriere aufweisen.«

Verena beugte sich hinunter und riss einen Grashalm aus. Sie wickelte ihn um den Finger, streifte ihn wieder ab und warf ihn fort.

»Das habe ich nur Bettina Tauber zu verdanken. Als sie sah, dass ich mich auch mit Freskomalerei beschäftigte und eine gewisse Virtuosität in der Illusionismusmalerei entwickelt hatte, wie man sie aus dem Barock kennt, hat sie mir einen Auftrag gegeben. Ich durfte vor zwei Jahren einen der Ausstellungsräume der Tauber-Schmuckgalerie in Nürnberg illusionistisch ausgestalten. Die gehört ihr nämlich, ebenso wie die in München und die andere in London. Stellen Sie sich vor, sogar in Dubai hat sie eine.«

Verena Bach machte eine ehrfurchtsvolle Pause, die Renate nicht unterbrach. Sie wartete ab und hörte dann, als Verena Bach weitersprach, aufmerksam zu.

»Die hat sie von ihrem Vater geerbt. Geleitet werden die Schmuckgeschäfte aber von ihrem Cousin, Bernd Tauber. Der war so begeistert von meiner Raumgestaltung, dass er auch das Geschäft in London von mir ausgestaltet haben will. Ich könnte jederzeit anfangen. Frau Wörlein, ich muss weg von hier. Ich habe Angst. Darf ich weg?«

Trotz des kindlich naiven Tons in der Frage und des hoffnungsvollen Blicks musste Renate ablehnen. »Das geht nicht, Frau Bach. Wir brauchen Sie hier in Deutschland für unsere Ermittlungen. Ich werde aber mit Hauptkommissar Altinger sprechen, ob wir Sie nach Hause fahren lassen können, nach Gößweinstein.«

»Darüber wäre ich froh. Hier kenne ich doch niemanden, bei dem ich unterkriechen könnte. Ich fürchte mich so in Bettinas Haus.«

»Wir finden für Sie schon eine Lösung«, beruhigte Renate sie. »Aber noch einmal zurück zu Bettina Tauber: Durch sie begann also Ihre Karriere?«

»Richtig. Sie selbst war mit ihren Werken schon längst bei der Galerie Desch und hatte auch Laura Berger hingebracht. Desch hat sich meine illusionistische Raumgestaltung angeschaut und auch meine anderen Arbeiten. Er wollte wohl wissen, was ich sonst noch auf dem Kasten habe. Meine Installationen haben ihm sehr gut gefallen, besonders ›Totholz‹ und ›Eibenelegie‹. Deshalb war ich bei der Vernissage nicht mit meinen Bildern, sondern mit den Installationen vertreten. Desch hat ein Gespür für Qualität und fördert nur jemanden, der seinen handwerklichen Kriterien entspricht. Ich bin froh, dass ich bei seiner Galerie bin. Bei ihm fühle ich mich gut aufgehoben.«

»Wie war Ihr persönliches Verhältnis zu Bettina Tauber und Laura Berger?«

»Zu beiden gut.« Verena Bach überlegte. »Mit Bettina war ich vielleicht noch vertrauter. Sie war eine außergewöhnliche Frau, sie ruhte in sich selbst. Der ganze Kunstmarktrummel ließ sie kalt. Als sie voriges Jahr zusammen mit Laura beim Ranking des Kunstkompasses in der Zeitschrift Capital auf Platz eins kam, hat sie nur ironisch gelacht.«

»Und Laura Berger?«

Verena Bach schmunzelte in Erinnerung an die Reaktion der glücklichen Laura. »Vor Stolz war sie ganz aus dem Häuschen und richtete zur Feier des Tages ein riesengroßes Besäufnis aus. Wir haben förmlich in Champagner gebadet. Ich weniger, Alkohol ist nicht mein Ding. Wissen Sie, Frau Wörlein, was mir damals durch den Kopf gegangen ist? Bettina war als Mensch so unabhängig von der Meinung anderer, weil sie auch finanziell unabhängig war. Die Kriterien, die hinter dem Ranking stehen, haben sie überhaupt nicht interessiert. Fragen, etwa in dem Sinn, in welchem Museum sie ausgestellt hat, mit welchem Galeristen sie zusammenarbeitet, welcher Kritiker über sie schreibt oder welche Preise sie bekommen hat, waren ihr egal. Sie wollte nur in Ruhe malen und zwar das, was ihr gefiel. Nicht das, was das Publikum unbedingt wollte.«

»Bei Laura Berger sah das wohl anders aus?«, hakte Renate Wörlein nach.

»Na klar. Das war doch wie ein Ritterschlag. Ihre Bilder waren auf einmal viel Geld wert. Sie erregten Aufmerksamkeit. Endlich konnte sich Laura ein wenig Luxus leisten.«

»Erzählen Sie mir von Laura. Sie war mit ihren dreiunddreißig Jahren zwei Jahre jünger als Bettina Tauber. Wie war sie so?«

»Ja, wie war sie wirklich?« Grübelnd strich sich Verena Bach übers Kinn. »Temperamentvoll, extrovertiert, sprühend vor Ideen. Handwerklich hervorragend, sonst hätte Desch sie nicht genommen, und ein wenig glamourös. Sie inszenierte sich mit ihren Bildern gleich mit. Warum auch nicht? Ein Künstler braucht Aufmerksamkeit. Das sagt Barbara Engel immer. Leider bin ich eher wie Bettina. Mir liegt das auch nicht. Frau Engel hat deswegen mit Bettina und mir öfter geschimpft. Sie hat gesagt, gut sei das, was sich durchsetzt. Dafür müsse ein Künstler auch über den eigenen Schatten springen und sein Ego bezwingen. Das künstlerische Ego stünde dem Publikumsgeschmack nur im Wege.«

»Laura hatte mit dem Ablegen ihres Egos also kein Problem«, spitzte Renate das Thema zu.

Verena Bach warf ihr einen unwilligen Seitenblick zu. »Sie dürfen das nicht so negativ sehen. Laura machte die glamouröse Seite des Kunstmarktes einfach Spaß. Zusammen mit Frau Engel überlegte sie nach dem Ranking, wie sie sich gemeinsam mit Bettina vermarkten könnte. Frau Engel brachte eine blonde Perücke mit und stülpte sie Laura über ihr braunes Haar. Uns fiel sofort auf, wie ähnlich Laura und Bettina nun aussahen. Ab dem Tag färbte Laura ihr

Haar in das gleiche Blond um, wie Bettina es hatte. Frau Engel kam dann noch auf die Idee, dass beide bei den Events die gleichen Kleider tragen sollten, wenn sie gemeinsam auftraten.«

»Wie fand Bettina das?«

»Schrecklich. Sie hat es nur für Laura gemacht.«

»Noch eine Frage: Mit wem waren die zwei zusammen, wen hatten sie zum Freund oder zur Freundin?«

Verena Bach saß zusammengekrümmt auf dem Baumstamm. Das Haar fiel ihr ins Gesicht. Sie strich es hinters Ohr und sah Renate an. »Frau Önar hat mich das auch gefragt. Ich mag ungern darüber reden. Das ist doch alles viel zu persönlich. Es war deren Angelegenheit.«

»Bei Mord kann darauf leider keine Rücksicht mehr genommen werden. Reden Sie.«

Verena Bach setzte sich gerade hin. »Na gut. Bettina war mit ihrem Automechaniker zusammen.«

Sie hielt inne, als sie Renates überraschten Gesichtsausdruck wahrnahm.

»Ja. Mit ihrem Automechaniker. Was ist daran so ungewöhnlich? Ihm gehört die Werkstatt, die immer für sie den Kundendienst machte. In der Landsberger Straße in München. Frau Önar hat sich alles aufgeschrieben.«

»Sie mögen es vielleicht anders sehen, aber mir kommt es trotzdem ungewöhnlich vor, dass eine bekannte und wohlhabende Künstlerin ausgerechnet mit ihrem Automechaniker liiert ist. Wie kam das?«, fragte Renate interessiert nach.

»Bettina saß stundenlang bei ihm und sah ihm bei seiner Arbeit zu. Es hat sie fasziniert. In ihren Augen war er ein Künstler. Der Zusammenhang von Mensch und Maschine hat sie sehr interessiert. Sie hat auch ein paar Skizzen gemacht. Ich habe sie gesehen. Die waren technisch zwar gut, aber noch nicht ausgereift. Der geniale Funke hat gefehlt.«

»Ach so. Das war dann kein Liebesverhältnis.« Aus Renates Stimme war Enttäuschung herauszuhören.

»Doch. Sie liebte ihn wirklich. Er liebte sie auch, und er liebte ihre Kunst. Über ihren künstlerischen Erfolg konnte er sich von Herzen freuen. Außerdem war er einfach da, wenn sie ihn brauchte. Er erdete sie.«

»Aha.«

Darüber musste Renate Wörlein noch nachdenken. Mit dem Mechaniker würde sie so schnell wie möglich sprechen.

»Und wie sah es bei Laura Berger aus? Mit wem war sie befreundet?«

»Ich habe Ihnen doch erzählt, dass sie ganz anders war als Bettina. Extrovertiert, sprühend vor Energie und Lebensfreude. Sie zog immer einen Rattenschwanz von Verehrern hinter sich her.«

»Wen zum Beispiel?«

»Maler, Musiker, Fotografen, Käufer ihrer Bilder. Was weiß ich?« Verena Bach zuckte mit den Achseln.

Allein bei dieser vagen Aufzählung drehte es Renate schier den Magen um. Bei Laura Berger schienen sich persönliche Motive ins Uferlose zu häufen. Das konnte heiter werden. Sie probierte es mit Namen, die ihr im Augenblick einfielen. »Hatte sie was mit Conrad Desch, dem Galeristen?«

Belustigt lachte Verena Bach auf. »Mit Desch? Nie im Leben. Desch hat nie was mit Frauen. Möglicherweise ist er schwul, aber sicher weiß ich das nicht.«

»Mit Sebastian Klenk, dem Fotografen?«

»Ja, schon. Aber nichts Ernstes.«

»Machen Sie bitte für uns eine Liste der Personen, die mit den beiden Malerinnen Umgang pflegten.« Renate sah auf die Uhr. »Wir müssen zurückgehen. Hauptkommissar Altinger hat sicher noch einige Fragen an Sie.«

Auf dem Rückweg durch den Eibenwald musterte Renate Verena Bach immer wieder von der Seite. Bis jetzt hatte sie noch keine klare Vorstellung von ihr, konnte sie nicht richtig einordnen. Durch das lange Gespräch schien sie sich aber emotional ein wenig stabilisiert zu haben. Sie fragte: »Wann haben Sie Bettina und Laura auf der Vernissage zuletzt gesehen?«

»Ich glaube, das war kurz vor Beginn des Feuerwerks. Sie waren umringt von Fotografen und Presseleuten.«

Klang da ein Hauch von Enttäuschung aus ihrer Stimme heraus? Renate war sich nicht ganz sicher. »Sie standen doch auch im Mittelpunkt der Medien. Das habe ich mit eigenen Augen gesehen.«

»Aber nicht so. Ich bin noch nicht bekannt genug.«

Renate hatte es zwar anders wahrgenommen, aber von dem ganzen Kunstbetrieb verstand sie zu wenig. Lieber tastete sie sich an Informationen heran, die für sie griffig waren. »Mich würde interessieren, wie Sie und die beiden anderen Malerinnen zur Vernissage gekommen sind.«

»Wir fuhren zusammen in meinem Auto. Das hielten wir meist so, weil ich so gut wie keinen Alkohol trinke. Häufig fuhr Bettina mit mir zurück, Laura dagegen ganz selten. Sie fand immer jemanden, der sie nach Hause brachte.«

Renate dachte darüber nach und fragte: »Hatten Sie sich mit Bettina und Laura abgesprochen, dass Sie allein von der Vernissage zurückfahren werden?«

»Bettina wollte eigentlich bei mir mitfahren. Wegen der vielen Presseinterviews ging das aber nicht. Sie sagte, ich solle schon vorausfahren.«

Bis jetzt hörte sich Verena Bachs Aussage schlüssig an. Trotzdem fragte Renate weiter. »Wann haben Sie die Villa Desch verlassen, und wohin sind Sie danach?«

»Ich bin noch während des Feuerwerks nach Hause gefahren. Mir war von dem beißenden Rauch so übel geworden.«

»Mhm.« Renate betrachtete sie nachdenklich. »Kann das jemand bezeugen, dass Sie nach Hause gefahren sind? Haben Sie irgendjemandem Bescheid gesagt?«

Verena Bach blieb stehen und schaute sie verstört an: »Brauche ich denn einen Zeugen? Stehe ich etwa unter Verdacht, Bettina und Laura umgebracht zu haben?«

»In dieser Phase der Ermittlung müssen wir jeden aus dem direkten Umfeld der Opfer so genau wie möglich unter die Lupe nehmen, das müssen Sie eben hinnehmen. Ihnen liegt doch auch daran, dass wir den Fall schnell aufklären. Also noch einmal: Wer könnte bezeugen, dass Sie allein nach Hause gefahren sind?«

Verena Bachs Augen füllten sich mit Tränen. Sie schluchzte: »Niemand.«

»Ist Ihnen denn überhaupt aufgefallen, dass die beiden nicht nach Hause kamen?«

Verena Bach schüttelte den Kopf. »Ich bin am Samstagmorgen gegen neun Uhr aufgestanden und habe mir nichts dabei gedacht, als ich weder Bettina noch Laura antraf. Ich dachte, die schliefen noch. Bettina in ihrem Schlafzimmer und Laura in dem einen Gästezimmer, in dem anderen habe ich geschlafen. Bei Laura wurde es meist spät nach Vernissagen. Manchmal kam sie auch erst am nächsten Abend heim. Bettina ging normalerweise früh nach Hause. Nach einer Vernissage schlief sie aber immer lange, die strengten sie so an. Das habe ich am Samstagmittag alles schon Frau Önar gesagt. Mit ihr zusammen habe ich in den Zimmern nachgeschaut und gesehen, dass die Betten unbenutzt waren.«

Vor Bettina Taubers Haus standen noch das Einsatzfahrzeug der Spurensicherung und ein Streifenwagen, als Renate mit Verena Bach zurückkehrte.

Jan Altinger und Amire Önar lehnten, in ein Gespräch vertieft, an der Hauswand neben der Eingangstür.

Als Altinger sie bemerkte, rief er ungeduldig: »Na endlich. Wir waren schon drauf und dran, Sie im Wald zu suchen. Folgendes: Kommissarin Önar bleibt die Nacht über zu Ihrer Sicherheit hier, Frau Bach. Sie hat sowieso noch einige Fragen an Sie. Was dann geschieht, entscheiden wir morgen.«

Verena Bach atmete erleichtert durch. »Danke, Frau Önar. Ich mache Ihnen gleich ein Bett zurecht. Kommen Sie.«

Während die beiden Frauen ins Haus gingen, fragte Renate: »Was hat die KTU gefunden?«

»Es sieht nach Einbruch aus. Im Grunde war das einfach. Das Haus liegt am Hang. Mit einer Leiter, die gar nicht allzu lang zu sein brauchte, konnte man leicht an das rückwärtige Atelierfenster gelangen. Wir fanden entsprechende Spuren am Fenster und Vertiefungen im Erdreich, die von einer Leiter stammen könnten. Das Fenster war zwar geschlossen, aber nicht verriegelt. Der Täter stieß es auf und holte die Bilder heraus. Den Tisch schob er wohl deshalb vor die Tür, damit Frau Bach nicht so schnell bemerkte, dass die Bilder fehlten. Warum er auch noch die widerliche Buttersäure verspritzt hat, ist mir unklar. Man könnte sie als Drohung deuten. Auf alle Fälle muss der Täter sich im Haus ausgekannt haben. Amire wird diesbezüglich ihre Fragen an Frau Bach stellen. Wer Zutritt zum Haus hatte und so weiter. Außerdem wird sie sich in der Nachbarschaft erkundigen, ob jemand etwas beobachtet hat.«

Nachdenklich hörte Renate ihm zu. »Zumindest den direkten Nachbarn hätte eine angelehnte Leiter doch auffallen müssen.«

»Nicht unbedingt. Das Hausdach ist ziemlich ausladend und weit nach unten gezogen. Von oben sieht man fast gar nichts. Und von der Seite, die dem Nachbarhaus zugewandt ist, wird die Sicht durch die hoch gewachsene Hecke vollkommen abgeschirmt. Ich hab mir das selbst angeschaut. Haben Sie von Frau Bach noch etwas erfahren, was für die Ermittlungen wichtig sein könnte?«

Renate gab ihm eine Kurzfassung des Gesprächs, das sie im Eibenwald mit Verena Bach geführt hatte, und fragte: »Was halten Sie von dem Drohbrief? Sollen wir sie nach Hause fahren lassen, nach Oberfranken? Sie sagt, dass sie sich hier fürchtet.«

»Ich lasse sie ungern weg, das sage ich gleich. Sie ist für uns eine wichtige Zeugin.« Verärgert runzelte Altinger die Stirn. »Verschieben wir die Entscheidung doch auf morgen. Amire bleibt auf alle Fälle zu ihrem Schutz hier. Das gibt uns ein wenig Luft.«

SIEBEN

Otto Fechter brütete in seinem Büro über der Liste der Personen, die der Einladung zur Vernissage in der Villa Desch am Ammersee gefolgt waren. Er suchte nach Namen, die zu den Gesichtern passten, die ihm aufgefallen waren. Gesichter, die er mit kriminellen Delikten in Verbindung brachte. Wie hieß der eine nur wieder, der mit dem dichten grauen Haarschopf? Mit Kennermiene war der Mann von Bild zu Bild geschritten und hatte sich in seinem schwarzen Moleskine-Büchlein Notizen gemacht. Danach hatte er sich lange mit Desch unterhalten. Daran war nichts Kriminelles, und trotzdem verband Otto sein Gesicht mit einem Delikt.

Er zog die unterste Schublade seines Schreibtisches auf, musterte den Bestand seiner Fächer und traf eine Wahl. Angesichts des eher geringfügig zu bewertenden Namensproblems würde der kleine hellblaue vollauf genügen. Er fächerte ihn auf und wedelte sich in kurzen, aber kräftigen Bewegungen die Luft direkt ins Gesicht. Sein dunkelbraunes Haar, das nur ganz unauffällig von ein paar grauen Strähnen durchzogen war, beugte sich dem Luftzug. Es legte sich streng nach hinten wie bei den Herrenfrisuren der frühen fünfziger Jahre.

Pohlmann. Na klar. Das war der Pohlmann gewesen. Der hatte doch kürzlich einen Konkurs hingelegt, der alles andere als astrein war. Otto konnte sich gut an die Leitartikel der Zeitungen erinnern. Hatte der etwa noch Geld gebunkert und wollte es an den Gläubigern vorbei in ein Gemälde investieren?

Noch einer war ihm im Gedächtnis geblieben, ein eigenartiger Jüngling. Ein Gesicht wie ein Botticelli-Engel, aber wenn man genauer hinschaute, sah man den abgehalfterten Zug um den Mund herum und die eiskalten Augen. Den Kerl sollte man gründlich unter die Lupe nehmen. Otto suchte die Liste vergeblich nach einem Namen durch, der zu diesem Typen gehören könnte. Aber das machte nichts. Seine Kollegen würden das schon herausfinden.

Nachdenklich faltete Otto den Fächer wieder zusammen und legte ihn in die Schublade zurück. Was war ihm auf der Vernissage noch aufgefallen? Die ungebremste Kauflaune des Publikums, obwohl das Platzen der letzten Spekulationsblase auf dem Kunstmarkt noch keine zwei Jahre zurücklag. Die Spekulation mit Kunst war längst Realität geworden, ging es Otto durch den Kopf. Es war schon interessant, wie sehr das Handeln mit Kunst immer mehr dem Wertpapierhandel glich. Die Preise im Kunstmarkt stiegen nicht unbedingt, weil die Kunstwerke an sich wertvoller wurden. Es floss nur mehr Geld in den Kunstmarkt. Das hatte durchaus auch mit dem Finanzmarkt zu tun. Wenn die Börse boomte, wurden sprudelnde Gewinne nicht selten in Kunst investiert. Auch bei einer Börsenrezession kam es zu einer Flucht des Geldes aus dem Kapitalmarkt. Otto beobachtete schon eine geraume Zeit, dass das Geld dann ebenfalls häufig in den Kunstmarkt schwappte. Das verwunderte ihn nicht. Gerade bei einer drohenden Inflation wurde das Geld gern in Sachwerten angelegt, wozu auch Kunstwerke zählten. Das Ergebnis lag auf der Hand: steigende Preise auf dem Kunstmarkt.

Otto strich sich grübelnd übers Kinn. Als konservative Anlagen mit geringem Risiko galten von jeher die Alten Meister und die Klassische Moderne. Damit konnte man nichts falsch machen. Im wachstumsorientierten Bereich waren arrivierte zeitgenössische Künstler angesiedelt. Als hoch spekulativ galt dagegen die junge Gegenwartskunst. Genau das hatte der jüngste Crash auf dem Kunstmarkt gezeigt. Wo waren in diesem spekulativen Kunstpanorama die Werke der Eibenmalerinnen anzusiedeln? Welche Auswirkung würde der Tod der zwei Malerinnen auf den Wert ihrer Bilder haben? Lag darin das Motiv für ihre Ermordung?

***

Renate Wörlein stand unschlüssig neben ihrem Auto. Verena Bach wusste sie bei Amire Önar in guten Händen. Sie könnte sich also auf den Rückweg nach München machen und Bettinas Freund, den Automechaniker, genauer unter die Lupe nehmen. Sie könnte aber auch einen kleinen Abstecher nach Weilheim machen und Sebastian Klenk ein paar unbequeme Fragen stellen. Wenn sich dadurch der Verdacht weiter erhärtete, dass ein persönliches Motiv hinter dem Doppelmord stand, konnten Otto und sie getrost das Ermittlungsfeld räumen und der Weilheimer Polizei die Arbeit überlassen. Sie blätterte in ihren Unterlagen nach Klenks Telefonnummer und tippte sie in ihr Handy. Während sie darauf wartete, dass jemand abnahm, wurde ihr bewusst, dass sie diese Art von Ermittlungen schon lange nicht mehr durchgeführt hatte. Dazu hatte sie ihre Mitarbeiter.

Eine junge Frauenstimme meldete sich mit »Fotoatelier Klenk«.

»Wörlein. Könnte ich bitte mit Sebastian Klenk sprechen?«

»Der Basti ist nicht da. Er ist schon oben in der Wohnung. Soll ich Sie verbinden?«

»Nicht nötig. Danke.«

Renate schaltete das Handy ab, setzte sich ins Auto und machte sich auf den Weg.

Es war kurz nach sieben Uhr abends, als sie in Weilheim eintraf. Die meisten Geschäfte hatten bereits geschlossen, sodass sie mühelos einen Parkplatz fand.

Sie schulterte ihre Tasche und überquerte den Marktplatz. Das Fotoatelier sah sie sofort und auch Sebastian Klenk, der gerade in sein Auto steigen wollte.

Renate trat ihm schnell in den Weg. »Es tut mir leid, Herr Klenk, aber ich muss Ihnen noch ein paar Fragen stellen.«

Verärgert schlug er die Autotür wieder zu. »Hören Sie, ich habe einen wichtigen Termin.«

»Ich auch. Wenn Sie wollen, erzählen Sie mir einfach gleich hier auf der Straße, in welchem Verhältnis Sie zu Laura Berger standen«, trompetete Renate so laut heraus, dass ein paar Leute neugierig zu ihnen herüberschauten.

»Herrgott noch mal, wollen Sie mich ruinieren? Mich kennt doch hier jeder.« Wütend zerrte Klenk einen Schlüsselbund aus der Jackentasche und sperrte die Tür zum Atelier auf.

»Na also. Es geht doch.« Renate lächelte zufrieden und folgte ihm ins Atelier.

»Basti, bist du das?«, fragte eine Frauenstimme von Absatz der Treppe herunter, die ins Obergeschoss führte. »Hast du was vergessen?«

»Es ist nur was Geschäftliches, Schatzerl. Mach dir keine Sorgen und mach die Tür zu, damit der Hund nicht herunterkommt«, rief Klenk nach oben. Mit gedämpfter Stimme wandte er sich an Renate:

»Fragen Sie, aber sprechen Sie um Himmels willen leise, sonst kriegt meine Frau oben jedes Wort mit.«

Würde dir nur recht geschehen, du treulose Kanaille, dachte Renate. Sie beließ es beim Denken und fragte: »Seit wann ging ihr Verhältnis mit Laura Berger schon?«

»Ein halbes Jahr vielleicht. Sie hat für Werbezwecke gute Fotos gebraucht und ich eine Frau im Bett. Mehr war da nicht.« Sebastian Klenk lachte dreckig. »Darin sind sie alle gleich, die Künstlerinnen und die, die sich dafür halten. Für gute Fotos machen die alles.« Er lachte noch dreckiger. »Hängen Sie das bloß nicht zu hoch oben auf.«

»Selbstverständlich nicht. Es ist nur eine Bagatelle. Ich schlage vor, wir bitten Ihre Frau gleich zu dem Gespräch dazu. Dann geht alles in einem Aufwasch. Ich lasse mir von ihr erklären, warum sie nicht bezeugen kann, dass Sie am Freitagabend kurz nach Mitternacht nach Hause gekommen sind.«

Erfreut beobachtete Renate, dass Klenk dieser Vorschlag nicht gefiel. Unbehaglich kaute er auf seiner Unterlippe herum, bis er sich endlich zu einer Erwiderung aufraffte.

»Lassen Sie doch bitte meine Frau aus dem Spiel. Als Ehefrau hätte sie sowieso die Aussage verweigern können.«

»Das hat sie aber nicht getan. Sie hat bereitwillig ausgesagt. Wissen Sie dafür den Grund?«

Klenk wand sich wie ein Wurm. »Vielleicht hat sie hinter der Geschichte mit Laura mehr vermutet, als eigentlich war. Meine Frau kannte Laura. Laura hat immer angerufen, wenn sie in Paterzell war, auch hier im Atelier. Na ja. Jedenfalls haben wir uns hin und wieder getroffen, mal im Eibenwald, mal sonst wo.«

»Was darf ich unter sonst wo verstehen?«

»Wir haben es uns eben da oder dort gemütlich gemacht. In Bettinas Haus, in einem verschwiegenen Landgasthof, in der Wohnung eines Freundes.« Klenk stapfte im Verkaufsraum des Ateliers auf und ab und wurde zunehmend wütender. »Ich weiß gar nicht, warum Sie diese banalen Dinge überhaupt interessieren. Ich bin mit meiner Frau seit gut zehn Jahren verheiratet. Da ist die Ehe wie ein Vorabendkrimi. Mäßig spannend mit zu wenig Sex. Da ist eben die Luft raus.«

Renate mochte gar nicht nachrechnen, wie oft sie diese oder ähnlich gelagerte Sätze schon gehört hatte. Eine andere Angelegenheit, die ihr beim Betreten des Ateliers aufgefallen war, interessierte sie viel mehr.

»Auf dem Ladenschild steht ›Kranz & Klenk‹. Wem gehört eigentlich das Atelier?«

»Meiner Frau. Sie hat es von ihrem Vater übernommen, dem alten Kranz. Sie macht die normalen Fotoarbeiten. Passbilder und all den Kleinkram, der so anfällt. Routinearbeiten eben. Die künstlerischen Fotografien mache ich. Dazu braucht man ein spezielles Auge.«

»Bastiii?«, schrillte es die Treppe herunter. »Bist du noch da, Basti?«

Bevor Klenk den Mund aufmachen konnte, kam Renate ihm zuvor und rief hinauf: »Frau Klenk, ich bin von der Polizei. Ich möchte gern mit Ihnen sprechen.«

»Kommen Sie nur herauf. Aber passen Sie auf den Hund auf, damit der nicht in den Laden läuft und mit seinem Schwanz sämtliche Regale abräumt.«

Mit einem überaus freundlichen Lächeln sagte Renate zu Sebastian Klenk: »Gehen Sie nur zu Ihrem Termin. Ich unterhalte mich ein wenig mit Ihrer Frau. Wenn ich weitere Fragen habe, wende ich mich erneut an Sie.«

Sie stieg die Treppe zur Wohnung hinauf und öffnete vorsichtig die Tür. Durch den Türspalt zwängte sich sofort eine große schwarze Hundeschnauze.

Auch das noch. Renate hatte mit einem Hund in Kniehöhe gerechnet, aber was sie da vor sich hatte, war ein Gebirge von Hund. Sie biss die Zähne zusammen und nahm den Kampf auf. Zentimeter für Zentimeter drückte sie mit vollem Körpereinsatz das Tier nach innen und schob sich über die Schwelle. Dann schlug sie schnell die Tür hinter sich zu. Doch der Hund wollte gar nicht mehr nach draußen. Begeistert umtänzelte er Renate, die er offenbar als neue Spielgefährtin ansah, und fuhr ihr ständig mit dem Kopf zwischen die Beine. Ein Rüde. Renate drohte ihm sämtliche Höllenstrafen dieser Welt an, was ihn zu stürmischen Liebkosungen ermutigte. Er schleckte ihr quer über das Gesicht.

»Aus, Bubi!«

Bubi zog enttäuscht von dannen, und Renate musterte die Frau, der dieses Kunststück gelungen war. Eine zierliche kleine Person stand vor ihr, nicht größer als sie selbst, mit haselnussbraunen Haaren, die sie im Nacken zu einem Zopf geflochten hatte. Renate wusste aus Amires Unterlagen, dass Frau Klenk vierunddreißig Jahre alt war. Sie sah aber bedeutend jünger aus, höchstens wie vierundzwanzig.

Mit ausgestreckter Hand ging sie auf sie zu. »Wörlein. Kriminalpolizei. Ich muss Ihnen noch ein paar Fragen stellen, Frau Klenk.«

»Nur zu. Kommen Sie bitte mit in die Küche. Ich bin gerade dabei, meinem Sohn Jonas das Essen einzutrichtern. Momentan hat er wieder seine Nein-Phase und verweigert alles.«

Der Essenverweigerer thronte in seinem Kinderstuhl und haute mit Inbrunst auf das Essen im Teller ein, dass es nach allen Seiten nur so spritzte. Frau Klenk hob ihn aus dem Stuhl und setzte ihn auf den Boden. Mit dem Spüllappen wischte sie für Renate einen Stuhl sauber. Als die beiden einander schließlich gegenübersaßen, warf Frau Klenk einen zweifelnden Blick auf Jonas und fragte: »Glauben Sie, aus dem wird noch ein normaler Mensch?«

»Doch, doch. Aber es dauert seine Zeit. Bei meinen zwei Kindern hatte ich ähnliche Zweifel.«

Renate spürte, wie schlagartig zwischen ihnen das Eis gebrochen war, und wagte sich sofort an ihr Hauptanliegen. »Frau Klenk, Sie wurden vorgestern von Kommissarin Önar befragt. Sie haben ausgesagt, nicht gehört zu haben, wann Ihr Mann am Freitag in der Nacht heimgekommen ist.«

»Ja, das ist richtig.«

»Als Ehefrau hätten Sie die Aussage verweigern können. Hat Ihnen das Frau Önar nicht gesagt?«

»Doch, das hat sie.«

»Und trotzdem haben Sie ausgesagt. Warum?«

»Was habe ich denn ausgesagt? Ich habe nur gesagt, dass ich meinen Mann nicht gehört habe, weil ich geschlafen habe. Und das ist die Wahrheit. Warum hätte ich für ihn lügen sollen, diesen Hurenbock?«

»Hurenbock, Hurenbock«, krähte Jonas begeistert unter dem Tisch hervor.

Frau Klenk verschränkte die Arme vor der Brust und blickte Renate direkt in die Augen. »Sebastian lässt mich hängen. Geschäft,

Kind, Haushalt und Hund. Ich weiß oft nicht, wie ich alles zusammen bewerkstelligen soll. Er dagegen ringt um seinen künstlerischen Ausdruck – das sagt er zumindest, wenn er wieder mal unbedingt weg muss. Dabei kenne ich alle seine Frauengeschichten. Weiß Gott! Ich habe sie satt. Jetzt muss er eben zusehen, wie er da wieder herauskommt.«

Die Ehefrau als düsterer Racheengel. Auch das hatte Renate oft genug erlebt. Manche dieser Engel gingen in ihren Rachegelüsten zu weit und vergriffen sich an der Konkurrentin. Nachdenklich glitt ihr Blick über Frau Klenks zorniges Gesicht und ihre zierliche Gestalt. Wenn die Wut groß genug war, konnten auch zierliche Menschen erstaunliche Kräfte entwickeln. Gerade für die Ermordung von Laura Berger waren keine besonderen Kräfte nötig gewesen. Der Täter oder die Täterin musste sich aber mit der Wirkung von Taxin und GHB ausgekannt haben. Unvermittelt fragte Sie: »Was sagt Ihnen Taxin?«

»Das ist das Gift der Eibe. Als Jonas zu krabbeln anfing und alles in den Mund steckte, habe ich die Eibe aus unserem Garten entfernen lassen. Schweren Herzens, denn ich liebe Eiben über alles. Ich kenne viele Eibenbestände in Bayern, aber richtige Eibenwälder gibt es nur in Paterzell und in Gößweinstein. Gerade im Paterzeller Eibenwald war ich oft und habe fotografiert, weil er ganz in der Nähe ist.«

»Sind Ihnen dabei auch die drei Malerinnen Bettina Tauber, Laura Berger und Verena Bach begegnet?«

»Hin und wieder. Sowohl in Paterzell als auch in Gößweinstein. Wenn ich ausreichend Zeit hatte, bin ich in den Eibenwald nach Gößweinstein gefahren. Das wurden immer besonders schöne Bilder. Durch die schroffe Felsformation im Hintergrund kann man eine unvergleichliche Dramatik einfangen. Dort habe ich übrigens erstmals Bettina, Laura und Verena getroffen.«

»Wie wirkten die Malerinnen auf Sie?«

Frau Klenk ließ sich Zeit mit der Antwort. Sie schaute zunächst unter dem Tisch nach, was ihr Söhnchen dort trieb, da es seit geraumer Zeit verdächtig ruhig war. Als sie sah, dass er auf dem Boden lag und schlief, wandte sie sich wieder Renate zu. »Ich mochte alle drei. Jede war auf ihre Weise schön und fotogen. Aber richtig beeindruckt hat mich nur Bettina. Sie war eine Eibenfrau.«

Frau Klenk fing Renates befremdeten Blick auf und lachte. »Das hat mit dem keltischen Baumhoroskop zu tun. Man kann jeden Geburtstag einem Baum zuordnen. Die Tage vom dritten bis elften November stehen für die Eibe. Die zu diesem Zeitpunkt Geborenen sind Eibenmenschen. Bettina Tauber war eine von ihnen.«

Ein Eibenmensch war Renate nicht, das stand schon mal fest, denn sie war im August zur Welt gekommen. Weniger aus echtem Interesse, sondern mehr aus Höflichkeit fragte sie nach: »Was zeichnet Eibenmenschen denn besonders aus?«

»Eibenfrauen wie Bettina Tauber sind äußerst sensible Menschen, die zu Schwermut neigen, aber unglaublich kreativ sein können, wenn sie im richtigen Umfeld leben. Sie brauchen Anerkennung, dann wachsen sie in ihren künstlerischen Vorhaben über sich selbst hinaus. Aber sie sind auch wählerisch. Wenn ihnen ihre Umgebung nicht passt, wirken sie ablehnend, ja sogar arrogant.«

Das war ein Wesenszug, der Renate aufhorchen ließ. Mit Ablehnung und Arroganz kamen nicht alle Menschen gut zurecht. Vielleicht war darin das Motiv für zumindest einen Mord zu finden. Interessiert erkundigte sie sich deshalb: »War sie das tatsächlich, ablehnend und arrogant?«

»Mitunter schon. Manchmal habe ich sie sogar mit einem Reh verglichen. Das Reh ist eines der wenigen Säugetiere, die unbeschadet von den Eiben fressen können. Das Eibengift soll sogar eine belebende Wirkung auf sie haben. Auch Bettina schien unter dem anregenden Einfluss der Eiben zu stehen. Dazu verströmte sie die Aura einer Mystikerin. Ich hätte sie unentwegt fotografieren können. Es tut mir weh, dass sie tot ist.«

»Bei Laura Berger hält sich Ihre Trauer wohl in Grenzen.«

»Mit Sicherheit.« Frau Klenk lachte. Es war ein bitteres Lachen. »Sie hätte doch die Avancen meines Mannes auch ablehnen können. Außerdem hätte ich bessere Fotos von ihr gemacht als er. Nicht so schrill. So aufreizend. So billig. Das kommt davon, wenn man sich von einem Hurenbock fotografieren lässt.«

Den letzten Satz hätte Frau Klenk besser unterlassen sollen. Postwendend tönte unter dem Tisch »Hurenbock, Hurenbock« hervor. Außerdem stieg Renate der beißende Geruch einer vollen Windel in die Nase. Sie griff nach ihrer Tasche und erhob sich.

»Ich muss wieder weiter, Frau Klenk. Vielen Dank für das Gespräch.«

Frau Klenk hob Jonas vom Boden auf und begleitete Renate bis zur Haustür. Beiläufig fragte sie: »Wann sind Sie eigentlich geboren?«

»Am vierundzwanzigsten August, wieso?«

Frau Klenk schloss die Haustür auf und sagte: »Damit sind Sie nach dem keltischen Baumhoroskop eine Kieferfrau wie ich. Ich bin am sechsundzwanzigsten August geboren. Wir sind sehr wählerische Wesen und machen uns das Leben nicht immer leicht.«

»Aber allzu schwer doch auch nicht«, lachte Renate.

Auf ihren heiteren Ton ging Frau Klenk jedoch nicht ein. Nachdenklich schaute sie auf ihr Söhnchen hinab und entgegnete mit leiser Stimme: »Ich leider schon.« Dann hob sie den Blick und fragte: »Mein Mann steckt wohl ziemlich in der Klemme?«

»Ziemlich ist noch untertrieben. Tut Ihnen das leid?«

»Nein. Er hat zwar mit den Morden nichts zu tun. So gut kenne ich ihn. Er ist aber auch ein egoistisches Arschloch.«

Bevor der kleine Jonas ein zweites Mal »Aaschloch« über den Weilheimer Marktplatz brüllen konnte, hielt seine Mama ihm mit der Hand den Mund zu. »Wie gesagt, so einer ist er. Jetzt soll er mal sehen, wie er da wieder herauskommt.«

Renate nickte dazu und griff nach ihrem Handy, das in ihrer Jackentasche vibrierte. Sie winkte Frau Klenk einen Abschiedsgruß zu und meldete sich.

Otto wollte wissen, ob sie noch Lust auf einen Absacker hätte.

Sie hatte.

***

Es war schon neun Uhr abends, als Renate endlich an Ottos Tisch im Franziskaner trat. Sie hatte zuvor noch ihr Auto in die Garage gefahren und wegen des Absackers lieber die U-Bahn genommen.

Otto schaute sie mit unnatürlich glänzenden Augen an und lachte übertrieben laut. Er war eindeutig beschwipst.

»Renaterl, Pfingstrose meines Herzens, setz dich ganz nah her zu mir. Ich muss dich was fragen. Warum hast du nur statt meiner den Lackaffen von Florian geheiratet? Das frage ich mich schon seit dreißig Jahren.«

»Er ist der Vater meiner Kinder. Noch dazu ein verantwortungsvoller Vater, und ich liebe ihn. Das sage ich dir ebenfalls schon seit dreißig Jahren.«

»Aber mich magst doch auch, gell Renaterl?«

»Dich mag ich auch, Oddo.«

»Oddo. Mei, hört sich des schön an. Ihr Franken habt's schon eine hocherotische Sprache beieinander. Aber noch viel erotischer finde ich eure Küche. Das Jahr, das ich am Nürnberger Polizeipräsidium zugebracht habe, war ein Jahr der Versuchung, der reinen Genüsse. Bier aus den kleinen Hausbrauereien, Frankenwein, Karpfen blau oder gebacken, Bratwürscht mit Sauerkraut oder Kren, saure Zipfel im Weinsud mit gedünsteten Zwiebeln, Schäufele, Schweinsbraten und Knödel.«

»Klöße, Oddo. In Franken heißen die Knödel Klöße. Gniedla darfst du auch sagen, aber mit einem G. Wir Franken sind darin eigen. Außerdem bist du besoffen.«

»Angeheitert ja, besoffen nein. Was ist, trinken wir noch eine Halbe?«

Renate gab der Bedienung ein Zeichen und musterte dann Otto mit skeptischem Blick. War der überhaupt noch in der Lage, zusammen mit ihr ein erstes Resümee über den Fall zu ziehen?

Die Bedienung donnerte die zwei Halbekrüge auf den Tisch und sagte: »Ich kassier gleich. Bei dem Herrn da hab ich schon fünfmal abkassiert. Soll der das jetzt auch noch zahlen?«

In der Frage der Bedienung lag ein stiller Vorwurf. Otto war es wieder einmal gelungen, die Sympathie einer Bedienung für sich zu wecken. Das konnte er wie kein anderer. Renate beugte sich ihrem mahnenden Blick und übernahm die Zeche. Nach dem ersten Schluck Bier entschloss sie sich dazu, Ottos geistige Kapazität auszutesten.

Sie berichtete, in welcher Verfassung sie Verena Bach angetroffen hatte, von dem Einbruch, der verspritzten Buttersäure und dem Drohbrief. Dann erzählte sie, dass Laura Berger ein Verhältnis mit dem Fotografen Klenk hatte und Bettina Tauber eines mit ihrem Automechaniker. Zum Schluss gab sie den Eindruck wieder, den sie von dem Gespräch mit Frau Klenk gewonnen hatte.

Wohlgefällig registrierte sie, wie aus Ottos Gesicht nach und nach das einfältige, besoffene Grinsen verschwand und einem wachsamen Ausdruck Platz machte. Das war der Otto, den sie liebte. Ein

Polizist mit messerscharfem Verstand, genial in seiner Kombinationsgabe, aber auch ein bis auf die Knochen fauler Hund, für den das Wort Ehrgeiz eine unbekannte Größe war.

Als Renate endete, verharrte Otto zunächst in nachdenklichem Schweigen. Endlich griff er zum Krug, trank einen Schluck und fragte: »Was stand da noch einmal in dem Drohbrief?«

»Totholz. Sieh dich vor. Bald bist auch du totes Holz.«

»Das ist eine direkte Anspielung auf Verena Bachs Installation. Mir kommt das eigenartig vor. Verena Bach hat sich zwar auf dem Kunstmarkt einen gewissen Bekanntheitsgrad erworben, aber sie wird noch nicht besonders hoch gehandelt. Bei Bettina Tauber und Laura Berger sieht das anders aus. Deren Bilder haben inzwischen einen respektablen Marktwert. Das habe ich heute von Desch erfahren. Deshalb macht auch der Einbruch Sinn. Jemand wollte die Bilder an sich bringen.«

»Aber was sollte dann das ganze Theater mit der Buttersäure und der verrammelten Tür?«, fragte Renate.

Otto grinste spitzbübisch. »Das fragst ausgerechnet du mich? Du bist die Kriminologin und ich nur der Kriminalist. Motivanalysen sind deine Aufgaben. Ich gehe mit meinem einfachen kriminalistischen Verstand davon aus, dass man Verena Bach durch die verrammelte Tür daran hindern wollte, den Diebstahl zu schnell zu entdecken. Das mit der Buttersäure ist mir noch nicht ganz klar.«

»Aber mir. Der Täter setzte damit ein Zeichen. Er gab ihr zu verstehen: Ich war da. Ich war im Haus. Ich kann dir ekelhafte Dinge antun. Damit sie die Botschaft richtig kapiert, bekommt sie noch einen Drohbrief obendrauf.«

Renate lehnte sich im Stuhl zurück und fixierte Otto mit einem scharfen Blick. »Die Tötungsart mit Taxin und GHB, der Drohbrief, die Buttersäure, das alles deutet für mich auf eine Beziehungstat hin. Wir können uns aus dem Fall zurückziehen.«

»Du hast den Diebstahl der Bilder vergessen. Hierbei geht es um echt viel Geld.«

»Warum sollte ein Beziehungstäter nicht die Gunst der Stunde nutzen und die Bilder an sich bringen, quasi als Entschädigung für die verletzten Gefühle? Ehrlich gesagt, weiß ich nicht, was ich von alldem halten soll. Ach übrigens: Hat Desch dir eigentlich erzählt, dass Bettina Tauber vier Schmuckgalerien gehören? Eine in München, eine in Nürnberg. In London und in Dubai ebenfalls je eine. Ihr Cousin leitet sie. Bettina war eine sehr vermögende Frau. Bestimmt haben die Weilheimer Kollegen den Cousin schon im Visier, aber ich würde selbst gern ein Wörtchen mit ihm reden.«

»Und mich würde Bettina Taubers Liebhaber, dieser Automechaniker, interessieren.« Nachdenklich schob Otto die Unterlippe vor. »Der Automechaniker und die reiche Künstlerin. Welche Rolle könnte er wohl in ihrem Leben gespielt haben?«

Renate ließ sich die Frage reiflich durch den Kopf gehen. »Mir fallen dazu im Augenblick nur zwei Möglichkeiten ein. Entweder die des gutmütigen Hanswurst, der springt, wenn Madame mit dem Finger schnippt, oder die des abgefeimten Schurken, der weiß, wie man an das Geld einer reichen Frau kommt.«

Otto nickte dazu und trank in einem Zug seinen Krug leer. »Langsam glaube ich auch, was meine Mutter immer behauptet: Wir Polizisten sehen nur noch das Böse im Menschen. Wir sind randvoll mit Misstrauen. Auf die Idee, dass die zwei sich lieben, kommen wir gar nicht.«

»Wenn sich alle schurkischen Verdachtsmomente als haltlos erweisen, lassen wir auch Liebe als Motiv gelten«, räumte Renate großzügig ein. »Ach übrigens, weil du gerade von deiner Mutter gesprochen hast, sag mir doch, wie es ihr geht.«

Sie kannte Ottos Mutter, Elisabeth Fechter, seit Langem und wusste, dass diese im gleichen Haus wie ihr Sohn lebte. Es war ein ehrwürdiges Gründerzeitgebäude in Haidhausen. Ottos Vater hatte früher die unteren zwei Stockwerke mit seiner Anwaltskanzlei belegt. Darüber hatte die Familie gewohnt. Seit seinem Tod vermietete Elisabeth die Kanzleiräume an eine Versicherung. Sie selbst blieb in der Etage darüber weiter wohnen. Otto hatte sich in der obersten Etage des viergeschossigen Gebäudes eine Wohnung eingerichtet. Dabei hatte er einen Teil des Speichers abtragen lassen und daraus eine Dachterrasse mit spektakulärem Rundblick über Haidhausen gemacht.

»Weißt du etwa nicht das Neueste?«, erstaunte sich Otto, der den Biergarten und vor allem den Weg, den die Bedienung einschlug, fest im Blick hatte. »Meine Mutter ist heute nach Nürnberg zu deiner Schwiegermutter gefahren. Sie ist mit ihrem Anruf mitten in eine Besprechung hineingeplatzt. Ich saß gerade mit ein paar Kunstraubkollegen zusammen, deshalb musste ich es kurz machen. Irgendeine Geschichte von Tapetenwechsel hat sie erzählt. Wollen unsere alten Damen tapezieren?«

»Wohl kaum«, gab Renate lachend zurück. »Ich glaube eher, dass sie wieder eigenartige Reisepläne schmieden. Betti und Lotti, die beiden Zugvögel. In welches Seniorenstift werden sie wohl diesmal zum Probewohnen fahren? Ich wundere mich, dass ihnen noch niemand auf die Schliche gekommen ist. Wir müssen uns aber keine Sorgen um sie machen.«

Damit sprach Renate Otto aus dem Herzen, das sah sie ihm an. Aufgekratzt sah er sich nach der Bedienung um, bekam sie zu fassen und bestellte noch zwei Halbe.

ACHT

Otto Fechter fuhr am Dienstagvormittag die Landsberger Straße entlang. Rechterhand reihten sich gewerbliche Bauten aneinander. Teppichlager, Bürogebäude, Autowerkstätten. Ein Ausblick so öde wie ein Morgen ohne Frühstück. »Kurz vorm Knie muss sie sein, die Autowerkstatt Berend«, hatte ihm ein junger Kollege von der Polizeiinspektion Süd erklärt. Da sah er auch schon das Firmenschild und fuhr schwungvoll auf den weitläufigen asphaltierten Platz vor dem Werkstattgebäude. Einige Autos standen aufgereiht vor einer Mauer. Ob in Warteposition oder fertig zum Abholen, das war auf den ersten Blick nicht auszumachen. Aus der Werkstatt war lautes Hämmern zu hören, und Otto ging dem Arbeitslärm nach. Über der Arbeitsgrube stand ein Golf älteren Baujahrs.

»Wohin soll ich mich wenden, wenn Gram und Schmerz mich drücken …«, klang es in volltönendem Tenor aus der Grube.

Schubert, Deutsche Messe, konstatierte Otto mit Kennermiene. Da litt einer, da sang sich jemand den Schmerz von der Seele. Otto hörte zu. Alle drei Strophen. Bevor die unbekannte Stimme sich zum Gloria erhob, klopfte er kräftig auf die Kühlerhaube des Autos. »Sind Sie Herr Berend?«

»Wer will das wissen?«, schallte es dumpf aus der Arbeitsgrube. Ein hellbrauner Haarschopf schob sich unter dem Auto hervor, und Otto wurde kritisch von oben bis unten beäugt.

Er schätzte den groß gewachsenen Mann, der nun im dunkelroten Overall aus der Grube kletterte und auf ihn zutrat, auf Mitte dreißig.

Otto hielt ihm seinen Dienstausweis vor die Nase und stellte sich vor.

Der junge Mann riss erstaunt die Augen auf. »Was will das LKA von mir? Ich verschiebe keine Autos und mache auch sonst keine illegalen Geschäfte, das sage ich Ihnen gleich.« Entschlossen verschränkte er die Arme vor der Brust. In seinen Augen stand das blanke Misstrauen.

Otto kannte sich aus. Einem wie Uli Berend musste er Zeit lassen. Wie bei so vielen jüngeren Männern war sein Verhältnis zur Polizei keineswegs ungetrübt. Was mochte es bei ihm gewesen sein? Verdacht auf Drogenbesitz? Gehäufte Ausweis- und Alkoholkontrollen? Die Kollegen von der Streife gingen in solchen Fällen nicht besonders zimperlich mit den Delinquenten um. Das war Programm und so gewollt. Junge Hitzköpfe wurden auf diese Weise schnell in ihre Schranken verwiesen und zeigten sich kooperativer.

Begütigend lenkte Otto ein: »Herr Berend, Sie haben doch Bettina Tauber gut gekannt. Darüber möchte ich mit Ihnen sprechen. Gibt es hier eine Ecke, wo wir uns in Ruhe unterhalten können?«

Wortlos steuerte Uli Berend auf eine Türe zu, und sie betraten einen hellen, freundlichen Raum. Das Büro, wie Otto dem Schreibtisch, den Aktenregalen und dem PC entnahm. Uli Berend stellte eine Tasse Kaffee vor Otto ab, der inzwischen an einem kleinen runden Tisch unaufgefordert Platz genommen hatte. Er setzte sich mit seinem Kaffee ihm gegenüber und starrte vor sich hin.

Otto fand es an der Zeit, sich wieder in Erinnerung zu bringen, und zwar mit freundlichen Worten. »Sie haben einen wunderbaren Tenor, Herr Berend. Die Deutsche Messe von Schubert. Dass Sie die noch kennen, hat mich überrascht. Meines Wissens wird die kaum noch gesungen. Anscheinend ist diese Messe vielen Pfarrern zu kitschig. Schade eigentlich. Mir hat sie immer gut gefallen. Besser jedenfalls, als so manches pseudomoderne Liedgut, bei dem nur ein paar Eingeweihte mitsingen können.«

Fast um zwei Millimeter zogen sich Uli Berends Mundwinkel nach oben, was Otto als den Versuch eines Lächelns deutete.

»Singen und Kabarett, das ist mein Leben. Für mich passt da alles hinein, auch die Deutsche Messe.« Ein warmer Glanz schlich sich in seine Augen. »Kennen Sie vielleicht ›Die Loama‹? Das sind wir. Eine bayerische Rockband. Ich bin der Texter und Sänger. Wenn wir zu wenige Leute haben, spiele ich auch Gitarre und Akkordeon. Wir treten überall auf: Hochzeiten, Kirchweih, Vereinsfeiern, alles, was so hergeht am Wochenende.«

Otto hörte interessiert zu. »›Die Loama‹. Wie sind Sie denn auf den Namen gekommen?«

»Unseren Probenraum haben wir in der Agnes-Bernauer-Straße, und die ist in Laim.«

Jetzt hatte Otto verstanden. »Ihr Bandname meint den Münchner Stadtteil Laim. Das kommt von Leime, also Lehmboden.«

»Und Lehm heißt im Bayerischen Loam«, ergänzte Uli Berend. »Jetzt sind wir beieinander.« Zufrieden lehnte er sich zurück.

Für Ottos Geschmack hatten sie nun genug über Musik geredet. Ohne Übergang wandte er sich seinem Kernproblem zu. »Wie passt nun Bettina Tauber ins Bild? Muss ich sie mir vielleicht als Multitalent vorstellen, als Malerin und Sängerin?«

Uli Berend beeilte sich keineswegs mit der Antwort. Selbstvergessen kratzte er das schwarze Altöl unter seinen Fingernägeln weg. Mechanikerhände halt.

»Die Bettina. Die Bettina war was ganz Besonderes«, brachte er endlich mit tonloser Stimme hervor.

Otto beugte sich vor und stützte beide Unterarme auf der Tischplatte ab. »Was war so besonders an ihr?« Unwillkürlich hatte auch er die Stimme abgesenkt.

»Geh weida. Haben Sie das nicht erkannt? Sie hatte doch den Spirit. Den Spirit, verstehen Sie, der die Leute dazu bringt, vor dem Bild stehen zu bleiben. Hineinfallen kannst du in das Bild. So hat sie gemalt. Alte Geschichten drängen nach oben, uralte Märchen aus vergessenen Kindertagen werden neu erzählt. Auf einmal sind sie wieder da, die alten Mythen. Du kriegst das Bild nicht mehr aus dem Kopf, es wird dein Freund.«

Uli Berend hielt es nicht mehr auf seinem Stuhl. Mit langen Schritten durchmaß er den Raum, vier Schritte vor, vier Schritte zurück. »Die Bettina hätte Tag und Nacht malen können. Man riss ihr die Bilder aus den Händen, da war die Farbe noch gar nicht trocken. Und jetzt …« Er sank auf seinen Stuhl und vergrub den Kopf in den Händen. Er weinte. Der ganze riesenhafte Kerl wurde nur so geschüttelt von dem Tränenausbruch.

Otto ließ ihm Zeit. Die Trauer war echt. Der spielte ihm nichts vor. Und er musste Bettina Tauber gut gekannt haben. Besser wahrscheinlich als alle anderen, die sie bislang befragt hatten. Als er sah, dass Uli Berend nach und nach seine Fassung fand und sich geräuschvoll die Nase putzte, fragte Otto: »Wohnten Sie beide zusammen?«

»Ja und nein. Die Bettina hatte zwar das Haus in Paterzell, aber in letzter Zeit war sie oft bei mir. Ich habe ihr eine eigene Werkstatt eingerichtet.« Uli Berend deutete mit dem Daumen auf das Fenster hinter sich.

Durch die Glasscheiben sah Otto auf ein kleines, spitzgiebeliges Gebäude und schüttelte überrascht den Kopf. »Das verstehe ich jetzt nicht. Sie hatte doch ihr Atelier in Paterzell. Dort hat sie gemalt – so hat es mir Frau Engel erzählt.«

Über Berends Gesicht glitt ein spitzbübisches Lächeln. »Ja die Frau Engel. Die Frau Engel, die hat alles im Griff. Die plant und denkt für die anderen. Wehe jedoch dem Künstler, der sich ihrer Meinung nicht anschließt. Hat sie Ihnen nicht von den Sperenzchen erzählt, die sich Bettina geleistet hat?«

Otto setzte eine teilnahmsvolle Miene auf und nickte. »Ja, das hat mir Frau Engel in aller Ausführlichkeit berichtet. Aber was hat es nun mit dem zweiten Atelier auf sich?«

Uli Berend erhob sich. »Am besten, Sie sehen es sich selbst an.«

Das war also Bettina Taubers geheimes Atelier. Mit einem Blick durchmaß Otto den Raum. Ein Schweißgerät und ein Amboss standen in einer Ecke. Vier Baumsilhouetten, hintereinander aufgestellt. Jede einzelne mindestens fünf Meter hoch. Sie ragten in den offenen Giebel. Otto runzelte ungläubig die Stirn. Das waren Bettina Taubers Arbeiten? Die ausgefuchste Minimalistin, die sogar mit Schwarz und Weiß den Eindruck von Farbigkeit entstehen ließ und die das Auge nach allen Regeln der Kunst täuschen konnte, die schmiedete und schweißte also auch. Das musste er erst einmal verdauen. Kritisch kniff er die Augen zusammen und umrundete jede einzelne Baumskulptur. Dann stellte er sich seitlich und konnte so alle vier Bäume betrachten. Die Baumkronen wurden nur durch breite Metallbänder angedeutet. Auf eine Wiese gestellt, würden sie wie dick gemalte Umrisslinien wirken. So richtig anfreunden konnte er sich damit nicht.

»Apfel, Buche, Birne, Tanne?« Fragend wandte er sich zu Uli Berend um.

Der zuckte mit den Achseln, hob mit spielerischer Leichtigkeit einen Hammer hoch und ließ ihn auf den Amboss krachen. »Keine Ahnung. Das ist eine Auftragsarbeit für Schloss Pähl. Die Besitzer wollten damit eine Raumdiagonale im Park akzentuieren. Mit Baumformen, die hier in der Gegend vorkommen.«

»Aha.« Das war Ottos einziger Kommentar, und er wechselte das Thema. Für Bettina Taubers Bilder konnte er sich begeistern, aber die Skulpturen überzeugten ihn nicht. Das behielt er aber für sich und wandte sich stattdessen Uli Berends Alibi zu.

»Warum waren Sie eigentlich nicht bei der Vernissage? Sie waren doch ganz offiziell Bettinas Freund?«

Mit seinen Mechanikerpranken strich Uli Berend unendlich zärtlich über eine der Baumsilhouetten. »Wir hatten einen Bandauftritt auf Schloss Pähl. Eine Hochzeit.«

Otto trat einen Schritt näher und dann noch einen, bis er mit Uli Berend fast Nase an Nase stand. Aus seiner Stimme war nun jeder freundliche Ton gewichen. Wie ein Bluthund folgte er seiner Spur.

»Wie interessant. Wenn ich es richtig in Erinnerung habe, liegt Schloss Pähl nur einige Kilometer vom Ammersee entfernt. Somit waren Sie ganz in der Nähe der Villa Desch. Wie lange hat Ihr Auftritt denn gedauert? Was haben Sie danach gemacht? Reden Sie.«

Der Stimmungsumschwung entging Uli Berend natürlich nicht. Er trat einen Schritt zurück und gab entsprechend knapp und verärgert seine Antworten.

»Wir spielten bis um zwei Uhr morgens. Danach packten wir zusammen und fuhren heim. Nach so einem Abend braucht jeder von uns Musikern nur noch sein Bett. Zufrieden, Herr Kriminaloberrat?«

»Und das soll ich jetzt glauben?« Otto ließ Berend nicht aus den Augen. »Es wäre doch naheliegend gewesen, sich nach dem Fest mit Bettina Tauber zu verabreden und zusammen heimzufahren.«

»Bettina wollte es aber so. Sie wollte in ihrem Haus in Paterzell schlafen, so hat sie es jedenfalls gesagt. Das war's dann wohl. Und jetzt lassen Sie mich gefälligst in Ruhe.«

Den letzten Satz, den Berend nur noch murmelte, konnte Otto kaum mehr verstehen. Na gut. Er hatte nun einiges zum Nachdenken und zum Überprüfen. Er verabschiedete sich und ging zurück zu seinem Auto.

Musik und Kabarett. Kabarettisten müssen auch schauspielern können. Hatte er bei der Befragung den echten Uli Berend vor sich gehabt oder den Schauspieler? War die Trauer echt oder gespielt? Fest stand jedoch, dass Uli Berend zur Tatzeit kein Alibi hatte. Er war sportlich und hatte Kraft. Den schweren Eisenhammer neben dem Amboss hatte er wie ein Spielzeug aufgehoben und ihn mit Schwung auf den Amboss krachen lassen. Die beiden Frauen in den

Eibenwald zu transportieren, wäre für ihn ein Leichtes gewesen. Sozusagen ein Kinderspiel.

***

Renate wählte voll Tatendrang die nächste Telefonnummer. Seit sie heute Morgen ihr Büro betreten hatte, tat sie nichts anderes als telefonieren. Während sie darauf wartete, dass jemand abhob, dachte sie über die bereits geführten Gespräche nach.

Von Amire Önar wusste sie, dass es in der Nacht zu keinen weiteren Drohungen gegen Verena Bach gekommen war. Anschließend hatte sie mit Jan Altinger gesprochen. Zähneknirschend hatte er zugestimmt, die Malerin heim nach Gößweinstein fahren zu lassen. Vorsichtshalber wollte er aber die Bamberger Kollegen darüber informieren. Sie sollten ein Auge auf Verena Bach haben.

»Tauber-Schmuckgalerie München – was kann ich für Sie tun?«

Renate stellte sich vor und bat, Herrn Tauber sprechen zu können.

»Ja, Frau Wörlein, das tut mir jetzt aber leid. Herr Tauber ist schon weg. Er ist nach Nürnberg in unser Stammhaus gefahren. Aber soviel ich weiß, ist er dort auch nur ein paar Tage. Er will nämlich unsere ausländischen Dependancen aufsuchen.«

Renate ließ sich die Telefonnummer des Nürnberger Geschäfts geben und rief dort an. Herr Tauber sei wegen eines wichtigen Kundengesprächs zurzeit außer Haus, wurde ihr mitgeteilt. Er käme erst am Nachmittag zurück. Renate überlegte kurz, dann vereinbarte sie für sechzehn Uhr einen Termin. Sie wollte sich über diesen Bernd Tauber umgehend ein eigenes Bild machen. Danach würde sie mit Otto entscheiden, ob es nötig wäre, gegen Tauber zu ermitteln. Zudem hatte ihr Herfried Wallner, ihr Nürnberger Kollege, Informationen zu Tauber versprochen.

Otto war unterwegs, um mit dem Mechaniker zu sprechen. Sie hinterließ ihm die Nachricht, dass sie jetzt nach Nürnberg fuhr.

NEUN

Renate stützte sich auf die geschwungene Steinbrüstung des Balkons der Jugendstilvilla und betrachtete wohlgefällig den Garten. Schön war es, wieder in Nürnberg zu sein.

Durch den Wechsel zum LKA war München zu ihrem Hauptwohnsitz geworden. Es gefiel ihr dort. An ihrer Dreizimmerwohnung in der Blutenburgstraße, ganz in LKA-Nähe, gab es auch nichts auszusetzen. Selbst Florian, ihr Ehemann, fand sie komfortabel, was für einen Architekten nicht unbedingt selbstverständlich war. Es ging ihr durch den Kopf, wie gerade Florian sie dazu gedrängt hatte, ins LKA zu wechseln. Als Kriminologin hatte sie dort wesentlich bessere Aufstiegschancen als in Nürnberg. Der eigentliche Grund war aber, dass er sich um die Zukunft Sorgen gemacht hatte. Seinem Architekturbüro fehlten mehr und mehr die Aufträge.

Auch ihre Kinder hatten den Wechsel zum LKA gut gefunden. Als ihr Sohn Michael nach dem Physikum beschlossen hatte, von der Universität Erlangen-Nürnberg an die Münchner LMU zu wechseln und bei ihr einzog, war es Renate fast zu viel geworden. Mit seiner allumfassenden Schlampigkeit, die ihm einfach nicht abzugewöhnen war, machte er aus ihrer Wohnung in kürzester Zeit eine verlotterte Studentenbude. Außerdem konnte sie nie sicher sein, wen sie an ihrem Frühstückstisch antreffen würde. Michael schien ein ausgesprochener Herzensbrecher zu sein, der die Mädels schneller wechselte als seine T-Shirts. Im Grunde ihres Herzens war Renate gar nicht traurig gewesen, als er vor einem halben Jahr für seine Facharztausbildung nach Berlin an die Charité gegangen war. Dort konnte er in seinem Chaos hausen, wie er wollte. Die Hauptsache war, dass sie es nicht mehr mit anschauen musste.

Ihr lagen in der letzen Zeit aber ohnehin ganz andere Probleme auf der Seele. Sie machte sich ernste Sorgen um Florian. Es nagte an seinem Selbstwertgefühl, dass er finanziell von ihr abhängig war. Schleichend und zunächst fast unbemerkt wuchs in ihm eine Depression heran. Renate war erleichtert, dass er im Augenblick bei ihrer Tochter in China war. Das würde ihn hoffentlich von seinen schwermütigen Gedanken ablenken. Vielleicht richtete ihn auch die vertikale Architektur der zum Himmel wachsenden Hochhäuser von Schanghai wieder ein wenig auf, machte seinen Blick für anderes frei und gab ihm Inspiration für das eigene Schaffen.

Obwohl sie in München einen neuen Lebensmittelpunkt hatte und auf regelmäßigen Besuch von Florian nicht verzichten musste, nutzte Renate doch jede sich bietende Gelegenheit, um nach Nürnberg zu kommen. Denn nur hier in Charlottes Haus war sie wirklich daheim, genau hier in der Campestraße im pittoresken Stadtviertel Sankt Johannis mit den zauberhaften Barockgärten und dem ehrwürdigen Friedhof. Dessen Bronzeepitaphien auf den Liegegräbern waren europaweit berühmt. Zu ihrer eigenen Überraschung hatte sie sogar ein paar Münchner kennengelernt, die über den Sankt-Johannis-Friedhof Bescheid wussten. Das war ungewöhnlich, denn die Münchner kannten sich in ganz Italien wesentlich besser aus als in Franken oder gar in Nürnberg.

Ganz entgegen aller Unkenrufe ihrer Freundinnen war sie gleich nach der Hochzeit mit ihrem Mann zur Schwiegermutter gezogen. Charlotte bewohnte das Erdgeschoss, während sie und Florian in den ersten Stock gezogen waren. Ihre Tochter und ihr Sohn durften sich das Stockwerk darüber später nach eigenem Gutdünken ausgestalten. Charlotte hatte diese Wohngemeinschaft vorgeschlagen. »Du wirst sehen, wir machen daraus eine Situation, die für alle von Vorteil ist. Als Polizistin bist du viel unterwegs. Ich kann ein Auge auf die Kinder haben und auch noch ein bisschen meinen Florian bemuttern. Und ich bin nicht allein – für mich ist auch jemand da.«

Renate war klar, dass das harmonische Zusammenleben von drei Generationen unter einem Dach ausschließlich Charlottes Verdienst war. Sie mischte sich nicht in die Kindererziehung ein, wiegelte den Sohn nicht gegen die Ehefrau auf und erteilte nur dann einen Ratschlag, wenn sie darum gebeten wurde.

Helles Frauenlachen wehte über die Wiese. Renate beugte sich über die Balkonbrüstung und sah die beiden auf der Terrasse sitzen. Betti und Lotti. Ottos Mutter Elisabeth und Charlotte waren schon seit Jahren enge Freundinnen. Betti und Lotti. So wurde das unzertrennliche Gespann von allen genannt.

»Hallo, ihr zwei. Tee oder Aperol, was steht heute bei euch an?«, rief sie hinunter.

Betti winkte ihr mit einem Glas zu. »Wir sind schon beim Aperol. Aber wenn du lieber Tee oder Kaffee magst, kriegst du ihn auch. Komm doch runter zu uns.«

»Später vielleicht. Ich muss noch die Post durchsehen.« Renate lehnte sich an die Balkonbrüstung und begann, das Bündel mit Briefen nach wichtig und unwichtig zu sortieren. Dabei vernahm sie Lottis tiefe Altstimme, aus der grenzenloses Missfallen herauszuhören war. »Was, wir sollen schon wieder in ein Seniorenstift zum Probewohnen gehen?«.

»Ja doch, hör zu. Seniorenresidenz Birgida. Ganz nah bei Augsburg. Hervorragende Referenzen. Du versinkst vor Ehrfurcht, wenn du hörst, wer dort wohnt.« So hell und fröhlich konnte nur Bettis Sopran zwitschern. »Es ist ein umgebautes Beginengehöft aus dem Mittelalter, aber mit allen Schikanen. Von einem Leben als Begine habe ich immer schon geträumt. Das waren Frauen, die waren aus hartem Holz geschnitzt. Die haben für ihre Rechte gekämpft.«

»Dann wäre aber dein Otto vielleicht nicht entstanden, das weißt du schon. Viele Beginen lebten meines Wissens ehelos. Etliche von ihnen endeten auch auf dem Scheiterhaufen. Sie wurden als Hexen verbrannt.«

»Ich weiß, ich weiß«, funkte Betti mit unverbesserlichem Optimismus dazwischen. »Aber allein schon das gleiche Pflaster zu betreten, auf das diese Frauen ihren Fuß gesetzt haben, ist wie eine der ihren zu sein. Unser Termin ist in zwei Wochen. Drei Tage, wie immer, von Freitag bis Sonntag.«

Interessiert beugte sich Renate ein wenig über die Balkonbrüstung. Aha. Das war also der geplante Tapetenwechsel, von dem Otto ihr erzählt hatte. Sie beobachtete, wie Betti Lotti eine Hochglanzbroschüre zuschob. »Schau nur, was wir dort alles unternehmen können. Allein das kulturelle Angebot ist gigantisch.«

Lotti durchblätterte flüchtig die Broschüre und klappte sie zu. »Das Angebot ist wirklich beeindruckend, aber daran fehlte es das letzte Mal auch nicht. Du weißt schon: Hamburg, Seniorenresidenz in bester Lage, Binnenalster, aller erdenklicher Komfort. Die Tischrunde, der wir zugeteilt wurden, hatte es jedoch in sich. Erinnerst du dich? Bei uns am Tisch saß der ehemalige Bundesminister für … weiß der Himmel was. Er redete ohne Unterlass, wusste alles besser. Willst du dir das noch einmal zumuten?«

»Zusammen mit dir mute ich mir alles zu«, lachte Betti vergnügt. »Außerdem war das rückblickend doch eine sehr amüsante Episode. Ausgerechnet in deiner Anwesenheit hat er nachdrücklich zu verstehen gegeben, dass die biologische Bestimmung der Frau seiner Meinung nach in der Kindererziehung und in der fürsorglichen Betreuung von Heim und dem dazugehörigen Gatten liege. Nachdem er diesen Geistesblitz losgeworden war, schob er sich einen großen Brocken Fleisch in den Mund, an dem er lang zu kauen hatte. Das war sein Fehler – und deine große Stunde. Ich werde wohl nie vergessen, wie du ihm im Schnellzugstakkato erklärt hast, was du von seiner chauvinistischen, mittelalterlichen Denkweise hältst und dass die gesamte Bundesregierung nur froh sein könne, ihn endlich losgeworden zu sein. So könne er mit seiner unmaßgeblichen Meinung wenigstens niemandem mehr die Zeit stehlen. Es reiche vollauf, dass er dafür auch noch eine dicke Pension einstreiche auf Kosten der Steuerzahler.«

Charlotte nickte zufrieden. »Ich hätte nicht gedacht, dass die Hamburger so viel Temperament entwickeln können. Nach dem ersten Geschrei am Tisch war ja plötzlich der ganze Speisesaal in Aufruhr. Herrlich. Es bildeten sich Pro- und Kontrablöcke, und ich hatte die Mehrheit.«

»Das hattest du nur der weiblichen Überzahl im Stift zu verdanken. Für dich hat es sich ausgezahlt, dass Frauen eine längere Lebenserwartung haben.«

Renate lauschte dem Gespräch von Betti und Lotti ohne Gewissensbisse. In Charlottes Haus hatte man voreinander keine Geheimnisse. Sie legte eine Ansichtskarte aus Schanghai von ihrer Tochter Hella zuoberst auf den Poststapel. Martin, Hellas Mann, hatte auch einen Gruß daruntergeschrieben. Renate mochte ihren Schwiegersohn sehr gern. Manchmal bedauerte sie ihn auch. Er war IT-Spezialist und gehörte zu den ortlosen Nomaden, die von ihrer Firma rund um den Globus geschickt wurden. Hella dagegen hatte als junge Innenarchitektin Pech. Sie kam über unbezahlte Praktika und befristete Aufträge einfach nicht hinaus. Als Hella sich vor einem halben Jahr entschloss, mit nach China zu ziehen, fand Renate das richtig. Gerade für ein frisch verheiratetes Ehepaar war eine Trennung schwer zu verkraften. Aber warum hatte Florian keinen Gruß auf die Karte gesetzt? Er war nun sechs Wochen bei seiner Tochter und ließ nichts von sich hören. Mit einem ratlosen Achselzucken griff sie nach der Post, um sie ins Arbeitszimmer zu bringen. Doch Lottis Satz, der von unten zu ihr heraufklang, ließ sie aufhorchen.

»Was du am folgenden Tag mit dem Exhibitionisten angestellt hast, war auch nicht schlecht.«

»Wartet mit eurer Geschichte vom Exhibitionisten auf mich«, rief Renate hinunter. »Die interessiert mich. Exhibitionismus ist immerhin eine Straftat. Ich bin gleich unten bei euch.«

Renate trug die Post ins Arbeitszimmer und flitzte die Treppe hinunter.

Auf der Terrasse wurde sie von Lotti und Betti schon mit einer Tasse Kaffee und einem Mandelhörnchen erwartet. Renate drückte die alten Damen fest an sich. Dabei stieg ihr deren Alkoholfahne überdeutlich in die Nase. Sie nahm auf dem Stuhl neben Betti Platz.

Die kicherte gleich wie ein Schulmädchen los. »So, so. Die Exhibitionistengeschichte interessiert dich also. Darauf heben wir erst mal einen Aperol.«

Renate sah zu, wie die zwei sich aufgekratzt zuprosteten, und antwortete: »Mein Interesse ist rein beruflich.«

»Es ist so, Renate. Wir lassen gerade noch einmal unser letztes Probewohnen in Hamburg Revue passieren«, erklärte Betti.

»Ach was. Und dabei seid ihr einem Exhibitionisten in die Hände gefallen? Beim Probewohnen?«

»Ja. Es war ein Exhibitionist im fortgeschrittenen Alter.« Betti grinste mehrdeutig. »Mal ehrlich, damit rechnet kein Mensch, dass einer in einer Seniorenresidenz noch solche Sachen treibt, und das beim Essen. Die Suppe war schon abgetragen, da stößt mich doch mein Nachbar an und greift mit diesem einfältigen Grinsen im Gesicht nach meiner Hand, führt sie an seinen offenen Hosenstall, direkt zu den kümmerlichen Tatsachen, die er da aufzuweisen hatte. Vor dem Hauptgericht, wohlgemerkt! Da bin ich unversöhnlich. Es war wie ein Reflex. Ich griff zur Gabel.«

Ungläubig schüttelte Renate den Kopf. »Du hast tatsächlich zugestochen? Wohin?«

»Wohin wohl.« Betti sah sie mit funkelnden Augen an. »Natürlich in die Hand. Tiefer wäre ich niemals gegangen. Allzu fest war es auch nicht.«

»Dafür treffsicher«, warf Lotti beifällig ein. »Wie ein Gummiball schoss der hoch. Er stand da mit der Hose an den Knien. Das hättest du sehen sollen, Renate.«

»Die Hausdame rettete geistesgegenwärtig die Situation«, erinnerte sich Betti. »Sie drückte den Untenherum-Nackedei wieder auf den Stuhl zurück und breitete barmherzig die Tischdecke über seinen Schoß.«

»Aber dann fixierte sie dich mit ihren stahlblauen Augen und meinte allen Ernstes: ›Die Tischdecken in diesem Haus sind erfreulich reichlich bemessen. Damit lässt sich vieles zudecken, was nun unwichtig geworden ist. Auch Sie sollten großzügig darüber hinwegsehen, wenn etwas nicht so bedeckt ist, wie es sein sollte.‹ Auf eine dezente Art hat sie dir den Kopf gewaschen«, fügte Lotti hinzu.

»Genau. Recht hatte sie.« Betti lächelte über ihr leeres Glas hinweg. »Wisst ihr was? Im Nachhinein fand ich es eigentlich ganz nett, von ihm als Objekt seiner Begierde noch in Rechnung gezogen zu werden. Er hätte nur den Zeitpunkt besser wählen sollen, auf alle Fälle nach dem Hauptgericht. Am besten nach dem Dessert. Mit vollem Magen und einem süßen Nachgeschmack auf der Zunge bin ich Reizen gegenüber viel zugänglicher, und wenn sie noch so kümmerlich sind. Essen ist nun mal die wahre Erotik des Alters.«

Lotti nickte weise dazu und griff zu ihrem Aperol. »Und Trinken. Wenn ich mich mit meinen zweiundsiebzig Jahren, ganz hypothetisch gesprochen, noch einmal zwischen Bumsen und Bechern entscheiden müsste, ich würde glatt das Bechern wählen. Ein gutes Tröpfchen wärmt das Herz genauso und bringt den Kreislauf in Schwung. Aber eines ist uns schon aufgefallen: Niemand dort hat uns gefragt, ob wir einziehen wollen.«

Renate musterte Lotti und Betti eingehend. »Also das kann ich euch sagen: Sämtliche Alarmglocken werden schrillen, wenn ihr euch bei der nächsten Seniorenresidenz anmeldet. Hinter den Namen Fechter und Wörlein blinken in allen Dateien bestimmt längst schon rote Warnhinweise auf. Und wisst ihr, was noch passieren wird? Wenn ich reif fürs betreute Seniorenwohnen bin, nimmt mich niemand auf. Und den Otto auch nicht. Wir sind Opfer unserer ungeratenen Mutter und Schwiegermutter. Otto und ich werden eine

Alten-WG gründen müssen.« Sie erhob sich und verabschiedete sich. »Ich muss los. Macht es gut, ihr zwei.«

Gern wäre sie noch eine Weile bei ihren »späten Mädchen« geblieben, wie sie Lotti und Betti insgeheim nannte. Aber für sie wurde es jetzt höchste Zeit. Sie hatte sich mit Herfried Wallner im Nürnberger Polizeipräsidium verabredet. Er wollte ihr Informationen zu Bernd Tauber geben. Danach stand das Gespräch mit Tauber selbst an.

***

Verena Bach war erleichtert, der bedrückenden Atmosphäre in Bettina Taubers Haus und vor allem Amire Önars wachsamen Augen entkommen zu sein. Obwohl sie sich ständig einredete, dass die Polizistin nur ihren Dienst tat, fühlte sie sich kontrolliert, und das gefiel ihr nicht. Sie lenkte das Auto durch Gößweinstein, fuhr vorsichtig an den Touristengruppen vorbei, die, ohne auf den Verkehr zu achten, die Straße bevölkerten. Verena musterte die Menschen im Vorbeifahren nur flüchtig. Es interessierte sie nicht, warum sie nach Gößweinstein gekommen waren. Sicherlich waren es Kunstliebhaber, die die Basilika, das barocke Kleinod aus den Händen Balthasar Neumanns besuchten. Oder sie gehörten zu einer der zahlreichen Wallfahrtsgruppen. Ein paar junge Leute im sportlichen Outfit erregten nun doch ihre Aufmerksamkeit. Das waren offenbar Kletterer, die an den schroffen Dolomitfelsen ihr Können erproben wollten.

Vor der Basilika bog sie nach links ab und steuerte das Hotel ihrer Mutter an.

»Hotel Eibenklause«. Früher war das der »Gasthof Melzer« gewesen und gehörte der Familie ihrer Mutter. Aber der Ehrgeiz ihrer Mutter hatte noch nie Grenzen gekannt.

Hämisch blickte Verena sich auf dem fast leeren Parkplatz hinter dem Hotel um. Nur zwei Reisebusse und die Autos ihres Bruders und ihrer Mutter standen da. Deren Rechnung, aus dem alteingesessenen Gasthof einen Wellnesstempel zu machen, war offensichtlich nicht aufgegangen. Sie stieß ein verächtliches Lachen aus. Das geschah ihrer Mutter recht. In Gößweinstein gab es schon seit Jahren ein Wellnesshotel, ein zweites war in dem kleinen Ort mehr als überflüssig. Aber ihre Mutter hatte ja schon immer alles besser gewusst. Jetzt bekam sie die Quittung dafür, und ihr oberschlauer Bruder gleich mit.

Sie schulterte ihr Gepäck und betrat das Hotel durch den Hintereingang, in der Hoffnung, ungesehen auf ihr Zimmer zu gelangen. Ihrer Mutter wollte sie erst unter die Augen treten, wenn sie sich alles gut zurechtgelegt hatte, was sie sagen wollte.

Doch kaum hatte sie den Fuß auf die enge Treppe gesetzt, die zu den Privaträumen der Familie im Obergeschoss führte, hörte sie hinter sich die Stimme ihrer Mutter.

»Verena, gut, dass du da bist. Bring deine Sachen hinauf, wasch dir die Hände und komm sofort herunter. Du musst in den Service. Bei uns ist eine Bedienung ausgefallen.«

Keine herzliche Begrüßung, keine Frage nach ihrem Befinden, kein persönliches Wort, keine Überraschung über ihr unerwartetes Erscheinen. Nur geschäftsmäßige Effektivität. So war es immer gewesen. Am liebsten hätte Verena auf dem Absatz kehrtgemacht. Aber das ging nicht. Das war noch nie gegangen. In der Gegenwart ihrer übermächtigen Mutter wurde sie unweigerlich zu dem hilflosen Mädchen von einst. Wortlos zog sie den Kopf ein, krümmte den Rücken und tat, wie ihr geheißen.

Mit jedem gefüllten Teller, den sie zu den Gästen brachte, wuchs die Wut in Verena. Keiner in der Familie hatte jemals Notiz von ihren Bedürfnissen genommen, außer ihrem Vater. Aber der zählte längst nicht mehr. Als sie ihn ganz dringend als Verbündeten gegen ihre Mutter gebraucht hätte, hatte er sich mit einem zwanzigjährigen Hascherl davongemacht und in München ein Lokal eröffnet. Einige Male hatte sie ihn sogar in seinem Lokal am Gärtnerplatz besucht, in der Hoffnung, von ihm ein wenig finanzielle Unterstützung für ihr Kunststudium zu erhalten. Die Zuwendungen ihrer Mutter reichten einfach nur für das Nötigste. Außer ein paar schlappen Hundertern, die er ihr dabei in die Hand gedrückt hatte, war von ihm aber nichts gekommen. Das Lokal liefe noch nicht gut genug, hatte er gesagt. Dabei stimmte das nicht. Über Wochen hatte sie von dem Café gegenüber heimlich den Eingang des Lokals überwacht. Ihr Vater hatte mit seiner fränkischen Küche in München einen Volltreffer gelandet. Die »Frankenstube« lief gut. Man rannte ihm buchstäblich die Tür ein. Dieser verlogene Halunke. Er hatte sie eiskalt im Stich gelassen.

Um ein Haar wäre sie mit ihrer Mutter zusammengestoßen, die sich ihr plötzlich in den Weg stellte und sie wütend anfunkelte.

»Knall den Gästen das Essen nicht so unfreundlich auf den Tisch und binde gefälligst das Haar ordentlich zurück. Du bist hier nicht in deinem verschlampten Atelier!«

Am liebsten hätte Verena ihrer Mutter den Schweinebraten, den sie gerade in der Hand hielt, vor die Füße gekippt und noch darauf gespuckt. Diese dicke Alte in der untadelig weißen Kittelschürze mit den blond gefärbten Dauerwellen und den kalten blauen Augen konnte doch unmöglich ihre leibliche Mutter sein! Ohne ihr Zutun kamen wieder die Gedanken in ihr hoch, die sie schon als Vierzehnjährige gehabt hatte: Man hatte sie als Baby in der Klinik vertauscht. Ihre eigentliche Mutter war die Freifrau von Sohlern. Wenn alles mit rechten Dingen zugegangen wäre, würde sie zu denen gehören, die die Gößweinsteiner Burg besaßen, würde mit ihnen zusammen am Tisch sitzen. Ihr Vater wäre sogar ein berühmter Schauspieler.

Wie befohlen servierte sie den Gästen das Essen mit einem freundlichen Lächeln und verschwand kurz in der Toilette, um sich das Haar zurückzubinden. Ein Blick in den Spiegel brachte sie wieder in die Gegenwart zurück. Natürlich wusste sie, dass sie mit denen von Sohlern nicht verwandt war. Aber schön wäre es trotzdem gewesen. Bei denen gab es bestimmt ein richtiges Familienleben. Nicht so wie hier im Wirtshaus, wo die ganze Aufmerksamkeit ausschließlich den Gästen galt. Sie konnte sich an kein einziges gemeinsames Essen mit den Eltern erinnern, nicht einmal an den Weihnachtsfeiertagen. Zu Essen hatte es immer genug gegeben, das stimmte schon. In einem Wirtshaus war das normal. Aber keinen hatte es interessiert, wie sie sich fühlte, wie es in der Schule gewesen war, welche Hausaufgaben gemacht werden mussten. Oft war sie einfach mit zu einer Schulkameradin nach Hause gegangen, hatte sich mit an den Esstisch gesetzt und die Aufmerksamkeit der fremden Mutter genossen. Dabei war ihr gar nicht aufgefallen, dass sie als zusätzlicher Esser nicht immer willkommen war. Was für eine miese Kindheit. Zornig kehrte sie in die Gaststube zurück und machte sich an das Verteilen der Teller, die ihr aus dem Ausgabefenster zugereicht wurden.

Auf einmal erschien ein grinsendes Gesicht im Ausgabefenster. Rotwangig und fett wie das ihrer Mutter. Ihr Bruder Veit. Er hatte alles richtig gemacht. Muttis Liebling hatte Koch gelernt, war zwei Jahre kochend mit einem Kreuzfahrtschiff durch die Welt gegondelt und produzierte jetzt Schweinebraten und Schäufele am laufenden Band. Seine beruflichen Meilensteine zierten die Wände der Gaststube, während von ihr kein einziges Gemälde des Aufhängens für würdig befunden worden war. Kein einziges!

Veit stützte seine massigen Unterarme auf den Fensterrahmen. »Allmächd. Unsere Eibengrazie. Du hast vielleicht tolle Schlagzeilen gemacht, mein lieber Mann. Ganz Gößweinstein zerreißt sich das Maul über die toten Malerinnen und dich als Überlebende. Du, ich bin echt froh, dass dir nichts passiert ist.«

»Wenigstens einer hier im Haus freut sich darüber«, entgegnete Verena voll Bitterkeit, »Mutter fand es nicht einmal wert, mich zu begrüßen.«

»Ach geh zu, du kennst sie doch. Immer voll im Stress. Aber zu dir, Verena. Was willst du jetzt tun, etwa wieder nach Hause kommen? Das fände ich echt schön. Ich würde mich sehr freuen. Wir können jede Hilfe brauchen.« Veit machte eine bedauernde Miene und fügte hinzu: »Freilich ist mit Bezahlung nicht viel drin. Du weißt selbst, wie schlecht das Hotel läuft. Aber das Restaurant geht gut, dank unserer knapp kalkulierten Preise und meiner hervorragenden Küche. Kost und Unterkunft hättest du auf jeden Fall frei. Ein wenig Trinkgeld würdest du von den Gästen auch kriegen.«

»Vergiss es. Hier bleib ich nicht, und für heute reicht es mir auch. Macht euren Dreck doch allein, du und Mutter.«

Verena spürte erneut eine kaum zu bändigende Welle der Wut in sich aufsteigen. Sie musste weg von hier. Zuerst einmal raus aus der Gaststube. Mit einer heftigen Bewegung riss sie sich die weiße Bistroschürze von den Hüften, schleuderte sie ihrem Bruder ins grinsende Gesicht und rannte ins Freie.

Die Stimme ihrer Mutter gellte ihr hinterher: »Komm sofort zurück, Verena!«

Sie drehte sich nicht einmal um, rannte weiter, kam zum Marktplatz. Ohne nach rechts oder links zu schauen, überquerte sie die Straße und bog in das Gässchen ein, das sie zum rückwärtigen Teil der Basilika brachte. In dem barock angelegten Garten ließ sie sich auf die erstbeste Bank fallen und atmete tief durch. Dieser verschwiegene Garten war oft ihr Zufluchtsort gewesen, wenn es galt, sich von dem lästigen kleinen Bruder zu befreien, der ihr als junges Mädchen ständig zum Aufpassen aufgehalst worden war. Dieses ewig quengelnde, gefräßige Ungeheuer. Er hatte nur Ruhe gegeben, wenn er was im Mund gehabt hatte.

Verena schaute hinüber zur Dreifaltigkeitskapelle des Franziskanerklosters. Das vergoldete Eisengitter der Kapelle war für sie der Urfunke gewesen, der auf sie übergesprungen war und sie zum Illusionismus gebracht hatte. Stunde um Stunde hatte sie hier verbracht und gerätselt, warum das senkrecht montierte Gitter den Anschein erweckte, sich weit nach innen auszudehnen.

Erst an der Nürnberger Kunstakademie war sie dem Geheimnis richtig auf die Spur gekommen: Es war die Zentralperspektive, die den unendlichen Raum vorgaukelte. Filippo Brunelleschi war diese geniale Erfindung der perspektivischen Malerei zu verdanken. Mit der Zentralperspektive wurde es möglich, eine Illusion von Wirklichkeit zu erzeugen, die weit über die bisherige Darstellungsweise hinausging. Alle dargestellten Objekte ordneten sich um die Achse zwischen dem Betrachter und dem Fluchtpunkt im Gemälde. Der Betrachter fand sich wieder im Mittelpunkt eines vom Künstler geschaffenen Raums. Die Illusionismusmalerei war Verenas Leidenschaft geworden. Desch hatte sie damit jedoch wenig beeindrucken können. Für ihn war Illusionismusmalerei reines Handwerk. Wenn sie es genau besah, glich ihr bisheriges Leben einem einzigen Hindernislauf. Von allen Seiten wurden ihr nur Steine in den Weg gelegt.

Desch würde niemals so abfällig über Illusionismus denken, wenn sie tatsächlich die Tochter der Freifrau von Sohlern wäre und Mitbesitzerin der romantischen Burg Gößweinstein, von der man mutmaßte, dass sie Richard Wagner als Vorbild für die Gralsburg in seinem Parsifal gedient hatte. Damit stünde sie auf einer Ebene mit Bettina Tauber. Eine Gastwirtstochter konnte man dagegen nach Lust und Laune ignorieren. Wütend presste sie die Lippen zusammen. Aber das würde sich bald ändern. Ab jetzt musste Desch sie richtig würdigen und fördern, daran führte kein Weg vorbei. Es gab doch nur noch eine Eibenmalerin, und das war sie.

***

Renate stand vor dem Nürnberger Polizeipräsidium und sah sich entzückt auf dem Jakobsplatz um. Wand an Wand mit dem Präsidium erhob sich die kuppelgekrönte katholische Kirche Sankt Elisabeth. Auf der Seite gegenüber streckte die evangelische Jakobskirche ihren gotischen Turm himmelwärts. In den Jahren, als das Nürnberger Polizeipräsidium ihr Arbeitsplatz gewesen war, hatte Renate an unzähligen Beispielen miterlebt, wie eng beide Kirchen sich dem ökumenischen Miteinander verpflichtet sahen. Um die päpstlichen Bedenken in Rom kümmerten sie sich wenig. Mit einem respektvollen Lächeln für die beiden Kirchengemeinden wandte sie sich um und wuchtete die schwere Tür des Präsidiums auf.

In der Cafeteria, hoch oben im Präsidium, wurde sie von ihrem ehemaligen Kollegen Herfried Wallner bereits erwartet. Seit ihrem Wechsel nach München nahm er ihre Stelle im Dezernat für Organisierte Kriminalität ein. Sie hätten sich auch in seinem Büro am Plärrer treffen können, aber Renate fand die Cafeteria sinnvoller. Das Gebäude, in dem die Organisierte Kriminalität untergebracht war, sollte so unauffällig wie möglich bleiben und nur zu besonders wichtigen Anlässen angesteuert werden.

Herfried begrüßte sie mit beiden Händen und hielt Renate einen Augenblick auf Abstand, um sie einer genauen Musterung zu unterziehen.

»Renate, welch eine Freude, dich wieder einmal hierzuhaben. Du hast dich tatsächlich nicht verändert. Selbst die Absätze deiner Schuhe sind nach wie vor zu hoch. Kriminell hoch, wie man in unseren Kreisen sagt.«

»Leider nicht hoch genug, um dir mal auf den Kopf spucken zu können. Außerdem kennst du doch meinen Wahlspruch: Je bequemer ich in meinen Schuhen stehe, desto beschissener sehe ich aus.«

Renate erwiderte herzlich den Händedruck und trat an die Fensterfront. Überwältigt betrachtete sie das Panorama, das sich vor ihren Augen auftat. Zum Greifen nah sah sie die gewaltige Burg vor sich, die mit ihren Türmen wie eine vierzackige Krone über der Stadt aufragte. Mit einem wehmütigen Seufzer wandte sie sich zu Herfried um. »Wenn man mir ein Büro mit so einem spektakulären

Ausblick angeboten hätte, wäre ich vielleicht in Nürnberg geblieben.«

Herfried brach in schallendes Gelächter aus. »Du wärst höchstens dann hiergeblieben, wenn man für dich die Kampenwand auf dem Jakobsplatz aufgestellt hätte. Inzwischen weiß doch jeder, dass du unrettbar in die oberbayerischen Berge verliebt bist und jeden davon erwandert hast. Hoffentlich behandeln die Oberbayern dich gut, oder wirst du als Fränkin diskriminiert?«

Mit einem spitzbübischen Lächeln erwiderte Renate: »Niemand diskriminiert mich. Ich gebe auch keinen Anlass dazu. Ich weise nicht ständig darauf hin, dass die Eingliederung Frankens in Bayern 1806 alles andere als freiwillig geschah. Ich rege mich nicht öffentlich darüber auf, dass das Bayerische Fernsehen Unsummen von Sendeminuten verbrät für die Übertragung des Oktoberfestes, während die Feste des restlichen Bayern nahezu totgeschwiegen werden. Ich verliere kein Wort darüber, dass die Oberbayern immer noch glauben, nördlich der Donau sei die Welt mit Brettern vernagelt. Und ich verkneife es mir, statt ›Kein Thema‹ ›Ka Dema‹ zu sagen.«

»›Ka Dema‹ kannst du ruhig sagen. Soweit ich weiß, ist dir dein Spitzname Kadema längst bis ins LKA nach München gefolgt. Ansonsten ist an dir eine Diplomatin verloren gegangen.«

»Nicht ganz.« Renate rückte sich am Tisch einen Stuhl zurecht und ließ sich darauf nieder. »Ich fordere überall laut die Rückgabe fränkischer Kunstschätze ein und poche vehement auf finanzielle Gleichbehandlung.«

»Das ist wohl das Mindeste, was uns zusteht, Gleichbehandlung. Aber in allen Bereichen. Ich sage dir, von dem altbayerischen Betthupferl habe ich ein bleibendes Kindheitstrauma davongetragen. Erinnerst du dich überhaupt noch an das Betthupferl? Zuerst ertönte die markante Melodie vom alten Peter, dann wurde das Betthupferl auf Altbayerisch erzählt. Viele Ausdrücke habe ich als Kind gar nicht verstanden.«

»Das altbayerische Betthupferl, na klar«, erwiderte Renate lachend. »Damit bin ich auch ins Bett gesteckt worden, und meine Kinder ebenfalls. Es stimmt schon. Bayern war ebenso zentralistisch wie Frankreich. Alles wurde von München aus entschieden. Sogar heute noch müssen wir Franken uns dagegen zur Wehr setzen, damit wir nicht den Kürzeren ziehen. Den bayerischen Schwaben geht es auch nicht besser. Die fügen sich jedoch in ihr Schicksal und sind nicht so renitent wie wir.«

Nachdenklich betrachtete sie nun Herfried, der ihr irgendwie anders vorkam, als sie ihn in Erinnerung hatte. Er hatte ziemlich abgenommen. Sein Gesicht war ganz mager und faltig. Das Haar war zwar wie immer raspelkurz geschnitten, aber inzwischen vollkommen ergraut. Er sah älter aus, als er eigentlich war. Renate war im Augenblick kein besonders schwerer Fall bekannt, der ihn mehr als üblich in Anspruch nehmen könnte. Es musste also mit seinem Privatleben zu tun haben. Ihr war da nämlich was zu Ohren gekommen.

»Stimmt es, dass du dich schon wieder scheiden lässt? Wenn ich richtig gezählt habe, wäre das die vierte Ehe, die du in den Sand gesetzt hast.«

Herfried wand sich wie ein Wurm unter Renates forschendem Blick. »Es war halt doch ein Irrtum. Der Altersunterschied wirkte sich letztendlich viel negativer aus, als ich anfangs gedacht hatte. Schon nach ein paar Monaten gab es keine Gemeinsamkeiten mehr. Es war, als ob wir auf verschiedenen Planeten leben würden.«

»Sechsundzwanzig Jahre Unterschied sind auch keine Kleinigkeit. Das ist eine komplett andere Generation mit eigenen Wünschen und Vorstellungen. Natürlich kann es gut gehen, dafür gibt es genug Beispiele. Bei dir lief es aber schief.«

Abgesehen von seinem chaotischen Privatleben war Herfried ein durch und durch realistischer Mann. Deshalb schüttelte Renate verwundert den Kopf. »Ehrlich Herfried, ich versteh einfach nicht, warum du immer gleich heiratest. Wenn du so weitermachst, mauserst du dich noch zur Liz Taylor von Nürnberg. Die hat auch jeden gleich geheiratet, in den sie verliebt war.«

Renate hatte keineswegs vorgehabt, ihrem Kollegen den Kopf zu waschen. Es war ihr einfach so herausgerutscht, und das tat ihr jetzt leid. Sie war dringend auf seine Unterstützung angewiesen.

Gerade als sie zu einer Entschuldigung ansetzen wollte, läutete Herfrieds Handy. Er holte es aus seiner Jackentasche hervor und meldete sich. »Gut, schick ihn herauf in die Cafeteria«, sagte er und legte auf. »Der Bamberger Kollege ist jetzt da. Du wolltest doch, dass auch einer von den Bambergern an unserem Gespräch teilnimmt.«

»Genau. Wegen Verena Bach. Gößweinstein gehört zu deren Dienststelle. Wen haben sie denn geschickt?«

»René Frank.«

Renate nickte erfreut. »Das ist hervorragend. Den Renne kenne ich sehr gut. Das ist ein ganz Ausgeschlafener. Als der noch hier am Nürnberger Präsidium gearbeitet hat, habe ich mich persönlich dafür eingesetzt, dass er zum Kommissar ernannt wurde.«

»Jetzt ist er Oberkommissar, und bis zum Hauptkommissar ist es bei ihm auch nicht mehr lang hin. Aber was anderes, Renate: Ich sollte mir das Heiraten in Zukunft wirklich gut überlegen, da gebe ich dir recht. Langsam wird es auch eine Geldfrage. Trotzdem hättest du dir den Vergleich mit Liz Taylor verkneifen können.«

Mit reuiger Miene griff Renate nach Herfrieds Hand und drückte sie. »Entschuldige bitte. Das war wirklich daneben.«

Herfried war glücklicherweise nicht nachtragend und nahm die Entschuldigung an. Aus seiner Aktentasche holte er zwei Schnellhefter und reichte sie Renate. »Das sind die Informationen, um die du uns gebeten hast.«

Renate vertiefte sich zunächst in den Schnellhefter zu Bernd Tauber und blickte bald darauf erstaunt auf. »Der ist gar kein so unbeschriebenes Blatt, wie ich anfangs dachte. Führerscheinentzug wegen zu viel Alkohol. Erwischt mit Drogen. Sieh an, sieh an. Rempeleien mit einem Türsteher. Beamtenbeleidigung. Anzeige wegen versuchter Vergewaltigung. Kennst du den Typen genauer?«

»Und ob. In der Angelegenheit mit den Drogen hatte ich mit ihm persönlich zu tun. Ein typischer Wohlstandsflegel. Aalglatt. Fast so glatt wie sein Verteidiger, der ihn immer wieder rausgehauen hat. Jetzt markiert er den seriösen Geschäftsmann. Wir vermuten bei ihm illegale Geschäfte mit Edelsteinen. Nachweisen konnten wir es noch nicht. Er ist ein ganz raffinierter Hund, der sich mit den Auslandsfilialen ein geniales Netzwerk zusammengebastelt hat. Um den solltet ihr euch vom LKA besonders kümmern.«

»Deshalb bin ich in Nürnberg. Er ist der Cousin der einen Malerin, die umgebracht wurde, Bettina Tauber. Die Schmuckfilialen gehörten ihr. Er ist nur der Geschäftsführer. War sie etwa auch in die Edelsteinschiebereien verwickelt?«

Herfried fuhr sich nachdenklich durchs Haar. »Meines Wissens nicht. Aber wenn du die letzte Seite aufschlägst, dürfte dir eine wichtige Information ins Auge springen. Wir haben nämlich beim Nachlassgericht Nachforschungen angestellt. Nach dem Tod von Bettina Tauber gehen die Schmuckfilialen in das Eigentum ihres Cousins über. Wenn das kein Mordmotiv ist, dann weiß ich auch nicht weiter.«

Renate klappte den Schnellhefter zu und verschränkte die Arme vor der Brust. »Wir haben aber zwei Tote. Für den Mord an Laura Berger würde das Motiv nicht greifen. Außerdem fehlen äußerst wertvolle Gemälde. Ich fürchte, Herfried, so einfach ist der Fall nicht. Interessant ist aber die Information über die Edelsteingeschäfte. Tauber scheint über dunkle Kanäle zu verfügen. Wir werden da mal etwas tiefer graben. Wer weiß, vielleicht stoßen wir dabei auf eine kriminelle Organisation.«

Sie griff nach dem zweiten Schnellhefter, öffnete ihn jedoch nicht, da in diesem Augenblick Oberkommissar René Frank von der Bamberger Kriminalpolizei die Cafeteria betrat, gefolgt von Amire Önar.

Renate sah das Strahlen, das über Renés sommersprossiges Gesicht glitt und sich in seine blauen Augen einnistete, als er sie erblickte. Erfreut ging sie auf ihn zu und legte ihm den Arm um die Taille. Um die Schulter ging es wegen seiner Länge von einem Meter neunzig nicht.

»Glückwunsch zum Oberkommissar, Renne«, sagte sie.

Er drückte Renate fest an sich. »Vielen Dank. Ich muss dich aber auch beglückwünschen. Du bist ja jetzt Kriminaldirektorin.«

Renate winkte lachend ab. »Ka Dema, Renne. Das ist doch schon eine Weile her.« Sie wandte sich zu Amire Önar um: »Was führt Sie denn nach Nürnberg?«

»Ich war mit Oberkommissar Frank bei Verena Bach in Gößweinstein und bin eigentlich schon wieder auf dem Heimweg nach Weilheim. Im Auftrag von Hauptkommissar Altinger sollte ich mir persönlich ein Bild von ihrer Sicherheitssituation machen und ihr noch ein paar Verhaltensregeln einschärfen. Wie Sie wissen, ist Verena Bach unsere Hauptzeugin. Als Weilheimer Polizistin habe ich in Oberfranken aber keine Befugnis. Deshalb hat mich Oberkommissar Frank begleitet. Als wir ankamen, trafen wir Verena Bach zunächst nicht an. Sie machte wohl gerade einen Spaziergang durch den Ort. Sowohl ihre Mutter als auch ihr Bruder versprachen, ein wachsames Auge auf sie zu haben. Das hat ihr gar nicht gefallen, nicht wahr, René?«

René fuhr sich durch seine kurz geschnittenen rotblonden Locken. »Das stimmt. Ich glaube, dass ich das erklären kann. Ich kenne Verena Bach schon länger vom Klettern in der Fränkischen Schweiz. Man sieht ihr das vielleicht nicht an, aber sie ist eine begabte Kletterin und von einer Kraft und Zähigkeit, die man ihr auf den ersten Blick nicht zutraut. Wir haben uns ein wenig angefreundet. Deshalb weiß ich, dass sie sich mit ihrer Mutter und ihrem Bruder nicht besonders gut versteht. Beide hatten noch nie Verständnis für ihre Malerei. Finanziell wurde sie ziemlich knapp gehalten. Es wurmte Verena, dass ihr künstlerischeres Talent von der Familie nicht gewürdigt wurde.«

»Mein Ermittlungstalent als Polizist haben meine Eltern auch nicht gewürdigt. Weiß Gott, damit kann man doch leben, oder etwa nicht?«, warf Herfried mit gerunzelter Stirn ein. »Welche Maßnahmen habt ihr für ihre Sicherheit getroffen?«

»Eine Rund-um-die-Uhr-Bewachung geht nicht. Dafür fehlt uns das Personal. Außerdem halte ich es auch nicht für nötig. Gößweinstein ist kein heißes Pflaster. Da laufen die Mörder nicht in Scharen herum. Unser normaler Streifendienst kann die Bewachung leisten.«

»Ein Mörder ist schon zu viel. Nimm die Bewachung nicht auf die leichte Schulter, René«, mahnte Renate.

René dachte kurz nach und nickte. »Na gut. Wir werden die Polizeipräsenz erhöhen. Das geht auf alle Fälle. Ich leite das sofort ein.«

»Zusätzlich halten wir mit ihr telefonisch Kontakt«, ergänzte Amire und sah auf ihre Armbanduhr. »Ich muss los, sonst gerate ich auf der A9 in den Stau.«

René und Amire verabschiedeten sich und verließen gemeinsam die Cafeteria.

Renate schaute amüsiert hinterher. Die beiden wirkten bereits recht vertraut miteinander. Dann griff sie nach den zwei Schnellheftern auf dem Tisch. »Danke für die Informationen, Herfried. Ich muss mich auch beeilen, damit ich diesen Bernd Tauber noch erwische. Du hörst wieder von mir.« Mit einem kernigen Händedruck verabschiedete sie sich von ihrem Kollegen.

Als Renate das Präsidium verließ und die Richtung zur Kaiserstraße einschlug, sah sie aus der Ferne René und Amire. Gemächlich traten die beiden an den Bratwurststand neben dem Ehekarussell-Brunnen und ließen sich Drei im Weckla schmecken. Von Eile keine Spur. Renate lächelte. Ihr Gefühl hatte sie also nicht getrogen. Als René und Amire zusammen die Cafeteria betraten, hatte plötzlich ein Hauch von knisternder Erotik in der Luft gelegen. Warum auch nicht? Die Entfernung zwischen Bamberg und Weilheim war zwar keine Kleinigkeit, aber auch kein Quantensprung.

***

Verena Bach warf sich in ihrem Zimmer aufs Bett und schäumte vor Wut. Überwachung auf Schritt und Tritt. Neben der Polizeistreife ausgerechnet auch noch Kontrolle durch ihre Mutter und ihren Bruder. Und die fühlten sich durch Renés blödsinnige Anordnung besonders im Recht. Das hatte ihr gerade noch gefehlt. Das hatte sie nicht verdient. René wusste doch, wie sie zu den beiden stand. Warum hatte er nicht eingegriffen, als Frau Önar das vorgeschlagen hatte? Er war gar nicht ihr Freund, sonst hätte er das niemals zugelassen. Dabei hatte sie gedacht, er wäre sogar ein bisschen verliebt in sie. Offenbar hatte ihm die Önar gründlich den Kopf verdreht. Diese türkische Schlampe mit dem breiten oberbayerischen Dialekt. Wütend starrte sie an die Decke. Was mach ich bloß? Ich lass mich hier nicht einsperren. Ihr Blick glitt hinüber zur Staffelei, die zwischen den abgeschabten Jungmädchenmöbeln wie ein Fremdkörper wirkte. Zum Malen fehlte ihr die Inspiration. Sie musste hinaus.

Verena sprang auf und schob die Gardinen einen Spalt breit zur Seite. Der Zeitpunkt war gut. Gerade bogen drei Reisebusse auf den Parkplatz ein. In dem Durcheinander der Gäste konnte sie sich ungesehen aus dem Staub machen. Es war noch hell genug für ein kurzes Bouldertraining, vielleicht am Gößweinsteiner Bärenkäfig. Hastig streifte sie sich ein T-Shirt und eine bequeme Kletterhose über und schlüpfte in ihre Kletterschuhe. Aus dem Schrank kramte sie den Chalkbag mit Magnesium und hievte sich das Crashpad auf den Rücken. Sie griff nach ihrem Handy und rief zuerst Barbara Engel an, um sie davon zu unterrichten, dass sie jetzt in Gößweinstein war. Das Gleiche teilte sie Bettinas Cousin, Bernd Tauber, mit.

Barbara Engel hatte das Gespräch sofort abgewürgt, als sie auf ihr eigentliches Anliegen zu sprechen gekommen war. Offenbar war sie mit ihrem Anruf in die Verhandlung mit einem wichtigen Kunden der Galerie geraten. Verena beschloss, es später noch einmal zu versuchen, und steckte das Handy in die Hosentasche.

***

Renate genoss den kurzen Weg zur Tauber-Schmuckgalerie in der Kaiserstraße. Natürlich war sie besonders gern in Nürnberg, aber sie war auch gern in München. Beide Städte übten auf sie eine Faszination aus, obwohl sie so unterschiedlich waren wie Tag und Nacht.

München strahlte die höfische Eleganz einer Residenzstadt aus, und das kulturelle Angebot war überwältigend. Wenn sie es nicht gerade mit einem grantigen Urmünchner zu tun hatte, der alle, die den altbayerischen Zungenschlag nicht lupenrein beherrschten, als seine persönlichen Feinde betrachtete, kam sie mit den Oberbayern gut aus. Deren barockes Lebensgefühl, das von dem Motto »leben und leben lassen« geprägt war, wirkte richtig ansteckend. Noch ansteckender war der grenzenlose Optimismus in dem oft mit einem Augenzwinkern gebrauchten Satz: »A bisserl was geht immer.«

In Nürnberg beeindruckte sie dagegen das mittelalterliche Flair der engen Gassen und alten Fachwerkhäuser, über die sich majestätisch die gotischen Kirchen erhoben. Und natürlich die Burg. Das Wahrzeichen. Die Krone der Stadt. Sie kannte keine andere Großstadt in Deutschland, deren Zentrum von einer Stadtmauer umgrenzt war, in der sich eine mittelalterliche Burg erhob. Das war schon sehenswert. An den Franken mochte sie besonders gern den Hang zum raffiniert kalkulierten Understatement. Damit lullten sie ihre Widersacher ein, gaukelten ihnen vor, es mit grandiosen Tölpeln zu tun zu haben, die man locker über den Tisch ziehen konnte. Wenn alle sich dann in Sicherheit wähnten, schossen die Franken aus ihrer Deckung hervor und zeigten, was tatsächlich in ihnen steckte. Auch so mancher Oberbayer hatte dabei seine blauen Wunder erleben müssen.

Die bogenförmigen Schaufenster der Tauber-Schmuckgalerie waren sparsam, aber erlesen bestückt. Nirgends fand sich ein Preisschild. Renate warf in das Fenster mit den Uhren nur einen kurzen Blick. Länger verharrte sie dagegen vor der Auslage mit dem Schmuck. Es waren Stücke darunter, die ihr durchaus gefielen. Besitzen wollte sie jedoch keines dieser Kleinode. Das wäre nur ein Stück mehr, auf das man aufpassen musste. Sie hatte schon genug damit zu tun, über ihre billigen Kugelschreiber nicht die Übersicht zu verlieren.

Sie betrat das Geschäft und wurde sofort von einer hoch gewachsenen Dame im schwarzen Kostüm mit untadelig weißer Bluse darunter in Empfang genommen. Renate erklärte ihr Anliegen.

Die Dame nickte. »Ich weiß Bescheid. Leider konnte Herr Tauber nicht auf Sie warten. Er musste überraschend einen Termin mit der Händlergemeinschaft Kaiserstraße wahrnehmen. Das kann aber dauern. Ich fürchte, es lohnt sich nicht, auf ihn zu warten. Soll ich für Sie einen neuen Termin vereinbaren, morgen früh vielleicht?«

Nach einem kurzen Augenblick des Überlegens stimmte Renate zu. Sie hatte genug anderes zu erledigen.

***

Verena Bach stand mit ihrem geschulterten Crashpad am Hintereingang der Eibenklause und schaute nachdenklich um sich. Das ideale Kletterwetter. Der Mai ließ sich dieses Jahr nicht lumpen und verabschiedete sich mit milden, frühsommerlichen Temperaturen. Sorge machte ihr jedoch die Uhrzeit. Es war schon nach sechzehn Uhr. Unter den Studenten aus Erlangen, Bamberg und Bayreuth gab es viele Kletterer. Einige davon kannte sie sogar persönlich. Daher wusste sie, dass eine ganze Reihe von ihnen im Sommersemester die Univeranstaltungen so legte, dass anschließend noch Zeit zum Klettern blieb. An einem so schönen Tag wie dem heutigen würde sie deshalb am Gößweinsteiner Bärenkäfig garantiert nicht allein sein. Aber sie kannte im Eibenwald eine kleine Felswand, gar nicht weit weg von hier. Der Zugang war ziemlich mühselig. Doch das nahm sie gern in Kauf. Hauptsache, sie war beim Bouldern ungestört.

Beschwingt strebte sie dem Hohlweg hinter dem Hotel zu, überquerte ihn und kraxelte die steile Böschung hinauf. Dort folgte sie dem Trampelpfad durch das mannshohe, dichte Gebüsch. Mit dem unhandlichen Crashpad blieb sie immer wieder hängen und kam nur langsam voran. Behutsam löste sie die Dornen einer Brombeerranke von ihrem T-Shirt. Da hörte sie es, das Knacken von Zweigen. Sie lauschte. Nichts. Stille. Wahrscheinlich hatte sie ein Reh aufgescheucht. Verena setzte ihren Weg fort, zwängte sich durch stacheliges Gestrüpp und verdrängte ein seltsam unangenehmes Gefühl. Ein Gefühl, das sie nicht benennen konnte, das aber auf ihr lastete.

Nach ein paar Schritten blieb sie erneut stehen und blickte um sich. War sie wirklich allein hier? Bewegten sich dort hinten in dem Busch nicht Zweige? Nein. Nichts bewegte sich. Beruhigt tastete sie sich weiter voran. Wer außer ihr sollte hier entlanggehen? Kaum jemand kannte den Trampelpfad, deshalb war er auch so überwuchert vom Gebüsch. Da, ein Rascheln. Dicht hinter ihr. Verena wirbelte herum. Doch da war nichts. Folgte ihr etwa das Reh? Sofort schüttelte sie über ihren eigenen absurden Gedanken den Kopf. Ein Reh würde ihr niemals folgen. Es würde mit einem Fluchtreflex reagieren und danach trachten, von ihr wegzukommen.

Sie setzte ihren Weg fort und kam zu dem abschüssigen Hang, der zum Fuß der Felswand führte. Ab jetzt war es nicht mehr weit. Nur noch ein paar Meter. Sie atmete tief durch und konzentrierte sich auf den Abstieg. Auf einmal prallten Steinchen gegen das Crashpad auf ihrem Rücken. Erschrocken fuhr sie herum und verlor dabei den Halt. Auf dem Hosenboden rutschte sie den Hang hinab.

Mühsam rappelte sie sich hoch und hob das Crashpad von der Schulter. Dabei musterte sie den steilen Pfad, den sie gerade unfreiwillig heruntergesegelt war. »Ist da jemand?«, rief sie hinauf. Keine Antwort. Nachdenklich verharrte sie einen Augenblick. Irgendein Tier musste wohl die Steinchen ins Rollen gebracht haben. Sie klopfte sich den Schmutz von der Hose und schulterte wieder das Crashpad.

Der Pfad führte nach ein paar Schritten aus dem Gebüsch heraus, und sie stand vor der Felswand. Sie war nicht besonders hoch, vielleicht sieben oder acht Meter. Der untere Teil stellte keine allzu große Herausforderung dar. Sie hatte schon Kinder daran herumklettern sehen. Das obere Drittel hatte es allerdings in sich. Da ging die Wand fast senkrecht hoch und endete in einem Überhang. Ob sie den heute überwinden würde? Schon bei dem Gedanken, ohne Seilsicherung am Felsen herumzuklettern, durchrieselte Verena ein freudiger Schauer. Heute ging es ihr nicht um spezielle Greif- und Trittechniken und Schwerpunktverlagerung. Nein, heute wollte sie volles Risiko, das im Ernstfall nur durch das Crashpad abgefangen wurde.

Prüfend musterte sie die Wand, überlegte die Steigrichtung und richtete danach die Position des Pads aus. Sie breitete es aus und ließ sich darauf nieder. Sorgsam säuberte sie ihre Schuhsohlen und griff in das Chalkbag mit dem Magnesium. Als sie den feinen Puder auf ihren Händen verteilte und dabei um sich schaute, sah sie Steinchen hinter dem Gebüsch hervorrollen. Sie kamen von dem Abhang, den sie sich gerade heruntergequält hatte. Wer hatte sie losgetreten? Sicher ein Fuchs. Sicher? Verena hielt den Atem an und horchte. Nichts. Stille. Allumfassende Stille. Entschlossen stand sie auf und schüttelte die Beklommenheit ab, die sie überkommen hatte. Aus der Hosentasche nahm sie das Handy und verstaute es unter dem Crashpad.

Sie griff in die Felswand, suchte mit dem Fuß nach einem Tritt, zog den anderen Fuß nach, griff höher und höher und fühlte, wie der ganze Körper unter Spannung geriet. Verbissen kämpfte sie sich nach oben, trotzte der Wand Zentimeter für Zentimeter ab. Ihr ganzes Gewicht hing nun an ihren Fingerspitzen.

Plötzlich stellten sich ihre Nackenhaare auf. Geradezu körperlich spürte sie fremde Blicke im Rücken. War sie nicht mehr allein? Wurde sie beobachtet? Aber wer war da und warum? Und wo? Vorsichtig, damit sie nicht abstürzte, riskierte sie einen Blick aus den Augenwinkeln. War da nicht ein schwarzer Schatten, eine Gestalt, die hinter der Eibengruppe am Felsen verschwand?

»Ist da wer?«,rief Verena und setzte den Fuß auf eine Felsunebenheit. Keine Antwort, nur bleierne, unheilvolle Stille. Übermächtig fühlte sie die Bedrohung, die von der fremden Person auszugehen schien. Wer mochte das sein?

Sie musste zusehen, dass sie rasch nach unten kam. An der Wand war sie eine Zielscheibe für jede mögliche Attacke. Mit zitternden Händen machte sie sich an den Abstieg und versuchte, die Angst niederzukämpfen. Schweiß überströmte ihr Gesicht und brannte in den Augen. Sie konnte ihn nicht wegwischen. Blind tastete sie nach einem Griff im Fels. Ihre schweißnassen Finger rutschten ab, sie verlor den Halt. Sie prallte auf das Crashpad und rang nach Atem. Mühsam richtete sie sich auf. Erst auf die Knie, dann auf die Beine.

Der Stoß, der sie im Rücken traf, kam so unvermutet und heftig, dass ihr Kopf mit voller Wucht an den Fels prallte. Ihr wurde schwarz vor Augen.

***

Renate Wörlein verharrte auf dem Rückweg von der Tauber-Galerie kurz vor dem monumentalen Brunnen des Ehekarussells, über dem der Nürnberger Schusterpoet Hans Sachs einen verrückten Veitstanz aufführte. Seine als Figurengruppen meisterhaft in Bronze gegossenen ironisch-bissigen Verse über die Ehe und vor allem über die Ehefrauen schienen ihn selbst am meisten zu amüsieren. Er war eben ein Kind seiner Zeit. Sie wandte sich ab und machte es wie René und Amire. Sie kaufte sich am Bratwurststand neben dem Brunnen Drei im Weckla. Wie es sich für eine echte Fränkin gehörte, verlangte sie allerdings »Drei im Weggla«. Mit extra butterweich gesprochenem »G«, das war sie Nürnberg schuldig.

Kauend strebte sie wieder dem Polizeipräsidium zu und fasste einen Plan. Die verschwundenen Gemälde ließen ihr einfach keine Ruhe. Zusammen mit Herfried Wallner wollte sie deshalb bei der Gemeinsamen Ermittlungsgruppe Rauschgift in der Rothenburger Straße, die alle nur GER nannten und die zum Sachgebiet des LKA gehörte, genauere Nachforschungen über Tauber anstellen. Herfried hatte bei der GER gearbeitet, bevor er zur Organisierten Kriminalität übergewechselt war.

Wie eng die Drogenmafia mit anderen Delikten verquickt war, hatte bereits in den achtziger Jahren das kolumbianische Drogenkartell in Medellin bewiesen. Als damals durch einen Sprengstoffanschlag Privatgebäude des Drogenbosses Pablo Escobar in die Luft flogen, kam eine Reihe von äußerst wertvollen Gemälden ans Tageslicht, die am Kunstmarkt als verschollen gegolten hatten. Einige davon hatten einen Marktwert im zweistelligen Millionenbereich. Damit war im großen Stil Geld gewaschen worden.

Intensiv grübelte sie darüber nach, was im Zusammenhang mit

den verschwundenen Bildern von Verena Bach zu halten war. Vielleicht spielte sie ein doppeltes Spiel. Das Vibrieren des Handys riss sie aus ihren Überlegungen. Was ihr mitgeteilt wurde, ließ sie nach Luft ringen.

***

René bretterte laut pfeifend die A73 Richtung Bamberg entlang und dachte an das Zusammentreffen mit Renate Wörlein zurück. Sie war die Einzige, die seinen Namen stets falsch aussprach. Von jeher hatte sie Renne zu ihm gesagt. Trotz der hohen Absätze kam sie ihm ungewöhnlich klein vor. Sie konnte doch niemals die Mindestgröße aufweisen, die für den Polizeidienst vorgeschrieben war. Doch das war egal. Sie war die beste Polizistin, die er kannte, und die beste Chefin. Niemals hatte sie es nötig gehabt, ihre Autorität durch einen rauen Befehlston unter Beweis zu stellen. Sie besaß von Natur aus Autorität und konnte es sich erlauben, sich auch mit Jungspunden wie ihm zu duzen. Von ihr hatte er am meisten gelernt.

Eine weitere Frau kam ihm in den Sinn und beflügelte seine Phantasie. Amire. Wegen ihr fiel es ihm besonders schwer, sich auf den dichten Verkehr zu konzentrieren. Amires samtige Märchenaugen in dem schönen Gesicht nahmen sein ganzes Denken gefangen. Was für eine Frau! Und dazu auch noch so nett. Hoffentlich wurde der Fall mit den Eibenmalerinnen nicht allzu schnell gelöst.

Lästiges Handyklingeln drang an sein Ohr, und er meldete sich entsprechend unfreundlich.

Als ihm die Gößweinsteiner Kollegen mitteilten, Verena Bach sei bewusstlos und verletzt im Eibenwald aufgefunden worden, sagte er nur: »Ich bin schon auf dem Weg.«

René kam gerade noch rechtzeitig an, bevor Verena Bach mit dem Krankenwagen in die Klinik gebracht wurde. Sie war zwar bei Bewusstsein, aber kaum ansprechbar. Trotzdem gelang es ihm, wenigstens ein paar Worte mit ihr zu wechseln. Als sie am Fels hing, hatte sie plötzlich das Gefühl, beobachtet zu werden, und machte sich an den Abstieg. Dabei verlor sie den Halt und stürzte ab. Auf seine Frage, wer überhaupt davon wusste, dass sie seit heute in

Gößweinstein war, konnte sie nur noch mühsam stammeln: »Engel … Tauber … angerufen.« René wurde vom Notarzt weggescheucht und musste sich mit den wenigen Informationen vorerst zufrieden geben.

Das Rettungsfahrzeug verließ den Parkplatz der Eibenklause, und René wandte sich an den jungen Mann, der neben den beiden Streifenpolizisten stand. Es war Jens, ein Erlanger Student, den er vom Klettern her kannte. Verwundert fragte er: »Was machst du denn hier, Jens?«

»Ich war bei den Feenwänden und habe mir eine bestimmte Kletterroute angeschaut. Dieses Wochenende bekomme ich Besuch von ein paar Kommilitonen aus Augsburg. Auch Kletterer. Die sind ganz heiß auf unsere Felsen hier in der Fränkischen Schweiz. Mittlerweile sind die ja sogar europaweit berühmt. Auf dem Rückweg habe ich Verena an der kleinen Wand mit dem Überhang gefunden. Sie lag auf dem Bauch und war bewusstlos, also habe ich sie in eine stabile Seitenlage gebracht und dabei die Wunde am Kopf entdeckt. Als ich das Crashpad so verrückte, dass sie trotz des unebenen Untergrunds einigermaßen gerade darauf liegen konnte, kam darunter ihr Handy zum Vorschein. Das war vielleicht ein Glück. Ich hatte meines nämlich vergessen. Mit ihrem Handy habe ich den Notruf durchgegeben und genau beschrieben, wo die Unfallstelle ist.«

René kannte die Stelle nur zu gut. »Wie habt ihr sie denn nach oben gebracht? Das Gelände ist extrem schwierig.«

»Du sagst es. Das war vielleicht eine Schinderei«, kam es grollend von einem der nebenstehenden Polizisten. »Der da«, damit meinte er Jens, »die Sanis und wir mussten alle zusammen anpacken. Der Abstieg war für eine Trage viel zu steil. Wir haben sie mit Gurten nach oben gezogen.«

Der andere Polizist mischte sich ebenfalls ein. »Als der Notruf hereinkam, waren wir gerade auf dem Weg zu Verena Bach. Wir wollten nachsehen, ob bei ihr alles in Ordnung ist.« Aufgebracht stützte er die Arme in die Hüften. »Sag mal, René, ist der jungen Dame eigentlich nicht klar, dass sie sich an die Sicherheitsvorkehrungen zu halten hat, die ihr heute Nachmittag mit ihr durchgesprochen habt? Für ein derartig leichtsinniges Verhalten habe ich nicht das geringste Verständnis.«

René seufzte: »Ich fürchte, sie hat den Ernst der Lage tatsächlich noch nicht richtig erkannt. Ich werde mich darum kümmern.« Er griff zu seinem Handy und informierte Renate Wörlein über das Geschehen.

ZEHN

Der Mittwoch fing ja schon gut an. Otto legte den Telefonhörer auf und holte aus der unteren Schreibtischschublade einen mittelgroßen Fächer hervor. Er faltete ihn zu seiner ganzen Rosenpracht auf schwarzem Grund auf und fächelte sich Luft zu. Andere brauchten komplizierte Yogaübungen, um auf gute Gedanken zu kommen, ihm dagegen half das rhythmische Fächeln.

Nicht zu glauben, was Renate ihm da gerade am Telefon mitgeteilt hatte. Verena Bach war gestern am späten Nachmittag ohnmächtig von einem Kletterer in der Nähe von Gößweinstein aufgefunden worden, mit einer stark blutenden Verletzung an der Stirn. Sie hatte sich heimlich aus dem Hotel ihrer Familie geschlichen, um an einem Kletterfelsen zu bouldern.

Bouldern. Was das wohl war? Otto hatte dieses Wort in seinem Leben noch nicht gehört.

»Bouldern, bouldern«, sagte er laut vor sich hin.

Das klang irgendwie fränkisch. Vielleicht sollte es »Poltern« heißen. Den Franken traute er allerhand zu. Auch, auf einen Felsen zu steigen und darauf so lange herumzupoltern, bis man abstürzte. Ein Polterunfall.

Doch für René Frank stand ein Unfall außer Frage. Es war ihm gelungen, mit Verena Bach noch ein paar Worte zu wechseln, bevor man sie im Krankenwagen abtransportiert hatte. Sie hatte offenbar plötzlich das Gefühl gehabt, dass jemand in ihrer Nähe war und sie beobachtete. Dadurch war sie aus dem Tritt gekommen und das letzte Stück zu Boden gefallen. An mehr hatte sie sich im Augenblick nicht erinnern können. René Frank vermutete aber, dass Verena Bach tatsächlich beobachtet worden war. Als sie unten am Boden war, musste der Täter oder die Täterin an sie herangeschlichen sein und ihren Kopf mit Wucht gegen den Fels geschlagen haben.

Otto griff erneut zum Fächer, um seine grauen Zellen zur Höchstleistung zu motivieren. Der Täter war verschwunden und hatte Verena Bach verletzt liegen lassen. Klang das logisch? Irgendwie nicht. Was hatte der Täter davon? Doch nur Scherereien, wenn sie ihn irgendwann vielleicht doch identifizieren konnte. Es passte auch nicht in das Tatschema, das sie inzwischen zu dem Mord an den zwei Eibenmalerinnen entwickelt hatten. Eine andere Möglichkeit war, dass der Täter – vielleicht von dem Kletterer, der Verena Bach gefunden und den Notruf abgesetzt hatte – gestört worden war, bevor er seine Tat vollenden konnte.

Noch etwas anderes stimmte ihn nachdenklich, nämlich dass ein Mann sich bei Verena Bachs Mutter und Bruder nach ihr erkundigt hatte. Seinen Namen kannten sie nicht. Er hatte ihn nicht gesagt, und sie hatten nicht gefragt. Irgendein Verehrer eben. Wahrscheinlich einer von diesen nichtsnutzigen Künstlern, hatte ihre Mutter vermutet.

Die Beschreibung hätte auf Tausende von Männern gepasst. Groß und hellhaarig, vielleicht blond bis dunkelblond oder hellbraun, helle Augen. Möglicherweise blau, vielleicht auch grau. Etwa Mitte dreißig. Das war wieder einmal eine Zeugenaussage, die nur so strotzte von Uneindeutigkeiten. Otto nahm das jedoch gelassen. Die Bamberger Kollegen würden schon herausfinden, um wen es sich handelte.

Bevor Verena Bach zum Kletterfelsen gegangen war, hatte sie Barbara Engel und Bernd Tauber angerufen. Das hatte sie René Frank selbst noch sagen können. Der Inhalt der Gespräche könnte aufschlussreich sein. Dem musste nachgegangen werden.

Otto verstaute den Fächer wieder in der Schublade, trat an die Kunststoffstafel hinter seinem Schreibtisch und wischte mit einem Papiertaschentuch den Namen Pohlmann von der Liste der Verdächtigen. Desch hatte ihm am Telefon mitgeteilt, dass Pohlmann gar kein Bild hatte kaufen wollen. Im Gegenteil: Er besaß eines von Bettina Taubers Gemälden und wollte es unbedingt verkaufen, damit er die Forderungen seiner Gläubiger bedienen konnte. Die Vernissage diente ihm sozusagen als Barometer für den Marktwert des Bildes. Außerdem war er definitiv der Letzte gewesen, der die Vernissage verlassen hatte, noch dazu sturzbetrunken. Als Abschiedsgeschenk hatte er die Eingangstreppe von oben bis unten vollgekotzt.

Otto grinste in Erinnerung an Deschs verbale Ausfälle. So derb hatte er ihn noch nie erlebt. Laut Desch hatte Pohlmann kaum auf den eigenen Beinen stehen können, »der Saukerl, der miserablige«. Otto bedauerte es sehr, dass Desch das Gespräch wegen eines wichtigen Kunden vorzeitig hatte abbrechen müssen. Er hätte seiner blumigen Ausdruckweise noch Stunden lauschen mögen. Aber eines war nach dem Telefonat jedenfalls klar: Zu einem Doppelmord wäre Pohlmann in seinem Zustand nicht in der Lage gewesen.

Otto wandte sich den Notizen zu, die er sich zum Botticelli Engel gemacht hatte. Richtig hieß der Alexander Kumarow, wie er inzwischen in Erfahrung gebracht hatte. In der Münchner Promiszene gut bekannt. Und laut der Kollegen vom Rauschgift ein schlimmer Finger. Sie wussten, dass er im Rauschgiftgeschäft mitmischte, und behielten ihn im Auge. Mit seinem schwarzen Hummer machte Kumarow die Stadt unsicher, parkte rücksichtslos, wo es ihm gefiel, und warf mit dem Geld großzügig um sich. Er war unberechenbar. Mal verschwand er plötzlich von einem Tag zum anderen, um irgendwann ebenso plötzlich wieder aufzutauchen. Im Lehel besaß er eine Dachterrassenwohnung mit spektakulärem Blick auf das Isarhochufer. Außerdem war er ein häufiger Gast in den Münchner Bordellen.

Otto nahm das emotionslos zur Kenntnis. Bei den jungen Männern schienen Bordellbesuche momentan in Mode zu sein, warum auch immer. Offenbar hatten sie mehr Geld zur Verfügung, als ihnen guttat. Der Botticelli-Sascha hatte jedoch in einigen Etablissements Hausverbot wegen unzumutbarer Grobheit. Otto sah auf seine Armbanduhr und beschloss, Conrad Desch erneut anzurufen. Der wichtige Kunde würde sich inzwischen hoffentlich vom Acker gemacht haben.

Desch war bei dem Namen Alexander Kumarow zunächst ganz still. Doch bald darauf öffneten sich die Schleusen. Er erzählte, dass Igor Kumarow, Alexanders Vater, im Moskauer Geldadel-Theater in der obersten Kategorie mitspielte. Auch aus der jüngsten Finanzkrise war er wie Phönix aus der Asche nahezu unbeschadet herausgekommen. Einen Teil seines immensen Vermögens legte er in Sachwerten und Kunstgegenständen an. Im Laufe der Jahre war er einer von Deschs besten Kunden geworden. Er kaufte fast ausschließlich Bilder von Laura Berger. Danach gierte er. In die war er regelrecht vernarrt. Von einer Wirbelsäulenoperation, die Kumarow senior selbstverständlich auch in München hatte vornehmen lassen, natürlich bei einem namhaften Chirurgen, schien er sich noch nicht richtig erholt zu haben. Jedenfalls schickte er seit eineinhalb Jahren immer seinen Sohn Alexander zur Vernissage.

Nun musste Otto den Hörer ganz fest ans Ohr pressen, weil Desch wie in Panik zu flüstern begann: »Otto, nimm dich vor dem jungen Kumarow in Acht. Der ist zu allem fähig. Anders als sein Vater war er nicht nur hinter ihren Bildern, sondern auch hinter Laura Berger selbst her. Er hat sie mehrmals zu sich eingeladen. Vom letzten Fest kam sie grün und blau geschlagen zurück, sie wollte den Dreckskerl aber nicht anzeigen. Frag mich nicht, warum. Wahrscheinlich hat er sie eingeschüchtert. Außerdem habe ich den Verdacht, dass sie an ihn unter der Hand Gemälde verkauft hat.«

Otto war perplex. »Geht das denn? Ich dachte, ein Künstler schließt mit dem Galeristen einen Vertrag. Nur der darf dann das Kunstwerk vermarkten.«

»Natürlich geht das nicht. Bei unserer Form der Verträge ist das eindeutig Vertragsbruch. Laura Berger wusste das ganz genau.« Wieder senkte Desch die Stimme zu einem Flüstern. »Laura war sonst immer korrekt. Bestimmt hat dieser Kumarow sie dazu gezwungen. Und Otto, wenn du mich fragst, hat er auch die Malerinnen umgebracht und die Gemälde gestohlen. Das ist der abscheulichste Typ, der mir jemals untergekommen ist. Reiner Abschaum.«

Nachdenklich legte Otto den Hörer auf und trat erneut an die Tafel hinter seinem Schreibtisch. Sorgfältig musterte er die Namen, die er unter der Rubrik Tatverdächtige vermerkt hatte, und verglich sie mit den danebenstehenden möglichen Motiven. Zunächst zögerlich, doch dann immer bestimmter, zog er einen Verbindungsstrich zwischen Alexander Kumarow und Bernd Tauber, Bettinas Cousin. Beide verfügten über dunkle Kanäle, durch die man vermutlich auch Gemälde schleusen konnte.

***

Diesmal hielt sich Renate nicht vor den Schaufenstern der Tauber-Schmuckgalerie auf. Zielstrebig betrat sie das Geschäft und wurde von der gleichen effizienten blonden Dame wie gestern in Empfang genommen. Freundlich lächelnd sagte sie: »Herr Tauber lässt bitten. Folgen Sie mir bitte in sein Büro.«

Bernd Tauber begrüßte Renate mit einem festen Händedruck und bat sie, Platz zu nehmen.

Renate sah zu, wie er einen Eintrag in seinem Terminkalender überprüfte. Dies gab ihr die Gelegenheit, ihn in Ruhe zu mustern. Grauer Anzug, hellbraunes Haar, etwa mittelgroß. Sein Alter von achtunddreißig Jahren kannte sie aus den Unterlagen, die Herfried ihr gestern überlassen hatte. Wie Tauber sich so über seinen Kalender beugte und mit winziger Schrift Eintragungen vornahm, strahlte er Seriosität und Ernsthaftigkeit aus. Dazu passte aber nicht der ausgesprochen anzügliche Blick, mit dem er sie bei der Begrüßung von oben bis unten gemustert hatte. Renate ging mit sich zurate, ob sie ohne die Informationen von Herfried auch dieser Meinung gewesen wäre. Er hatte ihn als Wohlstandsflegel beschrieben. War sie nun voreingenommen?

Bernd Tauber blickte auf und legte den Stift zur Seite. »Frau Kriminaldirektorin Wörlein, ich bedauere es sehr, dass unser Termin gestern doch nicht zustande kam. Ein unvorhersehbares Problem kam dazwischen. Das ist leider das Schicksal von uns Geschäftsleuten. Wer nicht schnell genug reagiert, ist sofort weg vom Markt. Was kann ich für Sie tun?«

Nach kurzem Überlegen entschied sich Renate zunächst für einen Satz voll von Mitgefühl. »Glauben Sie mir, es tut mir von Herzen leid, dass eine so schöne und begabte Frau wie Ihre Cousine Bettina Tauber auf so schreckliche Art sterben musste.«

Bernd Taubers Lächeln versickerte, und nichts als Trauer stand in seinen grauen Augen. »Ich war so stolz auf Bettina. Wir waren als Kinder unzertrennlich. Was glauben Sie, wie oft ich mich auf dem Schulhof für sie geprügelt habe. Wissen Sie, Bettina hatte im Pausenhof immer ihren Zeichenblock dabei und malte unentwegt. Ihre Klassenkameraden machten sich deshalb oft lustig über sie. Ich beschützte sie. Erst die unterschiedlichen beruflichen Wege haben uns auseinandergerissen.«

Aha. Die Rolle des Beschützers also. Renate war das nicht entgangen.

»Bettina war die Firmeneigentümerin und Sie sind der Geschäftsführer. Wie kam es dazu?«

»Unsere Väter waren Brüder. Mein Vater war Chemiker, ein hochbegabter Naturwissenschaftler, der es nie zu Geld gebracht hat. Am liebsten verschwand er in seinem Labor. Bettinas Vater dagegen war Goldschmied und äußerst geschäftstüchtig. Bereits in den fünfziger

Jahren begann er mit dem Aufbau seines Juwelierimperiums. Er verstand es hervorragend, die Gunst der Stunde zu nutzen. Damals gierten die Menschen nach luxuriösen Dingen. Die einen hatten ihren Schmuck im Krieg verloren. Die anderen suchten nach sicheren Wertanlagen, um nicht durch eine weitere Inflation nochmals ihr Hab und Gut zu verlieren. Ich studierte Betriebswirtschaft. Nach dem Examen bot mir mein Onkel eine Stelle in der Geschäftsleitung an. Damals war bereits absehbar, dass Bettina sich niemals dafür interessieren würde.«

»Für mich wären eigentlich Sie der ideale Firmeninhaber.« Mit diesem Satz warf Renate einen wohlkalkulierten Köder aus, um an griffige Informationen zu gelangen.

Bernd Tauber lachte. »Mein Onkel hatte mir von Anfang an die Rolle des edlen Ritters zugedacht. Ich sollte ein Auge auf Bettina haben, sozusagen ihr Beschützer sein. Aufpassen, damit sie von niemandem übervorteilt wird. So jedenfalls hatte er es im Testament festgelegt. Dafür bekam ich ein außerordentlich gutes Gehalt, was man nicht unterschätzen darf.«

»Was wäre passiert, wenn Bettina geheiratet und Kinder bekommen hätte?«

»Damit wäre ich natürlich aus der Erbfolge draußen gewesen. Was aber im Grunde für mich nicht viel geändert hätte. Ich habe genug eigenes Geld.«

Renate hatte das Gefühl, dass Tauber ihr etwas vormachte. Sie sollte denken, er wäre mit dem Geschäftsführergehalt vollauf zufrieden und an dem Erbe gar nicht interessiert. Genau das nahm sie ihm nicht ab. Für sie war er einer, der ewig die zweite Geige spielt. Er wäre nicht der Erste, der sich dieser Rolle ein für alle Mal entledigte. Interessiert fragte sie: »Waren Sie auch bei der Vernissage anwesend?«

»Nein. Dieser Kunstrummel ist nicht meine Sache. Ich war in München und hatte ein Geschäftsessen mit Kunden. Als besondere Überraschung hatte ich Opernkarten besorgt. Tosca. Natürlich beste Plätze. Wissen Sie, für gute Kunden sollte einem kein Euro zu viel sein. Knauserigkeit zahlt sich in der Geschäftswelt nicht aus. Jeder würde sofort denken, man sei finanziell nicht flüssig. Ob die Opernaufführung gut war, interessiert Sie wahrscheinlich nicht.«

»Richtig. Mich interessiert, was Sie nach der Oper gemacht haben.«

»Nun, mit meinen Kollegen war ich noch im Schumanns auf einen kleinen Absacker. Ich musste leider früher heim, weil ich am anderen Tag einen äußerst wichtigen Termin hatte. Also, lassen Sie mich kurz nachrechnen. Spätestens um halb eins lag ich schon im Bett.«

»Wer kann das bestätigen?«

Tauber zuckte bedauernd mit den Schultern. »Leider niemand.«

»Nun gut, Herr Tauber, wie Sie wissen, wurde Verena Bach, die Malerkollegin Ihrer Cousine, gestern in der Nähe von Gößweinstein verletzt aufgefunden. Verena Bach sagte, sie habe Sie gestern angerufen. Worum ging es bei diesem Gespräch?«

Tauber lehnte sich im Stuhl zurück und massierte sich nachdenklich den Nasenrücken. »Verenas Anruf erreichte mich mitten in einer Sitzung mit den Geschäftsleuten der Kaiserstraße. Sie wissen schon, das Treffen, das kurzfristig anberaumt werden musste. Viel Zeit konnte ich für Verena nicht erübrigen. Jetzt tut mir das leid. Sie klang nervös und sagte, sie hätte sich in Bettinas Haus in Paterzell gefürchtet. Deshalb sei sie nun in Gößweinstein. So richtig schlau wurde ich aus dem Anruf trotzdem nicht. Ich bot ihr an, später zu ihr nach Gößweinstein zu kommen. Aber das lehnte sie ab. Schade, vielleicht wäre ihr dann nichts passiert. Außerdem wollte ich mit ihr besprechen, wann sie nun endlich mit der Raumausgestaltung des Schmuckgeschäfts in London beginnen will. Ich muss das wissen, damit ich planen kann. Das bedeutet nämlich, dass der ganze Laden während ihrer Arbeit umgeräumt werden muss. Künstler bedenken das leider nicht.«

»Verena Bach hat mir von dem Auftrag erzählt. Das Londonprojekt müssen Sie verschieben. Verena Bach kann vorerst nicht aus Deutschland weg. Sie ist eine wichtige Zeugin. Auch Sie benötigen wir hier. Sicher werden wir weitere Fragen an Sie haben.«

Renate beobachtete, wie sich in Taubers Gesicht eine Wandlung vollzog. Die joviale Freundlichkeit war mit einem Mal wie weggewischt. Zornig funkelte er sie an.

»Hören Sie, so läuft das nicht. Sie können mich nicht daran hindern, meine Niederlassungen aufzusuchen. Die Ausgestaltung der Londoner Filiale muss vor Beginn der Touristensaison abgeschlossen sein. Die Malerin steht bei mir unter Vertrag. Das ist wieder einmal eine typische Bullenschikane.«

Mit einem Achselzucken tat Renate Taubers Wutausbruch ab. Der Lack seiner guten Kinderstube war dünn und bekam erstaunlich schnell Risse. Die vage Beschreibung des Mannes, der sich im Hotel Eibenklause nach Verena Bach erkundigt hatte, kam ihr wieder in den Sinn, und sie fragte: »Wie lang hat die Sitzung gedauert?«

»Bestimmt bis siebzehn Uhr, wenn nicht sogar länger.«

»Gut«, meinte Renate dazu, »Sie verstehen, dass Ihre Aussage überprüft werden muss. Lassen Sie mir einfach eine Liste der Sitzungsteilnehmer zukommen.«

Es war Bernd Tauber anzusehen, dass er kurz vorm Explodieren stand. Unter Renates scharfem Blick riss er sich aber zusammen und bat: »Gehen Sie um Himmels willen diskret vor. Polizeiermittlungen in der Schmuckbranche sind das Schlimmste, was man sich vorstellen kann.«

»Selbstverständlich. Was machten Sie nach der Sitzung? Bitte mit Zeugenangabe. Es geht mir um die Vollständigkeit Ihrer Aussage.«

Renate sah es seinem wütenden Blick an, dass er ihr am liebsten an die Gurgel gefahren wäre. Er brachte sich aber rechtzeitig unter Kontrolle und leierte in einem aufreizend gelangweilten Ton wie auswendig gelernt herunter: »Ich vertrat mir ein wenig die Beine und ging in die Lorenzer Straße zum Türken. Ich weiß nicht genau, wie das Restaurant heißt. Dort nahm ich einen Imbiss zu mir. Allein und ohne mir bekannten Zeugen. Danach kehrte ich ins Geschäft zurück und machte ein paar Abschlussarbeiten. Das war schon nach Ladenschluss, deshalb gibt es dafür keine Zeugen. Gegen neun Uhr ging ich nach oben in meine Wohnung, auch ohne Zeugen.« Hasserfüllt starrte er Renate an. »Wenn ich gewusst hätte, dass ich dafür Zeugen brauche, hätte ich sie mir besorgt.«

Ihm schien wohl klar zu werden, dass er sich im Ton vergriffen hatte, denn er fuhr weit gemäßigter fort: »In Gößweinstein war ich jedenfalls nicht.« Die guten Manieren hielten jedoch nicht vor. Voll Zorn fügte er hinzu: »Darauf zielt Ihre ganze Fragerei doch ab. Halten Sie mich bloß nicht für blöd.«

Er erhob sich gleichzeitig mit Renate und führte sie zurück in den Verkaufsraum.

Erst jetzt fiel Renate die Gestaltung des Innenraums auf. Die Stirnseite des langen schmalen Raums wurde beherrscht von einem venezianischen Portal. Stein für Stein, Fuge für Fuge war das Portal höchst realistisch gemalt. Der Blick durch das Portal führte in eine Kanallandschaft, gesäumt von mittelalterlichen Patrizierhäusern. Simse, Mauerfugen, Dachfirste, Fensternischen und Uferbegrenzungen waren auf eine strenge Zentralperspektive hin ausgerichtet. Das Blau des Kanalwassers verschmolz am Horizont mit dem Meer und mit dem Blau des Himmels.

Renate konnte den Blick nicht abwenden. Sie fühlte sich hineingezogen in die illusionistische Tiefe des Raums. Nach und nach nahm sie die weiß und zinnoberrot gestreiften Segel der einfahrenden Schiffe wahr, die Vorhänge, die sich aus den dunklen Fenstern bauschten, die hellen Zinnen im letzten Glanz der untergehenden Sonne. Ein Sonnenstrahl hatte sich an einem maurischen Balkon verfangen, ließ das steingewordene Akanthusblätterwerk aufblitzen und zauberte einer winkenden Schönen ein warmes Lächeln ins Gesicht. Renate stand bewegungslos da und schaute und schaute. Sie trat zwei Schritte zurück. So konnte sie das ganze Portal erfassen. Ein Portal mit Nischen. Im Mauerwerk waren in unregelmäßigen Abständen Nischen eingelassen. Goldene Ketten, Perlen und Ringe ruhten auf Samtkissen in den Maueraussparungen. Nein, das stimmte gar nicht. Samtkissen und Nischen waren gemalt. Täuschend echt, aber gemalt. Sogar die Perlen waren gemalt. Nicht ganz – drei Perlen hingen tatsächlich aus der gemalten Nische.

Überwältigt drehte sich Renate einmal um die eigene Achse. Was war in diesem Laden real? Was gemalt? War am Ende alles gemalt bis auf die drei Perlen? Zunehmend schärfte sich ihr Blick, und sie nahm neben dem gemalten Schmuck allmählich auch die echten Pretiosen wahr.

»Na, haben Sie herausgefunden, wo unser echter Schmuck liegt?«

Renate bemerkte überrascht, dass Bernd Tauber immer noch neben ihr stand.

»So wie Ihnen geht es den meisten Kunden. Da können Sie mal sehen, was man mit ein wenig Siena, Umbra, Zinnoberrot, Weiß, Veroneser Grün und einer genialen Maltechnik alles machen kann.«

»Wer ist der begnadete Künstler, etwa gar Verena Bach?«

»Natürlich Verena Bach. Verstehen Sie jetzt, warum ich sie auch für unser Londoner Geschäft engagiert habe?«

»Vollkommen.«

Überwältigt verließ Renate das Geschäft. Dieser Bernd Tauber mochte zwar ein zwielichtiger Typ sein, der seine Finger auch in schmutzige Geschäfte steckte. Aber mit dem Angriff auf Verena Bach schien er nichts zu tun zu haben. Er drängte darauf, dass sie ihm das Londoner Geschäft ausgestaltete. Warum sollte er ihr also nach dem Leben trachten? Zudem hatte er hervorragende Zeugen für die in Frage kommende Tatzeit: die gesamte Händlergemeinschaft Kaiserstraße.

Der Tod seiner Cousine dagegen war für ihn von größtem Nutzen. Nur wie passte das mit Laura Bergers Ermordung zusammen? Und wo waren die verschwundenen Gemälde? Tief verstrickt in ihre Gedanken machte Renate sich auf den Weg ins Präsidium. Hoffentlich traf sie Herfried dort an. Der kannte diesen Bernd Tauber am besten.

Bernd Tauber kehrte nachdenklich an seinen Schreibtisch zurück. Hatte er diese Kriminaldirektorin Wörlein nun überzeugen können oder nicht? Sie war für ihn schwer einzuschätzen. Glücklicherweise war ihr Termin angekündigt gewesen. Somit hatte er die Möglichkeit gehabt, sich ein paar passende Antworten zurechtzulegen.

Bettina und Laura. Die beiden Malergänse. Was hatten sie für ein Aufheben um ihre Kunst gemacht. Nun ja, jetzt waren sie tot. Der Presserummel würde sich bald legen. Dann hatte er endlich seine Ruhe. Und seine Freiheit. Der Termin beim Notar stand schon fest. Bald war er am Ziel. Lang genug hatte es gedauert. Viel zu lang.

Alibi, Alibi. Diese Wörlein mit ihren Alibis. Absacker bei Schumanns. Da wären sie am Tresen rumgesessen, die Alibis. Hilfsbereite Weiber gab es immer. Man brauchte nur mit einem Brilli zu winken, der nicht einmal allzu groß sein musste, dann bekam man von ihnen alles. Die kleine Blonde, die besoffen neben ihm am Tresen gehangen und nur noch gelallt hatte, wäre ideal dafür gewesen. Selbst für einen Brilli mit deutlichen Einschlüssen hätte sie Stein und Bein geschworen, dass er um halb eins schon im Bett gelegen hätte, und zwar mit ihr zusammen.

ELF

Am Donnerstag ging es schon auf Mittag zu, als Betti in Lottis Wohnzimmer ans Erkerfenster trat und nervös durch die Scheibengardinen auf die Grundstückseinfahrt spähte. »Bist du dir sicher, dass sie nicht plötzlich zurückkommt und uns erwischt?«

Lotti schnaubte ungeduldig. »Selbstverständlich. Ich habe doch heute Morgen ihr Telefongespräch belauscht. Es war von Gößweinstein die Rede. Bis sie von dort zurückkommt, liegt die Ermittlungsakte längst wieder an ihrem Platz. Setz dich endlich hin und sieh dir das an.«

Über Bettis Angst siegte nun doch die Neugier, und sie kam zum Tisch. Ihre Augen weiteten sich, als sie die Tatortfotos betrachtete, die Lotti inzwischen aufgeblättert hatte. »Wie morbide. Das ist kein einfacher Mord, das ist eine künstlerische Darstellung. Allein der Tatort! Eibenwald. Das muss man sich auf der Zunge zergehen lassen. In Bayern gibt es meines Wissens nur zwei Eibenwälder. Der in Paterzell und der andere in Gößweinstein. Der Eibenwald in Paterzell ist sogar Deutschlands größter zusammenhängender Eibenwald. Uralte Bäume. Gigantische Baumveteranen. Vielleicht fünfhundert, vielleicht tausend oder sogar noch mehr Jahre alt. Vor dieser Schlupfeibe standen wir auch schon mal, erinnerst du dich?«

»Nein. Bei dem Ausflug nach Paterzell saß ich im Rollstuhl wegen meiner Knieoperation. Du und deine eibenkundige Freundin, die uns durch den Wald geführt hat, ihr habt mich einfach inmitten der Bäume stehen lassen. Mutterseelenallein. Schutzlos allen Übergriffen preisgegeben. Der Gipfel an Verantwortungslosigkeit.«

»Übertreib nicht. Wer hätte bei dir noch übergreifen wollen?«

Als Betti Lottis wütenden Blick auffing, machte sie nun doch eine betretene Miene. »Versteh doch, Lotti, der Pfad zur Schlupfeibe war viel zu schmal für deinen Rolli. Wir hätten dich hintragen müssen, was bei deinem Gewicht nicht möglich war. Aber wieder zurück zur Schlupfeibe. Ich sehe sie genau vor mir mit ihrem gespaltenen Stamm. Dieser Baum hat mich sehr beeindruckt, und nicht nur mich. Auch den Mörder.«

Lotti holte aus der Ermittlungsakte den Katalog mit den Werksverzeichnissen hervor und schlug ihn auf der Seite mit den Bildern auf, die der Mittelpunkt der Vernissage gewesen waren. »Auch die Künstlerin, Laura Berger, war beeindruckt. Schau dir das an: ›Wann kommst du?‹, so ist der Titel des Gemäldes. Es hat große Ähnlichkeit mit dem Tatortfoto.«

Betti ließ den Zeigefinger zwischen den zwei Bildern hin- und herwandern. »Richtig, und doch ist es anders. Auf dem Bild im Katalog sehe ich eine Frau in der Eibe verschwinden. Und hier«, sie schob das Tatortfoto näher zu Lotti hin, »hier sehe ich eine Frau, die sich aus der Eibe herauswindet. Das ist die Mystik der Eibe. Schon seit der Keltenzeit steht die Eibe für Tod und Wiedergeburt.«

»Tod ja, aber von Wiedergeburt steht hier nichts in den Ermittlungsprotokollen.« Lotti nahm die Akte an sich und blätterte eine Seite weiter. »Mhm, mhm. Bettina Tauber starb noch in der Nacht der Vernissage. Im Mageninhalt wurden GHB und Taxin nachgewiesen. Das hat sie nicht freiwillig zu sich genommen. Wer macht das schon? Die Todeszeit liegt zwischen ein und drei Uhr morgens. Was sagt uns das?« Lotti hob den Kopf und schaute prüfend zu Betti. Die schien gar nicht zuzuhören. Mit geschlossenen Augen und abwesender Miene saß sie da.

»Betti?«

Langsam wandte Betti den Kopf. »Dass ich da nicht schon früher darauf gekommen bin. Schon bei den Zeitungsberichten hätte es bei mir funken müssen. Ich kenne nämlich Bettina Taubers Bilder von verschiedenen Ausstellungen. Ich glaube, eine Künstlerin wie sie kannst du am besten über die Mythologie und über ihre Kunst erfassen. Otto und Renate sollten bei ihren Ermittlungen ganzheitlich vorgehen und in anderen Dimensionen denken. Das ist doch unheimlich. Bettina Tauber war von dem Thema ›Anderswelt‹ fasziniert. Und sie musste dem Ruf ›Wann kommst du?‹ Folge leisten. In die ›Anderswelt‹.«

»Für mich hast du recht. Ich denke wie du. Hinter den Morden verbergen sich vielleicht Motive, die weder für Otto noch für Renate auf den ersten Blick ersichtlich und plausibel sind. Der Mörder muss sich ganz intensiv mit den Bildern der Malerin auseinandergesetzt haben.«

Lotti rückte nah an den Tisch heran, damit sie besser in der

Werksbroschüre blättern konnte, und schob sie nun wieder ein Stück zu Betti hin. »Schau dir die Bilder ›Anderswelt I und II‹ genau an. Ich finde sie ungeheuer beunruhigend. Könnten sie nicht der Schlüssel zu Bettinas Ermordung sein? Damit hat sie auf der Vernissage großes Aufsehen erregt. Sie wurden in allen Feuilletons besprochen. Die Gemälde waren also sehr bekannt.«

Betti griff nach der Broschüre und hielt sie ins Licht. »Warum nicht? Vielleicht schlummerte in ihr eine Art Todessehnsucht oder die Sehnsucht nach einem besseren Leben in einer anderen Welt. Auf alle Fälle sind die Bilder in Paterzell entstanden. Das sehe ich an den Eiben. Nur dort gibt es diese Eiben mit den armdicken, schlangenförmigen Wurzeln. An die kannst du dich aber schon noch erinnern.« Sie legte den Werkskatalog zurück auf den Tisch.

»Mehr als mir lieb ist. Wegen einer dieser Wurzeln hätte ich mich mit dem Rolli fast überschlagen. Ihr habt mich das abschüssige Stück in so einem Karacho runterfahren lassen, dass mir Hören und Sehen vergangen ist.«

Betti war nun doch überrascht, dass Lotti den Ausflug in den Paterzeller Eibenwald in so schlechter Erinnerung hatte.

»Ach, das war gar nicht freiwillig? Als du da mit wehenden Haaren losgeflitzt bist, habe ich mir noch gedacht: Alle Achtung! Die Lotti ist aber mutig. Ich hätte mich das nicht getraut. Warum hast du denn nicht gebremst?«

»Wo soll denn die Bremse gewesen sein? Ich bin noch nie in meinem Leben Rollstuhl gefahren. Ich habe bei dieser Höllenfahrt nur noch um mein künstliches Kniegelenk gebangt.«

»Aber wenigstens hat dich die Eibenwurzel gestoppt, sonst wärst du in den Bach gefallen. Wenn ich es recht besehe, dann hat sie dir Glück gebracht, die Eibenwurzel.«

Dafür hatte Lotti nur ein verächtliches Schnauben übrig.

Betti beließ es dabei. An dem unseligen Eibenwaldausflug ließ sich jetzt auch nichts mehr ändern. Lieber wandte sie sich wieder dem Anderswelt-Thema zu.

»Weißt du, Lotti, nicht umsonst stehen auf den Friedhöfen so viele Eiben. Man sagt, ihre Wurzeln wachsen in jedes Grab. Die Eibe ist der Begleiter in die Anderswelt, sie hilft bei der Überwindung des Todes. Sogar am Unterweltfluss Kokytos, dem Fluss der Klagen, soll eine gewaltige Eibe stehen.« Dramatisch senkte sie nun ihre Stimme zu Grabestiefe ab. »Wer hat Bettina Tauber in die Anderswelt geschickt? Und warum?«

Lotti, die inzwischen zu den Bildern von Laura Berger vorgeblättert hatte, blickte kurz auf. »Vergiss nicht, dass noch eine Künstlerin in die Anderswelt geschickt wurde. Und etwas dabei finde ich besonders seltsam.« Sie wedelte mit der Hand zwischen den Abbildungen aus der Broschüre und den Tatortfotos hin und her. »Schau dir das doch an. Für die Tatorte wurden ausschließlich Laura Bergers Bilder verwendet. Auf mich wirken sie geradezu wie die Nachgestaltung der Originalbilder. Warum wurde für die Ermordung von Bettina Tauber nicht eines ihrer Gemälde gewählt?«

»Gute Frage.« Betti nickte beifällig. »Je länger ich die Bilder betrachte, umso mehr komme ich zu dem Schluss, dass das praktische Gründe hatte. Bettinas Bilder kann man nicht so einfach nachgestalten. Laura Bergers Bilder dagegen schon. Ihre Bilder sind vor allem dekorativ. Alles, was du wissen musst, siehst du auf einen Blick. Auch die Mythologie erschließt sich dem Betrachter sofort. Wobei …« Bettis Augen saugten sich an dem roten Schuh in der Locheibe fest. »Rote High Heels stehen meines Wissens für Erotik. Mit den uralten Keltensymbolen hat das nichts zu tun.«

»Oder doch, wenn mit den Keltensymbolen Ängste gebannt werden können«, gab Lotti zu bedenken. »Mit Erotik kenne ich mich aus. Erotik kann auf empfindsame Menschen nämlich beängstigend wirken. Meine Tante hat mir das erzählt. Du weißt schon, die Hure, die mich aufgenommen hat, als mir das mit der Schwangerschaft passierte.«

Betti, die nach wie vor über der Inszenierung des roten Schuhs in Laura Bergers Bild von der Locheibe brütete, antwortete zerstreut: »Warum hast du damals eigentlich nicht abgetrieben?«

»Bist du von Sinnen? Ich war sechzehn Jahre alt. Das war 1955. Bei wem hätte ich mich wegen einer Abtreibung erkundigen können? Bis mir überhaupt klar wurde, was mit mir passierte, war es sowieso schon zu spät. Zu Hause war es nicht auszuhalten. Meine Mutter heulte den ganzen Tag nur noch ins Taschentuch und jammerte über die Schande, die ich über die Familie gebracht hatte. Mein Vater, der korrekte Postbeamte, strafte mich dagegen mit schweigender Verachtung. Dabei war es sein eigener Chef gewesen, der mir das angetan hatte.«

Betti hob den Kopf und nickte. »Ich weiß schon. Als du mir zum ersten Mal davon erzählt hast, wäre ich vor Wut fast aus der Haut gefahren. Man hat dir das ganze Malheur angelastet. Von allen Seiten bist du in die Zange genommen worden. Man wollte herausfinden, ob du diesen alten Drecksack vielleicht dazu ermutigt hast.«

»Mein Vater war der Schlimmste von allen. Gegen seinen Chef hat er sich nichts zu sagen getraut. Also musste ich als Alleinschuldige herhalten. Zu meiner Großmutter konnte ich nicht, die war ein Jahr zuvor gestorben. In meiner Not ging ich zu Tante Helene, der Schwester meines Vaters, über die niemand sprach. Höchstens hinter vorgehaltener Hand. Sie war die teuerste Edelhure von Nürnberg.«

Interessiert schob Betti den Katalog zur Seite. »Sag bloß! Das hast du mir noch nicht erzählt. War das so ein Kaliber wie die Rosemarie Nitribitt in Frankfurt?«

»Mindestens. Sie nannte sich Helen und war schön wie die personifizierte Sünde. Unter den amerikanischen Offizieren und bei den Nürnberger Honoratioren galt sie als Geheimtipp. Jedenfalls nahm sie mich ohne große Umstände bei sich auf.«

»Warte einen Augenblick.« Betti ging in die Küche und kam bald darauf mit zwei Tassen Kaffee zurück. »Was ich dich dazu schon immer fragen wollte: Wie war es in den spießigen fünfziger Jahren überhaupt möglich, dass ein junges Mädchen bei einer Prostituierten wohnte, die nicht ihre leibliche Mutter war?«

Lottis Augen funkelten amüsiert, als sie über die Tasse hinweg Betti ansah.

»Meinen Eltern lag sehr daran, es unter der Decke zu halten, das versteht sich von selbst. Trotzdem gab es Gerede und rief die Behörden auf den Plan. Ja, die Behörden. In Nürnberg standen zwar überall noch die Kriegsruinen herum, aber die Behörden funktionierten schon wieder ebenso perfekt wie die Scheinheiligkeit. Da aber ein paar der strengsten Sittenwächter Helens Kunden waren, einigte man sich gütlich. Ich zog ins Rückgebäude und hatte einen eigenen Eingang, sodass ich das Kommen und Gehen der Freier kaum mitbekam. Am späten Nachmittag, wenn Helen ausgeschlafen hatte, kam sie zu mir und sah nach dem Rechten.«

Enttäuscht schob Betti die Unterlippe vor. »Himmel, klingt das stinknormal. Da wohntest du bei einer Hure der obersten Kategorie und kannst keine einzige schmutzige Geschichte erzählen. Wo gibt's denn so was?«

»Bei Helen. Sie nahm die Verantwortung für mich und später auch für Florian sehr ernst. Sie war sehr kinderlieb. Wegen einer verpfuschten Abtreibung hat sie keine eigenen Kinder bekommen können. Sie besorgte für Florian eine Kinderfrau, und ich machte eine Banklehre.«

»Dabei wärst du doch am liebsten Lehrerin geworden«, erinnerte sich Betti. »Mit dem Kind am Bein wurde daraus nichts.«

Lotti zuckte die Achseln. »So war das damals eben. Aber die Banklehre war schon in Ordnung. Glücklicherweise war der Bankdirektor ebenfalls ein guter Kunde von Helen, sonst wäre auch daraus nichts geworden. Meine Schulnoten waren nämlich durch die Schwangerschaft und den Ärger mit meinen Eltern ins Bodenlose abgesackt. Jedenfalls nahm er mich in seiner Bank auf. Ich wurde Buchhalterin und verwaltete auch Helens Geld. Dadurch wusste ich genau, was die Freier so hinblätterten. Manchmal war das mehr, als ich in zwei Monaten verdiente. Im Gegensatz zu vielen anderen Huren hielt Helen ihr Geld gut zusammen.«

»Das war dein Glück. Nach ihrem Tod hast du ein beachtliches Vermögen geerbt und dieses Haus hier auch. Aber woran starb sie eigentlich, die schöne Helena?«, erkundigte sich Betti.

»Lungenkrebs. Mit den amerikanischen Lucky Strikes hat sie es wohl übertrieben. Sie war noch ganz jung, als sie starb. Ich meine jung in unseren Augen. Lass mich mal nachrechnen. Sie war fünfzehn Jahre älter als ich. Genau, mit vierundvierzig starb sie. Schade. Ich trauere heute noch um sie. Ich weiß nicht, wie mein Leben ohne Helen verlaufen wäre.« Lotti starrte einen Augenblick zur Decke. Dann gab sie sich einen Ruck und wandte sich wieder Betti zu. »Glaube nicht, dass ich von Helen keine schmutzigen Geschichten mitbekommen habe. Auch sie brauchte jemanden, mit dem sie sich aussprechen konnte. Manchmal denke ich, dass darin vielleicht der Grund lag, warum ich nie geheiratet habe. Man verliert viele Illusionen.«

»Ach komm, Lotti, die kann man auch ohne Bordellgeschichten verlieren. Du brauchst dich bei der Partnerwahl bloß falsch zu entscheiden. Schon hast du den Salat und bist um eine Illusion ärmer.«

Lotti trank das letzte Schlückchen Kaffee und stellte die Tasse ab. »So gesehen hast du recht. Aber zurück zu den Tatortfotos und den Eiben: Deine Eibenwaldfreundin erzählte bei unserem Spaziergang, dass schon die alten Druiden Zauberstäbe aus Eibenholz hatten. Damit konnten sie Böses, aber auch Hexen und Dämonen bannen. Das wusste ich übrigens schon von meiner Großmutter. Vor Eiben kann kein Zauber bleiben, das hat sie gesagt. Meine Großmutter hatte im Herrgottswinkel sogar einen Eibenstab mit einer Schutzrune. Der war unauffällig im Palmkätzchenbuschen miteingebunden. Sie behauptete, dass das die Iwazrune sei, die Eibenrune, die Krankheit und Unheil abwenden solle. Typisch meine Großmutter: Viel hilft viel. Wer weiß, was in ihrem Herrgottswinkel noch alles versteckt war.«

Betti vermutete, dass Lottis Großmutter kein Problem darin gesehen hatte, die im Palmkätzchenbuschen versteckte Eibenrune am Palmsonntag in der Kirche gleich mitweihen zu lassen. Aus Lottis früheren Schilderungen wusste sie, dass Großmutter und Enkelin aus ähnlichem Holz geschnitzt waren. Betti war froh, dass Lotti nicht weiter an dem missglückten Eibenwaldausflug herumnörgelte, doch ihre Hoffnung wurde mit deren nächstem Satz zunichtegemacht. Lotti zog das Tatortfoto mit dem roten Schuh in der Locheibe zu sich heran und musterte es gründlich.

»So sieht also die Locheibe genau aus. Mit ein bisschen gutem Willen hättet ihr mich wirklich näher hinschieben können, dann hätte auch ich diesen extravaganten Baum besser betrachten können. Aber nichts. Ihr habt mich am Weg stehen lassen wie einen alten Schuh.« Als sie Bettis genervten Blick auffing, lenkte sie ein. »Also gut, Schwamm drüber. Allmählich begreife ich, was die drei Eibenmalerinnen zu diesen Bäumen hinzog. Hat deine Freundin uns nicht erzählt, dass die Eibe bis weit ins Mittelalter hinein als verbotener Baum galt?«

»Richtig. Es wurde damals dringend davor gewarnt, unter einer Eibe einzuschlafen. Ihre giftigen Ausdünstungen seien todbringend, hieß es. Kopfschmerzen, Kreislaufstörungen, rauschhafte Zustände seien die sicheren Vorboten. Zur Zeit der Kelten hielten die Druiden ihre Ratssitzungen unter den Eiben ab. Bestimmt kannten sie die bewusstseinserweiternde Wirkung der Eiben damals schon. Inzwischen ist sie auch wissenschaftlich nachgewiesen. Besonders an warmen Sommertagen dünstet die Eibe Pseudoalkaloide aus, die zumindest den Kreislauf belasten. Man muss sich also fragen, warum die Malerinnen oft stundenlang im Eibenwald saßen? Wegen der Wirkung der Alkaloide?«

Lotti griff diesen Gedanken auf und spann ihn weiter. »Saßen sie wegen der bewusstseinserweiternden Wirkung unter den Eiben, oder ließen sie sich einfach durch diese besonderen Bäume inspirieren? Und wie ging es der dritten Malerin? Vielleicht sprach die gar nicht auf die bewusstseinserweiternde Wirkung an und blieb uninspiriert. Wäre das ein Mordmotiv?«

Betti musterte erneut eingehend das Tatortfoto mit dem roten Schuh in der Locheibe. »Du könntest recht haben. Die Inszenierung mit einem Schuh würde ich einer Frau zutrauen.«

»Oder einem Mann, der möchte, dass es nach der Handschrift einer Frau aussieht«, gab Lotti zu bedenken.

»Zum Teufel, was soll das? Haben Otto und ich euch nicht in aller Deutlichkeit klargemacht, dass ihr gefälligst eure Finger von unseren Akten fernzuhalten habt?« Renates schneidende Stimme scheuchte Lotti und Betti von ihren Stühlen hoch. Beide rätselten, wie es ihr gelungen war, sich geräuschlos anzuschleichen.

Renate nahm zunächst Betti aufs Korn. »Gerade von dir, als Witwe eines Rechtsanwaltes, hätte ich besondere Gesetzestreue und Respekt vor vertraulichen Dienstunterlagen erwartet.«

Betti ließ sich jedoch nicht einschüchtern. »Wir haben die Unterlagen respektvoll und gesetzestreu durchgesehen wie immer. Darauf geben wir unser Wort, nicht wahr, Lotti?«

»Respektvoll ja, gesetzestreu nur bedingt, was mich betrifft.« Lotti grinste Renate frech ins Gesicht. »Wie du weißt, war ich mit keinem Rechtsanwalt verheiratet. Ich bin bei einer Hure aufgewachsen. Da legt man die Buchstaben des Gesetzes nicht ganz so wortwörtlich aus.«

»Lass mich bloß mit deinen alten Geschichten zufrieden«, knurrte Renate gereizt und griff nach dem Aktenordner auf dem Tisch. »Den habe ich heute Morgen vergessen und es erst im Präsidium gemerkt.« Sie musterte eingehend Betti und Lotti. »Wie seht ihr zwei überhaupt aus? Ungewaschen, ungekämmt und im Morgenrock. Es ist gleich Mittag.«

Lotti hob die Werksbroschüre auf, die die wütende Renate vom Tisch gefegt hatte. »Schuld daran bist du. Als wir den Aktenordner auf der Kommode im Flur liegen sahen, haben wir ihn sichergestellt, damit er nicht in falsche Hände gerät. Wir dachten eigentlich, du fährst nach Gößweinstein. Das hätte bedeutet, dass deine Ermittlungsunterlagen über Stunden unbeaufsichtigt herumgelegen wären. Du könntest also ruhig ein wenig mehr Dankbarkeit zeigen.«

Renate griff nach der Werksbroschüre, die ihr Lotti hinhielt, und legte sie in den Ordner. Dann befahl sie: »Haltet eure Nasen aus dem Eibenwaldfall heraus. Ihr bekommt sonst ernsthaft Ärger mit mir und Otto.«

»Wie du meinst, Renate. Trotzdem sind Lotti und ich der Überzeugung, dass Otto und du den Fall ganzheitlich angehen müsst. In den Bildern von Bettina Tauber steckt so viel an keltischer Mythologie. Das dürft ihr nicht einfach so abtun.« Betti sah Renate an, dass diese sich für die Mythologie der Bilder im Moment keineswegs erwärmte. Deshalb gab sie ihrem Argument anders Nachdruck. »In anderen Fällen ist die Polizei auch schon unkonventionelle Wege gegangen. Man hat mit Parapsychologen und Wahrsagern zusammengearbeitet. Ihr könntet die überlebende Eibenmalerin ja vielleicht hypnotisieren lassen und sie dann befragen.«

Renate atmete tief durch und schwieg einen Moment. Dann tätschelte sie Betti die Hand. »Danke für deine Ratschläge. Ich gebe sie an Otto weiter. Jetzt muss ich noch einmal ins Präsidium und von dort aus gleich nach München.«

Ihr strenger Blick wich einem warmen Lächeln. »Irgendwann bringt ihr euch noch in Teufels Küche mit eurer Neugier.« Sie drückte eine nach der anderen fest an sich und verabschiedete sich. »Macht es gut, bis demnächst und wie gesagt: Der Eibenwaldfall ist für euch tabu.«

***

Amire Önar hätte nicht gedacht, so schnell wieder in Gößweinstein zu sein. Sie bog in den Parkplatz des Hotels Eibenklause ein und brachte das Auto millimetergenau neben René Frank zum Stehen.

Der begrüßte sie mit einem strahlenden Lächeln. »Schön, dich wiederzusehen. Weißt du, tief in meinem Herzen bin ich Verena Bach gar nicht böse, dass sie uns mit ihrem leichtsinnigen Verhalten solche Scherereien macht. Damit liefert sie den idealen Grund, dass du herkommen musst.«

Amire boxte René in die Seite und lachte. »Wegen Verena Bach muss ich doch herkommen. Sie ist für uns Weilheimer die wichtigste Zeugin. Das LKA hat sich zwar in den Mordfall mit eingeschaltet, das heißt aber nicht, dass wir völlig draußen sind. Die Morde geschahen in unserem Zuständigkeitsbereich. Jan Altinger stimmt sich bei den Ermittlungen mit dem Fächler ab.«

»Mit wem?«

»Mit Otto Fechter. Hinter der Hand nennt ihn jeder Fächler wegen seiner seltsamen Angewohnheit. Bei Sitzungen packt der einen Fächer aus und fächelt sich Luft zu.«

Belustigt schüttelte René den Kopf. »Der Fächler und die Kadema, was für ein Gespann! Du weißt schon, warum Renate Wörlein Kadema genannt wird, oder?«

Amire schüttelte den Kopf.

»Wenn für sie eine Sache kein Thema ist, sagt sie es, aber auf gut Fränkisch. Ka Dema eben.«

»Der Fächler und die Kadema.« Amire grinste. »Ich kenne den Fächler selbst nicht, aber Altinger hält viel von ihm. Er scheint offenbar nicht dieses arrogante Gehabe an den Tag zu legen, wie wir es von den LKA-Leuten üblicherweise kennen.«

»Wir in Oberfranken können davon auch ein Lied singen. Ich habe es schon ein paarmal miterlebt, wie schnell die LKAler einen Fall an sich reißen und sich als die besseren Polizisten aufspielen. Aber mit der Kadema passiert das bestimmt nicht.«

Amire holte ihre Tasche vom Beifahrersitz und verschloss die Tür. Gemeinsam betraten sie die Eibenklause durch den Vordereingang. Amire wunderte sich zunächst über die wenigen Gäste, aber ein Blick auf ihre Armbanduhr klärte sie auf. Es war schon fast drei Uhr nachmittags. Verena Bachs Mutter war nicht zu sehen. Aber eine Bedienung lehnte an der Theke und betrachtete mürrisch die Gäste, die immer noch nicht daran dachten, endlich zu bezahlen und zu verschwinden.

Als sie auf die Frau zutraten, wurden sie angeraunzt: »Es gibt nichts mehr. Die Küche ist zu. Da hätten Sie schon früher kommen müssen.«

Amire, die mit der handfesten Art oberbayerischer Bedienungen ihre Erfahrungen gesammelt hatte, ließ sich nicht abschrecken. »Das macht nichts. Wir müssen mit Frau Bach sprechen.«

»Nicht da. Ich schau mal, ob der Junior noch da ist.« Sie ging hinter die Theke ans Ausgabefenster und brüllte ungedämpft hinein: »Veit, kommst du mal? Da will jemand was von dir.«

Amire und René mussten nicht lange warten.

Veit Bach kam aus der Küchentür heraus, wischte sich seine Hände an einem Spültuch ab und warf es achtlos auf die Theke. Er begrüßte René und Amire freundlich. »Schön, dass Sie nach der Verena schaun. Ihr gehd's ned gud. Issd nix. Sachd nix.«

»Können wir mit ihr sprechen?«, fragte René.

Nachdenklich kratzte sich Veit Bach am Kopf. »Ich weiß nicht, ob sie wach ist. Seit ich sie gestern von der Klinik abgeholt habe, hat sie ihr Zimmer fast nicht verlassen. Wegen der schweren Gehirnerschütterung hat der Arzt strikte Bettruhe verordnet. Probieren Sie es. Sie wissen ja den Weg.«

Bevor sie die Gaststube verließen, bat Amire: »Warten Sie bitte auf uns, wir haben noch Fragen an Sie.«

»Geht klar. Mögt ihr vielleicht einen Schweinsbraten oder a Schäufele? Ich mach euch frische Gniedla dazu.«

Sowohl René als auch Amire fanden diese Idee hervorragend. Beschwingt stiegen sie die enge Treppe zu Verena Bachs Zimmer hinauf.

René klopfte an. Als sich innen nichts rührte, klopfte er erneut und sagte: »Ich bin es, Verena, René Frank. Mach bitte auf.«

Es dauerte eine Weile, bis sich endlich der Schlüssel im Schloss drehte. Verena Bach öffnete die Tür. Sie trug einen ausgeleierten rosa Schlafanzug mit einem grinsenden Bärengesicht auf dem Oberteil. Mühsam schleppte sie sich zum Bett zurück und fasste sich an die Stirn, die von einem Pflasterverband vollständig bedeckt war. Übellaunig fragte sie Amire: »Was wollen Sie schon wieder hier? Sie sehen doch, dass es mir schlecht geht. Ich habe mich die halbe Nacht übergeben müssen, und die Kopfschmerzen bringen mich noch um.«

Voll Mitgefühl trat Amire zu ihr ans Bett. »Frau Bach, uns tut es leid, dass es Sie so böse erwischt hat. Daran können Sie sehen, wie wichtig es ist, sich an unsere Sicherheitsmaßnahmen zu halten. Versprechen Sie uns, keine Alleingänge mehr zu unternehmen?«

Verena Bach nickte stumm und schloss die Augen.
Amire beobachtete sie und sah, wie ein paar Tränen unter den Wimpern hervorquollen. Besorgt fragte sie: »Was ist los?«
Die Antwort kam flüsternd: »Der Zettel auf dem Schreibtisch. Ich fand ihn heute gegen Mittag, als ich zur Toilette ging. Er wurde unter der Tür durchgeschoben. Ich fürchte mich.«
Wie elektrisiert drehte sich Amire um und war mit einem Satz beim Schreibtisch. Obenauf lag der Zettel. Dieselbe kurze Botschaft. Nur eine Zeile. Böse, furchterregend und gemein: »Totholz. Sieh dich vor. Bald bist auch du totes Holz.«
Amire schnappte nach Luft. Sie winkte René herbei. »Lies das. Der gleiche Drohbrief wie in Paterzell.« Sie hielt seinen Arm fest, als er danach greifen wollte. »Fass ihn nicht an. Ich nehme ihn mit und gebe ihn an Kadema weiter. Das LKA soll ihn mit dem anderen Drohbrief vergleichen.« Während sie sich Einweghandschuhe überstreifte, fragte sie: »Wo ist der Umschlag?«
Verena Bach öffnete die Augen. »Er war ohne Umschlag. Einfach so unter der Tür durchgeschoben.«
Amire verstaute den Zettel in einer Plastikhülle und setzte sich zu Verena Bach ans Bett. Sie griff nach ihrer Hand und sah sie eindringlich an. »Frau Bach, die Situation ist wirklich besorgniserregend. Sie müssen sich strikt an unsere Sicherheitsvorkehrungen halten, sonst können wir für nichts garantieren. Es ist schon mal gut, dass Sie die Tür verschließen. Was denken Sie, wann könnte denn der Zettel unter der Tür durchgeschoben worden sein?«
»Ich weiß nicht. Ich hab in der Nacht so schlecht geschlafen. Deshalb bin ich erst gegen Mittag aufgewacht. Da habe ich ihn gefunden.«
»Hat Sie jemand am frühen Morgen oder am Vormittag besucht, Ihnen vielleicht Frühstück gebracht?«
Mühsam schüttelte Verena Bach den Kopf. »Mein Bruder hat kurz mit mir telefoniert, von der Küche aus. Er wollte wissen, ob ich etwas essen möchte. Das wollte ich aber nicht. Ich wollte nur schlafen.«
»Somit könnte der Brief also schon seit dem frühen Morgen dort gelegen haben. Mit wem haben Sie bereits darüber gesprochen?«
»Mit niemandem.«
»Können Sie sich vielleicht heute genauer daran erinnern, was vorgestern an dem Kletterfelsen geschah?«

Erneut schüttelte Verena Bach den Kopf. »Das Einzige, woran ich mich erinnern kann, war, dass ich plötzlich das Gefühl hatte, beobachtet zu werden. Das hat mich durcheinandergebracht. Ich habe den Halt verloren und bin auf mein Crashpad gefallen. Ich bin aufgestanden und wollte das Pad zusammenrollen. Da bekam ich einen Stoß in den Rücken und knallte mit dem Kopf an den Felsen. Mehr weiß ich nicht.«

Amire überdachte Verenas Schilderung. Der einzige Unterschied zu ihrer ersten Aussage war, dass sie einen Stoß im Rücken gespürt hatte. Damit konnte zumindest ein Kletterunfall ausgeschlossen werden. Es fand sich aber kein Hinweis auf einen möglichen Täter.

René trat an das Bett und fragte: »Kennst du einen Mann, auf den die Beschreibung groß, blond oder dunkelblond oder hellbraun und helläugig passen würde?«

»Schon. Einige sogar. Mir fällt im Moment bloß kein Name ein. Ich hab so fürchterliche Kopfschmerzen. Könnte ich dich anrufen, wenn es mir besser geht?«

»Selbstverständlich.« Er nickte. »Eine Frage habe ich aber noch, Verena. Du hast am Dienstag, also vorgestern, gesagt, dass du zweimal telefoniert hast, bevor das am Kletterfelsen passierte. Einmal mit Herrn Tauber und einmal mit Frau Engel. Um wie viel Uhr war das, und worum ging es bei den Gesprächen?«

Mit schmerzverzerrtem Gesicht fuhr sich Verena Bach über die Stirn. »Ich weiß es nicht mehr genau. Auf alle Fälle, bevor ich zu dem Kletterfelsen gegangen bin. Doch, jetzt weiß ich es wieder. Es war gegen vier am Nachmittag. Herrn Tauber hab ich erzählt, dass ich jetzt zu Hause in Gößweinstein bin, weil ich mich in Bettinas Haus in Paterzell so gefürchtet habe. Er wollte wissen, wann ich nach London kommen kann. Dort soll ich den Innenraum seines Schmuckgeschäftes ausgestalten. Ich hab ihm gesagt, dass ich wegen der Polizei nicht weg darf. Frau Engel hab ich auch gesagt, dass ich jetzt in Gößweinstein bin. Sie muss doch wissen, wo ich bin.«

»Könnte Herr Tauber der Mann gewesen sein, der sich nach Ihnen erkundigt hat?«, setzte Amire nach.

»Vom Aussehen her schon. Ich glaube es aber nicht. Warum sollte er extra von Nürnberg herfahren? Wir hatten doch alles besprochen.«

Das klang einleuchtend. Amire schärfte Verena noch einmal ein, sich an die Sicherheitsvorkehrungen zu halten. Mit einem aufmunternden Lächeln verabschiedete sie sich und verließ mit René das Zimmer.

Veit Bach erwartete die beiden schon am eigens für sie gedeckten Tisch. Erfreut sah er zu, wie sie sich das Schäufele und die Klöße schmecken ließen. Es gefiel ihm aber nicht, dass Amire bereits nach der halben Portion schlappmachte und den Teller von sich schob.

»Ausgerechnet die Kruste haben Sie liegen gelassen. Das ist das Beste am Schäufele.« Ungeniert langte er in Amires Teller, nahm sich mit den Fingern ein Stück von der rautenförmig eingeschnittenen, krossen Kruste und steckte es in den Mund. Bedächtig kaute er darauf herum. »Auf den Punkt. Nicht zu hart und nicht zu weich.«

Er wischte die fettigen Finger an der Vorderseite seines weißen Kochkittels ab und fragte: »Hat das Verenala mit Ihnen reden können?«

»Ja, das hat sie. Außerdem hat sie das gefunden.«

Amire holte die Plastiktüte mit dem Zettel aus der Tasche und ließ Veit Bach einen Blick darauf werfen.

»Allmächd, das ist ja ein Drohbrief! Wann hat sie den bekommen?«

»So genau weiß sie das auch nicht. Sie hat ihn heute gegen Mittag gefunden. Er wurde unter der Tür durchgeschoben. Das ist schon der zweite.«

Veit Bach wischte sich mit dem Ärmel den Schweiß von der Stirn und fragte fassungslos: »Ach geh zu. Das ist schon der zweite? Warum hat sie das nicht gesagt? Wenigstens mir hätte sie es sagen können.«

»Den ersten bekam sie in Bettina Taubers Haus in Paterzell. Ich finde es auch erstaunlich, dass sie mit niemandem darüber gesprochen hat. Können Sie sich dazu einen Grund vorstellen?« Amire sah ihn gespannt an.

»Na ja. Mit Mutter versteht sie sich nicht besonders gut. Aber mit mir hätte sie reden können. Wissen Sie was? Ich quartiere sie bei mir ein. Ich hab zwei Zimmer, ein Schlafzimmer und ein Wohnzimmer. Sie bekommt mein Schlafzimmer, und ich schlafe im Wohnzimmer auf der Couch. So habe ich sie nah bei mir und kann auf sie aufpassen.« Voller Elan sprang er auf. »Kommen Sie. Sehen Sie sich meine Wohnung an. Dem Verenala sagen wir auch gleich Bescheid.«

Weder René noch Amire brachten es übers Herz, ihm eine Abfuhr zu erteilen. Zu dritt stiegen sie abermals die enge Treppe hinauf. Veit Bachs Räume lagen am Ende des Flurs. Das Schlafzimmer wies außer einem Schrank und einem Bett kein weiteres Möbelstück auf. Das hieß aber nicht, dass es freie Wände gab. Jeder Quadratzentimeter war zugepflastert mit Motorradpostern.

Veit Bach warf einen liebevollen Blick darauf. »Das sind Maschinen, da geht einem das Herz auf. Ich bin auch Biker. Immer wenn ich Zeit habe, drehe ich eine Runde durch die Fränkische Schweiz. Solche scharfen Kurven wie hier bei uns finden Sie in ganz Deutschland nicht.«

René ließ sich zu einem anerkennenden Kopfnicken herbei.

Amire dagegen trat ans Fenster und prüfte das Umfeld. Das flache Garagendach unter dem Fenster gefiel ihr nicht. Sie schätzte den Abstand vom Dach bis zum Fenster auf gut zwei Meter. Stellte das ein Risiko für Verenas Sicherheit dar? Sie machte kehrt und sah sich im Wohnzimmer um. Helle schwedische Einheitsmöbel bestimmten den Raum. Eigentlich sah alles ganz nett aus. Der Blick aus dem Fenster ließ sie das Wohnzimmer anraten. Hier gab es keine Garagen oder andere Vorbauten.

Veit Bach ging an ihr vorbei, um seine Schwester zu holen.

Es dauerte eine Weile, bis sie endlich kamen. Verena Bach hatte sich einen abgetragenen dunkelblauen Morgenrock übergeworfen und das Haar zu einem Zopf gebunden. Sie betrat das Schlafzimmer und fuhr wütend zu ihrem Bruder herum. »Das ist doch nicht dein Ernst. Bei den Postern an den Wänden dreht es mir gleich den Magen um. Ich bleib in meinem Zimmer.«

Veit Bach verlegte sich aufs Bitten. »Geh zu, Verenala, das ist doch zu deinem Schutz. Nur für ein paar Tage. Tu es mir zuliebe. Ich hätte sonst keine ruhige Minute.«

Verena Bach schlurfte in ihren Pantoffeln ans Fenster und sah hinaus. Dann wandte sie sich zu ihrem Bruder um und grinste ihm ironisch zu. »Beschissene Aussicht. Aber gut. Ich zieh zu dir, damit du Ruhe gibst. Nur für ein paar Tage, hörst du?«

»Wären Sie im Wohnzimmer nicht besser aufgehoben?«, schlug Amire vor. »Das Garagendach unter dem Fenster gefällt mir nicht.

Ein durchtrainierter Mensch, der Klimmzüge beherrscht, könnte bei Ihnen einsteigen.«

»Ins Wohnzimmer gehe ich auf keinen Fall. Wenn ich auf der Couch schlafen muss, kriege ich zu meinen Kopfschmerzen auch noch Rückenschmerzen. Machen Sie sich keine Sorgen. Das Schlafzimmer passt.«

Veit Bach brachte die Polizisten nach unten zum Hintereingang und seufzte erleichtert: »Bin ich froh, dass sie so schnell eingewilligt hat. Sie scheint wirklich große Angst zu haben. Aber bei mir ist sie in Sicherheit.«

»Das hoffen wir.« René bereitete aber die Tür des Hintereingangs Kopfzerbrechen. Er fragte: »Kann man die Tür tagsüber nicht doch abschließen? Wir haben bereits mehrfach darauf hingewiesen. Jeder Hansdampf kann durch sie ungesehen ins Haus kommen.«

»Ich weiß schon. Darüber muss ich mit meiner Mutter sprechen. Das ist nämlich sehr unpraktisch. Mit dem ganzen Abfall und den Einkäufen müsste man um das Haus laufen.« Veit Bach nagte nachdenklich an seiner Unterlippe. »Mir persönlich würde es nichts ausmachen. Die Hauptsache ist Verenas Sicherheit. Ich tu, was ich kann.«

»Wie sieht es mit den Hotelgästen aus? Ich würde gern mit ihnen sprechen. Vielleicht ist jemandem heute Morgen etwas Ungewöhnliches aufgefallen«, hakte René nach. »Ich denke dabei besonders an den Drohbrief.«

Veit Bachs Mundwinkel sanken griesgrämig nach unten. »Wir haben seit Wochen keine Hotelgäste mehr. Der Wellnesstempel steht leer und treibt uns langsam in den finanziellen Ruin. Mutters Lieblingstraum und mein Alptraum. Sie glaubt immer noch, dass Verena einmal das Hotel übernehmen wird. Verena das Hotel, und ich das Restaurant. Heute ist Mutter nach Nürnberg zur Bank gefahren, um zu retten, was noch zu retten ist.«

»Hoffentlich hat sie Glück. Mich beschäftigt aber weiterhin der Mann, der am Dienstag nach Ihrer Schwester gefragt hat. Können Sie ihn für uns noch einmal beschreiben?«

Veit Bach sah René verwundert an. »Wieso denn? Ich sagte doch schon, das war ein Allerweltstyp. Groß, eher blond oder hellbraun, helle Augen. Vielleicht Mitte dreißig.«

Amire machte der Bedienung Platz, die sich mit zwei prall gefüllten Abfallsäcken an ihr vorbeidrängte. Dann mischte sie sich in das Gespräch ein. »Vielleicht geht es doch genauer, Herr Bach. War er so groß wie Oberkommissar Frank?«

Veit Bach musterte René ausführlich von oben bis unten. »Ich würde sagen, eine Handbreit kleiner, aber viel breiter.«

»Gut. Also zirka eins achtzig. Denken Sie nach: Wie hat er sich bewegt, schnell, langsam, hinkte er …«

»Moment, Moment. Jetzt fällt mir was ein. Der hatte große Hände. Mechanikerhände, mit Altöl verschmiert. Ich kenn das von meinem Motorrad. Das verflixte Öl kriegst du nicht mehr aus den Fingernägeln.«

»Wunderbar«, lobte Amire. »Damit sind wir ein Stück weiter. Wie hat er gesprochen, ich meine, wie …«

»Wie Sie.«

Entgeistert fragte Amire zurück: »Wie ich?«

»Haargenau oberbayerischer Slang. Affenscharf. Ich hör's gern.«

Amire und René wechselten einen erstaunten Blick. Darüber mussten sie sich unterhalten.

Die Bedienung, die das Sortieren des Abfalls wie einen wissenschaftlichen Akt zelebriert hatte, kam nun heran. Sie stemmte die Arme in die Hüften und sagte: »An den Oberbayern kann ich mich auch erinnern. Dicht hinter dem ist aber noch einer gestanden. Kein Wort hat der gesagt, nur genau zugehört. Ich hab mir noch überlegt, ob die zwei wohl zusammengehören.«

»Aha. Das ist interessant.« René schaute der Bedienung eindringlich in die Augen. »Erzählen Sie so genau wie möglich. Jedes Detail ist wichtig.«

»Der Oberbayer hat nach Verena gefragt, wollte mit ihr sprechen. Die Chefin hat mich hinaufgeschickt, um Verena zu holen. Die war aber nicht da oder sie hat auf mein Klopfen hin nicht aufgemacht. Das weiß man bei ihr nicht so genau. Jedenfalls bin ich wieder runtergegangen und hab gesagt, dass ich sie nicht finde. Daraufhin ist der Oberbayer gegangen.«

»Und der andere, was machte der? Ging der auch?«, erkundigte sich Amire.

Trotz des beiläufigen Tons, den sie dabei anschlug, war René klar, dass sie mit Hochspannung auf die Antwort wartete. Er brauchte nur auf ihre Hände zu achten, die sie so fest verschränkte, dass die Knöchel weiß hervortraten.

»Nein. Der hat sich in der Wirtsstube umgesehen. Zuerst habe ich gedacht, er überlegt, wohin er sich setzen will. Im Stillen habe ich noch gehofft, dass er nicht gerade den Tisch in der hintersten Ecke nimmt. Das ist eine Lauferei ohne Ende. Mit meinen geschwollenen Füßen hab ich das nicht so gern.«

Es war Amire vom Gesicht abzulesen, wie mühsam sie ihre Ungeduld bezähmte und stattdessen einigermaßen freundlich fragte: »Ja, hat er sich nun gesetzt oder nicht?«

»Hat er nicht. Er ist wieder hinausgegangen, aber diesmal zum Hinterausgang. Bald darauf habe ich ihn vom Fenster aus mit seinem Leichenwagen wegfahren sehen.«

»Wie bitte? Mit einem Leichenwagen?« René glaubte, sich verhört zu haben.

Die Bedienung nahm die Arme von den Hüften und verschränkte sie vor der Brust. »Ob das jetzt wirklich ein Leichenwagen war, weiß ich nicht. Ich kenne mich mit Autos nicht besonders aus. Jedenfalls war das Fahrzeug groß und schwarz. Fast so breit wie ein kleiner Bus oder Transporter. Für die engen Straßen hier bei uns wenig geeignet.«

Hinter den genauen Autotyp würden sie schon kommen. Darin sah René kein Problem. Seine Bamberger Kollegen sollten der Bedienung eine Liste mit Automodellen vorlegen. Er holte sein Notizbuch hervor und trug einen entsprechenden Vermerk ein. Während er schrieb, fragte er: »Haben Sie sich vielleicht das Kennzeichen gemerkt oder Teile davon?«

Die Bedienung schüttelte stumm den Kopf und schaute auf ihre geschwollenen Füße. Mit einem Lächeln blickte sie wieder auf. »Eines kann ich aber sagen: Das war ein außergewöhnlich schöner Mann. Ungefähr so groß wie der Oberbayer, aber nicht so breit, Anfang oder Mitte dreißig, lange blonde, gelockte Haare …«

»Wie lang?«, warf Amire schnell dazwischen.

Die Bedienung hob beide Hände in Schulterhöhe. »So lang waren sie schon und haben geschimmert wie Seide. Er hatte große dunkle Augen mit ganz langen, gebogenen Wimpern wie eine Frau. Es ist mir durch und durch gegangen, wie er mich angeschaut hat. So ein Mannsbild finden Sie hier bei uns in Franken nicht.«

Das hörte René gar nicht gern. Trotzdem bedankte er sich bei der Bedienung für die wertvollen Informationen. Er holte seinen Geldbeutel aus der Jackentasche und wandte sich an Veit Bach: »Wir haben noch nicht bezahlt. Was sind wir schuldig?«

»Fürs Essen nix. Das haben Sie nicht bestellt. Wenn Sie unbedingt wollen, und damit es nicht nach Beamtenbestechung aussieht, dann bezahlen Sie mir halt die zwei alkoholfreien Bier. Ich bin doch so froh, dass Sie sich um meine Schwester kümmern.«

René drückte Veit Bach das Geld für das Bier in die Hand und klopfte ihm auf die Schulter. »Schön, dass Sie uns bei den Sicherheitsmaßnahmen für Ihre Schwester unterstützen. Wir lassen wieder von uns hören.«

Nachdenklich verließen René und Amire das Hotel Eibenklause. René schlug vor, eine kurze Wanderung in den Eibenwald zu machen. »Ich zeige dir die Stelle, wo man Verena und auch die anderen beiden Eibenmalerinnen des Öfteren beim Malen antreffen konnte. Wir brauchen dafür höchstens eine Viertelstunde.«

Amire war einverstanden. Schweigend schritten sie den überwachsenen Hohlweg hinter dem Hotel entlang.

René ging eine Weile mit sich zurate, ob er Amire das einfach so fragen konnte, was ihm schon vorgestern aufgefallen war, und heute beim Essen wieder. Am Ende würde er damit ihre Gefühle verletzen. Trotzdem wollte er es wissen, auch auf die Gefahr hin, dass sie es ihm übel nahm. Er verlangsamte das Tempo und griff nach ihrem Arm.

»Amire«, sagte er, »mich hat es verwundert, dass du das Schäufele gegessen hast. Das ist doch Schweinefleisch.«

»Ja und? Ich mag Schweinefleisch sehr gern, und das Schäufele hat hervorragend geschmeckt. Die Portion war nur zu üppig. Worüber warst du also verwundert?«

Verlegen kratzte René sich am Kopf und begann zu stottern: »Weißt du, ich dachte nur, du als Muslima …«

»Ich soll eine Muslima sein?« Amire sah ihn mit großen Augen an.

»Na ja, dein türkischer Name und so. Da dachte ich halt, dass du eine Muslima bist.«

»Jetzt begreife ich erst, was du meinst!« Amire lachte. »Ich bin Christin. Ich wurde katholisch getauft. Meine Mutter bestand darauf.«

»Ist deine Mutter denn keine Türkin?«

»Ach woher. Meine Mutter ist von der Abstammung her zwar Sizilianerin, wurde aber in Deutschland geboren. Ihre Eltern kamen in den fünfziger Jahren nach Rosenheim und eröffneten ein Eiscafé, später wurde daraus eine Pizzeria. Dort hatten sich meine Eltern vor dreißig Jahren kennengelernt.«

Sie warf René ein verschmitztes Lächeln zu. »Stell dir vor, ein Blick genügte, und der Türke war unsterblich in die deutsche Sizilianerin verliebt. Umgekehrt war es ebenso. Kurz darauf war meine Mutter mit mir schwanger und sie heirateten. Damals heirateten türkische Männer noch relativ häufig deutsche Frauen. Das hat sich aber leider geändert, wie du sicher selbst weißt.«

René schwoll voll Zorn der Kamm bei dem Gedanken an die vielen aus der Türkei eingeschleusten Bräute. Analphabetinnen ohne Deutschkenntnisse, die am deutschen Leben lange Zeit nicht teilnehmen durften und konnten. Manche sogar nie. Glücklicherweise war hierbei mittlerweile eine Wende zu verzeichnen. Das Rätsel vom Schweinefleisch war für ihn aber jetzt gelöst, und auch, warum Amire so ungewöhnlich aussah. Trotzdem beschäftigte ihn noch eine andere Angelegenheit und er fragte: »Warum heißt du denn Amire, wenn deine Eltern sowieso vorhatten, in Deutschland zu bleiben? Da wäre doch Stephanie oder Katrin oder ein anderer deutscher Name passender gewesen.«

»Das Gleiche hab ich sie auch gefragt. Als Kind hätte mir Daniela viel besser gefallen. Meine beste Freundin in der Schule hieß so«, antwortete Amire mit einem breiten Grinsen. »Aber zwischen meinen Eltern bestand eine Abmachung. Meine Mutter legte meine Religionszugehörigkeit fest und mein Vater meinen Namen. Inzwischen mag ich den Namen Amire gern. Meine türkische Oma heißt auch so.«

»Amire.« René ließ den Namen wie ein Stückchen Schokolade auf der Zunge zergehen. »Amire klingt wie ein Name aus einem orientalischen Märchen.«

Amire war sich auf einmal nicht mehr sicher, ob René sich über sie lustig machte. Sie warf ihm von der Seite einen prüfenden Blick zu. Doch in seiner Miene war kein Spott zu erkennen. Das gab ihr den Mut, ihren Namen genauer zu erläutern. »Amire ist eine Abwandlung des arabischen Namens Amira. Er bedeutet Prinzessin.«

Die Erwiderung, die René dazu parat hatte, war ihm deutlich anzusehen. Doch Amire wollte die altbekannten Sprüche über orientalische Märchenprinzessinnen nicht auch noch von ihm hören. Sie hatte sie satt bis zum Abwinken. Deshalb kam sie schnell wieder auf ihre Eltern zu sprechen. »Meine Eltern machten aus der Pizzeria ein tolles Restaurant. Mal legen sie den Schwerpunkt auf die türkische Küche, dann auf die italienische und dazwischen auf die bayerische.«

»Ach geh zu, auf die bayerische auch?«, fragte René ungläubig.

»Selbstverständlich. Der Schweinsbraten und die Knödel meiner Mutter sind legendär. Komm einfach vorbei und überzeuge dich selbst.«

Amire freute sich, als René das sofort versprach. »Schön, dann kannst du meine Eltern kennenlernen. Sie werden dir gefallen. Meine Mutter hat übrigens sehr darunter gelitten, dass sie vor dreißig Jahren nicht kirchlich getraut wurden. Nur standesamtlich. Deshalb haben meine Eltern die Trauung vor zehn Jahren nachgeholt.«

»Ach was! Das habe ich auch noch nicht gehört. Und das ging einfach so?«, erstaunte sich René.

»Was heißt einfach? Allein das Finden einer Kirche war ein Kraftakt. Man ließ sie in keine katholische Kirche, und es fand sich für die Trauung auch kein katholischer Priester. Ganz hinten im letzten bayerischen Winkel trieben sie zumindest eine evangelische Kirche auf, die sie nutzen durften. Die Trauung wollte der evangelische Geistliche aber nicht vornehmen. Endlich, nach langem Suchen, erklärte sich ein betagter altkatholischer Pfarrer bereit, beide zu trauen. Ja, und dann die Hochzeitsgesellschaft, die war sehenswert. So eine bunte Mischung ist dir bestimmt noch nicht unter die Augen gekommen.«

Noch in Erinnerung daran lachte Amire vergnügt auf. »Die einen ganz elegant, aber mit Kopftuch oder gleich ganz in Schwarz von Kopf bis Fuß. Die anderen weniger elegant, aber farbenfroh, wortgewaltig und ohne Kopftuch. Die bayerischen Freunde dagegen in Dirndl, Trachtenanzug oder Lederhose und Gamsbart am Hut. Das halbe Dorf lief zusammen und bestaunte uns.«

»Darf ich raten, was du anhattest, Prinzessin?« René musterte Amire mit zusammengekniffenen Augen. »Sicher ein atemberaubendes Seidenkleid mit Perlenstickerei.«

»Ganz falsch. Ein Dirndl aus Baumwolle. Aber wieder zurück

zur Hochzeit. Die Hochzeitsgesellschaft zog also feierlich in die Kirche ein, und zum Schluss kamen meine Eltern.« Amire trat René in den Weg und zwang ihn damit zum Stehenbleiben. »Jetzt stell dir das bildlich vor: meine sizilianische Mutter im Dirndl und mein türkischer Vater im Trachtenanzug. Den Hut mit dem Gamsbart trug er in der Hand. Der Pfarrer nahm seine Aufgabe sehr ernst. Er ließ sich von dem bayerischen Outfit meiner Eltern überhaupt nicht beeindrucken. Er machte vorsichtshalber den Weihwassertest.«

René glaubte, sich verhört zu haben. »Wie bitte, den Weihwassertest?«

»Ganz genau, und ich bin Zeugin«, lachte Amire. »Ich postierte mich mit meinem Fotoapparat dicht daneben, weil ich die Hochzeit fotografieren sollte. Meine Eltern standen also an der Kirchenschwelle. Der Pfarrer griff zum Aspergill, dem Weihwassersprenger, und besprengte meine Eltern mit dem Weihwasser. Aber gründlich, das sag ich dir. Das Dirndl meiner Mutter und der Trachtenanzug meines Vaters waren voller Wasserflecken. Dann trat der Pfarrer ganz dicht an meinen Vater heran und beobachtete ihn. Er schien auf eine Reaktion zu warten.«

»Was für eine Reaktion?«, fragte René konsterniert.

»Was weiß ich?« Amire grinste und wandte sich wieder zum Gehen. »Dass mein Vater, dieser ungläubige Moslem, davon vielleicht rote Flecken im Gesicht bekommt. Oder er wartete darauf, dass höllischer Dampf aufsteigt oder ihm ein teuflischer Ziegenbart wächst. Oder dass er in Flammen aufgeht und als Aschehäufchen vor der Kirchentür endet. Als nichts davon geschah, durften auch meine Eltern die Kirche betreten.« Amire wurde wieder ernst und fügte hinzu: »Wenn ich daran zurückdenke, habe ich immer noch Hochachtung vor dem Pfarrer. Ich finde es großartig von ihm, dass er den Mut aufbrachte, diese ungewöhnliche Trauung vorzunehmen. Danach fühlten sich meine Eltern wie in den zweiten Flitterwochen.«

Ohne darauf geachtet zu haben, waren sie zu dem Abstieg gekommen, der in den Wald hineinführte. Amire hatte damit Schwierigkeiten. Immer wieder rutschte sie mit ihren glatten Sohlen auf dem mit Moos bewachsenen Untergrund aus.

Sie griff Halt suchend nach Renés Arm und sagte: »Ehrlich, René, während meine Eltern noch viele Probleme der Integration bewältigen mussten, hatte ich eigentlich nur Vorteile. Ich spreche fließend Türkisch, Italienisch und Deutsch sowieso. Von der Schule her dazu noch Englisch und ganz passabel Französisch. Deshalb werde ich bei der Weilheimer Kripo oft zum Dolmetschen von Vernehmungen eingesetzt. Ich würde aber lieber international arbeiten, vielleicht beim LKA oder bei Europol. Bei passender Gelegenheit werde ich mit Kadema darüber sprechen.«

Es überraschte Amire schon ein wenig, dass René sich zu ihren Plänen mit keinem Wort äußerste. So, als ob er ihr gar nicht zuhören würde, blickte er prüfend um sich. An einer baumfreien Stelle vor einer senkrechten Felswand blieb er stehen und wandte sich zu ihr um.

»Schau mal, Amire, genau hier saßen die drei Malerinnen mit ihren Staffeleien, als ich sie zum ersten Mal zusammen sah. Ich kam gerade diesen Teil der Eibenwände heruntergeklettert. Ich glaube, das ist schon mehr als fünf Jahre her. Wie ich sie so konzentriert malen sah, habe ich mir damals gedacht, das ist ein Anblick wie ein Gemälde.«

Amire schaute um sich. Nach und nach entdeckte sie die dunklen Eiben zwischen dem hellen Maigrün der Laubbäume. Die einen hatten bei den Buchen Unterschlupf gefunden. Andere bildeten für sich eine gesellige Gruppe. Manche standen einzeln. Es waren keine Eibenriesen wie in Paterzell, sie sah auch keine extravagant geformten Exemplare. Aber der Gesamteindruck überwältigte sie. Diese dunkelgrünen Eiben vor der hellen Felswand. Ihr Blick folgte dem Kamm der Wand, aus dem immer neue Zinnen aufragten. Wie ein verwunschenes Märchenschloss. Die Eibenwand wurde für sie zum Eibenschloss.

René freute sich über Amires entzückte Miene. »Das ist ein schöner Ort, nicht wahr? Bettina Tauber war am häufigsten hier. Einmal bin ich sogar mit ihr ins Gespräch gekommen. Dabei hat sie mir eine Menge von den Eiben erzählt. Wusstest du, dass der heilige Weltenbaum der Germanen, der Yggdrasil, eine Eibe war?«

Amire schüttelte den Kopf.

»Und bei den Kelten gehörten die Eiben zu den Häuptlingsbäumen. Nur Häuptlinge und Druiden durften darunter Platz nehmen. Und das Fällen einer Eibe stand unter Todesstrafe.«

René legte den Arm um Amires Schulter und deutete hinauf zur schroffen Wand. »Von hier aus sieht man es gar nicht. Aber oberhalb dieser Felsen steht die Burg Gößweinstein. Deshalb ist es nicht verwunderlich, dass hier Eiben wachsen. Aus dem langsam wachsenden, hochelastischen Holz der Eiben hat man früher Pfeile und Bogen gefertigt. Auch heute noch findest du in der Nähe von Burgen Eiben. Das Holz der Eibe wurde aber schon weit vor dem Mittelalter geschätzt. Bei Ausgrabungen hat man Eibenpfeile gefunden, die schon hundertfünfzigtausend Jahre alt sind. Sogar der Ötzi, die Gletschereisleiche aus den Alpen, hatte einen Bogen aus Eibenholz dabei.«

Amire lächelte René zu. »Schön hast du das erzählt.«

»Ich denke, dafür habe ich einen Dank verdient, Prinzessin.«

Er umfasste Amires Gesicht mit beiden Händen und hob es an. Ernst schaute er ihr in die Augen und sah darin, was er zu sehen erhoffte. Er küsste sie mit Bedacht, traf auf keinen Widerstand und wurde immer stürmischer.

Nach einer Weile schob Amire ihn von sich. Außer Atem keuchte sie: »Du verrückter Kerl. Hast du vergessen, dass wir dienstlich hier sind?«

»Selbstverständlich. Für heute haben wir genug Dienstliches getan. Jetzt steht nur noch Privates auf der Tagesordnung.«

Doch damit war Amire nicht einverstanden. Sie suchte aus ihrer Tasche das Handy hervor.

»Wir müssen Kadema und Fächler über den zweiten Drohbrief informieren. Altinger braucht eine genauere Beschreibung des Mannes, der sich nach Verena erkundigt hat. Am Ende kann er auch etwas mit dem Leichenwagen-Typen anfangen, der das Herz der Bedienung gebrochen hat. Aber als Erstes rufe ich Kadema an.«

Während Amire telefonierte, hing René schwermütigen Gedanken nach. Mit dem LKA konnte er sich noch irgendwie anfreunden, aber Europol hatte ihm einen Stich mitten ins Herz versetzt. Damit würde Amire für ihn in unerreichbare Ferne verschwinden. Er beschloss, im Augenblick nichts dazu zu sagen, und hoffte auf einen besseren Zeitpunkt.

ZWÖLF

Die elende Sitzung, die sich am heutigen Freitag sogar bis Mittag hingezogen hatte, saß Renate noch in den Knochen. Sie stellte den Laptop auf ihrem Schreibtisch ab und trat ans Fenster. Von ihrem Büro aus blickte sie nicht auf die Maillingerstraße, sondern auf den mit Bäumen bepflanzten Innenhof des LKA. Sie öffnete das Fenster und ließ frische Luft herein. In den Baumwipfeln zwitscherten die Vögel, eine dicke Hummel steuerte das Fensterbrett als Landebahn an.

Unbehaglich dachte sie an die Sitzung zurück. Immer ging es um das Gleiche: um Geld, um Etatkürzungen, um Personalabbau, um Reduzierung von Sonderzulagen. So sah sie also aus, die Polizeireform. Teuer erstritten und billig durchgezogen. Gott, war sie dieser fruchtlosen Diskussionen überdrüssig. Kam es aber zu einer Panne bei einem Polizeieinsatz, wurden ausgerechnet die nicht zur Rechenschaft gezogen, die überall und ständig den Rotstift zückten. Gerade im Bereich der Internetkriminalität hätte Renate sich eine Aufstockung der Mittel gewünscht, zumal das Organisierte Verbrechen sich mit so einer Virtuosität des Internets bediente, dass die Polizei kaum noch nachkam. Sie beschloss, ihren Ärger mit einem großen Becher Kaffee aus der Teeküche zu vertreiben.

Als sie zurückkam, hörte sie bereits durch die geschlossene Bürotür ihr Telefon klingeln. Es war Otto. Er saß mit den Kollegen vom Kunstraub zusammen. Bei denen war eine Meldung aus London eingegangen. Offenbar war in London eines der aus Bettina Taubers Haus gestohlenen Bilder aufgetaucht. Er benötigte höchstens noch eine Viertelstunde, dann könnten sie sich in seinem Büro treffen.

Renate war das sehr recht. So konnte sie noch einmal in Ruhe die Notizen durchsehen, die sie sich gestern Abend zu Amire Önars Bericht gemacht hatte. Diese Verena Bach war anscheinend schwerer zu hüten als ein Sack voll Flöhe. Wenn das mit ihr so weiterging, mussten schärfere Maßnahmen ergriffen werden. Der Oberbayer, der sich nach ihr erkundigt hatte, konnte eigentlich nur Bettina Taubers Freund, der Automechaniker, sein. Aber der andere, der interessiert zugehört hatte, stellte Renate vor ein Rätsel. Sie würden schon noch dahinterkommen, wer das sein könnte. Vor allem aber musste sie mit Otto über diesen Bernd Tauber sprechen. Sie trank den letzten Schluck Kaffee, stellte den Becher auf den Schreibtisch und machte sich auf zu Ottos Büro am Ende des Flurs.

Renate klopfte und trat sofort ein. »Otto, wir müssen unbedingt …«

Mit zwei hastigen Schritten war sie wieder draußen und spähte durch den fingerbreit geöffneten Türspalt ins Büro.

»Otto, du tust ihn sofort weg.«

»Ach geh, Renaterl. Hab dich nicht so.«

»Nein Otto, ich betrete dein Büro erst, wenn das Ding weg ist.«

»Jetzt mach doch nicht so einen Wind um die Sache.«

»Wind, genau das meine ich.«

Otto vollführte mit seinem Pfauenrad großen weißen Fächer noch eine letzte schwungvolle Wedelbewegung und schickte damit eine kräftige, mit dem Duft seines Rasierwassers durchsetzte Böe zu Renate hinüber. Dann klappte er den Fächer mit sichtbarem Bedauern zu.

Renate atmete tief durch und betrat erneut das Büro. »Du hast versprochen, den Monsterfächer wegzuwerfen. Du hast es versprochen. Sogar vor Zeugen.«

Daran konnte Otto sich beim besten Willen nicht erinnern. Er käme doch niemals auf den absurden Gedanken, sein teuerstes Stück aus federleichtem Balsaholz mit allerfeinstem japanischen Reispapier wegzuwerfen. Genau mit so einem exquisiten Reispapier wurden in den alten ägyptischen Pharaonengräbern schon seit vielen Jahren die Wandmalereien restauriert. Das sollte nun in den Müll geschmissen werden? Niemals.

»Renate, einen so edlen Fächer wirft man nicht weg. Das kannst du von mir nicht verlangen. Das ist ein Frevel.«

Renate trachtete danach, zu einer gütlichen Einigung zu kommen. »Gut, du kannst den Fächer behalten. Aber in meiner Anwesenheit setzt du ihn nicht mehr in Bewegung. Meinetwegen kannst du damit daheim auf deiner Dachterrasse den Staub von ganz Haidhausen aufwirbeln. Aber hier wird nicht mehr gewirbelt. Verstanden?«

»Mein Gott, Renaterl, wie unversöhnlich du sein kannst. Das mit deinem Rock ist doch jetzt schon ein ganzes Jahr her.«

»Mir kommt es wie gestern vor. Lagebesprechung mit dreißig Leuten. Ausgerechnet als ich vor der Pinnwand stand, musstest du mit deinem unseligen Fächer herumwedeln. Unsere ganzen Arbeitspapiere hast du damit von den Tischen gefegt. Nun gut, das konnte man noch verzeihen. Aber nicht, dass dieser Windstoß meinen Chiffonrock bis zur Taille hochwehte. Das halbe LKA schaute mir grinsend zu, wie ich meinen Rock verzweifelt nach unten drückte.«

Otto hatte die Szene noch bildhaft vor Augen und konnte sich ein vergnügtes Schmunzeln nicht verkneifen. »Ehrlich, Renate, das war wie im Film. Es war der Marylin-Monroe-Effekt. Beschwere dich nicht. Tagelang wurde in der Kantine über deine schönen Beine gesprochen und die hübsche Unterhose, die du anhattest. Schwarz mit Spitze.«

»Slip. Ich trage Slips. Du trägst Unterhosen, und zwar solche.« Zur Verdeutlichung malte Renate mit beiden Händen ein riesengroßes Viereck in die Luft.

Sie sah zu, wie Otto seinen Riesenfächer im Schrank verstaute. Wegen der monströsen Ausmaße konnte er ihn nicht zu den anderen in die Schublade legen. Als der Fächer endlich verschwunden war, nahm Renate am Besprechungstisch Platz und blickte Otto erwartungsvoll an. »Was habt ihr zu den verschwundenen Bildern herausgefunden?«

»Russen.«

Otto ließ die Nachricht bei Renate ein wenig einsickern und setzte hinzu: »Eigentlich hat Desch mich drauf gebracht. Igor und Alexander Kumarow. Diese biblische Plage aus Moskau. Igor Kumarow, der Vater, ist längst kein Unbekannter mehr in der Kunstszene. In den Neunzigern trat er erstmals in Erscheinung, ziemlich bald nach dem ungeheuren Spekulationsdesaster. Du kannst dich doch noch an die große Spekulationsblase erinnern, die 1990 mit einem Riesenknall platzte?«

»1990 hatte ich andere Sorgen. Da schlug ich mich mit meiner kriminologischen Ausbildung herum.«

Otto nickte dazu und überlegte, wie er Renate am schnellsten in Kenntnis setzen konnte. »1985 wurde der Yen gegenüber dem Dollar massiv aufgewertet. Dadurch floss eine Unmenge japanischen Geldes in den Kunstmarkt. Bereits 1988 ging mehr als die Hälfte des weltweiten Auktionsumsatzes auf das Konto japanischer Käufer. Banken begannen sogar, Kunstwerke als Sicherheiten für Kredite zu akzeptieren. Selbst für faule Kredite hielten sie her. Im April 1990 kollabierte der Nikkei-Index, und damit platzte auch die Spekulationsblase im Kunstmarkt. Aus der Traum von den astronomischen Preisen.«

Noch im Nachhinein schüttelte Otto darüber den Kopf. Er konnte sich allzu gut an ein Gemälde von Vincent van Gogh erinnern. Es war das Porträt des Dr. Gachet und machte riesige Schlagzeilen, weil es noch 1990 für 82,5 Millionen Dollar von einem Japaner ersteigert worden war. Kurze Zeit später wechselte es für ein Achtel des Preises den Besitzer.

Dass er damals nicht selbst bei dem einen oder anderen Kunstwerk zugegriffen hatte, bereute Otto noch heute. Mit einem Achselzucken wandte er sich wieder Renate zu. »Das Erdbeben am Kunstmarkt traf am allerschlimmsten die Gegenwartskunst. Du, da gab es ein richtiges Gemetzel. Die Arbeiten von Künstlern, die kurz zuvor noch hoch gehandelt waren, wurden von den Auktionatoren gnadenlos in Grund und Boden gehämmert.«

Renate blickte nachdenklich von ihren Händen auf, die sie im Schoß verschränkt hatte. »Ich nehme an, das Gedächtnis ist kurz und damit das Gemetzel längst vergessen. Wer sich nicht an die Fehler der Vergangenheit erinnern kann, ist vom Schicksal eben dazu verdammt, sie zu wiederholen. Warum sonst sollte dieser Kumarow die Kunstbühne betreten haben?«

Otto nickte anerkennend. Renate hatte die Gabe, aus einer Vielzahl von Informationen sofort das Wesentliche herauszufiltern. »In der Tat betraten neue Akteure das Spielfeld, vor allem junge Käufer. Das war die sogenannte Yuppie-Generation, die das Desaster von 1990 nicht bewusst miterlebt hatte und deshalb ...«

Zu Ottos Überraschung knallte Renate plötzlich die Faust mit so einer Vehemenz auf den Tisch, dass er zusammenzuckte.

»Mach mal langsam, Otto«, sagte sie. »Bei dem Wort Yuppie dreht sich mir der Magen um, darauf reagiere ich allergisch. Ich glaube, das waren die arrogantesten, rücksichtslosesten und egoistischsten Menschen, die ich miterleben musste. Hatten diese jungen, karrieregeilen Typen nicht Unsummen vor allem am Neuen Markt verdient?«

»Verdient und verloren, aber ...«

Renate ließ ihm keine Chance zu einer weiteren Erläuterung.

»Zunächst verdienten sie und taten alles dafür, weiter zu verdienen. Bei denen ging es doch nur um materiellen Wohlstand. Sie brauchten teure Autos, teure Kleidung, teure Wohnungen in exklusiver Lage, am besten Lofts, die sie natürlich mit niemandem teilten. Eine Rolex gehörte ans Handgelenk, man ging teuer Essen, schlürfte nur den edelsten Wein und schnupfte Kokain.«

Amüsiert registrierte Otto, wie sich Renate mehr und mehr in Rage redete. Mit den Yuppies war sie offenbar noch nicht fertig. Seine Vermutung wurde gleich durch ihren nächsten Satz bestätigt.

»Weißt du Otto, diese Yuppies haben durch ihre maßlosen Ansprüche den Boden für vieles bereitet, was uns heute Sorgen macht, gerade auch uns Polizisten. Rund um den Globus setzten sie überall ihre Maßstäbe, wie man zu leben hatte. Mit ihrem Markenwahn forderten sie es geradezu heraus, dass es zu einer nicht mehr einzudämmenden Flut von Markenpiraterie kam. Die einen konnten sich die echte Marke leisten. Für andere, die diesen Lebensstil mit allen Mitteln kopieren wollten, aber nicht das Geld dazu hatten, genügte es schon, wenn die angesagte Marke auf dem Label stand. Und dann dieses ständige Leben auf der Überholspur, um ja mithalten zu können. Kein Wunder, dass mit den Yuppies der Kokainkonsum so in die Höhe schnellte und Kokain eine gesellschaftsfähige Modedroge wurde.«

Der Ring, an dem Renate unablässig gedreht hatte, fiel hinunter, und sie bückte sich danach. Bereits im Auftauchen wütete sie weiter: »Die IT-Leute gehörten auch dazu. Wenn ich an die beiden geschniegelten jungen Kerle denke, die damals bei uns die Computerschulung abhielten, könnte ich heute noch vor Wut durch die Decke fahren. Im schwarzen Anzug und effizienten Stechschritt sind sie über uns hereingebrochen und haben uns mit einem Affenzahn durch die Schulung gejagt. Ich sage dir, Otto, die wollten gar nicht, dass wir es begreifen. Das war doch ihr Herrschaftswissen. Wenn wir es verstanden hätten, wären sie überflüssig geworden. Deshalb haben sie uns kleingemacht und als die letzten Deppen hingestellt.« Sie atmete tief durch. »Aber wieder zurück zum Kunstmarkt. Da mischten die Yuppies also auch mit?«

Otto war ganz verwirrt von Renates unvermuteter Kanzelrede

und musste den roten Faden seiner Gedanken erst wiederfinden. Das Zusammenleben mit Franken war eben nicht immer einfach. Eigentlich waren sie ein langmütiges Völkchen. Aber wenn sie zuschlugen, griffen sie gleich nach dem allergrößten Prügel.

»Richtig, Renate. Die Yuppies stiegen sogar ganz groß in den Kunstmarkt ein. Die edlen Lofts mussten doch geschmückt werden. Geld hatten sie und das Bedürfnis, immer an erster Stelle mitzumischen. Bei vielen von ihnen war der Kunstverstand jedoch ebenso dürftig wie der Bildungsstand, deshalb sprangen sie auf alles an, was gerade angesagt war. Man konnte ihnen die absurdesten Sachen andrehen, sie kauften es. Bereits 2006 erreichten die Auktionspreise schon wieder mehr als die Hälfte des Niveaus von 1990.«

Renates Lippen kräuselten sich zu einem ironischen Lächeln. »Das ist wie in allen anderen Bereichen des Lebens: Der Herdentrieb ist ein ganz starker Trieb. Ich kann mir nicht helfen, aber bei den Yuppies hält sich mein Mitleid in Grenzen. Nun rück endlich mit dem Kumarow heraus.«

»Den musst du im Zusammenhang mit dem wirtschaftlichen Aufschwung der BRIC-Länder Brasilien, Russland, Indien und China in den neunziger Jahren sehen. Igor Kumarow gelangte unter Boris Jelzin zu immensem Reichtum und ist einer der gerissensten Köpfe Russlands. Wer den unterschätzt, hat schon verloren. Wie kaum ein anderer hat er aus Insiderwissen seinen Vorteil gezogen, sowohl auf dem Finanz- als auch auf dem Kunstmarkt. Auf dem Aktienmarkt hält er sich jetzt zurück, da seit 1995 Insidergeschäfte unter Strafe stehen. Zumindest ist er nicht mehr aufgefallen. Aber auf dem Kunstmarkt gibt es diese Beschränkung nicht, und das nutzt er zu seinem Vorteil.«

»Wie darf ich das verstehen? Ich kenne nur die ganz einfache Grundregel für Profit: billig kaufen, teuer verkaufen. Sag bloß, da gibt es noch etwas?« Renate schaute Otto voll Spannung an.

»Im Grunde hast du damit schon das Wesentliche genannt. Im Kunstmarkt werden nur dann Gewinne erzielt, wenn man einen Künstler kauft, bevor er heiß gehandelt wird. Heiß, wie man im Fachjargon sagt, wird er dann, wenn er in einem bedeutenden Museum gezeigt wird. Doch nur Insider wissen, wann solche Einzelausstellungen stattfinden.«

Renate wollte diese Information nicht so recht in den Kopf gehen. »Das glaub ich nicht. Im Feuilleton der Zeitungen kann ich doch nachlesen, wann Ausstellungen stattfinden.«

»Dann ist es längst schon zu spät, Renate.«

Otto verschränkte die Arme vor der Brust und machte ein geheimnisvolles Gesicht. »Du musst eines wissen: Wichtig ist die kurze Zeitspanne zwischen der Entscheidung der Museen für bestimmte Künstler und der Veröffentlichung dieser Entscheidung. Das sind die begehrtesten Informationen im Kunstmarkt. Kumarow gelangte über verschiedene Kanäle an dieses Wissen. Meiner Ansicht nach zapfte er wohl einflussreiche Galeristen an, oder er traf möglicherweise auf ein Leck im Beirat eines Museums. Der Phantasie sind hierzu keine Grenzen gesetzt. Wenn du mit genügend Geld winkst, kannst du nahezu alles bekommen. Jedenfalls richtete er sein Kaufverhalten an den Informationen aus und verdiente Unsummen an den Wertsteigerungen.«

»Also gut. Kumarow scheint in Insidergeschäfte verwickelt zu sein. Weil das am Kunstmarkt nicht verboten ist, haben wir keine Handhabe gegen ihn. Warum beschäftigen wir uns dann damit? Wir haben uns weiß Gott mit anderen Problemen herumzuschlagen.« Renate konnte ihre Ungeduld kaum noch bezähmen.

»Einer unserer Kollegen hat mich da auf eine Idee gebracht. Er hat Nachforschungen zu den Bildern der Eibenmalerinnen angestellt. Dabei ist ihm Folgendes aufgefallen: Die letzte Wirtschafts- und Finanzkrise, an der wir alle immer noch schwer zu tragen haben, hat auch auf dem Kunstmarkt wieder einmal zu einer Bereinigung geführt. Eine Reihe von Gegenwartskünstlern, die ab der Jahrtausendwende wie Ikonen gehandelt wurden und sich sogar von Stararchitekten ihre Ateliers einrichten lassen konnten, gingen sang- und klanglos unter. Nicht aber unsere Eibenmalerinnen.«

»Das ist aber schon erstaunlich, oder, Otto?«

»Eben. Der Wert ihrer Gemälde blieb stabil. Mehr noch: Er war im Steigen begriffen. Irgendjemand schien da im Hintergrund die Fäden zu ziehen. Ich tippe auf Kumarow, zumindest was Laura Berger betrifft. Er ist der größte Sammler ihrer Bilder. Durch ihren Tod kommen keine weiteren Bilder auf den Markt. Das führt zu einer Verknappung des Angebots und lässt den Wert seiner Sammlung in astronomische Höhen schießen. Ihr Tod kommt ihm sehr gelegen.«

Renate grübelte über das Gehörte nach. Ottos Überlegungen ließen sich nicht von der Hand weisen. Trotzdem griffen sie nicht ganz. »Für Laura Berger mag das zutreffen, aber nicht für Bettina Tauber. Er sammelt ihre Bilder nicht, und die von Verena Bach auch nicht. Somit sehe ich bei ihm kein Motiv für den zweiten Mord und auch keines für den Angriff auf Verena Bach.«

»Da müssen wir in der Tat noch stärker nachhaken«, räumte Otto ein. »Ich bekam aber heute einen Anruf von James Parker aus London. Dort soll ein bislang unbekanntes Gemälde der Eibenmalerinnen aufgetaucht sein. Das ist höchst seltsam. Das passt nämlich nicht in das Konzept einer künstlichen Verknappung. Ich bin neugierig, was die Londoner Kollegen herausfinden.«

»Ich ebenfalls. Wir haben hier aber auch eine Menge zu erledigen. Von Amire Önar kamen gestern Abend einige Neuigkeiten aus Gößweinstein. Der Bruder von Verena Bach hat ausgesagt, dass sich im Hotel einer nach seiner Schwester erkundigt hätte.«

Otto begann, mit gelangweilter Miene seine Fingernägel zu inspizieren. »Davon hast du mir vorgestern schon erzählt: ein eher groß gewachsener Typ, blond, dunkelblond oder hellbraun, vielleicht Mitte dreißig.«

»Inzwischen haben wir ein weiteres Detail. Verenas Bruder erinnerte sich, dass der Mann oberbayerischen Dialekt sprach. Wer fällt dir dazu ein?«

»Natürlich Sebastian Klenk, der Fotograf aus Weilheim.« Otto schickte ein siegesgewisses Lächeln zu Renate hinüber. »Der braucht nach Laura Bergers Tod eine neue Muse.«

Sie lächelte zurück. »Der hat aber keine Trauerränder unter den Fingernägeln wie ein Mechaniker.«

»Sag bloß. Das kann dann nur der Uli Berend sein. Mit dem reden wir jetzt aber mal ein paar Takte.«

Otto sprang vom Stuhl auf und stand von einer Sekunde zur anderen abmarschbereit an der Tür.

***

Das Tor der Autowerkstatt war nur angelehnt. Otto und Renate schallte von drinnen ein fröhliches Lied entgegen. Otto hielt die zielstrebig auf das Tor zuschreitende Renate am Arm zurück und bedeutete ihr, kurz stehen zu bleiben. »Hat er nicht einen wunderbaren Tenor, dieser Uli?«

»Das schon, aber da singt sich kein trauernder Mann den Schmerz von der Seele, da jubiliert einer aus voller Brust. Irgendwie kommt mir die Melodie bekannt vor. Ist das nicht ›Das Wandern ist des Müllers Lust‹?«

Otto lauschte ein paar Takten und nickte. »Stimmt, du hast recht. Aber der Text ist anders. Hör doch.«

Der Landrat schlägt den Zapfhahn ein.
Der Landrat schlägt den Zapfhahn ein.
Der La-handrat.
Das kann kein guter Landrat sein,
der niemals kriegt den Zapfhahn rein,
der niemals kriegt den Zapfhahn rein,
den Za-hapfhahn.

Sie betraten die Werkstatt und wären um ein Haar Uli Berends Besen in die Quere gekommen.

Uli Berend ließ sich davon nicht aus der Ruhe bringen. Er kehrte mit Schwung weiter Abfall zusammen und sang dazu eine Strophe nach der anderen. Vor dem Regal neben der Werkstatttür verfolgte ein ungefähr sechzehnjähriger Junge mit offenem Mund sein schwungvolles Treiben. Plötzlich brach der Gesang ab.

Uli Berend stützte sich auf seinen Besen und musterte den Jungen mit kritischen Augen. »Hassan, steh nicht so dumm rum. Das ist Lektion Nummer drei: Multitasking. Räum das Werkzeug in die Regale.«

»Multitasking.« Hassan wiederholte das Wort mit größtmöglicher Verständnislosigkeit.

»Zuhören, singen und arbeiten. Das muss gleichzeitig passieren. Sonst trietschelt das Leben an dir ebenso vorbei wie deine Schulzeit.«

Uli Berend gab Hassan Zeit, über seine Worte nachzudenken, und wandte sich Renate und Otto zu. »Ja, da schau her, der Herr Kommissär gibt mir wieder die Ehr'. Und wer sind Sie?«

Renate griff nach der ölverschmierten Mechanikerpranke, die ihr freundlich hingehalten wurde.

»Wörlein. Kollegin vom Herrn Kommissär.«

Sie unterzog den groß gewachsenen Berend einer kurzen Musterung. Die Beschreibung, die sie von Amire Önar hatte, konnte durchaus auf ihn zutreffen.

Uli Berend ließ Renates Hand los und packte den jungen Mann am Kragen, der sich gerade unauffällig davonmachen wollte.

»Hiergeblieben, Bürscherl. Schaut ihn euch an. Das ist Hassan, mein neuer Azubi. Hassan reagiert auf Polizisten immer mit einem Fluchtreflex.«

»Bullenallergie«, quetschte Hassan trotzig zwischen den Zähnen hervor.

Renate strahlte den Jungen an. »Hassan, Sie werden sehen, das geht vorbei. Pickelprobleme, Polizeiprobleme, Potenzprobleme, Paukerprobleme, Pubertätsprobleme, alles geht vorbei.«

Uli Berend drückte Hassan den Besen in die Hand und führte Renate und Otto in sein Büro. »Ja, ja, der Hassan. Seit zwei Tagen ist er da. Seine Schulzeugnisse ein einziges Elend, Deutschkenntnisse nur in der Fäkalsprache lückenlos. Aber eines kann er: singen.«

Renate wunderte sich nun doch über Uli Berends Qualitätsansprüche an einen Auszubildenden. »Reicht Ihnen das, wenn er nur singen kann?«

Uli Berend griff nach einem Schraubenzieher und rückte damit seinen schmutzigen Fingernägeln zu Leibe. »Ja no, er war halt der Einzige, der sich auf meine Anzeige gemeldet hat. Ich hatte einen Ausbildungsplatz als Kfz-Mechaniker angeboten. Als Voraussetzung habe ich geschickte Hände, einen abgeschlossenen Stimmbruch und Freude am Singen verlangt. Jetzt üben wir am zweiten Lernfeld: Aufräumen der Werkstatt. Das zeitökonomische Brotzeitholen kann er bereits. Inzwischen lächelt er sich an jedem Brotzeitstand erfolgreich an der Warteschlange vorbei.«

»Nicht schlecht für den Anfang. Und das mit dem Multitasking wird sich auch noch finden.« Renate betrachtete den Kfz-Meister mit den ungewöhnlichen Personalansprüchen mehr und mehr mit anderen Augen. Immerhin gab er einem wie dem Hassan eine Chance. Das gefiel ihr.

Uli Berend bot seinen Besuchern Stühle an und machte sich an seiner chromblitzenden Espressomaschine zu schaffen.

»Für meinen Geschmack müsste Multitasking schon in der Schule beigebracht werden. Die jungen Leute wachsen viel zu eindimensional auf. Liebesbriefe unter der Bank schreiben oder Hausaufgaben abkupfern und trotzdem im Matheunterricht das Wesentliche mitbekommen, das ist eine Leistung. Das sollte man doch nach neun Jahren Schule erwarten können.«

Mit einem humorvollen Augenzwinkern servierte er ihnen den Espresso und fuhr fort: »Deshalb trainiert der Hassan das Multitasking jetzt bei mir, aber mit Musik. Auch sein Deutsch wird runderneuert mit Musik. Er ersingt sich gleichsam die deutsche Sprache.«

Renate musste schmunzeln. Dieser Uli war kein Dummschwätzer. Wenn ihm etwas wichtig war, packte er es auch an. Hassan schien ihm wichtig zu sein. So weit, so gut. Das war die sympathische Seite an Uli Berend. Aber was hatte er in Gößweinstein zu suchen gehabt? Sie trank einen winzigen Schluck vom Espresso. Über die Tasse hinweg fasste sie Uli Berend scharf ins Auge. »Am Dienstag waren Sie in Gößweinstein. Warum?«

»Aha, daher weht also der Wind.« Uli Berend ließ sich Zeit mit der Antwort. »Verträge.« Bedachtsam zeichnete er mit dem Zeigefinger den Rand seiner Espressotasse nach. Dann hob er die Augen und ließ sie zwischen Otto und Renate hin- und herwandern. »Die kleinen fränkischen Hausbrauereien. Die sind ganz wild auf unsere Band, die Loama. Gleich acht Termine habe ich am Dienstag ausgehandelt.«

Für seine Aufzählung nahm Uli Berend die Finger zu Hilfe. »Forchheim, Eggolsheim, Weigelshofen, Buttenheim, Dreuschendorf, Gunzendorf, Drügendorf, Ebermannstadt. Das ist aber erst der Anfang. In Oberfranken haben wir die höchste Brauereidichte Deutschlands. Es gibt also noch viel zu tun für uns, die Loama.«

Renate nahm ihr Notizbuch aus der Tasche und ließ sich von Uli Berend die Namen der Brauereien geben. »Das lässt sich leicht nachprüfen. Aber was wollten Sie in Gößweinstein?«

»Na, die Verena Bach besuchen, wenn ich schon in der Nähe bin.« Er schaute unbefangen von Renate zu Otto hinüber. »Wir sind befreundet. Ich kenne sie durch Bettina und Laura. Ich wollte halt wissen, wie es ihr geht nach dem Tod ihrer Freundinnen. Aber sie war nicht da.«

Renate dachte an den Mann, der laut Amire Önar das Gespräch in Gößweinstein verfolgt hatte, und fragte: »Wer war bei Ihnen?«

»Niemand. Meine Kumpels von den Loaman haben arbeiten müssen. Mir war das ganz recht. Verträge handle ich gern allein aus.«

»Klettern Sie?«

»Hin und wieder, wenn es zeitlich passt. Warum?« Verwundert sah Uli Berend Renate an.

»Sie wissen sicher, dass Verena Bach auch klettert. Kennen Sie die Felsen, an denen sie klettert?«

»Manche. Für mich sind die aber zu schwierig. Ich bin nicht so gut wie Verena. Warum fragen Sie das alles?«

Renate bemerkte, dass Otto sich einmischen wollte. Sie warf ihm einen warnenden Blick zu und schüttelte den Kopf.

Dem Uli Berend antwortete sie: »Verena Bach wurde zu der Zeit, als Sie sich in Gößweinstein aufhielten, beim Klettern überfallen und erheblich verletzt. Deshalb interessiert uns jeder, der zur fraglichen Zeit in ihrer Nähe war. Verstehen Sie?«

»Ja.«

Renate drehte nun die Daumenschrauben an. »Sie klettern auch und kennen Verena Bachs Kletterfelsen. Sie finden sie. Als sie Ihnen den Rücken zukehrt, ergreifen Sie die Gelegenheit beim Schopf und knallen ihren Kopf mit Wucht gegen den Felsen. Doch Verena Bach überlebt die Attacke. War das von vornherein Ihr Plan oder wurden Sie bei der Tat gestört? Sollte der Angriff vielleicht nur eine Warnung sein? Wenn ja, wovor? Reden Sie.«

Uli Berend folgte mit ungläubigem Staunen Renates Rede. Dann stützte er den Kopf in die Hand und flüsterte: »Ja, geh weida. Seid's ihr denn jetzt alle verrückt? Warum hätte ich das tun sollen?«

Otto ließ sich nun nicht mehr zurückhalten. »Ganz einfach: Sie waren zur fraglichen Zeit vor Ort, Sie kennen die Lebensgewohnheiten der Malerin und Sie kennen den Wert der Gemälde, die verschwunden sind. Ich kann mich gut an unsere letzte Unterredung erinnern. Sie haben kein Alibi für die Zeit, in der Bettina Tauber und Laura Berger ermordet wurden. Sie haben auch kein Alibi für die Zeit, in der die Bilder der Malerinnen aus Bettina Taubers Haus in Paterzell entwendet wurden. Aber Sie waren in der Nähe, und zwar in Pähl. Und jetzt waren ausgerechnet Sie wieder in der Nähe, als Verena Bach angegriffen wurde. Stimmt das etwa nicht?«

»Das stimmt alles. Ich weiß schon, was ich gesagt habe. Ja und? Glauben Sie wirklich, ich hätte damit etwas zu tun? Ich, ausgerechnet ich? Ich war mit Bettina zusammen und mit Laura und Verena befreundet. Nie im Leben hätte ich denen was antun können. Von Bettina besitze ich einige Bilder. Die würde ich nie verkaufen. Nie. Ich zeige sie Ihnen gern, wenn Sie wollen.«

Renate hatte keine Lust dazu, aber Otto kam ihr zuvor. »Selbstverständlich schau ich mir die Bilder gern an.«

Zu dritt verließen sie das Büro. Renate sah, wie Hassan mit wenig Elan den Besen schwang. Immerhin bewegte er sich. Dazu trällerte er vor sich hin. Die Wahrheit war, dass er sich auf ein nervtötendes Lalala beschränkte. Aber die Melodie war eindeutig die von »Das Wandern ist des Müllers Lust«. Sie ließ es als ersten Versuch für Multitasking gelten.

Uli Berend führte sie über den Hinterhof zu seinem kleinen, spitzgiebeligen Privathaus und ließ sie sein Schlafzimmer betreten. Dort hingen Bettinas Gemälde. Otto betrachtete sie voll Bewunderung. Renate schob dagegen jedes der Bilder ein wenig zur Seite, um nachzuprüfen, wie es an der Wand dahinter aussah. Die Tapete war deutlich heller. Die Bilder hingen also schon eine ganze Weile an ihrem Platz.

Uli Berend beobachtete ihr Tun genau, sagte aber nichts dazu. Erst als sie sich zum Gehen wandten, kam er wieder auf Verena Bach zu sprechen.

»Nach der Vertragstour durch die fränkischen Brauereien hätte ich Verena sowieso nichts antun können, selbst wenn ich es gewollt hätte.«

Renate sah ihn verwundert an. »Wie meinen Sie das?«

»Zweimal Schäufele, zweimal Schweinsbraten, einmal Bratwurst mit Kraut, einmal Stadtwurst mit Musik, das hält selbst der stärkste Ochse nicht aus. Die zwei letzten Brauereien waren beleidigt, weil ich nichts gegessen habe. Dazu acht Halbe Bier und acht Obstler. Ich war fix und fertig.«

Für Renate und Otto klang das einleuchtend und ließ sich überdies leicht nachprüfen. Ulli Berends maßlose Überschreitung der erlaubten Alkoholgrenze übergingen sie mit gnädigem Schweigen. Dafür fühlten sie sich nicht zuständig. Sie gingen zur Werkstatt zurück, und Uli Berend begleitete sie bis zum Tor.

Otto warf einen beiläufigen Blick auf die Autos, die davor standen. Bei einigen lagen Verkaufsschilder hinter der Windschutzscheibe, andere warteten wohl auf die Reparatur. Halb verdeckt von einem Pritschenwagen mit zertrümmerter Seitenscheibe stand ein schwarzer Hummer. Otto trat ein paar Schritte näher und besah sich das Fahrzeug eingehend. Der rechte vordere Kotflügel war eingedellt. Er ging in die Knie und strich nachdenklich über die große Beule. Bei dem dicken Blech musste der Fahrer mit einem ordentlichen Tempo gegen das Hindernis geprallt sein.

Uli Berend war ihm gefolgt und sagte: »Der steht nicht zum Verkauf. Der wird repariert. Ich warte noch auf den Kotflügel.«

Auch Renate kam heran und betrachtete den Schaden. »Wem gehört denn dieses Monsterauto?«

»Einem Russen. Irgendwie hat der das Gefährt nicht im Griff und nimmt immer wieder mal eine halbe Hausecke mit.«

Bei dem Wort Russe wechselten Otto und Renate einen überraschten Blick.

Otto erhob sich und klopfte den Staub von seiner Trachtenanzughose. Interessiert wandte er sich an Uli Berend. »Wie heißt denn der Russe?«

»Kumarow. Alexander Kumarow.«

Renate erinnerte sich an das, was Amire Önar ihr von den beiden Männern in Gößweinstein erzählt hatte, und sie fragte: »Kennen Sie diesen Kumarow persönlich?«

»Ach woher. Das Auto hat ein anderer Russe vorbeigebracht. Sein Bodyguard vielleicht. Schwarzer Anzug. Sonnenbrille. Kahler Kopf. Sie verstehen schon. Mir genügte es, den Kfz-Schein zu haben. Soll ich ihn holen?«

»Unbedingt«, sagte Otto. »Eine Kopie davon wäre mir noch lieber.«

Uli Berend stapfte wortlos in sein Büro.

Renate sah ihm nachdenklich hinterher. »Glaubst du ihm das, Otto, dass er den Kumarow nicht kennt?«

Darauf wusste Otto keine Antwort.

Berend trat mit einem Blatt Papier aus der Werkstatt. »Hier haben Sie Ihre Kopie. Das war's dann hoffentlich.«

Otto faltete das Blatt zusammen und entgegnete: »Vorerst schon. Aber eines verwundert mich doch. Warum bringt der sein Auto ausgerechnet zu Ihnen und nicht zu einer regulären Vertragswerkstatt?«

»Vielleicht, weil ich schnell, gut und preiswert bin. Es gibt tatsächlich Menschen, die das schätzen.«

Uli Berend drehte sich am Absatz um, ging in seine Werkstatt und knallte mit Vehemenz das Tor hinter sich zu.

Renate blickte ihm hinterher und meinte: »Oh, oh, Otto, mit dem hast du es dir jetzt gründlich verscherzt. Aber das macht nichts. Das gehört zu unserem Berufsbild. Wir kaufen uns jetzt an dem Stand über der Straße ein paar Würstchen.«

Wenig später wischte sich Renate den Senf von den Fingern und schaute nachdenklich zu Uli Berends Werkstatt hinüber. »Otto, eines will mir nicht in den Kopf: Dieser Berend macht auf mich einen grundseriösen Eindruck, und trotzdem ist er überall dort, wo er eigentlich nicht sein sollte. Das ist doch verdächtig. Am Ende leimt der uns nach Strich und Faden.«

»Hoppala, da bleibst!«

Blitzschnell griff Otto nach seiner Wurst, die ihm aus der Semmel zu flutschen drohte. Zwei Bissen genügten, um ihr den Garaus zu machen. Er fuhr sich mit einer Papierserviette über den Mund und antwortete: »Noch verdächtiger finde ich Kumarows Hummer in seiner Werkstatt. Die zwei haben vielleicht doch mehr miteinander zu tun, als er vorgibt. Ich kann ihm das einfach nicht abnehmen, dass er den Kumarow nicht persönlich kennt. Meiner Meinung nach müssen wir an dem Berend dranbleiben.«

»Gut. Und was machen wir jetzt?«

»Wir fahren in die Brienner Straße zu Conrad Deschs Galerie und reden mit ihm. Wir brauchen noch mehr Informationen über die Kumarows.«

***

Renate blickte sich interessiert in der Galerie Desch um. Alle Wände waren in Weiß gehalten und behängt mit Gemälden in unterschiedlichen Formaten. Kleine Bilder in Blattgoldrahmen hingen neben ausladenden Werken, die halbe Wände füllten.

Barbara Engel trat auf sie zu und begrüßte sie mit festem Händedruck. »Ach, die Herrschaften vom LKA. Sie möchten sicher mit Herrn Desch sprechen. Der ist leider außer Haus und außer Landes. Er muss einem wichtigen Problem nachgehen. Aber wenn ich Ihnen helfen kann …«

Eine attraktive Frau, dachte Renate beeindruckt. Auf der Vernissage, bei der sie ihr zum ersten Mal begegnet war, hatte Barbara Engel Schwarz getragen. Heute dagegen war ihre Kleidung durchgängig weiß und sah sehr edel aus. Über dem Kostüm lag ein dezenter Perlmuttglanz, der sich auf den Pumps wiederholte. Kein Schmuck. Die schwarzen Locken durften ein raffiniert geplantes Eigenleben entwickeln und ringelten sich kokett um Barbara Engels schmales Gesicht, aus dem die grünen Augen herausleuchteten.

Bevor Barbara Engel Renate und Otto in ihr Büro führte, erkundigte sie sich: »Darf ich Ihnen Kaffee servieren lassen?« Auf ihr zustimmendes Nicken hin beauftragte sie eine junge Mitarbeiterin mit der Kaffeezubereitung und ließ die beiden eintreten.

Renate erfasste den ausladenden Schreibtisch mit dem eingeschalteten Computer, die vollen Regalwände, die Magnettafeln und die weiße Sitzgarnitur mit einem Blick. In diesem Büro sah es nach gut organisierter Arbeit aus.

Sie nahmen in den weißen Sesseln Platz, und Renate kam sofort zum Kern ihres Anliegens. »Was sagt Ihnen der Name Alexander Kumarow?«

Barbara Engels Lächeln erlosch, und reinster Abscheu zog über ihr Gesicht. »Der Botticelli, der schönste Schweinehund …«

»… und der fünfte Engel«, fiel ihr Otto ins Wort. »Der fünfte Engel von links auf dem Gemälde ›Maria mit dem Kind und singenden Engeln‹.«

Befremdet registrierte Renate, dass sich Otto und Barbara Engel in größter Einvernehmlichkeit zunickten. »Fünfter Engel? Kann mich vielleicht jemand aufklären?«

Barbara Engel trat zum Bücherregal und inspizierte kurz die Buchrücken. Mit dem Bildband »Sandro Botticelli, ein Maler aus der italienischen Frührenaissance« kam sie an den Tisch zurück. Sie blätterte darin herum, fand bald, was sie suchte und drehte das aufgeschlagene Buch in Renates Richtung.

»Sehen Sie, da haben wir das Gemälde. Es stammt aus dem Jahr 1487 und hängt in Berlin.« Mit dem Finger deutete sie auf ein rundes Bild, auf dem eine Madonna mit dem Jesuskind dargestellt war. Links und rechts wurde die Muttergottes von je vier Engeln begleitet. Hinter den Engeln ragten keusche weiße Lilien auf. Barbara Engels Finger wanderte von links nach rechts an den Engeln entlang. Beim fünften Engel machte sie Halt. »Das ist er.«

Otto beugte sich über Renates Schulter. »Richtig. Den fünften Engel könnten wir als Fahndungsfoto für Alexander Kumarow in unsere Verbrecherkartei aufnehmen.«

Renate, die als Einzige keine Vorstellung von Alexander Kumarows Aussehen hatte, betrachtete das Gesicht des Engels mit besonders großem Interesse. Die vollen, sinnlichen Lippen, der geheimnisvoll lockende, verhangene Blick – nein, Andacht konnte sie in diesen Engelsaugen nicht finden. Wer wusste schon, aus welchem Milieu Sandro Botticelli einst seine Modelle geholt hatte. Auch zu Zeiten der Medici wird es Strichjungen gegeben haben. Selbst ein so ekstatischer Bußprediger wie Girolamo Savonarola hatte damals wohl nicht viel dagegen ausrichten können.

Renate zog den Bildband näher zu sich heran. Sie wurde nämlich unwiderstehlich von der Darstellung der Madonna angezogen. Rotes Kleid, blauer Mantel, unter dem weißen Schleier lugte das rotblonde hochgesteckte Haar hervor. Die ausdrucksvollen Augen waren sinnend in die Ferne gerichtet. Kein Lächeln lag auf den weichen Lippen. Verena Bach. Schon damals, als Verena Bach während der Vernissage ihren großen Auftritt hatte, war ihr deren klassische Schönheit aufgefallen. Eine Renaissance-Madonna, die sich in die Neuzeit verirrt hatte, so kam ihr jetzt Verena Bach beim Betrachten des Bildes vor.

Renate klappte den Bildband zu und beobachtete, wie Barbara Engel es sich nun auch in einem Sessel bequem machte und die langen Beine übereinanderschlug. Dabei gab der seitliche Rockschlitz das spitzenbesetzte Ende ihrer halterlosen Seidenstrümpfe preis. Ein kurzer Blick auf Otto genügte, um zu sehen, wie sehr ihn dieser Anblick gefangen nahm. Renate beschloss daraufhin, die Befragung möglichst in die eigene Hand zu nehmen.

»Für Sie ist Alexander Kumarow also ein schöner Schweinehund. Wie kommen Sie zu dieser Einschätzung?«

Barbara Engel lachte auf. »Er wohnt wie ich im Lehel. Nur eine Straße weiter. Jeder bekommt mit, wann er kommt oder geht. Er lässt dann sein Proletenauto, diesen schwarzen Hummer, absichtlich so laut aufheulen, dass es uns alle aus den Betten reißt. Und sein Freundeskreis erst …«

In diesem Augenblick kam die junge Mitarbeiterin mit dem Kaffee herein.

Barbara Engel wartete, bis sie sich wieder entfernt hatte, und wandte sich mit strengem Blick an Renate. »Wie gesagt: sein Freundeskreis. Mir scheint, bei dem sitzt die halbe Russenmafia im Wohnzimmer herum. Warum kontrolliert den nicht mal jemand von der Polizei?«

Auf Renates Achselzucken hin wies sie mit einer einladenden Geste auf den Kaffee. »Bedienen Sie sich bitte. Außerdem sollten Sie einmal mit Lukrezia sprechen. Die kann Ihnen bestens erklären, weshalb zu unserem Schweinehund-Botticelli keine keuschen weißen Lilien passen.«

Das machte Otto neugierig. »Lukrezia, wer soll das sein?«

»Lukrezia Branca. Unsere Dachterrassenwohnungen liegen nebeneinander. Sie ist eine nette und unkomplizierte Wohnungsnachbarin. Die kennt den Kumarow genau. Beruflich. Sie leitet ein Bordell im Münchner Norden. Alexander Kumarow fiel dort in regelmäßigen Abständen mit seiner Horde stadtbekannter Schläger ein, machte Zechen in astronomischer Höhe und ließ die halbe Belegschaft mit einer Nervenkrise zurück. Jetzt hat er Hausverbot.«

Schlägertruppen im Bordell waren für Renate keine Neuigkeit. »Was trieb er denn so? Bezahlte er etwa seine Zeche nicht?«

»Ach wo. Er warf mit dem Geld nur so um sich. Kumarow ist aber ein ganz grober Typ und verletzte die Mädchen. Für mich ist der gemeingefährlich. Laut Lukrezia ist sein Vater Igor anders.«

Alexander Kumarows Hausverbot hatte sich mittlerweile bis ins LKA herumgesprochen. Dass sich aber auch Igor Kumarow bei Lukrezia aufhielt, war Otto neu. Er erkundigte sich danach. »Vater und Sohn verkehrten also im selben Bordell. Gleichzeitig?«

»Ich glaube es eigentlich nicht. Sie müssten darüber mit Lukrezia sprechen. Von ihr weiß ich nur, dass der alte Kumarow eher der Angebertyp ist. Er bucht für drei Stunden den großen Whirlpool mit fünf Mädchen. Ja, und dann passiert absolut nichts. Wenn aber nur eines der Mädchen seine Impotenz laut hinausposaunen würde – ja dann …« Mit einer halsabschneidenden Geste vollendete Barbara Engel ihren Satz.

Impotente Liebhaber waren in einem Bordell immer gut aufgehoben. Die Damen hatten für alles Verständnis, Hauptsache die Entlohnung stimmte. Renate erinnerte sich an eine Drogenrazzia im Rotlichtmilieu. Im Zuge der Vernehmungen hatte eine der Damen ihr erzählt, sie werde von einem Stammkunden buchstäblich fürs Nichtstun bezahlt. Stunde um Stunde ziehe sie die Kreditkarte durch das Lesegerät, während ihr Gast friedlich neben ihr schlafe.

Mit einem ironischen Lächeln nickte Renate Barbara Engel zu. »Diese Lukrezia scheint Sie hervorragend zu informieren.«

»Ja, das stimmt. Das ist auch sehr amüsant. Zum Teil bedienen wir die gleichen Kunden.«

Otto folgte dem Gespräch nur mit halbem Ohr. Er grübelte über Lukrezia Branca nach. Deren Name war ihm durch verschiedene Razzien bekannt. Lukrezia, Lukrezia ... Na klar, das war die Melanie Mosmeier aus Wasserburg. Alle Achtung, das Mädel hatte es weit gebracht. Wer konnte sich schon eine Dachterrassenwohnung im Lehel leisten?

Er klappte seinen Laptop auf, fuhr ihn hoch und klickte ein Foto an. »Frau Engel, in London ist ein Bild von Laura Berger aufgetaucht. ›Eibe mit rotem Schuh‹. Ist es möglich, dass dieses Bild zu den geraubten Werken aus dem Paterzeller Atelier gehört?«

Barbara Engel trat hinter ihn und schaute konzentriert auf den Bildschirm. »Ich kenne das Foto bereits. Es wurde uns von einem Londoner Galeristen zugemailt, der meines Wissens auch die Polizei eingeschaltet hat. Deshalb ist Herr Desch heute Hals über Kopf nach London geflogen. Er will das Gemälde überprüfen. Es ähnelt sehr dem Glanzstück unserer Vernissage. Erinnern Sie sich? Es trug den Titel ›In der Liebe verloren‹.«

Sie setzte sich wieder und rührte sinnend in ihrer Kaffeetasse. »Möglich wäre es schon, dass es zu den geraubten Gemälden gehört. Dann wäre es aber ohne mein Wissen entstanden. Bei Laura hatte ich schon länger den Verdacht, dass sie sich nicht immer an unsere Abmachung hielt. Wir haben die Alleinvermarktungsrechte. Sie hat auch für meine Begriffe zu wenig gemalt. Deshalb bin ich misstrauisch geworden und fuhr öfter nach Paterzell. In letzter Zeit standen dort nur die gleichen Bilder herum. Unfertig. Alexander Kumarow hat sich auch in Paterzell herumgetrieben. Kein Wunder, dass das Mädchen nicht zum Arbeiten kam.«

»Vielleicht hatte sie eine Schaffenskrise. Bei künstlerisch tätigen Menschen soll das vorkommen«, gab Otto zu bedenken.

»Pah, Schaffenskrise.« Barbara Engel lachte ihm direkt ins Gesicht. »Eher Partykrise oder Champagnerkrise. Kurz vor der Vernissage hatte ich Laura noch ins Gebet genommen. ›Mädchen‹, habe ich gesagt. ›So geht das nicht. Ich kann nur ernsthafte Maler brauchen. Eintagsfliegen sind bei mir ganz schnell weg.‹« Sie unterstrich den Satz mit einem lauten Fingerschnippen. »Und dann typisch Laura. Sofort versank sie in Selbstmitleid. Sie konnte die Tränen auf Kommando fließen lassen. Übrigens, diese Partys waren schon sehr ausgefallen. Einmal hatte sie sogar grüne und blaue Flecken im Gesicht. Das konnte nur dieser Grobian von Kumarow gewesen sein.«

Nachdenklich brachte Renate sich wieder in das Gespräch ein. »Vielleicht war es auch ganz anders. Der Kumarow-Botticelli könnte sie erpresst haben. Sie musste für ihn malen und hat ihr eigenes Werk kopiert.«

»Ausgeschlossen.«

Barbara Engel trat an das Regal und zog einen dicken Ordner heraus. Sie schlug das Register K auf.

»Sehen Sie, unsere Geschäfte laufen ausschließlich über Igor Kumarow, Alexanders Vater. Kumarow senior ist ein gewitzter Geschäftsmann. Er schrammt zwar bisweilen hart an der Legalität vorbei, aber so plumpe Geschäfte duldet er nicht. Auch nicht von seinem Sohn.«

Damit gab sich Otto jedoch nicht zufrieden. »Laura könnte trotzdem ein eigenes Bild kopiert haben. Damit wäre sie kein Einzelfall. Erst kürzlich kam von einem verstorbenen, im hohen Preissegment gehandelten Maler ein Bild zur Auktion. Ein paar Tage später meldete sich ein Sammler, der ein identisches Bild vorweisen konnte. Es war garantiert keine Fälschung. Aber jetzt etwas anderes. Durch Ihre Besuche in dem Paterzeller Atelier wussten Sie, woran die Malerinnen gerade arbeiteten.«

»Selbstverständlich. Ich habe die einzelnen Motive noch ganz gut in Erinnerung. Möchten Sie davon eine Aufstellung? Ich mache mir stets Notizen zum Fortschritt der Gemälde unserer Künstler. Herr Desch muss doch wissen, wann er mit der nächsten Arbeit rechnen kann.«

Otto konnte sein Glück kaum fassen. Diese Informationen würden bei der Fahndung nach den Gemälden auf alle Fälle weiterhelfen. Zugleich ärgerte er sich über sich selbst, weil er nicht schon früher daran gedacht hatte. Dann kam ihm noch eine weitere Idee in den Sinn. »Für die Aufstellung wäre ich Ihnen sehr dankbar. Ich bitte Sie, auch die ungefähren Abmessungen der Gemälde hinzuzufügen.«

Das versetzte Barbara Engel in Erstaunen. »Die Größe eines Gemäldes ist doch eher zweitrangig. Deshalb habe ich darauf auch nicht so geachtet. Ich könnte nur geschätzte Angaben machen.«

»Das würde mir vollkommen ausreichen.« Otto schloss den Laptop und verschränkte die Arme über seinem Bauch. »Was mir schon die ganze Zeit im Kopf herumgeistert: Weshalb ist der Wert der Eibenmalerinnen so stabil geblieben? Wir konnten doch in den letzten Jahren beobachten, wie sogar Künstler mit Rang und Namen ins Bodenlose abgerutscht sind.«

»Das hat uns anfangs auch Sorgen bereitet. Aber nur kurz. Es kam zu einer Marktbereinigung, bei der es nicht nur Verlierer gab. Eine ganze Reihe von Künstlern hat den Erdrutsch gut überlebt.«

Nachdenklich strich Barbara Engel eine Falte in ihrem Rock glatt und setzte hinzu: »Genau genommen hat die Qualität überlebt. Uns kam die Krise zugute. Wir suchen unsere Künstler immer nach strengen Kriterien aus, und das hat sich in dieser schwierigen Lage ausgezahlt.« Sie griff nach ihrer Agenda und blätterte darin herum. »Sehen Sie, für September war eine Ausstellung nur für die drei Künstlerinnen geplant. Im Kunstbau vom Lenbachhaus hier in München. Die drei wären bei der Eröffnung ein Besuchermagnet gewesen.«

»Und Verena Bach? Was ist jetzt mit ihr?« Renate zog befremdet die Augenbrauen hoch. »Sie sagten ›wäre‹. Bekommt sie nun keine Einzelausstellung? War sie denn damit einverstanden?«

In Barbara Engels Stimme legte sich eine Spur von Schärfe. »Wie gesagt, Qualität setzt sich durch. Da frage ich nicht nach Befindlichkeiten. Verena muss sich ihre Einzelausstellung erst verdienen. Sie ist noch nicht lange genug im Geschäft. Wir haben die Erfahrung gemacht, dass es ungefähr sieben Jahre dauert, bis ein Künstler am Kunstmarkt etabliert ist. Bettina hatten wir schon zu einem Künstlerstar gemacht, und Laura war auf dem besten Wege dazu. Die Sammler wussten das. Der Erwerb ihrer Gemälde versprach einen sicheren Wertzuwachs. Die Ausstellung im Lenbachhaus mit der persönlichen Anwesenheit der drei Künstlerinnen wäre dazu das i-Tüpfelchen gewesen und hätte einen großen Popularitätsvorsprung gebracht.«

»Aber für Verena Bach doch auch«, warf Renate ein.

Ungeduldig strich Barbara Engel eine ihrer schwarzen Locken aus der Stirn und schüttelte den Kopf. »Wie gesagt, sie ist noch nicht so weit. ›Mädel‹, sage ich immer zu ihr, ›drei Dinge braucht ein Künstler, wenn er Erfolg haben will: Können, Ausdauer und ganz viel Frustrationstoleranz. Sonst wird das nichts.‹ Und wissen Sie, mit Rumjammern geht gleich gar nichts bei mir.«

Renate holte ihr Notizbuch aus der Tasche und schlug es bei einer bestimmten Seite auf. »Sie wurden von Kommissarin Önar bereits zu dem Telefongespräch befragt, das Verena Bach mit Ihnen am Dienstagnachmittag geführt hatte. Sie erinnern sich, es war der Tag, an dem Verena in Gößweinstein angegriffen und verletzt wurde.«

»Natürlich erinnere ich mich. Ist das nicht schrecklich? Glücklicherweise ist sie nicht an den Händen verletzt, ich habe mich gleich bei ihr erkundigt. Für eine Malerin wäre das der Super-GAU.«

»Aber worum ging es bei diesem Telefonanruf?«, insistierte Renate.

»Um die Ausstellung im Lenbachhaus. Wir konnten uns aber nicht unterhalten, weil ich mitten in einem Kundengespräch steckte. Wenn es Verena besser geht, werde ich ihr noch einmal klipp und klar erklären müssen, dass die Ausstellung nach Bettinas und Lauras Tod neu konzipiert werden muss. Wir werden eine Retrospektive für die beiden gestalten. Das sind wir ihnen und der Kunstwelt schuldig. Da passt Verena gleich gar nicht ins Konzept.«

Renate dachte darüber nach und fragte: »Würde das im schlimmsten Fall nicht Verenas Aus in der Kunstszene bedeuten?«

Barbara Engel zuckte die Achseln. »Wer weiß? Vielleicht. Jeder Beruf birgt eben seine Risiken.«

Renate verspürte Mitleid mit Verena. Sie war eingeklemmt zwischen zwei Frauen. Zwischen einer Mutter, die keine Künstlerin, sondern eine Hotelfachfrau zur Tochter haben wollte, und Barbara Engel, die kompromisslos künstlerische Leistung einforderte. Die dabei auch nicht davor zurückschreckte, die Künstlerin wie eine heiße Kartoffel fallen zu lassen, wenn sie keine Rendite mehr versprach. In ihre Gedanken hinein schrillte das Telefon.

Während Barbara Engel zum Hörer griff, wechselten Otto und Renate einen Blick. Es wurde Zeit zu gehen. Sie erhoben sich, wurden aber von Barbara Engel zurückgehalten.

»Warten Sie, das ist möglicherweise auch für Sie interessant. Herr Desch ist am Telefon.«

Kurz darauf legte sie den Hörer auf und atmete erleichtert durch. »Herr Desch hat das Werk geprüft. Es ist eine Fälschung, die der Londoner Galerist eigentlich auch selbst hätte erkennen müssen. Herr Desch lässt Ihnen ausrichten, Herr Fechter, dass er Ihnen nach seiner Rückkehr gern erklären will, woran er die Fälschung erkannt hat.«

Das Problem mit dem Gemälde war somit gelöst. Zumindest aus Sicht der Galerie. Otto und Renate verabschiedeten sich von Barbara Engel und strebten dem Auto zu, das sie nur ein paar Gehminuten entfernt beim Innenministerium geparkt hatten. Renate sperrte das Auto auf und fragte Otto über das Wagendach hinweg: »Das mit den Motiven der Bilder ist mir schon klar, aber warum willst du auch noch wissen, wie groß sie sind?«

»Du weißt, mich beschäftigt bei dem Fall vor allem der Raub der Gemälde. Man hat sie offensichtlich samt der Keilrahmen, auf die sie aufgespannt waren, entwendet. Ich habe heute Morgen noch einmal genau den KTU-Bericht durchgesehen. Es gibt Spuren, dass an das Atelierfenster eine Leiter angelehnt wurde, daran ist nicht zu rütteln. Aber eben das Fenster gibt mir Rätsel auf. Es ist dreieckig und in mehrere Felder unterteilt.«

»Richtig. Es nimmt die ganze Giebelfront ein. Das habe ich selbst gesehen«, bestätigte Renate.

»Aber das Fenster, das in der Glasfront geöffnet werden kann, ist nicht allzu groß. Großformatige Bilder hätten nicht hindurchgepasst. Erinnere dich an die Vernissage. Da waren ziemlich große Bilder dabei. Die hätte man auf alle Fälle durchs Haus tragen müssen.«

»Und Verena Bach hätte das eigentlich bemerken müssen«, ergänzte Renate seine Überlegungen.

»Die Diebe hätten die großen Gemälde auch aus den Keilrahmen schneiden können«, sinnierte Otto, als er zu Renate ins Auto stieg. »Das haben sie aber nicht getan. Jedenfalls hat die KTU keine leeren Keilrahmen mit Leinwandresten im Atelier gefunden.«

Auf dem Weg zum LKA in der Maillingerstraße grübelte Renate zunächst weiter über das Gespräch mit Barbara Engel nach. Vor allem die ungleiche Behandlung der Malerinnen ließ sie nicht los. Sie fasste einen Entschluss und teilte ihn Otto sofort mit.

»Hör zu, Otto, ich werde heute Abend noch nach Nürnberg fahren, damit ich Morgen ziemlich früh in Gößweinstein bin. Mir scheint, es ist ein Gespräch mit Verena Bach fällig. Dabei kann ich ihr auch wegen der Bilder auf den Zahn fühlen.«

Otto fand die Idee sehr gut. »Mach das. Und ich versuche inzwischen, an diesen Kumarow heranzukommen. Wenn wir Glück haben, treiben wir ihn in München auf.«

Bald darauf parkte Renate das Auto vor dem LKA-Haupteingang und verabschiedete sich hastig von Otto. Bevor sie sich auf den Weg nach Nürnberg machte, musste sie noch eine wichtige Arbeit erledigen. Am Montag hatte sie einen Vortrag zu halten. Sie war aber mit dem Text noch nicht zufrieden und wollte ein paar letzte Änderungen daran vornehmen. In ihrem Büro startete sie den Computer und ging in die Teeküche, um sich eine Tasse Kaffee zu holen. Erschrocken fuhr sie herum, als jemand hinter ihrem Rücken fragte: »Hat man dich etwa aus der Wohnung geschmissen, oder warum bist du so spät noch hier?«

Es war Markus Bremer, ein Kollege aus ihrer Abteilung.

Renate sah zu, wie er sich mit Akribie eine Latte macchiato zubereitete. Dafür würde sie niemals die Geduld aufbringen. Sie erzählte ihm, dass sie gerade von einer Befragung zurückgekommen sei und noch an einem Vortrag herumfeilen müsse.

»Wen habt ihr denn in die Zange genommen?«

»Den Freund einer der toten Eibenmalerinnen und Barbara Engel von der Kunstgalerie Desch.«

»Ach, die Engel.« Markus Bremer hob prüfend das Glas mit dem Milchkaffee in die Höhe und probierte. »Nicht schlecht.«

»Was heißt ›Ach, die Engel‹? Kennst du sie etwa?«, fragte Renate.

»Eher mein Schwager. Du weißt schon, der aus Hamburg, der als Einziger in unserer Familie einen Beruf hat, bei dem man ordentlich Geld verdient. Der hat ihre Wohnung gekauft.«

»Wie bitte? Sag das noch einmal.«

Renate musste so lange auf die Antwort warten, bis er einen weiteren Schluck von seinem Kaffee getrunken und sich den Milchschaum von den Lippen geleckt hatte.

»Mein Schwager wollte schon seit Jahren als Geldanlage eine Wohnung in München kaufen. Ich habe mich immer wieder am Immobilienmarkt für ihn umgesehen. Vor vier Wochen stand dann die Zwangsversteigerung von der Engel-Wohnung in der Zeitung. Mein Schwager hat sie gekauft. Er lässt aber die Engel vorerst noch dort wohnen.«

»Das war eine Zwangsversteigerung?« Renate konnte es kaum glauben.

»Korrekt. Die Dame scheint ziemlich pleite zu sein. Du, ich muss jetzt los. Servus.«

»Ade, bis Montag«, rief Renate ihm nach und kehrte in ihr Büro zurück.

In ihrem Vortrag wollte sie die Ergebnisse der Studie, die sie über die Rockergangs Hells Angels und Bandidos durchgeführt hatte, im Überblick darstellen und genauer erläutern. Eigentlich war es ein einfacher Vorgang, aber er ging ihr heute schwer von der Hand. Immer wieder wanderten ihre Gedanken zu Barbara Engel. Deschs Assistentin war in Zahlungsschwierigkeiten. Alles hätte sie bei ihr vermutet, nur das nicht. Überhaupt war die Frau für sie rätselhaft. Sie war schön und kompetent und verstand es hervorragend, andere um den Finger zu wickeln. Das beste Beispiel dafür war Otto. Aber ging von ihr nicht auch viel Kälte aus? Mit Verena Bach sprang sie ganz schön hart um.

Endlich war das letzte Wort des Vortrags in den Computer geklopft. Renate überflog noch einmal den Text. Er war wahrhaftig kein Glanzstück der Formulierungskunst. Trotzdem druckte sie ihn aus und legte ihn in ihre Aktenmappe. Dann griff sie zum Telefon und berichtete Otto, was sie von Markus Bremer über Barbara Engel erfahren hatte. Am Montag würden sie dem genauer nachgehen.

DREIZEHN

London. Es war später Abend, als sich Nick Burke endlich erleichtert in einen der orangefarbenen Sessel fallen ließ. Ein Blick auf die Uhr zeigte ihm, dass es genau genommen schon Samstagmorgen war. Er hatte also bis weit nach Mitternacht geräumt und geputzt. Jetzt blitzte die kleine Kombüse in dem Boot nur so vor Sauberkeit, und alle Schränke waren mit Lebensmitteln gefüllt. In ein paar Stunden sollte es losgehen. Da würde er sein Boot aus den Docks hinausmanövrieren und die Themse abwärts zum Kanal fahren. Drei Monate hatte er eingeplant für die Westküste Frankreichs und Portugals. Unbehaglich strich er über seinen hervorgewölbten Bauch. Er hatte sich überfressen bei der Abschiedsfeier im »Dickens Inn«, aber es hatte sein müssen. Einmal noch Fish and Chips, bevor die französische und die portugiesische Küche sein Alltag wurden.

Das »Dickens Inn«. Liebevoll wanderte sein Blick über die Reling hinüber zu dem alten, aus schweren Holzbalken errichteten Haus aus dem 18. Jahrhundert. Längst war das letzte helle Lachen von den Balkonen verweht, von deren Brüstungen dicke zinnoberrote Geranienzöpfe herunterhingen.

Noch heute war er seinem Vater dankbar. Der hatte in den achtziger Jahren das Dockland-Development-Programm während der Ära Thatcher mit Argusaugen verfolgt. Die alten Speicher und Lagerhallen, meist noch aus der viktorianischen Zeit, waren damals abgerissen worden, und ein gigantischer Bauboom hatte eingesetzt. Historische Baudenkmale wurden ohne ästhetisches Augenmaß dem Gewinnstreben der Bodenspekulanten geopfert. Nicks Vater hatte das geduldig beobachtet und auf die Bebauung der letzten Reihe gewartet, direkt vor den Hafenbecken. Das war die Toplage. Erst wenn sie an der Reihe war, dürfe man zuschlagen, war damals sein Rat gewesen.

Nick hielt sich an den väterlichen Rat und sicherte sich eine Reihe von Wohnungen in der obersten Etage. Die schönste davon behielt er für sich, eine verkaufte er weiter, und die anderen konnte er bestens vermieten. Das »Dickens Inn« war glücklicherweise der

Bauwut nicht zum Opfer gefallen. Aus dem ehemaligen Lagerhaus für exotische Gewürze wurde ein respektables Gasthaus. Im Erdgeschoss etablierte sich ein italienisches Restaurant, und im ersten Stock wurde die traditionelle englische Küche angeboten.

Still war es in den Docks geworden, auch die letzten Touristen hatten inzwischen ihre Hotelzimmer aufgesucht. Schräg gegenüber, im Guoman-Tower-Hotel schimmerte nur noch aus wenigen Fenstern Licht. So war das eben: Die rastlosen City-Leute mussten morgens früh aus den Federn – das Investmentgeschäft lief weiter, auch in der Nacht und auch am Wochenende, irgendwo auf der Welt.

Für ihn galt das nicht mehr. Er war draußen. Rechtzeitig vor der Bankenkrise war über ihn seine persönliche Krise hereingebrochen. Als Fondsmanager hatte er sich ausgelaugt, hatte seine Freunde vernachlässigt und seine Beziehung in den Sand gesetzt. Nur der Fonds hatte gezählt. Herzinfarkt mit achtundvierzig, das war dann die Bilanz. Versonnen lauschte er dem leisen Plätschern und dem Knarren der großen Segelboote, die sich sanft im Wasser wiegten. Das war nun seine Welt, seine Freiheit. Nicht anders wollte er es haben. Hin und wieder verfasste er für ein Touristikmagazin Reiseberichte, aber nur dann, wenn er dazu Lust hatte.

Nicks Kopf ruckte in die Höhe. Was war das? Direkt neben seinem Boot war etwas Schweres ins Wasser geklatscht. Wenn das mal nicht wieder der versiffte Kerl mit seiner mickrigen Nussschale war. Erst kürzlich hatte der seinen ganzen Müll in die Themse geworfen. Und jetzt machte er es schon wieder, dieser dreckige Schweinehund. Gleich neben seinem Boot. Frechheit.

Nick schoss hoch und war mit wenigen Schritten an der Reling. Den würde er sich jetzt schnappen. Wo hatte sich der Kerl versteckt? Schritt für Schritt schlich er an der Reling entlang und spähte zu den Brücken, die ein Hafenbecken mit dem anderen verbanden. Nichts. Niemand war zu sehen. Im Abwenden nahm er aus dem Augenwinkel eine Bewegung wahr. Irgendetwas Helles schien im Hafenbecken zu treiben. Das sah nicht nach Hausmüll aus. War da ein Hund ins Wasser gefallen? Oje, der arme Kerl. Den musste er rausziehen.

Nick riss sich die Kleidung vom Leib, bis auf die Unterhose, und sprang ins Wasser. Beim Auftauchen stieß er mit einem Körper zusammen, der dicht vor ihm trieb. Das war kein Hund. Es war ein

Mensch. Eine Frau. Mit beiden Händen griff er nach ihrem Kopf und schwamm mit ihr in Rückenlage zur Treppe an der Hafenmauer.

Vorsichtig legte er sie dort ab. Ja Himmel, der Mund der Frau war mit einem Klebeband verschlossen. Deshalb hatte sie nicht um Hilfe gerufen. Schnell riss er das Klebeband weg. Ein tiefer Seufzer hob die Brust der Frau, und ihre grauen Augen, in denen noch die Todesangst stand, starrten ihn an.

»Danke«, flüsterte sie, dann schien sie ohnmächtig zu werden. Voll Zorn betrachtete er die Handschellen, mit denen ihre Handgelenke gefesselt waren. Was musste die arme Frau durchgemacht haben? Wem war sie im Weg gewesen? Welches miese Schwein dachte sich so eine Gemeinheit aus?

Er lud sich die Frau auf die Schulter und brachte sie zu seinem Boot.

Was sollte er zuerst tun? Ihr die nassen Klamotten vom Leib schneiden oder die Handschellen abmachen? Das wäre einfach. Sie waren von der Sorte, die man notfalls mit einem kleinen Riegel selbst aufmachen konnte. Erotisches Spielzeug. Am besten war es wohl, nichts anzurühren und sofort die Polizei zu verständigen. Er breitete eine warme Decke über die junge Frau und griff nach dem Telefon.

Während er auf das Eintreffen der Polizei wartete, musterte er eingehend die bewusstlose Frau. Die Wunde an der Stirn schien älter zu sein. Es hatte sich darüber schon Schorf gebildet, der durch das Wasser aufgequollen war. Wenn sie nun starb, hier auf dem Boot? Nick mochte sich die Folgen gar nicht ausdenken.

***

Chief Superintendent James Parker vom New Scotland Yard malträtierte voll Ungeduld sein Telefon. Wo steckte denn dieser Otto Fechter schon wieder? Es war schon bald zwei Stunden her, dass er ihn heute Morgen vom Flughafen abgeholt und hierhergebracht hatte. Auf einmal war er wieder verschwunden. Niemand wusste, wo er war.

»Fechter hier«, erklang es plötzlich aus dem Hörer.

»Na endlich, Otto. Wie lange muss ich denn noch auf dich warten?«

James Parker konnte nur ein unverständliches Grunzen vernehmen, dann wurde aufgelegt.

Mit der für ihn charakteristischen Bedachtsamkeit bereitete James Parker eine Kanne Tee zu und stellte sie mit den Tassen und der Milch auf ein Tablett. Für Otto legte er noch ein paar Zuckertütchen bereit. Er trug das Tablett in sein Büro und goss für sich eine Tasse ein. Die wollte er in Ruhe genießen, bevor das Unheil in Form von Otto über ihn hereinbrach. Er kannte ihn schon länger von einem gemeinsamen Fall her. Dabei waren ihm die Effizienz und Gewitztheit des Deutschen besonders aufgefallen. Er konnte aber auch ein nervtötender Nörgler sein. Am liebsten nörgelte er an der englischen Küche herum.

Es klopfte so laut an der Tür, wie ein Engländer niemals klopfen würde, und schon stand Otto vor ihm.

»Na endlich, da bist du ja«, stellte James fest.

»Ich war bei Paul in der Regent Street zum Frühstück. Die paar Bissen, die ich im Flugzeug bekam, hatte ich nämlich längst verdaut. Und ›Chez Paul‹ ist weit und breit der einzige Laden, in dem man ein ordentliches Brot essen kann. Glaube mir, wenn ich an euer English Breakfast auch nur denke, stimmt bei mir die Galle schon einen Todesgesang an, und meine Cholesterinwerte schnellen in astronomische Höhen.«

Typisch Otto. Ausnahmsweise verzichtete James mal nicht auf eine Antwort, wie er es sonst immer aus Höflichkeit tat.

»Wenn du dich beschwerst, Otto, tu ich es auch, und zwar über die Knödel, die ich bei meinem letzten Aufenthalt in München essen musste. Tagelang lagen mir diese Gummidinger im Magen, zusammen mit dem Sauerkraut, zu dem du mich überredet hattest. Bei euch Deutschen mag das ja anders sein, aber mich brachte das Gewitter im Gedärm fast um. Ich habe meine gute traditionelle englische Küche herbeigesehnt. Möchtest du Tee?«

Otto nickte und setzte sich James Parker gegenüber. Er nahm die Tasse entgegen und trank einen Schluck. »Dein Tee ist weit und breit der Beste von ganz London. Damit kommt man zur Ruhe, was in dieser Stadt bitter nötig ist. Ich habe den Eindruck, die Londoner rennen ständig um ihr Leben. Dauernd muss ich befürchten, von einer dieser Workaholic-Kampfmaschinen umgerannt zu werden. Nur wenn sie sitzen, kann ich sie ertragen, die Londoner.«

James nahm Maß an Ottos ausladender Figur und konnte sich nicht des Eindrucks erwehren, dass seit ihrer letzten Begegnung noch ein paar Kilos dazugekommen waren. Selbst der hektischste Londoner würde das Risiko eines Zusammenstoßes mit ihm scheuen und um diesen Brocken von Mann im Trachtenjanker lieber einen Bogen machen. Er fand es unnötig, auf Ottos Charakterisierung der Londoner auch nur zu antworten, und reichte ihm einen Aktendeckel.

»Sieh mal, das ist der Bericht, der heute Nacht bei uns eingegangen ist. Bei dem Namen Verena Bach habe ich natürlich sofort an deinen Fall mit den Eibenmalerinnen gedacht.«

Otto vertiefte sich in den Bericht und schüttelte immer wieder ungläubig den Kopf. Warum um alles in der Welt war Verena Bach nach London gekommen, und warum war sie geknebelt und gefesselt aus einem Hafenbecken gefischt worden? Wie hatte das alles passieren können? Sie stand doch in Gößweinstein unter Bewachung. Er griff nach den Handschellen, die in einem Plastikbeutel verpackt dem Bericht beilagen, und musterte sie genau. Sie waren mit Strasssteinen verziert.

»Du kannst sie ruhig herausnehmen. Wir haben die Fingerspuren an der glatten Unterseite schon sichergestellt«, sagte James.

Otto schüttelte die Handschellen aus dem Beutel und besah sie gründlich von allen Seiten. Mit einem leichten Druck auf den Hebel, der seitlich hervorstand, konnte man sie öffnen. »Schau dir das an, James, Verena Bach hätte sich daraus selbst befreien können.«

»So gesehen schon, aber vielleicht war sie dazu körperlich schon nicht mehr in der Lage«, grübelte James.

Otto legte die Handfesseln in den Beutel zurück und fragte: »Wo ist sie? Ich muss sofort mit ihr sprechen.«

»Sie wurde ins St.-Thomas-Hospital gebracht, gleich hinter der Westminster Bridge. Keine Angst, sie wird dort gut versorgt.«

»Ha, ha, gut versorgt«, aus Ottos Stimme klang der blanke Hohn. »Hoffentlich verklagt sie euch nicht auf Körperverletzung, weil ihr sie in einem staatlichen Krankenhaus untergebracht habt. Angeblich dürfen bei euch schon bald die Krankenschwestern operieren. Ist Verena Bach überhaupt in die Nähe eines Arztes gekommen?«

Entnervt verdrehte James Parker die Augen. »Otto, bevor du das

Vereinigte Königreich weiter rauf und runter beleidigst, mach dich lieber auf den Weg zum Hospital. Ich habe schon ein Auto für dich bestellt.«

Als die Tür hinter Otto ins Schloss fiel, atmete James Parker erleichtert auf. Dieser Otto. Eine echte Nervensäge. An nichts ließ er ein gutes Haar, weder an der englischen Küche, noch am englischen Gesundheitssystem. Vor Jahren hatten sie zusammen eine als Unfall verschleierte Brandstiftung aufgedeckt. In dem Magazin, in dem man den Brand gelegt hatte, war eine Reihe von Kunstwerken buchstäblich in Rauch aufgegangen. Damit hatten zwei Künstler verhindern wollen, dass der Wert ihrer Bilder ins Bodenlose abrutschte. Otto war bei der Tatortbegehung gestürzt und hatte sich eine Prellung am Kopf zugezogen. Man hatte ihn vorsorglich in eine Klinik gebracht. Von daher rührte seine neurotische Abneigung gegen englische Krankenhäuser.

Kaum war er damals aus der Klinik entlassen worden, hing an der Pinnwand im Besprechungsraum ein neongelbes Plakat, auf dem für jedermann zu lesen war: Liebe englische Kollegen, sollte ich plötzlich erkranken oder verunfallen, dann bringt mich sofort zum Flughafen und setzt mich in ein Flugzeug nach München. Dort lasst Ihr mich unverzüglich in eine Klinik bringen. Ich zahle alles. Otto Fechter.

Parker kräuselte die Lippen zu einem Lächeln bei der Erinnerung daran, wie Otto in der Klinik gegen das Urinal gekämpft hatte. Er wollte vor den Augen der Krankenschwester partout keine Urinprobe abgeben. Mit hochrot angelaufenem Gesicht hatte er die Bettdecke wie einen Panzer um sich herum festgeklemmt, als ob es um den Verlust seiner Jungfräulichkeit ginge. Dieser Otto. Ein netter Kerl, aber ganz schön schrullig.

Parker schüttelte den Kopf und fuhr seinen Computer hoch. Er wollte sich noch einmal das Foto von dem Gemälde ansehen, das der Galerie »White Cube« als ein Werk von einer der toten deutschen Eibenmalerinnen angeboten worden war. Inzwischen war klar, dass es sich um eine Fälschung handelte. Den Fälscher hatten sie auch schon. Ganz perplex war der junge Mann gewesen, als er heute Morgen in seinem windigen Hinterhofatelier aufgespürt wurde. Er hatte allen Ernstes geglaubt, an der Wertsteigerung, den die Gemälde der Eibenmalerinnen durch deren Tod erfuhren, mitverdienen zu können. Ihm drohte nun eine saftige Betrugsanzeige.

***

Im St.-Thomas-Hospital wurde Otto von einer freundlichen, aber resoluten Krankenschwester zu Verena Bachs Krankenzimmer gebracht. Sie gestattete ihm nur zehn Minuten Besuchszeit.

»Mehr kann die Patientin noch nicht vertragen«, erklärte sie ihm in eindringlichem Ton.

Blass und mitgenommen lag Verena Bach im Krankenbett, als Otto eintrat und sie mit einem vorsichtigen Händedruck begrüßte.

»Na, geht es Ihnen ein wenig besser? Wer hätte das gedacht, dass wir uns ausgerechnet in London wiedersehen?« Missbilligend wanderten seine Augenbrauen in die Höhe. »Sollten Sie jetzt nicht eigentlich in Gößweinstein sein?«

Verena Bach hatte die Bettdecke bis zur Nasenspitze hochgezogen und wich seinem strengen Blick aus. Zaghaft flüsterte sie: »Aber Herr Tauber hat doch gesagt, dass ich nach London kommen soll.«

Sie sprach auch im Folgenden so leise, dass Otto sie nur mit Mühe verstehen konnte. Was er verstand, verschlug ihm jedoch die Sprache. Verena Bach war hier in London mit Bernd Tauber, dem Juwelier, verabredet gewesen. Entgegen aller polizeilichen Auflagen. Beide hatten hier nichts verloren. Aber inzwischen machte wohl jeder, was er wollte.

Verärgert zog sich Otto einen Stuhl heran und setzte sich. »Ich kann wohl davon ausgehen, dass Sie die Bamberger Polizei nicht von Ihrer Abreise unterrichtet haben. Frau Bach, wie sollen die Sie denn schützen, wenn Sie einfach ausbüchsen?«

Unruhig wanderten Verena Bachs Hände über die Bettdecke. »Aber Herr Tauber hat gesagt, ich solle gleich am Montag mit der Ausgestaltung seiner Schmuckgalerie in der Bond Street anfangen. Für morgen, Sonntag, war geplant, mit ihm die einzelnen Arbeitsschritte festzulegen. Danach wollte ich mich noch ein wenig in der City umsehen. Mich kennt doch keiner in London. Deshalb habe ich gedacht, hier bin ich in Sicherheit, hier kann mir nichts passieren.« Tränen rollten über ihr Gesicht, und ein langes Schluchzen hinderte sie am Weitersprechen.

Otto hatte noch eine lange Liste an Vorwürfen parat, doch er sah ein, dass er damit nicht weiterkam. Deshalb wandte er sich dem Wesentlichen zu. »Sie wurden gefesselt und geknebelt aus einem Hafenbecken gefischt. Was hatten Sie überhaupt in dieser Gegend verloren?«

»Ich war bei Herrn Tauber. Der hat ein Loft direkt an den Docks. Er hat mich zum Abendessen eingeladen. Danach gingen wir noch kurz zu ihm und haben über die Motive gesprochen, die ich in meinen Entwürfen verarbeitet habe.«

»Von wann bis wann waren Sie bei Herrn Tauber?«

Verena Bach starrte konzentriert auf ihre Hände, die sie nun auf der Bettdecke verschränkt hatte. »Ich weiß nicht genau. Ich glaube, es war kurz vor neun am Abend, als wir in seine Wohnung gingen. Nach Mitternacht, so gegen ein Uhr, habe ich mich verabschiedet. Ich hatte nicht weit zu gehen, weil mich Herr Tauber im Guoman-Tower-Hotel untergebracht hat.« Mit einem völlig verwirrten Blick fügte sie hinzu: »Ab dem Zeitpunkt weiß ich nichts mehr. Ich zerbreche mir schon die ganze Zeit den Kopf, aber ich kann mich an nichts erinnern. An rein gar nichts.«

»Sie wissen also nicht, wer Ihnen den Mund verklebt und Ihnen die Handschellen verpasst hat?«, hakte Otto nach.

Verena Bach schüttelte wortlos den Kopf und schloss die Augen.

Die Krankenschwester trat ins Zimmer und deutete nachdrücklich auf ihre Armbanduhr. Otto verstand und verabschiedete sich. Auf dem Korridor wartete er auf die Ärztin, die Verena Bachs Erstversorgung durchgeführt hatte. Möglicherweise erfuhr er von ihr aufschlussreichere Details.

»Herr Fechter? Schön, Sie zu sehen.«

Fechter erwiderte den festen Händedruck der Ärztin. Ihr ernster Blick hinter dem zinnoberroten Brillengestell flößte ihm sofort Vertrauen ein. Er fragte: »Wie beurteilen Sie Verena Bachs Gesundheitszustand?«

»Stabil. Wir benötigen allerdings noch ein paar Untersuchungen, bevor wir sie entlassen. Es ist uns aber einiges aufgefallen. Die Patientin wurde mit massiven Vergiftungserscheinungen bei uns eingeliefert. Wir konnten Spuren von Taxin und GHB bei ihr nachweisen. Glücklicherweise nicht in einer tödlichen Dosis. Außerdem hatte sie Alkohol im Blut. Was hat denn die deutsche Polizei mit der Sache zu tun?«

Diese Frage überhörte Otto absichtlich. Ihn interessierte mehr, wann mit Verena Bachs Entlassung aus dem Krankenhaus zu rechnen war. Deshalb erkundigte er sich danach.

»Ihr körperlicher Allgemeinzustand ist so weit gut. Morgen kann sie uns sicher schon verlassen. Aber sie braucht noch Bettruhe. Sagen Sie, wird das bei den Deutschen jetzt Mode, Taxin zu sich zu nehmen? Ich frage nur, weil ich im Kulturteil der Times von den vergifteten Malerinnen gelesen habe. Das ist doch bestimmt der Grund, warum Sie hier sind, oder? Dagegen sollten Sie einschreiten. Auch in kleinen Dosen schädigt das Gift das Zellwachstum.«

Otto blickte in die besorgten Augen der Ärztin hinter dem roten Brillengestell und hätte sie am liebsten zu einer Tasse Tee eingeladen. Das wäre die ideale Gelegenheit, ihr zu sagen, wie hübsch die Brille ihre grauen Augen umrahmte. Leider hatte er dazu keine Zeit. Er versicherte ihr also nur, dass die Einnahme von Taxin in Deutschland keineswegs üblich war, und bedankte sich für ihre Bemühungen um Verena Bach.

Er hatte noch den angenehm frischen Duft ihres Parfüms in der Nase, als er eilig die Klinik verließ. Bevor er weitere Schritte unternahm, musste er unbedingt Renate anrufen.

***

Renate Wörlein fühlte sich zerschlagen wie nach einem ausgewachsenen Kater. Noch in der Nacht war sie von München nach Nürnberg gefahren und hatte lange nicht einschlafen können. Unablässig war ihr das Gespräch mit Barbara Engel durch den Kopf gegangen. Mein Gott, war das eine eiskalte Frau. Unter deren Knute hatte eine Künstlerin wie Verena Bach nichts zu lachen. Aber Barbara Engel schien selbst ein Problem am Hals zu haben, und zwar ein handfestes. Geld. Als Renate endlich Schlaf gefunden hatte, war dieser leider nicht von langer Dauer gewesen. Morgens um sechs hatte Otto angerufen. Er war am Flughafen, um nach London zu fliegen. Ratlos schüttelte sie den Kopf. Was hatte Verena Bach in London zu suchen? Hoffentlich meldete sich Otto bald.

Sie sah auf die Uhr und stellte fest, dass es schon elf Uhr vormittags war. Die perfekte Zeit für ein kurzes Telefongespräch nach

China mit ihrer Tochter. In Schanghai müsste es jetzt ungefähr sechs oder sieben Uhr abends sein.

Sie wählte die eingespeicherte Telefonnummer und musste nicht lange warten. Als Hella sich meldete, sah Renate ihre Tochter fast wie ein Bild vor sich. Das brünette Haar hatte sie von ihrem Vater Florian, aber die strahlend blauen Augen waren von ihr. Immerhin etwas. Ansonsten ähnelte sie ganz ihrem Vater. Sie war ebenso schlank und hoch gewachsen. Auch seine sprühende Energie und wortreiche Ausdrucksweise hatte sie geerbt. Davon bekam Renate nun eine ordentliche Dosis serviert. Hella beschrieb zum soundsovielten Mal aufgeregt die bisherigen vier Monate ihrer Schwangerschaft. Renate ließ sie ausreden und sagte dann den Satz, den wohl alle Mütter ihren schwangeren Töchtern sagen: »Mein liebes Kind, Schwangerschaft ist keine Krankheit, sondern ein Zustand. In fünf Monaten hast du alles überstanden und die Beschwerden sind vergessen. – Ist dein Vater in der Nähe?«

Renate freute sich schon darauf, Florians vertraute Stimme zu hören. Sie vermisste ihn und seine spontanen, aus vollem Herzen kommenden Zärtlichkeiten. Gerade heute wäre sie gern mit ihm zusammen gewesen.

Es dauerte einige Zeit, bis er endlich ans Telefon kam.

Ungeduldig fragte sie: »Was ist denn los mit dir, Florian? Du lässt seit Wochen nichts von dir hören. Hast du etwa eine andere? Vielleicht eine junge, hübsche Chinesin?«

»Vielleicht«, klang es aus dem Hörer. Dann, nach einer unerträglich langen Pause, registrierte sie etwas Geheimnisvolles in seiner Stimme: »Vielleicht kann ich ein interessantes Projekt an Land ziehen. Stell dir vor Renate, ich stehe hier in Schanghai mit dem Geschäftsführer einer deutschen Firma in Verhandlungen. Martin hat mir den Kontakt vermittelt. Deshalb bin ich auch ständig unterwegs, aber nicht mit jungen Chinesinnen. Ich weiß gar nicht, wieso du überhaupt auf eine derartige Idee kommst.«

Renates Ärger war sofort wie weggewischt. Aus seiner Stimme hatte sie die Zuversicht herausgehört, die sie an ihm so liebte. Sie freute sich mit ihm und ließ sich noch ein wenig von Hella erzählen.

Gut gelaunt ging sie danach in die Küche und setzte die Kaffeemaschine in Gang. »Ich freue mich, dass mein erstes Enkelkind in China geboren wird«, teilte sie der Kaffeetasse in ihrer Hand mit und trank sie aus. Für sie war es jetzt höchste Zeit, unter die Dusche zu gehen.

Doch daraus wurde nichts. Das Telefon klingelte. Es war Otto, der aus London anrief. Renate holte sich aus der Küche eine weitere Tasse Kaffee und hörte ihm gespannt zu. Otto versprach, sich wieder zu melden, wenn er mit Bernd Tauber gesprochen hatte.

Nachdenklich behielt Renate das Telefon in der Hand und trat auf den Balkon. Das war kaum zu glauben, was Otto ihr gerade von Verena Bach berichtet hatte. Wie hatte das nur passieren können, dass sie sich einfach aus dem Staub machte? Sie musste unverzüglich mit René telefonieren. Am liebsten würde sie persönlich mit ihm in Gößweinstein sprechen, denn das Verhalten von Verena Bach wurde für sie immer bizarrer. Leider war bei ihm ständig besetzt, doch sie versuchte es weiter.

Von Charlottes Terrasse klang Lachen herauf, und Renate beugte sich ein wenig über das Balkongeländer. Betti und Lotti strapazierten wieder einmal ihr Lieblingsthema. Beide betätigten sich im gleichen Ehrenamt und gaben Deutschkurse für Migrantinnen.

Sie hörte Bettis vergnügte Stimme: »Lotti, bei der Familie Urzum gab es einen Durchbruch. Du weißt schon: Frau Urzum, die gern zum Deutschunterricht kommen will, aber ihr Mann ist dagegen. Deshalb bin ich letzte Woche bei den Urzums vorbeigegangen. Natürlich zu der Zeit, als Herr Urzum zu Hause war. Wohl oder übel musste er mich einlassen und ins Wohnzimmer bitten. Die beiden Töchter waren auch da. Die eine zwölf, die andere zehn Jahre alt. Intelligente Mädchen mit lupenreinem Deutsch, wie geschaffen für das Gymnasium.«

Lotti, die gerade am Verschluss einer Piccolo-Flasche drehte, unterbrach sie: »Bei den Mädels lässt du aber nicht locker. Die müssen in eine weiterführende Schule. Das hatten wir doch das letzte Mal schon besprochen.«

Betti nickte. »Ganz klar. Da bleibe ich am Ball. Aber wieder zurück zu ihrem Mann. ›Herr Urzum‹, habe ich gesagt, ›folgendes Problem ist mir von der Gynäkologin Ihrer Frau übermittelt worden. Sie sagte mir, dass sie es nicht möchte, wenn ein Mann bei der gynäkologischen Untersuchung dabei ist. Aber Ihre Frau versteht ja viel zu wenig Deutsch. Die Ärztin möchte auch kein Patientengespräch führen, das von Kindern gedolmetscht wird, falls Sie daran denken, Ihre Töchter zu schicken. Somit haben wir ein Problem, Herr Urzum. Entweder lernt Ihre Frau Deutsch, oder Sie müssen eine Dolmetscherin für die Arztbesuche bezahlen.‹«

»Darf ich raten, wie es ausgegangen ist?«, fragte Lotti und hob ihr Sektglas. »Er musste nur kurz nachrechnen, um zu wissen, dass er mit dem Deutschkurs wesentlich billiger wegkommt.«

»Richtig.« Auch Betti griff zum Glas.

Renate freute sich über Bettis gelungenen Schachzug. Ihre zwei »späten Mädchen« investierten wirklich viel Zeit und Energie in ihr Ehrenamt. Das gefiel ihr. Außerdem war es wesentlich sinnvoller, als in ihren Polizeiakten herumzuschnüffeln.

Gerade als sie erneut dabei war, Renés Nummer anzuwählen, läutete das Telefon. Es war René. Er war völlig am Boden zerstört über Verena Bachs Verschwinden. Renate hörte gelassen seiner Selbstzerfleischung zu. Von Jan Altinger war er bereits gehörig niedergemacht worden, deshalb sparte sie sich weitere Kommentare dazu. Sie verabredete sich mit ihm in einer guten Stunde in Gößweinstein.

Kaum hatte sie zu Ende gesprochen, tönte es von unten herauf: »Wir kommen mit. Das Wirtshaus von Verena Bachs Mutter steht im Schäufele-Führer. Das haben wir im Internet herausgefunden.«

»Kommt nicht in Frage. Das ist eine Dienstfahrt«, rief Renate und ging endlich duschen.

***

Nach dem Gespräch mit Renate wählte Otto die Nummer der Tauber-Schmuckgalerie in der Bond Street. Bernd Tauber war nicht anwesend, man verband ihn aber mit dessen Privatwohnung.

Tauber machte keineswegs einen überraschten Eindruck, als er hörte, dass ihn ein deutscher Polizeibeamter sprechen wollte. »Sicher geht es um den Mord an Bettina. Kommen Sie doch zu mir in meine Wohnung an den St. Katharine's Docks. Dort können wir in Ruhe sprechen.«

Damit war Otto einverstanden. Er beschloss aber, nicht allein hinzugehen, denn in England besaß er keine polizeiliche Befugnis. Ein kurzes Telefonat mit James Parker half ihm weiter. Ihm wurden zwei englische Kollegen geschickt, die ihn durch den dichten Londoner Verkehr chauffierten. Der Linksverkehr machte Otto nervös, deshalb war er froh, bereits zwanzig Minuten später vor der imposanten Wohnanlage aussteigen zu dürfen, in der Bernd Tauber sein Loft besaß.

An die inneren Hafenbecken grenzte ein Wall. Darauf bildeten die vierstöckigen Appartementhäuser eine Sichtgrenze zum Norden und zum Osten hin. Die oberen Wohnungen schienen fast nur aus Glasfronten zu bestehen. Otto war begeistert. Er kannte die Docks noch aus der Zeit, als sie ein ungeliebter Schandfleck in der City waren. So glanzlos war der wichtigste Warenumschlagplatz Londons, der Stolz des British Empires, in die Bedeutungslosigkeit versunken. Heruntergekommen, verwahrlost, eine Brutstätte für Kriminalität.

Der Aufzug, der ihn zusammen mit den beiden britischen Kollegen nach oben brachte, entließ sie direkt vor Bernd Taubers Wohnung. Der erwartete sie bereits in der geöffneten Tür.

Über zwei Etagen erstreckte sich das Loft. Otto konnte nicht anders. Er trat an das raumhohe Fenster und bewunderte das Panorama, das sich vor ihm auftat. Unten sah er die vier Hafenbecken, in denen Segelschiffe und Motorboote dümpelten. Alte, renovierte Speicherhäuser, die man zu Restaurants und Geschäften umgestaltet hatte, waren mit kleinen Brücken verbunden. Eine Brücke teilte sich und ließ ein Segelboot in eines der Hafenbecken einfahren. Autos und Fußgänger mussten so lange warten.

Beeindruckt wandte er sich zu Bernd Tauber um. »Donnerwetter. Das ist eine schöne Aussicht.«

»Ja, nicht wahr? Jeder ist von dem Ausblick überwältigt. Ich bin es ja auch, ich genieße jeden Tag hier in meiner Wohnung. Aber jetzt schauen Sie einmal nach rechts, die Themse entlang. Sie sehen die Tower Bridge, die Blackfriars Bridge und die Westminster Bridge. Ist das nicht grandios?«

Grandios war das richtige Wort. Otto rieb Zeigefinger und Daumen aneinander. Rund um den Globus war dieses Zeichen bekannt als Frage nach den Kosten. »Und wie sieht es damit aus?«

Bernd Tauber lachte gönnerhaft. »Zugegeben, da musste ich mein Sparschwein schon ordentlich plündern. Wenn Sie es interessiert, wo mein Geld hingekommen ist, dann schauen Sie mal da unten die schmucke kleine Jacht an. Die gehört Nick Burke, dem Halsabschneider. Vom Verkauf dieser Wohnung hat er sich die Jacht zugelegt, und den Rest verprasst er im süßen Nichtstun. Jemand hat erzählt, er soll jetzt als Reiseschriftsteller arbeiten.«

Ein bitterböser Ausdruck schlich sich in Bernd Taubers Augen. »Sagen Sie selbst, das ist doch keine Arbeit. Ich muss mich für jeden Euro krummlegen, während sich der einen faulen Lenz macht.«

Nick Burke, das war doch der Mann, der Verena Bach aus dem Wasser gerettet hatte, dachte Otto. Mit dem würde er auch sprechen, sobald es möglich war. Zunächst stand aber Bernd Tauber an, der war ihm einige Erklärungen schuldig. Otto warf einen letzten Blick aus dem Fenster und ließ sich neben den britischen Kollegen in einem Sessel nieder.

Bernd Tauber fragte, ob er ihnen etwas anbieten dürfe, einen Kaffee vielleicht oder einen klitzekleinen Schluck Whisky.

Die drei lehnten ab. Otto wartete, bis Bernd Tauber sich mit seinem Whisky zu ihnen setzte, und fragte: »Haben Sie Verena Bach dazu veranlasst, nach London zu kommen, obwohl Sie wussten, dass sie das nicht durfte?«

Bernd Tauber lehnte sich in seinem Sessel zurück und nickte. »Ja, ich konnte wirklich nicht länger warten. Das habe ich Ihrer Kollegin in Nürnberg auch klipp und klar erklärt. Ich bin kein Wohltäter und kein Kunstmäzen, ich bin Geschäftsmann. Verena Bach soll schon seit Monaten die illusionistische Wandgestaltung in unserem Londoner Geschäft vornehmen, aber bisher hatte sie nie Zeit. Ständig war sie für diesen Galeristen auf Ausstellungseröffnungen. Heute war der letzte Termin, den ich ihr noch einräumen konnte. Wissen Sie, im Frühling und Sommer ist London ein Besuchermagnet. Erst recht auch im Herbst, wenn die großen Ausstellungen in den Museen und Galerien eröffnet werden. Käufer von teurer Kunst interessieren sich nicht selten auch für edle Schmuckstücke.«

Otto sah ihn grimmig an. »Sie hatten selbst die Auflage, sich der Polizei für weitere Fragen zur Verfügung zu halten. Schon vergessen? Das wird für Sie Konsequenzen haben.«

Mit einer abfälligen Handbewegung ging Tauber darüber hinweg. »Ach kommen Sie. Wollen Sie mir drohen? Ich bin hergeflogen, um alles Wichtige mit ihr vor Ort durchzugehen und die entsprechenden Umräummaßnahmen in der Galerie zu beaufsichtigen. So ein Projekt muss gut geplant sein. Für heute Vormittag war vorgesehen, über die Entwürfe von Verena zusammen mit ihr zu entscheiden. Morgen sollen dann die einzelnen Arbeitsschritte festgelegt werden, damit sie am Montag mit dem Malen beginnen kann. Soll das etwa schon eine Straftat sein?«

Am liebsten hätte Otto diesen überheblichen Typen, der sich über alle Auflagen frech hinwegsetzte, abführen lassen. Er nahm sich aber zusammen und fragte mit scheinheiliger Miene: »Sie sagten, heute Vormittag hätten Sie zusammen mit Verena über ihre Entwürfe entscheiden wollen. Haben Sie das nicht?«

»Nein. Wer heute nicht kam, war das gnädige Fräulein. Und kein Wort der Entschuldigung. Im Hotel weiß auch niemand, wo sie ist. Nichts, rein gar nichts habe ich heute von ihr gehört. Das ist doch mein Problem.« Taubers Mundwinkel zogen sich missvergnügt nach unten. »Ich sage Ihnen, die Arbeit mit Künstlern, ob das nun Goldschmiede oder Maler sind, gestaltet sich schon mühselig. Für mich als Geschäftsmann, der seine Termine sorgfältig einhalten muss, ist das schwer erträglich.«

»Wann haben Sie zuletzt mit ihr gesprochen?«

»Gestern Abend. Da war sie bei mir. Sie war genauso hingerissen von meiner Aussicht wie Sie.«

»Hat Verena Bach zusammen mit Ihnen etwas gegessen oder getrunken?«

Bernd Taubers Mund verzog sich zu einem breiten Grinsen. »Aber sicher. Sie kam halb verhungert in London an. Wir waren zuerst unten beim Italiener, und dann haben wir in meiner Wohnung noch eine Flasche Wein geköpft. Junge Frauen wie Verena Bach vertragen schon einiges. Haben Sie eine Ahnung, was die Wände dieses Lofts schon alles gesehen haben?«

»Nein.«

Selbstgefällig fuhr Tauber fort: »Mit dem Anstieg des Alkoholspiegels steigt die Willfährigkeit. Die Damen werden ausgesprochen großzügig. Sie verstehen schon, was ich meine.«

Nun ließ sich Otto doch zu einer interessierten Nachfrage herbei: »Gehören dazu auch Fesselspielchen mit Handschellen?«

Tauber sah ihn prüfend an. »Warum nicht?«, erwiderte er schließlich. »Wir sind alle erwachsene Leute.«

»Wann haben Sie Verena Bach die K.-o.-Tropfen verabreicht?«

»Wie bitte, K.-o.-Tropfen?« Bernd Tauber wurde blass. »Wofür halten Sie mich denn?« Wütend sprang er auf. »Sie glauben doch nicht, dass ich solche Manöver nötig habe. Ausgerechnet ich vom Juweliersimperium Tauber! Ich muss nur mit dem kleinen Finger winken, schon legen sich die Weiber flach, das können Sie mir glauben.« Ein wachsamer Ausdruck trat in seine Augen. »Warum stellen Sie mir so seltsame Fragen? Verena Bach ist doch gut heimgekommen, oder? Sie musste nur die wenigen Schritte zum Guoman-Hotel hinübergehen.«

»Dort ist sie nicht angekommen. Sie wurde letzte Nacht kurz vor dem Ertrinken von einem gewissen Nick Burke aus dem Hafenbecken gefischt, und zwar geknebelt und mit Handschellen gefesselt, direkt auf Höhe Ihrer Wohnanlage. Nach unseren Ermittlungen und der Aussage von Frau Bach waren Sie der Letzte, mit dem sie zusammen war. Darüber möchte ich gern mehr erfahren.«

Fassungslos starrte Bernd Tauber Otto an. »Verena Bach geknebelt und gefesselt im Hafenbecken? Und Sie glauben tatsächlich, ich hätte damit etwas zu tun?«

Otto erwiderte ruhig den Blick. »Ja. Sie war ebenso mit K.-o.-Tropfen und Taxin abgefüllt wie Ihre Cousine Bettina und Laura Berger. Uns stimmt das nachdenklich, zumal Sie zu keiner der mutmaßlichen Tatzeiten ein Alibi haben. Oder haben Sie doch eines für heute Morgen, sagen wir mal zwischen eins und zwei?«

»Gegen eins ging Verena, ab da war ich allein. Aber fragen Sie lieber mal nach dem Motiv.«

»Das haben wir schon, Herr Tauber. Zumindest im Fall Ihrer Cousine zeichnet sich deutlich ein Motiv ab. Ihr Tod bringt Ihnen nur Vorteile. Vom Geschäftsführer steigen Sie endlich zum Inhaber des Tauberimperiums auf.«

Otto beobachtete Taubers Reaktion und sah, wie es in ihm kochte. Die Geschäftsführerposition schien der ewige Stachel in seinem Fleisch zu sein. Darauf wollte er nicht angesprochen werden. Er hatte tatsächlich das stärkste Tatmotiv. Aber wie passte dazu Laura Bergers Ermordung? Auch der Anschlag gegen Verena Bach mit diesen Spielzeughandfesseln ließ ihm keine Ruhe. Deshalb bat er: »Zeigen Sie uns bitte die Handfesseln, die Sie bei Ihren erotischen Spielchen verwenden.«

In Bernd Taubers Augen flackerte die nackte Wut. »Hören Sie, das geht Sie gar nichts an. Das ist meine Privatsache.«

»Bei Mord und versuchter Tötung gibt es keine Privatsache mehr.

Machen Sie schon. Ansonsten stellen meine britischen Kollegen hier alles radikal auf den Kopf.«

Bernd Tauber führte ihn zähneknirschend in sein Schlafzimmer und zog die unterste Schublade der Kommode auf, die neben dem Bett mit den zerwühlten Decken stand.

Otto nahm seinen Kugelschreiber aus der Jackentasche und sortierte damit den Inhalt, ohne ihn zu berühren. Einige mit Plüsch verbrämte Handfesseln in schreiendem Rot, grellem Gelb und leuchtendem Türkis und ein Paar im Leopardenfellmuster, andere, die Polizeihandschellen täuschend ähnelten, ein ledernes Streichelpeitschchen und andere Utensilien, für deren Gebrauch Otto die Phantasie fehlte. Einen Gegenstand, der ein wenig wie das Kuchenrädchen seiner Mutter aussah, betrachtete er mit mehr Interesse. Statt eines gewellten Rädchens besaß das Ding gleich drei davon, die aber mit nadelspitzen Stacheln besetzt waren. Gleichgültig, über welche Körperstelle man damit fuhr, eines war gewiss: Es würde höllisch wehtun.

»Ist das Ihr gesamtes Sortiment an Handschellen?«

»Nun, ich kenne Ihre erotischen Vorlieben nicht, Herr Kriminaloberrat. Was vermissen Sie denn?«

Otto überhörte Taubers Spott und antwortete: »Zum Beispiel mit Strasssteinen verzierte Handschellen.«

»Ach, Sie bevorzugen die exklusive Variante. Davon habe ich auch ein Paar. Suchen Sie nur.«

»Das wird die britische Kriminaltechnik für mich übernehmen, Herr Tauber. Verena Bach trug nämlich Handfesseln von dieser exklusiven Ausführung, als sie aus dem Hafenbecken gerettet wurde. Wir brauchen Ihre Fingerabdrücke. Deshalb werden Sie uns jetzt begleiten.«

Otto informierte die englischen Kollegen über den Inhalt des Gesprächs, das er soeben mit Bernd Tauber auf Deutsch geführt hatte. Er kam mit ihnen überein, dass nun die vorläufige Festnahme von Tauber notwendig war.

Außer sich vor Wut brüllte Bernd Tauber auf dem Weg zum Polizeifahrzeug: »Das hat Konsequenzen. Ich wende mich an die Deutsche Botschaft in London und reiche gegen Sie Klage ein, Sie dreckiger, kleiner Polizist.«

Als er wahrnahm, dass dazu niemand auch nur die Miene verzog, wurde er still und starrte finster vor sich hin. Die halbe Nachbarschaft hatte feixend zugesehen, wie er von der Polizei durchs Haus eskortiert wurde. Was für eine Demütigung. Das hatte er nur diesem überheblichen Fechter in seinem ausgebeulten Trachtenanzug zu verdanken. Der vermasselte ihm alles. Dieses widerliche Polizistenschwein. Er sah erneut vor sich, wie der Kerl in seiner erotischen Schublade rumgewühlt hatte. Aufgegeilt hatte er sich dabei. Da war er sich sicher. Dabei hätte alles bestens laufen können. Nichts wäre an ihm hängen geblieben. Hoffentlich hielt Verena den Mund.

Otto verfolgte gelassen Bernd Taubers Abtransport. Er fuhr nicht mit, denn er hatte anderes zu tun.

Zunächst würde er Renate anrufen, um ihr einen weiteren Zwischenbericht zu geben. Danach stand ein Gespräch mit Nick Burke an.

VIERZEHN

Renate inspizierte ihr Schuhsortiment und entschied sich für ein Paar mit Blockabsätzen. Wer wusste schon, zu welchen Wanderungen sie in Gößweinstein gezwungen sein würde. Da war es besser, bequeme Schuhe zu tragen. Sie warf sich ihre Tasche über die Schulter und schlich leise die Treppe hinunter, damit Betti und Lotti nichts mitbekamen.

Als sie die Autotür aufsperren wollte, fiel ihr Blick durch die getönten Scheiben ins Wageninnere. Wie hineinzementiert saßen Betti und Lotti nebeneinander auf der Rückbank.

Lotti ließ die Seitenscheibe einen winzigen Spalt herunter und sagte: »Uns kriegst du hier nicht heraus. Wir fahren mit. Stell dich also nicht so an und steig ein.«

Renate schob sich wortlos hinters Steuer und lenkte das Auto auf die Straße. Es war doch immer das Gleiche mit den beiden.

Der Samstagsverkehr war dünn, deshalb kam sie zügig voran. Sie hätte gern in Ruhe weiter über ihr Gespräch mit Barbara Engel nachgedacht, doch das war schwierig mit der gesprächigen Begleitung auf der Rückbank. Die konnten sich einfach nicht darüber einigen, wer diesmal mit dem Gutscheinbon für »Zweimal essen – einmal zahlen« aus dem Wirtshausführer an der Reihe war.

Renates Handy klingelte und sie schaltete auf die Freisprechanlage um. Es war Otto mit seinem Zwischenbericht zu Bernd Taubers Befragung.

»Moment bitte, Otto.« Sie fixierte Betti und Lotti im Rückspiegel. »Ihr haltet augenblicklich den Mund und haltet euch die Ohren zu. Das ist ein dienstliches Gespräch.«

»Wo bist du?«, wollte Otto wissen.

»Auf dem Weg nach Gößweinstein. Ich treffe mich dort mit René Frank.«

»Aber wer fährt denn da mit?«

»Wer wohl, deine Mutter und meine Schwiegermutter. Ich habe die zwei nicht aus dem Auto herausgekriegt.«

»Da gibt es nur eines: Fahr die nächste Polizeiinspektion an und lass sie wegen Störung des Rechtsfriedens in Handschellen abführen.«

Schade, dass das Handy keine Bilder übermittelte, sonst hätte Otto Lottis Stinkefinger sehen können und den Vogel, den ihm Betti zeigte.

Renate verbannte die lästigen Mitfahrerinnen aus ihren Gedanken und konzentrierte sich auf Ottos Bericht über Verena Bachs Besuch bei Bernd Tauber.

Immer wieder schüttelte sie erstaunt den Kopf. Wie es aussah, konnte Tauber tatsächlich mit dem Anschlag gegen Verena Bach zu tun haben. Am Ende hatte er sie ganz bewusst nach London gelockt, um sie dort umzubringen. Pech für ihn, dass es nicht funktioniert hatte. Aber welches Motiv könnte er haben? Wobei stand sie ihm im Weg?

Als Otto nichts mehr sagte, fragte sie: »Otto, bist du noch dran?«

»Ja, aber nur noch kurz. Ich will mit dem Mann sprechen, der Verena Bach aus der Themse gefischt hat. Was gibt es?«

»Denk doch mal darüber nach, ob Barbara Engel einen finanziellen Vorteil aus dem Tod der Eibenmalerinnen ziehen könnte.«

»Mach ich. Übrigens habe ich den Kollegen, die ich auf Kumarow angesetzt habe, gesagt, sie sollen dir berichten, wenn sich Neuigkeiten ergeben. Und du stauchst den René Frank ordentlich zusammen. Eine Personenbewachung hat für mich anders auszusehen.«

Renate versprach ihm das und schaltete das Handy ab.

***

Otto lehnte sich auf der Bank vor den Hafenbecken der St. Katherine's Docks zurück und grübelte über zweierlei nach. Zum einen kochte es in ihm, wenn er an die Unterredung mit dem überheblichen Bernd Tauber dachte. Zum anderen ließ ihm Barbara Engels Verschuldung keine Ruhe. In welche Richtung er auch überlegte, er kam zu keiner vernünftigen Schlussfolgerung.

Direkt vor ihm schaukelte träge die »Piccola Stella«. Nick Burkes Segelschiff. Dafür hatte er Bernd Tauber die Wohnung verkauft und zusätzlich für sich einen beachtlichen Geldbetrag erworben, der ihm das Leben versüßte. Ein schönes Boot. Otto schätzte es auf etwa achtzehn Meter Länge. An Deck war ein Mann in eine Zeitung vertieft. Höchstwahrscheinlich Nick Burke.

»Herr Burke, kann ich Sie sprechen?«, rief er zum Schiff hinüber.

Der Mann hob verwundert den Kopf. »Wozu?«

»Fechter ist mein Name. Deutsche Polizei. Ich hätte ein paar Fragen an Sie.«

Burke faltete sorgfältig die Zeitung zusammen und lehnte sich an die Reling. »Na, dann kommen Sie mal über den Steg. Aber haken Sie die Absperrkette bitte wieder hinter sich zu.«

Otto gelangte mit einem letzten langen Schritt an Bord und sah zu, wie Nick Burke einen weiteren Klappstuhl an ein rundes Tischchen stellte. Er wies sich aus und gab Burke die Hand. »Schön, dass Sie sich für mich Zeit nehmen. Sie sind doch der Retter von Verena Bach. Dazu hätte ich einige Fragen.«

»Jetzt nehmen Sie erst einmal Platz. Im Sitzen redet es sich leichter. Was möchten Sie trinken? Kaffee, Tee, Wasser, Whisky?«

Otto entschied sich für Kaffee und Wasser. Erstaunt verfolgte er, wie Burke an die Reling trat und mit zwei Fingern einen schrillen Pfiff ausstieß.

Unmittelbar danach kam ein Kellner mit langer weißer Schürze aus dem gegenüberliegenden Café und blickte fragend herüber.

»Zwei Kaffee, zwei Wasser, zwei Sandwiches«, rief ihm Burke zu.

Der Kellner nickte und verschwand.

»Zweckmäßiger Service, ein Pfiff genügt. Das lass ich mir eingehen.« Otto grinste anerkennend und unterzog Nick Burke einer kurzen Musterung. Mittelgroß, sportlich und graue Strähnen im blonden Haar. Dabei entging ihm nicht, dass auch er sorgfältig in Augenschein genommen wurde.

Über Nick Burkes Gesicht glitt ein amüsiertes Lächeln, als sein Blick an Ottos Trachtenjanker hängen blieb. »Sie sind aus Bayern, man sieht's. Ein schönes Land. Trotzdem habe ich mir erlaubt, für Sie ein Sandwich mitzubestellen. Mit Leberkässemmeln oder Weißwürsten kann ich Ihnen hier leider nicht dienen. Aber wie geht es denn der jungen Frau?«

»Sie ist auf dem Weg der Besserung. Das hat sie Ihnen zu verdanken. Sie haben sie gerade noch rechtzeitig aus dem Wasser gezogen. Würden Sie mir bitte noch einmal genau erzählen, wie Sie Frau Bach aufgefunden haben?«

Otto hörte aufmerksam zu und nickte am Ende zufrieden. Burkes Bericht deckte sich haargenau mit den Informationen, die er von James Parker erhalten hatte. Aber eines ließ ihm keine Ruhe, deshalb fragte er danach. »Was dachten Sie, als Sie sahen, dass die Frau geknebelt und gefesselt war?«

»Was wohl? Wer denkt sich so eine Gemeinheit aus?«

»Noch eine Frage: Wie Sie sicher gesehen haben, waren das Handfesseln, die man selbst aufmachen kann. Glauben Sie, Frau Bach hätte sich selbst befreien können?«

Im höchsten Maße verwundert schaute Burke Otto in die Augen. »Ehrlich gesagt, habe ich mir dazu noch keine Gedanken gemacht. Warten Sie mal, der Kaffee kommt.« Er trat an die Reling und nahm dem Kellner das Tablett ab.

Während Burke mit dem Kellner verhandelte, gestattete sich Otto einen Rundblick über die Hafenbecken. Rechts schaute er direkt auf das »Dickens Inn«. Das alte Holzgebäude mit den buckligen Dielenböden und den knarrenden Treppen beeindruckte ihn seit jeher. Wie viele schöne alte Bauwerke hier noch stehen könnten, wenn die Umstrukturierung der Docks nicht gar so brachial vonstatten gegangen wäre! Hier in Wapping, in den St Katharine's Docks, hatten die Bausünden ihren Anfang genommen. Nur wenige Gebäude wurden liebevoll restauriert. Die aber verliehen nun dem ganzen Areal einen unverwechselbaren Charme.

»Ihr Kaffee wird kalt.«

Otto registrierte das amüsierte Lächeln von Nick Burke. Wie lange er wohl schon vor sich hin sinniert hatte? Erfreut nahm er zur Kenntnis, dass der Kaffee in hohen Tassen serviert wurde, denn mit den To-Go-Pappbechern konnte er sich nicht anfreunden. Er trank grundsätzlich keinen Kaffee im Gehen. Doch dann besann er sich wieder auf seine Frage.

»Hätte Frau Bach sich notfalls selbst von den Handfesseln befreien können? Ich wüsste gern Ihre ehrliche Meinung dazu.«

Burke schob sich ein Stückchen von dem Sandwich in den Mund und kaute nachdenklich darauf herum. Endlich antwortete er: »Unter normalen Umständen wäre das tatsächlich möglich. Bei ihr glaube ich es aber nicht. Sie machte einen vollkommen abwesenden Eindruck auf mich, als ich sie aus dem Wasser zog. So, als ob sie unter irgendwelchen Medikamenten oder Drogen stünde.«

»Das tat sie. Man konnte bei ihr K.-o.-Tropfen nachweisen.« In Ottos Augen genügte diese Information. Es war nicht nötig, auch noch das Taxin zur Sprache zu bringen.

Burke zog scharf die Luft ein. »K.-o.-Tropfen also. Das ist wohl das Mieseste, was man sich vorstellen kann. Im Grunde genommen hätte man sie dann gar nicht fesseln müssen, sie wäre so oder so ertrunken, wenn ich sie nicht herausgeholt hätte.«

»So gesehen, haben Sie recht.«

Über seine Tasse hinweg blickte Otto zu der Wohnanlage oberhalb der Hafenbecken und fragte: »Ihre Wohnung liegt ganz nah bei der von Bernd Tauber, nicht wahr?«

»Leider ja.« Burkes Mundwinkel sanken abfällig nach unten. »Wenn ich gewusst hätte, was ich mir mit diesem Tauber einhandle, hätte ich ihm niemals meine Wohnung verkauft. Mit dem gibt es nur Scherereien.«

»Ach was.« Ottos Interesse wuchs. »Was macht er denn so, der Herr Tauber?«

Burke schluckte einen weiteren Bissen von seinem Sandwich hinunter. »Vor etwa einem Jahr habe ich Bernd Tauber die Wohnung verkauft. Sie wurde mir buchstäblich aus den Händen gerissen, das können Sie mir glauben. Die Kaufbewerber standen Schlange. Ich habe mich schließlich für Tauber entschieden. Der akzeptierte von Anfang an den Preis und versuchte erst gar nicht zu handeln. Außerdem, so dachte ich es mir jedenfalls, sind die Deutschen zuverlässige Geschäftspartner. Die zahlen pünktlich.«

Der bittere Unterton, der da mitschwang, überraschte Otto. »Das will ich doch hoffen. Meines Wissens lebt Herr Tauber in besten Vermögensverhältnissen.«

»Das dachte ich auch.« Burke begutachtete den Kaffee in seiner Tasse. »Tauber hat sich gebärdet wie ein Multimillionär, dem es auf eine Million Pfund hin oder her nicht ankommt. Er, der Herr Juwelier mit seinem Schmuckimperium. Und dann musste ich den letzten hunderttausend Pfund über neun Monate lang hinterherrennen. Von einem momentanen Engpass hat er immer wieder gefaselt. So einer ist das.«

So, so, der Tauber hatte einen finanziellen Engpass. Für eine Wohnung in der Lage musste man mindesten zwei Millionen Pfund hinlegen. Der Verdacht erhärtete sich mehr und mehr, dass der Tod seiner Cousine für Tauber ein ausgesprochener Glücksfall gewesen sein musste.

In Ottos Gedanken hinein sagte Burke: »Schuld ist sein Lebensstil. Das Weiße-Nasen-Syndrom.« Zur Verdeutlichung fuhr er mit dem Zeigefinger unterhalb seiner Nase entlang.

»Er kokst?« Das war Otto neu.

»Und die Frauen.« Burke starrte unwillig vor sich hin. »Bernd Tauber und die Frauen. In dieser Wohnanlage hier hat er sich bereits zur Legende hochgevögelt, wenn ich das so drastisch benennen darf.«

Er durfte. Otto nickte zustimmend und dachte an den Eindruck, den er selbst von Tauber gewonnen hatte. Ein unangenehmer Typ. Renate, der er besonders eindrucksvoll den seriösen Geschäftsmann vorgespielt hatte, war zum gleichen Ergebnis gekommen. Deshalb hörte er mit außerordentlich großem Interesse Burkes weiterem Bericht zu.

»Das sage ich Ihnen, uns graust es jedes Mal, wenn er in London wieder sein Liebeslager aufschlägt. Für mich ist es besonders peinlich. Jeder weiß, dass ich ihm die Wohnung verkauft habe. Die vorwurfsvollen Blicke. Das Augenverdrehen. Hier wohnen nur gediegene Leute. Die haben eine Menge Geld investiert und möchten ihre Ruhe haben.«

Otto dachte darüber nach und fragte geradeheraus: »Herr Burke, was glauben Sie? Könnte Tauber hinter dem Mordanschlag auf Verena Bach stecken?«

»Schwer zu sagen.« Burke kratzte sich am Kopf. »Dass sie sich in der Tauber-Wohnung aufgehalten hat, kann ich mir allein aufgrund der Handschellen gut vorstellen. Aber ob er sie geknebelt und gefesselt ins Wasser geworfen hat, kann ich beim besten Willen nicht sagen.«

»Würden Sie es ihm zutrauen?«

Mit einem abschätzenden Blick auf Otto fuhr Burke sich nachdenklich übers Kinn. »Wissen Sie, wenn einer von den Wohnungsnachbarn mich das fragen würde, wäre ich sofort dabei, mit Ja zu antworten. Aber Sie sind von der Polizei. Ich will niemandem was anhängen. Deshalb sage ich nur, was ich mit eigenen Augen immer wieder gesehen habe: Mädchen, die sich im Vorgarten Alkohol und Drogen aus dem Leib kotzten. Erbarmungswürdig. Einmal lief auch ein Mädchen halb nackt und mit Handschellen weinend aus Taubers Wohnung. Eine große Hilfe bin ich Ihnen damit wohl nicht, oder?«

»Oh doch. Ich habe Sie schon verstanden, gut sogar. Sie sind Reiseschriftsteller, wurde mir gesagt. Wohin geht denn die nächste Reise?«

»Diesmal schippere ich die französische Küste entlang. Morgen geht es los.«

Otto bedankte sich für die Einladung zum Kaffee und wünschte Burke viel Glück auf seiner Reise. An der Kaimauer drehte er sich noch einmal um. Burke stand an der Reling und winkte ihm einen Abschiedsgruß zu. Ein wenig beneidete er ihn. Morgen segelte er seiner großen Freiheit entgegen.

Otto suchte ein Café mit vollem Blick zur Tower Bridge auf. Zum Nachdenken liebte er es, dem Fließen des Wassers mit den Augen zu folgen. In ein paar Stunden ging bereits sein Flieger. Welche Erkenntnisse brachte er nach München mit?

Sein Blick folgte den Ausflugsschiffen, die langsam unter der Tower Bridge hindurchglitten und in Richtung Westminster ihren Weg fortsetzten. Rechts konnten die Passagiere nun die burgartige Festung des Towers bewundern. Die Burganlage mit ihrer Vielzahl von Türmchen stammte aus dem 11. Jahrhundert. Dann ging es weiter den Fluss entlang bis zur Westminster Bridge, wo sie auf der linken Uferseite das London Eye beeindrucken würde, das zurzeit größte Riesenrad der Welt. Seine filigrane Konstruktion überragte deutlich die ehrwürdige County Hall.

Otto liebte London, auch wenn er immer etwas zum Nörgeln fand. Sein letzter Londonbesuch war ausschließlich der Frieze Art Fair gewidmet gewesen. Ein Ereignis, das er sich in keinem Jahr entgehen ließ. Die Ausstellung betrat man durch ein aus drei Säulen errichtetes Tor, das von Hunderten von Glühlampen beleuchtet wurde. Bereits ab da stellte sich bei ihm eine weihevolle Stimmung ein.

Das weiträumige weiße Zelt im Regent's Park nahe der Marylebone Road bot Raum für rund hundertsechzig Galerien. Zu viel für einen Tag. Deshalb buchte Otto immer für drei Tage. Das brauchte er, denn er besuchte auch die Fachdiskussionen. An dem Geschiebe und Gedränge nahm er keinen Anstoß. Das musste so sein.

Was war ihm im letzten Jahr aufgefallen? Die Börsenkrachinstallation: ein Papierkorb und schwarze Bänder mit Leuchtschrift. Die mit »Börsenkurse« beschriebenen Bänder liefen direkt in den Papierkorb. Das lockte ihm heute noch ein anerkennendes Lächeln ab. Manche Künstler hatten wirklich witzige Ideen.

Als er aber an die Knopfbilder dachte, mit denen sich Dubai präsentiert hatte, konnte er nur den Kopf schütteln. Gelbe, hellblaue und rosafarbene Knöpfe fügten sich zu den Kinderfiguren Teddy, Ente und Puppe zusammen. Nach diesen kindischen Bildern wäre er damals fast gegen eine grüne Wand gerannt. Das Bild im Baum. Eine Baumkrone, schachbrettartig in unterschiedlichen Grüntönen gerastert, gab erst auf den zweiten Blick einen Menschenkopf frei. Dessen Rasterung fügte sich nahtlos in das Laubwerk ein. Otto hatte das Acrylbild auf Anhieb gemocht, doch das Format war ihm zu groß. Sonst hätte er sich sofort nach dem Preis erkundigt.

Die fünf quadratischen, sehr ähnlichen Bilder kamen ihm wieder in den Sinn, die er aus der Nähe betrachtet hatte. Vogelscheiße. Wirklich und wahrhaftig Vogelscheiße. Ein Blick auf die Bildtitel hatte seine düstere Vermutung bestätigt: »Schwalbenexkremente«. Sorgfältig gerahmt und in fünffacher Ausfertigung. Dabei hatte er geglaubt, die Kack- und Ekelwelle wäre nun endgültig verebbt. Andererseits hatte er aber auch beobachtet, dass bei Sotheby's mit eingedoster Künstlerscheiße immer noch erstaunliche Auktionserlöse zu erzielen waren. Mussten die jungen Künstler neuerdings wieder auf Fäkalkunst zurückgreifen?

Otto bevorzugte seit Jahren die narrative Kunst, eine Kunst, in der die Bilder ganze Geschichten erzählten. Jörg Immendorf war für ihn ein Meister des detaillierten Erzählens. Im letzten Jahr waren Ottos Augen jedoch wie magisch von einem kleinformatigen, quadratischen Bild angezogen worden, ein Gemälde, in das er sich sofort verliebte. Ein Frauenkopf, ausschließlich in unterschiedlichen Grüntönen gemalt, mit lockeren, schwungvollen Pinselstrichen. Unruhige blaustichige Schatten tanzten über das Gesicht. Wie er vermutet hatte, gab es ein Bild hinter dem Bild. Ein Schritt zur Seite, und über der Frauenschulter tat sich eine ruhige Waldlandschaft auf, die er mit den Augen durchwandern konnte. Er hatte damals die achttausend Pfund, die für das Gemälde verlangt wurden, bar auf den Tisch gelegt und damit sämtliche Mitinteressenten aus dem Rennen gefegt.

Der Kaffee war mittlerweile kalt geworden. Otto riss sich aus seinen stillvergnügten Betrachtungen über die Frieze und blickte auf die Uhr. Es wurde höchste Zeit, zu James Parker zurückzukehren.

Während er sich von der alten U-Bahn kräftig durchrütteln ließ, fiel ihm ein weiteres Exponat der Frieze ein, das ihm ins Auge gefallen war. Eine aufgeklappte Schachtel, hochkant aufgestellt und mit Goldbronze überzogen. Eine Installation. Sechshundert Pfund hätte man dafür ausgeben sollen. Aber wofür? Für die Idee? Stand da überhaupt eine Idee dahinter?

Die Fettecke. Unwillkürlich schob sich in Ottos Gedanken die Erinnerung an Joseph Beuys' Fettecke. Im April 1982 ließ der Künstler in seinem Atelier in der Düsseldorfer Kunstakademie in einer Raumecke fünf Kilogramm Butter anbringen. Vier Jahre durfte die Butter dort verbleiben. Doch dann wurde die Fettecke entfernt. In der Kunstwelt gab es einen Aufschrei. Otto hatte in Erinnerung, dass eine übersorgfältige Putzfrau für diesen Kunstfrevel verantwortlich gewesen war.

Seine Zugehfrau hätte es ebenso gemacht, sie war äußerst gründlich. Spätestens an Ostern hätte sie die vergoldete Schachtelinstallation entsorgt gehabt. Mit den Worten »Ich hab mal den Weihnachtskram weggeschmissen« hätte sie stolz den Vollzug gemeldet.

Von James Parker wurde Otto bereits ungeduldig erwartet. Er hatte für ihn mehrere Neuigkeiten parat. Der junge Nichtsnutz von Fälscher hatte seine Tat gestanden und dazu bittere Krokodilstränen vergossen. Mit Bernd Tauber sah es dagegen anders aus. Der stritt seit Beginn der Befragung vehement ab, Verena Bach geknebelt und gefesselt ins Hafenbecken geworfen zu haben. Einige der Fingerspuren, die sie auf den mit Strasssteinen verzierten Handfesseln isolieren konnten, stimmten mit seinen überein. Sie waren allerdings zum Teil von anderen überlagert. Möglicherweise hatte Nick Burke bei Verena Bachs Rettung Spuren hinterlassen. Dem würden sie noch heute nachgehen müssen.

Otto hörte James wortlos zu. Als dieser endete, fragte er: »Und was glaubst du?«

Nachdenklich kaute James auf seiner Unterlippe herum. »Nach allem, was mir die zwei Kollegen, die dich zu Tauber begleiteten, erzählt haben, würde ich es ihm sehr wohl zutrauen. Du hast sie ja über das Befragungsergebnis auf Englisch informiert. Bis morgen halten wir ihn bei uns fest, das geht ohne großen Aufwand. Vielleicht wird er bis dahin gesprächiger. Auf dich wartet aber noch ein Problem.«

»Ach ja?« Erstaunt blickte Otto James an.

»Verena Bach. Heute Nachmittag hat eine meiner Kolleginnen sie im Hospital besucht, um von ihrer Aussage ein Protokoll anzufertigen. Kurzum: Sie will sofort nach Deutschland. Man würde sie auf ihre eigene Verantwortung heute schon gehen lassen, wenn sie sich an die ärztlichen Anordnungen hält.«

Verwundert schüttelte Otto den Kopf. »Das erstaunt mich. Sie will also auf eigene Verantwortung heimfliegen. Und was ist mit dir, James, brauchst du sie nicht noch für weitere Befragungen? Immerhin ist der Anschlag gegen sie hier in London passiert.«

Parker griff zu einem Kugelschreiber aus dem Stiftesortiment neben seinem Computer und drehte ihn grübelnd in den Fingern. »Natürlich habe ich mir dazu Gedanken gemacht und die Vor- und Nachteile abgewägt. Aber weißt du, Otto, wir haben ein sehr detailliertes Protokoll ihrer Aussage. Das genügt uns vorerst. Damit können wir Bernd Tauber ordentlich einheizen. Von mir aus kann sie mit dir zurückfliegen.«

»Mit mir?«

Diese Überraschung musste Otto erst einmal verdauen. Misstrauisch kniff er die Augen zusammen und überlegte, was James tatsächlich damit bezweckte. Na klar: Er wollte bei Verena Bach nicht den Aufpasser spielen. Falls weitere Anschläge auf sie zu erwarten waren, dann sollten sie gefälligst in Deutschland passieren. Dieser schlaue Fuchs. Im Grunde seines Herzens konnte er es ihm aber nicht verdenken. Wahrscheinlich würde er in der gleichen Situation ähnlich handeln. Er schaute über den Schreibtisch zu James, der eine so vollkommen neutrale Miene aufsetzte, dass jeder Pokerspieler ihn darum beneiden würde, und lachte.

»James, ich habe dich schon verstanden. Selbstverständlich erlöse ich dich von deiner Verantwortung für Verena Bach und nehme sie mit. Ich denke, es ist auch sehr wichtig für uns herauszufinden, weshalb sie sich ständig selbst in Gefahr bringt. Diese Verena Bach steckt voller Widersprüche.« Otto dachte kurz nach und fragte: »Wie kommt sie denn zum Flugzeug?«

»Das ist alles schon geregelt. Zwei Polizistinnen helfen ihr beim Packen ihrer Sachen im Hotel und bringen sie zum Flughafen. Für dich wird es übrigens auch langsam Zeit. In zwei Stunden geht der Flieger. Ich fahr dich hin, das ist doch Ehrensache. Gib mir eine Minute. Ich muss meinen Mitarbeitern Bescheid sagen.«

Unter der Tür drehte sich Parker noch einmal um und sagte: »Als ich das Befragungsprotokoll von Verena Bachs Aussage las, kam mir eine Frage in den Sinn: Warum wollte sie ausgerechnet diese Schmuckfiliale künstlerisch ausgestalten? Sie hätte doch ihre Kunst als passionierte Eibenmalerin auch den wunderbaren englischen Eibenlabyrinthen widmen können. Ganz spontan fallen mir dazu gleich die in Sussex ein.«

Otto wusste darauf keine Antwort und zuckte nur mit den Schultern.

Während er auf Parkers Rückkehr wartete, nutzte er die Zeit und rief Renate an. Er unterrichte sie kurz über die neue Sachlage und bat sie, jemanden zu organisieren, der Verena Bach um achtzehn Uhr vom Münchner Flughafen abholte und nach Gößweinstein brachte.

***

Renate hätte das Hotel Eibenklause auf Anhieb selbst gefunden. Sie brauchte nur den Hinweisschildern nachzufahren. Aber ihre beiden Mitfahrerinnen auf der Rückbank waren da offensichtlich anderer Meinung. Wie wild fuchtelten sie mit den Händen vor ihren Augen herum und riefen ihr zu, in welche Richtung sie abzubiegen hatte. Betti brüllte ins linke Ohr und Lotti ins rechte.

Erschöpft bog Renate in den Hotelparkplatz ein und sah René Frank schon aus der Ferne an seinem Auto lehnen. Sie parkte neben ihm und hatte noch nicht den Zündschlüssel aus dem Schloss gezogen, als schon die hinteren Türen ihres Autos aufgemacht wurden.

Lotti und Betti stiegen aus. Gleich darauf riss Lotti die Fahrertür auf und schaute Renate eindringlich an. »Hör zu, ab jetzt kennen wir uns nicht mehr. Gößweinstein ist ein kleiner Ort, da macht es einen äußerst schlechten Eindruck, mit der Polizei gesehen zu werden. Das verstehst du doch.«

»Schaltet aber wenigstens das Handy an, damit ich euch erreiche, wenn ich zurückfahre. Andernfalls lasse ich euch hier. Dann könnt ihr selbst zusehen, wie ihr nach Nürnberg zurückkommt«, rief Renate den beiden hinterher, die sich bereits zielstrebig auf den Weg zur Gaststube machten.

Betti, die den Wirtshausführer wie eine Kriegstrophäe in der Hand hielt, drehte sich um und winkte ihr damit zu. »Machen wir. Du darfst uns auf keinen Fall hier zurücklassen. Wir haben kein Nachthemd und keine Zahnbürste dabei und auch keine Unterhose zum Wechseln.«

René Frank hatte alles staunend verfolgt und verzog das Gesicht zu einem mitfühlenden Grinsen. »Die Familie hat es schon in sich, oder?«

»Das kann man sagen.«

Renate atmete tief durch und musste sich erst einmal gedanklich sammeln. Sie sah sich auf dem Parkplatz mit den wenigen abgestellten Autos um, musterte den Hotelneubau, der Wand an Wand mit dem schönen alten Fachwerkgebäude des ursprünglichen Wirtshauses stand, und wandte sich endlich René zu.

»Erzähl mal. Wie hat das passieren können, dass Verena Bach euch erneut entwischt ist?«

René kratzte sich unbehaglich am Kopf. »Renate, mach mich bitte nicht auch noch zur Schnecke. Das hat Jan Altinger heute schon gründlich besorgt. Der hat mich am Telefon derartig zusammengeschrien, dass es mir jetzt noch in den Ohren dröhnt.«

Renate konnte sich das lebhaft vorstellen. Sie verstand aber auch Altingers Reaktion. Deshalb fragte sie nur: »Was ist denn genau passiert?«

»Weißt du, das war eine ganz dumme Geschichte. Wir waren darauf eingestellt, sie vor jemandem zu schützen, der ins Haus eindringen würde. Deshalb haben wir vor der Wohnung ihres Bruders, in die sie umgezogen war, jemanden postiert, der Wache hielt. Kurz bevor sie aus dem Fenster gestiegen und von dem Garagendach darunter zu Boden gesprungen ist, hat sie mit dem Beamten, der Wache hielt, noch Kontakt aufgenommen. Sie hat ihm erklärt, sie würde zu Bett gehen und eine Schlaftablette nehmen, weil sie so starke Kopfschmerzen habe. Dann war es wie erwartet lange still in der Wohnung.«

Nervös fuhr sich René durchs Haar und schaute Renate schuldbewusst an. »Tatsächlich wurde ihre Abwesenheit erst Stunden später entdeckt, als nämlich ihr Bruder sein Auto vermisste. Damit war sie zum Nürnberger Flughafen gefahren und hatte die Zwanzig-Uhr-Maschine nach London genommen. Das haben wir mittlerweile alles recherchiert.«

René warf Renate einen verzweifelten Blick zu. »Ich weiß schon, dass wir uns dämlich angestellt haben. Aber ganz ehrlich: Wie willst du jemanden schützen, der sich nicht schützen lassen will? Mit dieser Verena stimmt doch was nicht.«

»Das glaube ich inzwischen auch. Komm, René, lass uns ein paar Schritte tun. Ich kann im Gehen besser nachdenken.«

Renate ging an Renés Seite den Hohlweg entlang, der hinter dem Hotel zum Eibenwald führte. Dabei berichtete sie ihm vom bisherigen Ermittlungsstand. Sie gab weiter, was Otto in London herausgefunden hatte, erzählte von Uli Berends Befragung und schilderte, was ihr bei Barbara Engel aufgefallen war.

Allmählich drangen sie in den Gößweinsteiner Eibenwald ein, und Renate blickte immer wieder wie verzaubert um sich. Mit dem Eibenwald von Paterzell war er nicht vergleichbar. Dazu fehlten die faszinierenden Baumriesen. Aber sie ließ sich von der Dramatik einfangen, die die schroffen Felswände ausstrahlten. Wie Denkmale ragten sie mitten im Wald auf.

Voll Zweifel fragte sie René: »Ist Verena Bach tatsächlich an diesen steilen Felsen herumgeklettert?«

»Ja. Sie ist eine ziemlich gute Kletterin.«

Renate ließ sich auf einem umgefallenen Baumstamm nieder und klopfte einladend auf den Platz neben sich. Als auch René saß, sagte sie: »Für mich ist sie vor allem eine widersprüchliche Person, aber vielleicht rührt das von ihren besonderen Lebensumständen her. Sie musste hart darum kämpfen, sich ihren Traum als anerkannte Malerin zu verwirklichen. Und jetzt funkt ihr Barbara Engel wieder dazwischen. Wenn es ganz schlecht läuft, wird sie wie eine heiße Kartoffel fallen gelassen.«

Mit bekümmerter Miene schaute René Renate an. »Das wäre furchtbar für sie. Du kennst doch die Engel. Was für eine Frau ist das eigentlich?«

»Kompetent und äußerst konsequent, soweit ich das beurteilen kann, und sehr attraktiv.« Renate überlegte kurz und holte aus ihrer Tasche die Werksbroschüre hervor, die bei der Vernissage ausgelegen war. Sie blätterte sie bis zu der Seite durch, auf der Conrad Desch mit seinem Mitarbeiterstab abgebildet war, und deutete auf ein Foto. »Das ist Barbara Engel.«

René betrachtete eingehend das Bild und meinte abschließend: »Die sieht ja umwerfend gut aus mit ihren grünen Augen und schwarzen Haaren. Ausgerechnet sie macht Verena das Leben schwer. Ich versteh das überhaupt nicht. Soweit ich das beurteilen kann, ist Verena wirklich sehr begabt.«

»Das glaube ich auch. Aber vom Kunstgeschäft haben wir zwei leider nicht viel Ahnung. Ich überlege nur die ganze Zeit, warum ihr der Auftrag in London so enorm wichtig war.«

»Typisch Kriminologin«, lachte René. »Motivanalysen waren schon immer deine Leidenschaft.«

Renate ging nicht auf seinen heiteren Ton ein, sondern grübelte weiter. »Sie weiß natürlich, dass nach dem Tod von Bettina Tauber und Laura Berger nun auch ihre eigene Karriere als Eibenmalerin auf dem Spiel steht. Barbara Engel sieht sie nicht als Einzelkünstlerin, sondern als Teil eines Konzepts, das nun keinen Bestand mehr hat. Für mich ist sie nach London geflogen, um sich verstärkt ihrer illusionistischen Raumausgestaltung zu widmen. Bei Gelegenheit musst du dir in der Nürnberger Niederlassung der Tauber-Schmuckgalerie ihr Werk anschauen. Du, da bleibt dir die Luft weg. Das ist das Eindrucksvollste, was ich je gesehen habe. Durch die Ausgestaltung der Londoner Filiale hätte sie ihre künstlerische Reputation in diesem Bereich sicher noch festigen können. Vielleicht hätte sie auch weitere Kunden gewonnen.«

René, der eine Moosflechte vom Baumstamm abgekratzt hatte und sie nun in ihre Einzelteile zerlegte, hob den Kopf.

»Das würde ich ihr von Herzen wünschen. Und diesen miesen Bernd Tauber wünsche ich mir hinter Schloss und Riegel. So ein Dreckskerl. Wirft einfach Verena geknebelt und gefesselt ins Wasser. Hoffentlich springt man in London nicht allzu zimperlich mit ihm um.«

»Mit der Unschuldsvermutung hältst du dich wohl gar nicht groß auf, René«, gab Renate lachend zurück. »Wir haben aber noch eine andere verdächtige Person am Haken. Alexander Kumarow.«

»Alexander Kumarow, der schon wieder.« Mit einer heftigen Bewegung warf René das Moos weg und rieb sich die Hände sauber.

»Du kennst ihn?«

»Sogar persönlich.« René musste über Renates überraschte Miene schmunzeln. »Dem Kumarow ist kein Geschäft zu schmutzig. Der steckt überall seine Finger rein. Er ist aber nicht besonders clever, eher von der dummdreisten und brutalen Sorte. Dadurch macht er sich auch viele Feinde. Von seinem Vater wird er ziemlich kurz gehalten, deshalb ist er immer auf der Suche nach einer lukrativen Geldquelle. Vor vier Jahren haben wir ihn zusammen mit den Kollegen aus Hof auf der A9 erwischt, und zwar mit einer Ladung Ecstasy-Pillen. Auf einem Autobahnparkplatz ungefähr auf der Höhe von Hof hätte die Übergabe der Drogen erfolgen sollen. Wir hatten dazu aus der Szene einen Tipp bekommen.«

»Die meisten Drogenkuriere erwischt man durch Insidertipps. Das ist das einzig Schöne an dieser absolut widerwärtigen Szene. Sie müssen sich dort nur genügend unbeliebt machen, dann werden sie verpfiffen. Hat Kumarow damals schon den schwarzen Monster-Hummer gefahren?«

Jetzt war es an René, überrascht zu sein. »Der fährt einen schwarzen Hummer? Sag bloß! Damals war er noch mit einem popeligen Opel Astra unterwegs. Aber der schwarze Hummer sagt mir was. Die Bedienung der Eibenklause hat doch von einem Kerl erzählt, der ein großes schwarzes Auto fuhr. Wir haben ihr die Abbildungen verschiedener Modelle vorgelegt. Ihrer Meinung nach könnte es ein Hummer gewesen sein.«

Renate erzählte René, dass Alexander Kumarow zu den Eibenmalerinnen Kontakt hatte und auch auf der Vernissage gewesen war. Ihre Kollegen vom LKA waren seit gestern damit befasst, ihn aufzuspüren.

Das war für René eine große Neuigkeit. Er bückte sich nach einem Grashalm und riss ihn ab. Nachdenklich kaute er auf dem Stängel herum. »Ich glaube, ich weiß, wo der sich möglicherweise aufhalten könnte. In Kitzbühel. In Karlsbad hat er es sich nämlich mit seinen eigenen Landsleuten gründlich verscherzt. Nicht wegen der Drogen, die er von Tschechien nach Deutschland transportiert. Sie hatten seine Schlägereien satt, die er überall anzettelte.«

»Kitzbühel?«, fragte Renate erstaunt nach. »Woher weißt du das?«

»Uns hat das damals wahnsinnig geärgert, dass der Typ mit Hilfe eines cleveren Anwalts ungeschoren aus dem Drogenfall herauskam. Deshalb schrillen bei uns alle Alarmglocken, sobald der Name Kumarow fällt. Wir wissen, dass sein Vater in Kitzbühel ein Haus in Bestlage besitzt. Dort hält sich der Sohn regelmäßig auf und lässt nach Kräften die Sau raus. Der kann einfach nicht anders, der elende Drecksack.«

Die armen Kitzbüheler. Renate bedauerte sie aus tiefstem Herzen. Inzwischen war das schöne Kitzbühel nahezu vollständig in russischer Hand, was sich für die Einheimischen verheerend auswirkte. Die Grundstückspreise und Mieten stiegen in astronomische Höhen. Das Gleiche galt für die Lebensmittelgeschäfte und Restaurants. Immer weniger Kitzbüheler konnten sich das Leben in ihrem eigenen Heimatort leisten. Aber das musste nicht so bleiben. Erfahrungsgemäß zieht die Karawane der neuen Superreichen irgendwann immer weiter.

Mitten in ihre Gedanken hinein vibrierte ihr Handy. Sie holte es aus der Jackentasche und erwartete als Anrufer Betti oder Lotti. Es war jedoch Otto aus London. Mit wachsender Spannung hörte sie zu, was er zu berichten hatte. Als er fertig war, erzählte sie ihm, dass sich Alexander Kumarow möglicherweise in Kitzbühel aufhielt. Danach versprach sie, sich um Verenas Transport nach Gößweinstein zu kümmern.

Dieser Satz ließ René aufhorchen, und er vergewisserte sich bei ihr: »Hab ich das richtig verstanden, Verena kommt noch heute zurück nach Gößweinstein?«

»Ja. Um achtzehn Uhr landet der Flieger in München. Spätestens um neun hast du sie wieder an der Backe, René. Lass mich mal schnell telefonieren. Ich muss ihren Transport regeln.«

Über die Aussicht, für Verena Bach erneut Kindermädchen spielen zu müssen, war René zunächst wenig erbaut. Er legte sich gleich ein paar unfreundliche Sätze zurecht, mit denen er sie empfangen wollte. Doch dann dachte er in eine andere Richtung. Wenn Verena wieder hier war, müsste Amire ebenfalls nach Gößweinstein kommen. Dafür würde er gern die Rolle des Aufpassers übernehmen und sogar weitere Grobheiten von Jan Altinger ertragen.

Als er sah, dass Renate ihr Handy wieder wegsteckte und vom Baumstamm aufstand, erhob er sich auch. Der Rückweg zur Eibenklause gestaltete sich sehr schweigsam, da jeder seinen Gedanken nachhing. René wälzte besonders schwere Probleme. Seit er von Amire wusste, dass sie mit dem Gedanken spielte, sich bei Europol zu bewerben, lag ein Schatten auf seiner Seele.

Der Parkplatz der Eibenklause war nun restlos zugeparkt, sodass sie Mühe hatten, ihre Autos wiederzufinden. Renate verabschiedete sich von René und drückte ihm aufmunternd die Hand. »Lass dir wegen Verena Bach keine grauen Haare wachsen, aber lass sie auch nicht aus den Augen. Es darf ihr nichts mehr passieren.«

René versprach, alles dafür Notwendige einzuleiten, und ging zu seinem Auto.

Renate dagegen machte sich auf die Suche nach ihren Mitfahrerinnen.

In der Eibenklause herrschte ein reges Kommen und Gehen, aber nirgends konnte sie Betti und Lotti entdecken. Wo könnten sie nur sein? Hoffentlich hatte wenigstens eine von ihnen das Handy eingeschaltet. Sie seufzte bei dem Gedanken, am Ende noch ganz Gößweinstein nach ihnen absuchen zu müssen, und holte aus ihrer Tasche das Handy hervor. Gerade als sie Lottis Nummer anwählen wollte, kam eine ältere Bedienung aus der Küche und griff nach einem Tablett voll Schnapsgläschen, das auf der Theke stand.

Sie warf Renate einen mürrischen Blick zu. »Heut gibt's nix. Geschlossene Gesellschaft. Hochzeit.«

»Ich möchte auch nichts. Ich suche zwei Damen. Vielleicht können Sie mir helfen und mir sagen, wo sie hingegangen sind?«

»Rote Jacke die Brünette und türkisfarbige die Blonde? Jetzt sagen S' bloß, die zwei gehören zu Ihnen?«

Lotti und Betti waren wieder einmal auffällig geworden, wodurch auch immer. Renate schwante nichts Gutes, und sie nickte im höchsten Maße alarmiert.

Zu ihrer Verwunderung stellte die Bedienung das Tablett wieder auf der Theke ab und strahlte sie mit verklärtem Blick an. »Ja, dann wissen Sie es wohl gar nicht? Die sind Gäste bei der Hochzeit, weil sie so schön für die Braut gesungen haben. Allmächd, war des ergreifend. Zweistimmig haben sie ›Wir winden dir den Jungfernkranz aus veilchenblauer Seide‹ gesungen. Alle haben vor Rührung geflennt.«

Renate wusste, wie schön Betti singen konnte. Lotti hatte ebenfalls eine passable Stimme, aber nicht so einen brillanten Sopran wie Betti. Das Lied vom Jungfernkranz aus Webers romantischer Oper »Der Freischütz« gehörte seit jeher zu ihrem Grundrepertoire. Renate freute sich, dass Lotti und Betti die Hochzeit mit ihrer Darbietung bereichert hatten. Aber nun war es höchste Zeit, nach Hause zu fahren, und sie bat: »Sagen Sie den beiden doch bitte Bescheid, dass sie abgeholt werden.«

»Das machen Sie lieber selbst. Die Hochzeitsgesellschaft wird davon nicht erbaut sein.« Mit diesen Worten ergriff die Bedienung das Tablett mit den Schnapsgläsern und brachte Renate zum Festsaal.

»Da hat eine gsunga,
des hat sich net g'reimt,
drum g'hört ihr die Zunga
am Arsch angeleimt.«

Der Sänger, der diesen Vierzeiler gerade zum Besten gegeben hatte, stand mit Betti in der Freifläche zwischen der u-förmig angeordneten Hochzeitstafel. Er bedachte sie mit einem triumphierenden Lächeln und stimmte in das Holadiri und Holadiro der anwesenden Gäste ein.

Renate verfolgte von der offenen Saaltür aus, wie Lotti Betti etwas zurief, konnte es aber nicht verstehen. Bettis Gesicht zerfloss in ein breites Grinsen, und sie gab dem Akkordeonspieler, der den Gesang begleitete, ein Zeichen. Dann setzte sie zum Gegenschlag an.

»G'reimt hat sich des freili,
was du singa tuast,
aber klinga tuats abscheili,
weilst noch mehrer üben muasst.

Die Bedienung verteilte den Schnaps und kehrte zu Renate zurück, die weiterhin wie angewurzelt in der offenen Tür stand und das ausgelassene Treiben verfolgte.

Mit einem Rippenstoß machte sie sich bei Renate bemerkbar.

»Die sind gut, gell? Sie hätten erst hören müssen, wie die den Bräutigam ausgesungen haben. Der Saal hat getobt. Ich glaube, das ist keine gute Idee, die Damen gerade jetzt abzuholen. Die halbe Gesellschaft kommt aus der Oberpfalz und freut sich ganz arg über die Singerei. Und bei uns in Franken werden solche Lieder auch gesungen, das gefällt uns doch.«

»Schon, wenn es nicht zu sehr unter die Gürtellinie geht«, antwortete Renate zerstreut, während sie versuchte, mit Lotti Blickkontakt aufzunehmen.

»Welche Gürtellinie?«, schnaubte die Bedienung. »Sie sind mir vielleicht eine ganz Feingesponnene. Hören Sie, bei diesen Gesängen gibt es keine Gürtellinie. Da ist alles erlaubt. Da kommt es einzig und allein auf die Schlagfertigkeit an.«

Mit der Bedienung hatte Renate es sich wohl verdorben, aber wenigstens war es ihr gelungen, Lotti auf sich aufmerksam zu machen. Sie deutete unmissverständlich auf ihre Armbanduhr.

Lotti nickte und erhob sich. Mit der Kuchengabel schlug sie ein paarmal an ihr Weinglas und wartete, bis das Stimmengewirr erstarb. Sie bedankte sich für die Einladung zum Hochzeitsessen und wünschte dem Brautpaar viel Glück.

»Bevor Sie gehen, müssen Sie für mich unbedingt noch einmal das Lied vom Jungfernkranz singen«, bat die Braut.

Dieser Wunsch wurde ihr gern erfüllt. Lotti trat zu Betti in den Innenkreis. Die beiden sangen mit der ganzen Innigkeit, zu der sie nach etlichen Gläsern Wein noch fähig waren. Lotti patzte zwar an einer Stelle, weil sie den Text vergessen hatte, aber sonst war der Auftritt bühnenreif.

Als sie bald darauf in Renates Auto kletterten, wurde erst das Ausmaß ihres Schwipses offenbar. Besonders Betti hatte mit einer enormen Schlagseite zu kämpfen. Das hielt sie jedoch nicht davon ab, sich einen weiteren Vierzeiler auszudenken:

»Wir ham heut gut gessen
und nix dafür zahlt,
wir sind auch schön gsessen,
so wird man gern alt.«

In das fröhliche Holadiri und Holadiro stimmte auch Renate lauthals ein. Als kurz darauf Betti durch einen heftigen Schluckauf außer Gefecht gesetzt wurde, kehrte im Auto Ruhe ein.

Renate beobachtete im Rückspiegel Lottis nachdenkliche Miene und fragte: »Was ist los mit dir? Habe ich euch etwa zu früh von der Hochzeitsgesellschaft weggeholt?«

Lotti schüttelte den Kopf. »Nein, du bist gerade rechtzeitig vor der Schnapsrunde gekommen. Das wäre unser Untergang gewesen. Ich denke nur über das nach, was ich bei dem Hochzeitsessen gehört habe. Da war nämlich auch von dieser Verena Bach die Rede.«

Renate war so überrascht, dass sie um ein Haar das Steuer verrissen hätte. »Von Verena Bach wurde gesprochen?«

»Ja, und eigentlich ist es nicht ungewöhnlich. Die Braut kommt aus Gößweinstein. Sie hatte zu ihrer Hochzeit ein paar Freundinnen aus Gößweinstein eingeladen, und die haben sich über Verena Bach unterhalten. Betti und ich saßen ihnen gegenüber und haben zugehört.«

»Korrekt«, sagte Betti, die mittlerweile ihren Schluckauf unter Kontrolle hatte und mit geschlossenen Augen an Lottis Schulter lehnte. »Wir haben zugehört und dabei erfahren, dass sie auch die toten Malerinnen kannten. Die haben öfter bei Verena Bach im Hotel übernachtet.«

»Betti, du liegst auf mir wie ein Mehlsack. Rück gefälligst ein Stück zur Seite«, schimpfte Lotti und versetzte Betti einen Stoß. »Also eines ist mir schon aufgefallen: Die Meinungen zu Verena Bach waren geteilt. Die einen hielten sie für arrogant und eingebildet und furchtbar undankbar ihrer Mutter gegenüber. Ihre Mutter soll angeblich nicht gegen ihre Malerei gewesen sein. Sie wollte nur, dass Verena daneben auch noch einen Beruf erlernt, der ihr ein Auskommen sichert, wenn aus der Malerei nichts wird. Verena wollte das aber nicht. Für sie gab es nur die Kunst und nichts anderes. Eine andere junge Frau, wohl eine ehemalige Klassenkameradin, verstand dagegen gut, warum Verena nicht im Hotelgewerbe und vor allem nicht unter der Fuchtel ihrer Mutter arbeiten wollte. Frau Bach scheint ganz schön unerbittlich zu sein.«

Betti, die mit beleidigter Miene von Lotti weggerückt war, meldete sich nun auch wieder zu Wort. »Ich fand höchst interessant, was man sich über die anderen Malerinnen erzählte. Auch da gab es unterschiedliche Ansichten. Zum Beispiel zu Bettina Tauber. Eins der Mädels fand sie ebenso eingebildet und arrogant wie Verena. Als sie später über Laura Berger das Gleiche sagte, war mir klar, dass alle drei Malerinnen nicht auf ihrer Linie lagen. Möglicherweise waren sie ihr zu hübsch, und sie sah sie als Konkurrentinnen an.«

»Richtig. An die kann ich mich gut erinnern. Ein unscheinbares Pflänzchen. Typ Mauerblümchen. Kein Wunder, dass sie an den schönen Malerinnen kein gutes Haar ließ«, pflichtete ihr Lotti bei. »Aber die Dunkelhaarige, die daneben saß, erzählte dann was ganz Kurioses von ihrer Urgroßmutter. Die war während des Kriegs und bis weit in die siebziger Jahre die Hebamme am Ort und muss auch so eine Art Heilerin gewesen sein. Sie kannte alle Heilpflanzen und konnte sogar Krankheiten besprechen. Wisst ihr auch, dass das Besprechen von Krankheiten neuerdings wieder in Mode kommt? Jedenfalls war Bettina Tauber oft bei ihr und hat ihr zugesehen, wie sie ihre speziellen Tränklein braute.«

»Braute sie die etwa auch aus Eiben?«, warf Renate interessiert ein.

»Vielleicht. Himmel noch mal, das hätte ich wohl fragen sollen.« Lotti machte ein zerknirschtes Gesicht.

Betti dagegen nutzte die Gelegenheit, Renate erneut darauf hinzuweisen, was in ihren Augen wichtig war. »Du und Otto, ihr müsst mit dem Mord an den Eibenmalerinnen anders umgehen. Ihr solltet euch auch mit der Mystik der Eiben vertraut machen.«

»Genau«, pflichtete ihr Lotti bei. »Außerdem solltet ihr uns in die Ermittlungen mit einbeziehen. Wir hätten bei der Hochzeitsgesellschaft für euch alle wichtigen Informationen herausbekommen. Obwohl, bei der jungen Frau bin ich mir nicht sicher, ob sie überhaupt etwas gewusst hätte. Es waren aber noch andere interessante Gäste anwesend. Ich denke an ein paar ältere Frauen, die die Hebamme mit Sicherheit gekannt haben. Möglicherweise haben sie bei ihr früher Rat gesucht.«

Betti sah das ebenso und tätschelte von hinten Renates Schulter. »Aber mach dir keine Sorgen. Wir kriegen das schon heraus. Du und Otto, ihr müsst uns nur grünes Licht für unsere Ermittlungen geben.«

»Und natürlich auch ein paar Anhaltspunkte, damit wir gezielt vorgehen können«, forderte Lotti. »Die alte Hebamme können wir leider nicht mehr fragen. Die ist vor zwei Monaten gestorben, mit hundertvier Jahren. Sicher hatte sie ein Geheimrezept für ihr hohes Alter. Ehrlich gesagt, an dem wäre ich besonders interessiert, und du doch auch, Betti.«

»Aber nur, wenn ich die Garantie hätte, nicht dement dahinvegetieren zu müssen. Vielleicht auch noch ohne Haare auf dem Kopf, dafür jede Menge am Kinn oder an anderen Stellen, wo man sie wirklich nicht haben will«, gab Betti zu bedenken und machte es sich in der Wagenecke gemütlich. Bald darauf ertönte leises Schnarchen aus ihrer Richtung.

Als auch Lotti schließlich einschlief, freute sich Renate. Endlich konnte sie in Ruhe ihren Gedanken nachhängen. Sie kreisten unablässig um Verena Bach. Was war nur der Grund dafür, warum sie sich einfach nicht an die Sicherheitsvorkehrungen der Polizei hielt?

FÜNFZEHN

Renate kam auf der Strecke von Nürnberg nach München zügig voran. An diesem Sonntagnachmittag war auf der Autobahn nichts los.

Sie bog zum LKA in die Maillingerstraße ein und bereitete sich innerlich auf das Gespräch mit Alexander Kumarow vor, das für fünfzehn Uhr anberaumt war. Seit Freitag war er von der Bildfläche verschwunden. Auch Renates Tipp, ihn in Kitzbühel zu suchen, war ohne Erfolg gewesen. Doch heute Morgen tauchte er urplötzlich in seiner Wohnung im Lehel auf.

Renate stellte das Auto auf dem Parkplatz ab, griff nach ihrer Aktentasche und machte sich auf den Weg in ihr Büro. Gerade als sie ihre Tür aufsperren wollte, ertönte hinter ihr Ottos wohlvertraute Stimme.

»Renaterl, hast a bisserl Zeit? Komm doch zu mir. Wir haben noch einiges zu besprechen, bis der Kumarow da ist. Wenn es auf der Welt gerecht zuginge, würden wir gar nicht hier herumsitzen, sondern im Augustiner-Biergarten unter schattigen Kastanien. Seit gestern beim Rückflug aus London träum ich schon von einer zünftigen Biergarten-Brotzeit.«

Dass sich Ottos Träume häufig um Essen und Trinken drehten, verwunderte Renate längst nicht mehr. Er war eben durch und durch ein Genießer. In Augenblicken wie diesem ging ihr durch den Kopf, wie ihr Leben wohl verlaufen wäre, wenn sie statt Florian tatsächlich Otto geheiratet hätte. Hätte sie ihn von der maßlosen Esslust abbringen können, oder hätte sie sich gar davon anstecken lassen und stünde jetzt ebenso kugelrund da wie er? Auch heute fand sie darauf keine Antwort. Sie trennte sich schnell von diesen unnützen Gedanken und wandte sich dem zu, was im Moment wichtig war. Das war Verena Bach.

»Verena Bach ist wieder zu Hause in Gößweinstein und hoffentlich bleibt sie auch mal dort. Ihr Ausflug nach London beschäftigt mich nach wie vor. Was denkst du eigentlich darüber, Otto?«

»Ich bin mir auch nicht schlüssig, was ich von der Situation halten soll. Das Eibengift war in so geringer Konzentration in ihrem Organismus nachweisbar, das hätte sie keinesfalls umgebracht. Anders sah es dagegen mit dem GHB aus. Das war ganz schön hoch dosiert, zumal sie Alkohol getrunken hatte. GHB in Verbindung mit Alkohol, Knebeln, Fesseln und ins Wasser werfen, das hätte ins Auge gehen können. Ich bin neugierig, was die Londoner Kollegen bei Bernd Tauber herausfinden.«

»Bernd Tauber«, wiederholte Renate. »Der ist für mich ein Rätsel. Er wollte unbedingt, dass sie ihm die Londoner Geschäftsräume ausgestaltet. Können wir ihm das glauben? Vielleicht wollte er Verena Bach ja auch aus einem anderen Grund, den wir nicht kennen, in seiner Nähe haben. Gehen wir doch einmal davon aus, dass er es war, der Verena Bach ins Hafenbecken gestürzt hat. Aber was passiert, wenn ihm dies von der britischen Polizei nicht nachgewiesen werden kann? James Parker könnte ihn dann nicht länger in Gewahrsam halten. So schnell könnten wir gar nicht reagieren, falls der sich dann nach Dubai absetzen würde. Dort hat er ja auch eine Schmuckfiliale.«

Nachdenklich nickte Otto dazu. »Genau das macht mir Sorgen. Wie dem auch sei, uns in Deutschland bleibt im Augenblick nichts anderes übrig als abzuwarten. James Parker wird den Tauber gründlich in die Mangel nehmen. Da bin ich ganz zuversichtlich. Ich bleibe mit James auf jeden Fall in Kontakt.« Er trank einen kräftigen Schluck Wasser aus dem Glas, das er fortwährend in den Händen drehte und schüttelte sich. »Wasser bei diesem Biergartenwetter. Renaterl, wie tief müssen wir am heutigen Sonntag noch sinken?«

Renate trachtete danach, ihn vom Biergartenthema wegzubringen. »Aber bei Verena Bach sind uns nicht die Hände gebunden. Hier können und müssen wir genauer nachforschen. Vielleicht hat sie etwas gehört oder gesehen, was für den Täter eine Bedrohung darstellt, und sie selbst weiß das gar nicht. In diesem Zusammenhang denke ich auch an Barbara Engel. Ich traue ihr ein rigoroses Vorgehen zu. Morgen werden wir hoffentlich herausfinden, weshalb sie pleite ist.«

Ottos Telefon am Schreibtisch klingelte. Er meldete sich. »Gut, wir kommen«, sagte er kurz darauf und beendete das Gespräch.

»Kumarow ist jetzt da«, teilte er Renate mit und machte ein griesgrämiges Gesicht. »Ist das nicht ein Jammer, dass wir gegen ihn bis jetzt keine konkreten Beweise haben? Die Indizien, die wir zusammengetragen haben, reichen auch nicht aus, um ihn als Beschuldigten zu behandeln. Wir können ihn also nur als Zeugen vernehmen. Der lacht sich doch krumm und bucklig über uns.«

Renate sah das ebenso und sagte: »Am meisten ärgert mich, dass wir somit auch an keinen Durchsuchungsbeschluss kommen. Wer weiß, wo die Gemälde inzwischen schon sind?«

Alexander Kumarow saß mit übergeschlagenen Beinen im Besprechungsraum der Schreibkraft, die das Protokoll vorbereitete, gegenüber und trommelte ungeduldig mit den Fingern der rechten Hand ein wildes Stakkato auf den Tisch. Als Otto und Renate hereinkamen, herrschte er sie an: »Ich habe nicht ewig Zeit. Was wollen Sie überhaupt von mir?«

Renate, die während dieser Vernehmung die Rolle der Zuhörerin und Beobachterin übernehmen würde, ging mit einem freundlichen Lächeln auf ihn zu und reichte ihm die Hand. »Mein Name ist Wörlein. Schön, dass Sie sich für uns Zeit genommen haben, Herr Kumarow. Mein Kollege, Herr Fechter, belehrt Sie zunächst als Zeugen. Danach muss er Ihnen ein paar Fragen stellen zu den toten Eibenmalerinnen, die Sie gut kannten.«

Kumarow erhob sich vom Stuhl und stellte sich in Positur. Er richtete sich zu seiner vollen Größe auf und reckte dabei das Kinn nach oben, damit er noch größer wirkte. Die Schultern drückte er nach hinten und spreizte leicht die Arme ab, was ihn breiter machte, als er eigentlich war.

Renate beobachtete amüsiert dieses Manöver subtiler Drohgebärden. Gerade junge Männer, die lieber körperliche Gewalt statt Worte als Argumente benutzten, neigten dazu. Jetzt stand er wie ein Möbelstück im Raum und überragte sogar Otto. Damit er aber mit ihr überhaupt in ein Gespräch kommen konnte, musste er nun doch den Kopf senken. Er machte es mit großer Herablassung. Und dann tat er das, was in seiner Vorstellung vermutlich der einzig richtige Weg war, mit Frauen umzugehen. Er blickte ihr tief in die Augen. Ein charmantes Lächeln kräuselte seine Lippen.

»Warum vergeudet eine so schöne Frau ihre Zeit bei der Polizei? Frauen wie Sie sollte man auf Rosenblätter betten, zu den herrlichsten Stränden der Welt einladen und in den teuersten Hotels verwöhnen.«

»Diese Pläne müssen wir leider zurückstellen. Zunächst ist mein Kollege mit seinen Fragen an der Reihe.«

Kumarows Brust entrang sich ein tragischer Seufzer. »Gnädige Frau, Sie könnten doch die Fragen stellen. Ich bin überzeugt, wir würden uns sofort verstehen. Ganz im Gegensatz zu dem da.« Bei diesem Satz wies er mit dem Daumen abschätzig hinter sich in Richtung Otto.

Der reagierte umgehend mit gefährlich leiser Stimme: »Jetzt ist Schluss, Herr Kumarow. Sie setzen sich augenblicklich hin, damit wir die Vernehmung beginnen können. Ihre schmierigen Balztänze können Sie woanders aufführen.«

Kumarows Augen wurden schmal. Renate sah ihm an, dass er Otto am liebsten eine gelangt hätte. Immerhin setzte er sich. Dabei bedachte er Otto mit einem spöttischen Grinsen. »Jetzt haben Sie mir aber Angst gemacht. Ich beuge mich der Staatsgewalt.«

Darauf ging Otto nicht ein und begann mit seiner Belehrung: »Herr Alexander Kumarow, Sie sollen im Zusammenhang mit der Ermordung der beiden Malerinnen Bettina Tauber und Laura Berger im Eibenwald von Paterzell sowie mit dem Diebstahl wertvoller Gemälde aus dem Haus der Malerin Bettina Tauber in Paterzell als Zeuge vernommen werden. Sie sind verpflichtet, wahrheitsgemäße Angaben zu machen, andernfalls könnten Sie sich strafbar machen. Ich weise Sie aber ausdrücklich daraufhin, dass Sie sich nicht selbst oder Angehörige belasten müssen und auf entsprechende Fragen die Antwort verweigern können. Wenn Sie aber antworten, müssen Sie die Wahrheit sagen. Sie dürfen auch nichts verschweigen, denn auch Verschweigen ist Lüge. Lügen dürften Sie nur, wenn Sie Beschuldigter wären. Das sind Sie aber nicht. Haben Sie das verstanden, und sind Sie bereit, wahrheitsgemäß auszusagen?«

Der gelangweilten Miene, die Kumarow während der Belehrung machte, entnahm Renate, dass ihm das ganze Vorgehen längst bekannt war. Dafür hatte sicher schon ein versierter Anwalt bei seinen früheren Delikten gesorgt. Kumarows Deutschkenntnisse waren bis auf einen markanten osteuropäischen Akzent überraschend gut. Die hatte er wohl seiner deutschstämmigen Mutter zu verdanken. Diese Information hatte Renate dem Bericht entnommen, der über Kumarow vorlag. Sie beobachtete, wie er mit weit von sich gestreckten Beinen und vor der Brust verschränkten Armen Otto aus halb geschlossenen Augen abschätzend musterte, ehe er antwortete: »Ich habe Ihre Belehrung verstanden und werde Ihre Fragen wahrheitsgemäß beantworten.«

Genau das wird er nicht tun. Er wird versuchen, uns nach allen Regeln der Kunst an der Nase herumzuführen, dieser ausgekochte Ganove. Frustriert blickte Renate zu Otto hinüber.

Doch der nickte freundlich zu Kumarows Antwort und schlug mit großer Seelenruhe das Befragungsprotokoll auf, das Altingers Leute am Tag nach dem Mord erstellt hatten. »Sie kannten die drei Malerinnen, Sie waren bei der Vernissage anwesend, Sie pflegten zu einer dieser Malerinnen, zu Laura Berger, engeren Kontakt. Ist das richtig?«

»Korrekt. Alle klasse Frauen.«

»So, so, alle klasse Frauen«, wiederholte Otto. »Frage: Wie kommt es dann, dass Sie Laura Berger grün und blau geschlagen haben?«

»Ich bin ein Mann voll Leidenschaft und mit gesunder Potenz. Da kann es schon mal vorkommen, dass mit mir das Temperament durchgeht.«

Diesen Satz richtete Kumarow nicht an Otto, sondern an Renate, und begleitete ihn mit einem verhangenen Blick voll Zweideutigkeit.

Der fünfte Engel. Da war er wieder, der fünfte Engel aus Botticellis Gemälde. Ein ordinärer Prolet aus der untersten Schublade. Dagegen konnten auch die Lederjacke von Armani, die Hose von Brioni und die handgenähten Edelslipper aus samtigem Veloursleder nichts ausrichten, ging es Renate durch den Kopf.

Otto setzte sich über Kumarows plumpes Balzgehabe schweigend hinweg. »Uns liegen folgende Informationen vor: Ihr Vater ist ein Kunstsammler. Er sammelt vor allem die Gemälde von Laura Berger. In der Nacht vom Sonntag auf den Montag nach dem Mord an Bettina Tauber und Laura Berger wurden sämtliche Gemälde aus dem Atelier in Paterzell entwendet. Sie kannten Laura Berger, Sie wussten durch Ihre Besuche bei ihr von den Gemälden im Atelier. Wo waren Sie in dieser Nacht von Sonntag auf Montag? Machen Sie präzise Angaben.«

Renate sah, wie in Kumarows Augen ein wachsamer Ausdruck trat. Ganz im Gegensatz dazu antwortete er mit einem spöttischen

Lächeln: »Sicher an irgendeiner Bar und in irgendeinem Bett mit irgendeiner Frau.«

»Geht das noch etwas genauer?« Ottos Finger vollführten einen ungeduldigen Trommelwirbel auf seinen Arbeitspapieren.

»Ich nehme nicht an, dass Sie die Bars, in denen ich verkehre, von innen kennen. Die dürften kaum Ihre Preislage sein bei Ihrem Beamtengehalt. Wo könnte ich also gewesen sein? P1 vielleicht, Bayerischer Hof, Schumanns oder Pascha.«

»Das lässt sich nachprüfen, aber wir brauchen noch Namen und Adressen von den Betten und den Frauen.«

»Was weiß ich, wer am Sonntag dran war? Sie haben vielleicht beknackte Vorstellungen, wie das mit den Weibern so läuft. Namen und Adressen. Wen interessiert das schon? Außerdem war ich vollkommen zugedröhnt.«

»Das ist ein ausgesprochenes Pech für Sie.« Otto brachte sogar ein verständnisvolles Lächeln zustande. »Uns interessiert aber besonders der Verbleib der Gemälde. Deshalb begleiten Sie Kollegen von uns in Ihre Wohnung hier in München. Danach werden sie sich auch im Haus Ihres Vaters in Kitzbühel genauer umsehen.«

Kumarow verschränkte mit gelangweilter Miene die Arme vor der Brust und grinste Otto ins Gesicht. »Ach, kommen Sie. Sie wollen tatsächlich meine Wohnung durchsuchen? Das dürfen Sie doch ohne Durchsuchungsbeschluss gar nicht. Oder haben Sie einen? Dann zeigen Sie ihn mal her.«

»Es ist nur noch eine Frage der Zeit, bis der Beschluss vorliegt«, entgegnete Otto mit undurchsichtigem Pokergesicht. »Sie würden uns entgegenkommen, wenn wir uns gleich bei Ihnen umsehen könnten. Selbstverständlich geschieht das in Ihrer Anwesenheit und mit Ihrem Einverständnis.«

»Das bekommen Sie von mir niemals. Außerdem interessieren mich vollgeschmierte Leinwände einen Dreck. Ich war nur auf die Weiber scharf.«

»Mit Ihren schöngeistigen Anmerkungen rauben Sie mir die letzten Illusionen über Sie. Und durch Ihre Weigerung erhärtet sich unser Verdacht, dass Sie bei dem Raub der Gemälde tatsächlich Ihre Finger mit im Spiel hatten.«

Renate, die sich an das erinnerte, was René Frank ihr über Alexander Kumarows Vater erzählt hatte, griff nun mit samtiger Stimme ein. »Herr Kumarow, ich sehe, dass Sie ungern mit uns kooperieren. Deshalb schlagen wir einen anderen Weg ein. Wir setzen uns jetzt direkt mit Ihrem Vater in Verbindung. Immerhin gehören ihm die Wohnung hier in München und das Haus in Kitzbühel. Wir werden ihm erklären, warum es für uns so wichtig ist, uns in der Wohnung umzusehen.«

Otto wusste zwar nicht, was Renate damit bezweckte, aber er hieb sofort in die gleiche Kerbe und fügte hinzu: »Bis wir mit Ihrem Vater gesprochen haben, sind Sie selbstverständlich unser Gast. Sie haben Gelegenheit, Ihren Anwalt anzurufen, und können die Zeit nutzen, sich an Namen und Adressen zu erinnern.« Er nahm seine Unterlagen an sich und wandte sich zur Tür.

Renate riet Kumarow freundlich: »Machen Sie schon, rufen Sie Ihren Anwalt an. Wir setzen uns inzwischen mit Ihrem Vater in Verbindung.«

Für den letzten Satz erntete sie von ihm einen hasserfüllten Blick. Es war für sie der endgültige Beweis, dass sie ihn haargenau am Nerv getroffen hatte. Sie folgte Otto aus dem Besprechungsraum und hielt dem Kollegen, der Kumarow nun übernahm, die Tür auf.

In Ottos Büro wartete Renate, bis er es sich auf seinem Schreibtischstuhl behaglich eingerichtet hatte, und fragte: »Was hältst du nun von unserem Botticelli? Sind wir bei dem auf der richtigen Spur?«

»Arrogantes, primitives Arschloch. Der weiß ja nicht einmal, wie man Kinderstube buchstabiert. Geld wie Heu, aber Stroh im Kopf.«

»Geld wie Heu hat er eben nicht«, korrigierte Renate. »Von René Frank weiß ich, dass der alte Kumarow seinen Sohn ziemlich kurz hält. Ich habe vergessen, dir das vor der Vernehmung zu sagen. Es ist also durchaus denkbar, dass sich unser Botticelli mit den Gemälden eventuell einen Nebenverdienst verschaffen wollte.«

Über diese unvermutete Nachricht war Otto ziemlich verärgert. »Mensch, Renate, das hätte ich tatsächlich wissen müssen. Ich hätte ihn so noch stärker unter Druck setzen können.«

Doch Renate winkte ab. »Du wirst sehen, wir haben schon genug Druck aufgebaut. Wahrscheinlich ist sein Vater der einzige Mensch, vor dem er Respekt hat.«

Renate sollte tatsächlich recht behalten. Kurz darauf wurde ihnen mitgeteilt, dass Alexander Kumarow der Hausdurchsuchung zugestimmt hatte.

Das wiederum ging Renate zu schnell. »Otto, ich fürchte, der hat alle Gemälde schon außer Landes geschafft. Wie sonst kann es sein, dass er der Durchsuchung plötzlich zustimmt? Immerhin hatte er eine Woche Zeit dafür.«

»Dann haben wir ganz schlechte Karten«, meinte Otto. »Aber darüber sollen sich die Kollegen vom Kunstraub den Kopf zerbrechen. Wir warten jetzt einfach ab, was bei der Hausdurchsuchung herauskommt.«

***

Verena Bach kauerte frustriert auf der Couch im Wohnzimmer ihres Bruders und betrachtete die Entwürfe, die sie für die Ausgestaltung der Tauber-Schmuckgalerie gemacht hatte. Nichts war so gelaufen, wie sie es sich vorgestellt hatte. Sie war wieder am Anfang angelangt und hockte untätig hier herum. Unter Polizeibewachung. Den scheelen Blick ihrer Mutter, als sie gestern von den zwei Polizisten nach Hause gebracht worden war, hatte sie immer noch vor Augen. Kein Bedauern oder Mitleid stand darin, nur die Sorge, was die Leute wohl darüber denken würden.

Veit dagegen war anders gewesen. Er hatte sie erleichtert in den Arm genommen und kein Wort darüber verloren, dass sie ungefragt mit seinem Auto zum Nürnberger Flughafen gefahren war. Aber Veits Meinung zählte nicht. Seine Gutmütigkeit in allen Ehren, aber er hatte keine Ahnung, was tatsächlich ablief hier im Haus.

Sie strich den Entwurf glatt, an dem Bernd Tauber besonders herumkritisiert hatte. Dabei war er das Herzstück ihrer Entwürfe. Eine Referenz an London. In Zentralperspektive die elegante Regent Street, zum Oxford Circus hin im Dunst verschwimmend. Die reich gegliederten Stuckfassaden der Häuser boten ihr ein einzigartiges Spiel mit Licht und Schatten. Durch die Straße schoben sich buntes Gauklervolk, Akrobaten am Hochseil, Jongleure, Tänzerinnen.

Die verletzenden und beleidigenden Worte von Bernd Tauber gellten ihr immer noch in den Ohren. Zu unruhig, zu bunt. Kein

Kunde will in so einer Kindergartenatmosphäre Schmuck kaufen. Die Perlenketten sollen den Gauklern auch nicht aus den Hosentaschen hängen. Das lädt doch förmlich zum Ladendiebstahl ein. Er wollte haargenau die gleiche Ausgestaltung wie in dem Nürnberger Geschäft, dieser Banause. Dabei wollte sie mit dem Regent-Street-Sujet gerade die Londoner ansprechen und auf diese Weise vielleicht sogar neue Kunden gewinnen.

Keines ihrer Argumente ließ er gelten und wurde richtig unverschämt. Sie solle froh sein, das Ausmalen überhaupt machen zu dürfen, hatte er gesagt. Ausmalen! Als ob sie zu der Kategorie der Anstreicher gehörte. Mit dem Totschlagsatz »Wer zahlt, schafft an« hatte er die Diskussion beendet und war über sie hergefallen.

Sie schlug die Hände vors Gesicht, doch die demütigenden Bilder blieben ihr vor Augen. Dieser widerwärtige Typ.

Als das eisige Themsewasser über ihrem Kopf zusammenschlug, war sie wie gelähmt und zu keiner Handlung fähig gewesen. Gott sei Dank hatte der Bootsbesitzer sie rechtzeitig aus dem Wasser gefischt. Und jetzt saß Tauber in London fest und würde seine gerechte Strafe für alles bekommen.

Ebenso abscheulich wie Bernd Tauber war Alexander Kumarow. Was hatte sie sich von diesem primitiven Kerl nicht alles bieten lassen müssen? Sie war gezwungen gewesen, mit ihm in den übelsten Table-Dance-Bars herumzusitzen und sein ordinäres Geschwätz anzuhören. Doch bis heute war es nicht zu dem Treffen mit seinem Vater gekommen, das er ihr in Aussicht gestellt hatte. Er hielt sie doch nur hin und jagte ihr obendrein Angst ein. Aber das würde sich nun grundlegend ändern. Es gab nur noch eine Eibenmalerin, und zwar sie.

Auch Barbara Engel musste ihre Meinung ändern. Bis jetzt hatte sie für sie noch keinen Finger krumm gemacht.

Überhaupt, wenn sie an die Frieze Art in London im letzten Herbst zurückdachte, kochte die blanke Wut in ihr hoch. Von ihr waren viel weniger Bilder ausgestellt gewesen als von Bettina und Laura, dazu auch noch unvorteilhaft aufgehängt und ausgeleuchtet. Auch bei der Podiumsdiskussion war sie am schlechtesten gedolmetscht worden. Wie sonst hätte es sein können, dass an sie keine Nachfragen gestellt wurden?

Alles hatte sich nur um Bettina gedreht. Bettina da, Bettina dort.

Die dagegen, die hatte kaum die Zähne auseinandergebracht. Trotzdem wurde hauptsächlich an sie das Wort gerichtet. Sie durfte die Philosophie und die Beweggründe, die ihren Gemälden zugrunde lagen, genau darlegen. Nur wenige wollten dagegen wissen, welches Ringen um den künstlerischen Ausdruck hinter ihrer Malerei stand. Hier hätte Barbara Engel unbedingt korrigierend eingreifen müssen. Stattdessen hatte sie die Frechheit besessen zu sagen, ihre Bilder hätten sich einfach schlechter verkauft. Wie auch bei dieser miesen Präsentation? Aber jetzt musste Barbara Engel umdenken und hierher nach Gößweinstein kommen. Und sie würde gern kommen zur einzigen Eibenmalerin.

SECHZEHN

Normalerweise freute sich Renate darauf, einen Vortrag zu halten. Doch heute, am Montagmorgen, brütete sie entnervt in ihrem Büro über dem Text, den sie am Samstag schnell zu Ende geschrieben und ausgedruckt hatte. Sie war äußerst unzufrieden damit.

Auf einmal kam ihr alles viel zu banal vor, was sie über diese Rockergangs Hells Angels und Bandidos verfasst hatte. Gerade in Nürnberg, ihrem langjährigen Wirkungsort, wollte sie sich mit ihrem Vortrag keine Blöße geben. Zu allem Überfluss hatte sich auch noch der Innenminister angekündigt, dem das Thema neuerdings sehr am Herzen lag. Auch er beobachtete mit Sorge, dass die beiden Gangs sich auch in Bayern zunehmend breitmachten, und befürchtete langsam Verhältnisse wie in Hamburg, Flensburg oder Duisburg. In Nürnberg wurden inzwischen zwei Bordelle von Mitgliedern der Hells Angels betrieben, aber insgesamt zeigten in Mittelfranken vor allem die Bandidos Präsenz. Das war nicht verwunderlich, da ihr stellvertretender Chef für Europa ausgerechnet in Allersberg Wurzeln geschlagen hatte.

Zu ihrem großen Bedauern hatte sie in ihrer Studie nicht eindeutig genug herausfinden können, warum dieses Rockermilieu so eine Faszination auf bestimmte Männer ausübte. In ihren Augen handelte es sich um eine Machogruppe, die eine gespaltene Existenz aufwies. Die bürgerliche Existenz diente zum Geldverdienen. Dagegen trachteten sie in ihrer Freizeitexistenz danach, die Lust an der Gewalt auszuleben. Einige davon betätigten sich eindeutig im kriminellen Bereich. Neben Zwangsprostitution konnten ihnen Drogenhandel und Waffenschmuggel nachgewiesen werden.

Nervös schaute sie auf die Uhr. Es war schon nach zehn. Um elf musste sie zu einer Besprechung. Der Vortrag begann um achtzehn Uhr. Es war ratsam, mindestens zwei Stunden früher loszufahren, denn die A9 nach Nürnberg war unkalkulierbar. Erneut feilte sie an einem Absatz herum, spitzte die Aussage konkreter zu und überprüfte das dazu erstellte Bildmaterial der Power-Point-Präsentation. So könnte es eigentlich gehen. Außerdem saß sie bei der anschließenden Diskussion nicht allein auf dem Podium. Otto war dabei, ebenso Herfried Wallner und der Polizeipräsident, der ihr immer gewogen war.

In ihre sorgenvollen Gedanken hinein schrillte das Telefon. Otto war am Apparat. Es gab wichtige Neuigkeiten zu Barbara Engel, und er bat sie zu einer kurzen Besprechung zu sich.

Die Luft in Ottos Büro war stickig und abgestanden wie immer. Doch er schien das nicht zu bemerken. Mit einem breiten Lächeln schaute er ihr entgegen und wartete, bis sie am Tisch Platz genommen hatte.

»Schön, dass du so schnell kommen konntest, Renate. Es gibt erste Informationen zu Barbara Engels Pleite. Du, die hat sich tatsächlich gründlich verspekuliert. Sie hat offenbar darauf vertraut, dass ein von ihr gekauftes Zertifikat eine vierteljährliche Gewinnausschüttung zwischen fünf und zehn Prozent des Anlagewerts erbringen würde. Das wurde ihr zumindest von ihrem langjährigen Vermögensberater in den schönsten Farben in Aussicht gestellt. Genau das Gegenteil ist eingetreten. Statt der erhofften Dividenden sank der Wert des Zertifikats ins Bodenlose. Damit konnte sie auch ihre exklusive Wohnung nicht weiter finanzieren. Sie war nicht mehr in der Lage, die monatlich fälligen Zinsen und den Tilgungsbetrag zu leisten.«

Renate stand auf und öffnete ein Fenster. Im Gegensatz zu Otto brauchte sie frische Luft zum Nachdenken. Sie blieb vor dem Fenster stehen und meinte: »Dann wird ihr wohl nichts anderes übrig bleiben, als das Zertifikat schleunigst wieder zu verkaufen.«

Doch Otto schüttelte den Kopf. »Das wird sie doch gar nicht los oder höchstens mit allergrößtem Verlust. Wer will schon ein wertloses Papier? Zur Sicherheit graben unsere Kollegen in dem Fall Engel noch ein bisschen weiter und geben uns Bescheid.«

Renate kehrte an den Tisch zurück und setzte sich wieder. »Das ist gut. Aber ist das nicht ein Wahnsinn, wie schnell man in eine finanzielle Pleite rutschen kann?«

»Am meisten ärgert mich dabei, dass dieser Anlageberater, dem sie offensichtlich auf den Leim gegangen ist, ungeschoren davonkommt«, schnaubte Otto wütend.

Renate nickte dazu und verschränkte nachdenklich die Arme vor der Brust. »Versetzen wir uns einmal in die Situation von Barbara

Engel. Der Verlust des Geldes – und damit der Verlust der exklusiven Wohnung – hat für sie bestimmt eine Größenordnung, die einer persönlichen Niederlage gleichkommt. Nach dem Eindruck, den ich von ihr habe, versucht sie alles, um dagegen anzugehen. Frage: Sind ihr dazu auch alle Mittel recht?«

Forschend blickte Otto Renate an. »An welche Mittel denkst du? An den Raub der Gemälde oder an die Ermordung der Malerinnen?«

»Zunächst denke ich an den Raub. Gerade sie kannte den Wert der Gemälde gut. Sie war mit den Verhältnissen in dem Paterzeller Atelier vertraut und wusste, wie man sich Zugang verschaffen konnte. Vielleicht arbeitete sie sogar mit Kumarow zusammen.«

»Warum eigentlich nicht?«, räumte Otto nach einem Augenblick des Überlegens ein. »Barbara Engel kennt alle Sammler von Bettina Taubers und Laura Bergers Bildern. Viele von ihnen sind Amerikaner. Der plötzliche Tod der beiden Malerinnen hat sich schnell herumgesprochen. Neue Bilder kommen nicht mehr auf den Markt. Barbara Engel braucht nur ein paar Anrufe zu tätigen, und die Sammler kaufen die Bilder unbesehen.«

Renate dachte eingehend darüber nach und führte sich erneut Kumarows Befragung vor Augen. »Kumarow kennt ganz sicher keine betuchten amerikanischen Sammler. Der kennt nur fiesen Abschaum. Aber er ist der ideale Handlanger. Er raubt die Gemälde aus dem Atelier und schmuggelt sie anschließend außer Landes. Dazu nutzt er die gleichen dunklen Kanäle wie für seine Drogengeschäfte.«

Mit diesem Gedanken konnte Otto sich sofort anfreunden. »Da magst du recht haben. Trotz seiner unerträglichen Primitivität ist er ein gerissener Spurenverwischer. Renate, ich befürchte, mit den geraubten Bildern haben wir ganz schlechte Karten. Wahrscheinlich schmücken sie bereits die Wände edler Luxusvillen oder liegen in wohlverschlossenen Tresorräumen.«

»Und Barbara Engel hat sich mit dem Deal gründlich saniert. Während wir sie bedauern, dass sie einem gewissenlosen Anlageberater auf den Leim gegangen ist, hat sie vielleicht den Coup ihres Lebens gemacht«, ergänzte Renate mit bekümmerter Miene.

Doch dann erwachte wieder ihr Kampfgeist. So leicht sollten sie es der Engel und dem Kumarow nicht machen. Entschlossen klatschte sie mit der flachen Hand auf den Tisch. »Jetzt setzen wir erst einmal die Kollegen vom Kunstraub auf die Fährte der beiden. Vielleicht ist doch noch etwas zu retten. Und das sag ich dir, Otto, der Engel und dem Kumarow werden wir noch ein paar äußerst ungemütliche Stunden verschaffen.«

Darauf ging Otto jedoch nicht ein. Er überdachte noch einmal eingehend den gegenwärtigen Kunstmarkt und sagte: »Je mehr ich darüber nachsinniere, Renate, bin ich überzeugt, dass die Bilder nicht in die USA geschafft worden sind. Der westliche Kunstmarkt ist meines Wissens ziemlich transparent. Der Weg, woher Kunstwerke stammen, muss normalerweise lückenlos nachweisbar sein. Eine absolute Garantie gibt es dafür natürlich nicht. Trotzdem denke ich eher an Russland und Asien. Dort sind inzwischen Märkte entstanden, die sich einen Dreck darum scheren, ob die Gemälde legal erworben wurden. An die westlichen Spielregeln halten sie sich nicht.«

»Wenn ich dir so zuhöre, wird mir die Globalisierung immer unheimlicher«, merkte Renate bitter an.

Otto nickte nur dazu und strich sich nachdenklich übers Kinn. »Mit Blick auf den Kunstmarkt kommt noch eines dazu: Zur Geldwäsche sind die Gemälde von derart bekannten Malerinnen doch ideal. Da muss sich keiner um teure Expertisen kümmern. Darum verfolgen Geldwäscher auch mit großer Aufmerksamkeit die Auktionen und kennen somit den aktuellen Marktwert.«

Natürlich Geldwäsche. Renate staunte, dass sie selbst nicht gleich darauf gekommen war. »Geldwäsche, du sagst es, Otto. Und wer profitiert davon? Engel und Kumarow, das raffinierte Gaunerduo. Denen heizen wir ein.«

Otto ließ sich von Renates Energie anstecken, obwohl es ihn schmerzte, dass die attraktive Barbara Engel ein unschlagbares Motiv für die Tat haben sollte. Dagegen hielt sich sein Schmerz bei dem elenden Kretin von Kumarow in Grenzen. Ihn sah er insgesamt als den Drahtzieher und Hauptnutznießer an. Dann besann er sich auf die Termine, die heute noch zu erledigen waren. Er schlug seine Agenda auf und schaute auf die Uhr. »Ich habe noch eine Besprechung hier im Haus. Danach gehe ich zu Desch. Dem will ich auf den Zahn fühlen, ob er von Barbara Engels Pleite wusste.«

Darüber freute sich Renate. »Wunderbar. Am Ende ist unser Napoleon vom Ammersee, der Desch, auch in den Kunstraub verwickelt. In der gegenwärtigen Situation verdächtige ich lieber alle, bevor ich aus Versehen einen auslasse. Vergiss aber nicht, um vier Uhr wieder hier zu sein, damit wir pünktlich nach Nürnberg abfahren können.«

»Wieso Nürnberg? Was sollen wir denn heute dort?« Otto sah Renate mit dem dümmsten Schafsgesicht an, zu dem er fähig war.

Doch diesmal fiel Renate nicht darauf herein. Otto wusste genau, dass sie heute die Hauptreferentin am Nürnberger Polizeipräsidium war. Er war ja selbst als Experte eingeladen. Sie ging zur Tür, hatte bereits die Hand auf der Türklinke, als sie sich noch einmal zu ihm umdrehte und sagte: »Pünktlich vier Uhr. Wenn du nicht da bist, fahre ich ohne dich.«

Auf diese Drohung konnte sich Renate immer verlassen. Otto war ein durch und durch geselliger Mensch. Allein im Auto unterwegs zu sein, war für ihn eine echte Strafe.

***

Otto verließ den U-Bahn-Schacht am Marienplatz. Es war kurz vor elf Uhr, und es hatten sich Touristengruppen verschiedenster Nationalitäten rund um die Mariensäule gegenüber dem Neuen Rathaus eingefunden. Sie warteten auf das Glockenspiel, das zwei Szenen aus der Münchner Stadtgeschichte zeigen würde. In der oberen Nische des neugotischen Erkers setzte in diesem Augenblick ein Ritterturnier ein. In der unteren Nische drehten sich nun die Schäffler zum Tanz und erinnerten damit an das Pestjahr von 1517.

Geschickt schob sich Otto durch die Zuschauer, die mit gereckten Hälsen dem Glockenspiel folgten, und strebte der Weinstraße zu. Er kam am Wurmeck am westlichen Teil des Rathauses vorbei. Dort reckte an der Hausecke ein Fabelwesen seinen Drachenkopf. Jedes Mal, wenn der alte Drache, dieser grausige Lindwurm, ganz fest geblasen hatte, war in München die Pest ausgebrochen. So besagte es zumindest die Legende.

Otto liebte sein München über alles und ging stets mit offenen Augen durch die Stadt. Er kam zum Anfang der Residenzstraße und warf einen Blick in die Maximilianstraße, die eine prächtige Sichtachse bis zum Maximilianeum bot, dem Sitz des Bayerischen Landtags.

Vorbei an den Prachtbauten der Oper und der Residenz setzte Otto den Weg in Richtung Odeonsplatz fort und bog nach ein paar Schritten links in die Viscardigasse ein. Das Drückeberger-Gaßl, wie die Münchner die Viscardigasse liebevoll nennen. Was es mit dem Namen auf sich hatte, erzählte Otto immer wieder gern. Sogar Renate hatte er damit beeindrucken können. Die Feldherrnhalle war während des Dritten Reichs zu einer nationalsozialistischen Weihestätte geworden. Tag und Nacht stand eine SS-Ehrenwache davor, und von allen Vorübergehenden wurde als Ehrenbezeichnung der Hitlergruß erwartet. Viele Bürger wollten dieser ungeliebten Ehrenbezeichnung entgehen und huschten deshalb schnell in die Viscardigasse, die die Residenzstraße mit der Theatinerstraße verbindet. Sie drückten sich vor dem Hitlergruß.

Kurze Zeit später saß Otto in Conrad Deschs Büro und blickte sich suchend im Raum um.

»Wo ist nun das Bild, das so einen Wirbel verursacht hat? Ich hatte fest damit gerechnet, es in deinen Ausstellungsräumen zu sehen.«

Desch nippte an seinem Mineralwasser und lehnte sich zurück. »Otto, wo denkst du hin? Da ist mein Käufer eigen. Ich habe es nur bekommen, um die Fälschung aufzudecken. Der Besitzer hat der kurzen Ausleihe äußerst ungern zugestimmt.« Er warf einen Blick auf seine Armbanduhr. »In einer Stunde wird es wieder abgeholt. Viel Zeit bleibt uns also nicht. Packen wir es an.«

Otto beobachtete interessiert, wie Conrad Desch eine große Staffelei herbeischob, die mit einem weißen Tuch verhängt war. Mit einer fließenden Bewegung nahm er das Tuch ab und schwenkte es wie ein Torero vor seinem Körper. Anschließend richtete er das Licht des Scheinwerfers auf das Gemälde.

Typisch Desch, er musste aus allem eine Show machen, selbst vor einem Einmannpublikum. Kopfschüttelnd stemmte sich Otto aus dem Sessel hoch und näherte sich bedachtsam dem Bild.

Die Locheibe, der rote Schuh, das umwölkte Wasser, all das war ihm bekannt. Und trotzdem vermeinte er, das Gemälde zum ersten Mal zu sehen. Die blau verschattete Rindenstruktur der Eibe wurde lebendig. Gesichter traten hervor. Klein, schemenartig, nur mit wenigen Pinselstrichen moduliert. Schlafende Kindergesichter. Wie aus weiter Ferne drang Deschs Erklärung in sein Bewusstsein. »Abgetriebene Embryos. Kinder, die nie leben durften.«

Das Bild übte einen ungeheuren Sog aus. Die Augen blieben an den Sinterterrassen hängen. Sinterterrassen mit Sprüngen und Pflanzenresten. Grabsteine? Grabsteine, wie zufällig im Bach abgelegt. Hier ruht. Ewige Nacht. Verdammnis. Buchstabe um Buchstabe formten sich für Otto die Worte. Worte aus einer dunklen Welt. Betroffen wandte er sich zu Conrad Desch um. »Was für ein trauriges Bild. Was wollte sie mit den Grabsteinen sagen?«

»Du musst erst das ganze Bild erfassen.«

Desch trat neben Otto, dirigierte ihn drei Schritte zurück und eine Winzigkeit zur Seite.

Wieder begann Otto bei dem roten Schuh und ließ den Blick am Eibenstamm entlangwandern. Ein Ast legte sich schützend darum. Tief hingen die Zweige herab. Sie berührten den Boden. Aus den Zweigen formte sich eine Frauengestalt. Zotteliges Haar, die Kleider nur verschlissene Fetzen. Eine weise Frau, eine alte Vettel, eine Hexe?

Otto atmete tief durch. Erst jetzt bemerkte er, dass er beim Betrachten unwillkürlich die Luft angehalten hatte. Wie hatte er nur jemals das Gemälde als gefällig und effekthascherisch wahrnehmen können? Das muss am Gedränge während der Vernissage gelegen haben. Auch Renate hatte nur den roten Stöckelschuh gesehen. Da war er sich sicher.

Er trennte sich nur ungern von dem Gemälde und gesellte sich zu Conrad Desch, der inzwischen wieder in seinem Sessel Platz genommen hatte. Otto setzte sich so, dass er das Bild gut im Auge hatte. Ungläubig schüttelte er den Kopf. »Ich sag dir was, Conrad, das Gemälde wirft mich um. Mit Laura Berger hattest du wirklich eine großartige Malerin entdeckt.«

Desch lächelte geschmeichelt. »Nicht wahr? Unzählige Male hätte ich das Bild verkaufen können. Noch während der Vernissage sammelte sich bei mir ein ganzer Packen von Folgeaufträgen an. Die begabte Laura hat sich regelrecht eine Fangemeinde ermalt.«

Otto nickte zustimmend. »Bettina und Laura, die Geschichtenerzählerinnen. Geschichten erzählt mit Farbe und Pinsel.«

Nachdenklich nickte Desch dazu. »Dieses Bild erzählt aber die traurigste Geschichte. Die Geschichte der Mädchen, die sich in der Liebe verloren haben. Zu allen Zeiten verlieben sich Mädchen, werden schwanger und werden sitzen gelassen. Auch im Mittelalter. Das Gift der Eibe, das Taxin, galt damals als bewährtes Abtreibungsmittel. Hergestellt von einer weisen Frau oder einer alten Vettel, je nachdem, wie du es sehen willst. Oft war die Dosierung zu stark, und die Mädchen starben mit ihren Kindern an dem Gift. Sie wollten Bräute sein und keine verachteten Sünderinnen, daher die Brautschleier über den Grabsteinen. Dir sind die Brautschleier sicher wie Nebelschwaden vorgekommen, aber wenn du genau hinschaust, erkennst du das textile Gitterwerk.«

Tatsächlich. Mit feinstem Pinsel gemalt. Otto kam sich nun endgültig wie der größte Kunstbanause aller Zeiten vor, weil ihm das nicht selbst aufgefallen war. Vorsichtig fragte er: »Woran hast du eigentlich die Londoner Fälschung erkannt?«

Desch sah Otto so empört an, als ob dieser ihm einen unsittlichen Antrag gemacht hätte.

»Das fragst du noch? Natürlich an der Eindimensionalität des Machwerks. Zu mehr war dieser Dilettant und Schmierant doch nicht fähig. Trotzdem wurde er unverschämt und versuchte tatsächlich, es der Galerie ›White Cube‹ als Frühwerk aufzuschwatzen. Den habe ich aber umgehend in den Stiefel gesteckt. Ich kenne Laura von Anfang an. So ein niedriges künstlerisches Niveau wie dieser Schmierfink hatte sie noch nie.« Trübselig schüttelte Desch den Kopf und fügte hinzu: »Ausgerechnet die lebenslustige Laura malte die traurigsten Bilder. Über kurz oder lang hätte sie sogar Bettina Tauber in den Schatten gestellt. Sie war die begabteste Malerin, die ich je gefördert habe.«

Otto glaubte ihm aufs Wort und löste sich nur ungern von dem Gemälde. Er hätte noch stundenlang darüber philosophieren können. Aber Desch musste ihm noch einige Fragen beantworten. »Conrad, wie wirkt sich nun der Tod der beiden Malerinnen auf den Preis ihrer Bilder aus?«

Desch fiel es sichtlich schwer, sich aus seiner weihevollen Stimmung zu reißen, vor allem durch so ein banales Thema wie Geld. Deshalb bedachte er Otto mit einem besonders vorwurfsvollen Blick.

»Beginnen wir mit der Vernissage. Die war für alle drei Künstlerinnen ein voller Erfolg. Der Zuspruch der Käufer war beachtlich. Verena Bach konnte mit ihren subtilen Installationen überzeugen. Den großen Durchbruch wird sie jedoch mit ihren illusionistischen Bildern erreichen. Die kommen zurzeit wieder sehr in Mode. Aber du wolltest wissen, wie es mit der Wertsteigerung bei den Werken unserer toten Malerinnen aussieht, nicht wahr?«

»Genau das interessiert mich brennend.«

Desch lehnte sich im Sessel zurück und verschränkte die Arme. »Nun ja, Bettina Tauber hat sich mit ihren sorgfältig angelegten Bilderzyklen eine hohe Reputation erworben. Von Laura Bergers Geschick im Erschaffen doppelbödiger Bilder warst du soeben selbst hingerissen. Weißt du, Otto, die beiden konnten alles malen, was sie sahen und planten. Das kann ich weiß Gott nicht von jedem Maler behaupten.«

Otto konnte dem nur zustimmen. Nach all den in Kunstharz gegossenen Merkwürdigkeiten, den angedeuteten, aber nicht realisierten Ideen war der Markt reif für die Malerei mit hohem Qualitätsanspruch. Wie aber wirkte sich dies auf die Bilder der Eibenmalerinnen aus?

»Aber jetzt sag schon, mit welchen Preisen kannst du rechnen?«

Zu Ottos Verdruss setzte Desch sein Sphinx-Gesicht auf und ließ sich wieder einmal Zeit mit der Antwort. Immer das gleiche Manöver, wenn es um Geld ging.

Endlich kam Desch auf den Punkt. »Nun, mit einem sechsstelligen Betrag will ich schon rechnen.«

»Sechsstelliger Betrag.« Otto ließ sich das Wort auf der Zunge zergehen. »Das ist weit gefasst. Sprechen wir von hunderttausend Euro oder von einer knappen Million?«

»Otto, ich bin kein Hellseher, aber Basel und Berlin haben schon angefragt. Die geplante Herbstausstellung wird nun eine Retrospektive für Bettina Tauber und Laura Berger. Von ihnen gibt es keine neuen Bilder mehr. Das Angebot ist also knapp. Zumindest bei Bettina Taubers Gemälden könnte sich der Preis auf fünfhunderttausend einpendeln oder sogar höher. Laura Berger wird nicht wesentlich darunter liegen. Damit ist es aber noch nicht getan. Ich denke, einige Bilder werden auf Auktionen auftauchen. Bereits zwei Privatsammler habe ich schon im Auge, die die Preise strategisch in die Höhe treiben werden. Damit steigern sie den Wert ihrer eigenen Sammlung.«

»Donnerwetter, Conrad, das ist wirklich beachtlich.« Anerkennend pfiff Otto durch die Zähne.

»Ja, nicht wahr?« Nachdenklich strich Desch sich übers Kinn. »In den Kunstmarkt scheint insgesamt wieder Bewegung zu geraten, gerade im hochpreisigen Segment der klassischen Moderne. Erinnere dich an Pablo Picassos Gemälde mit dem Titel ›Nackte, Grüne Blätter und Büste‹ aus dem Jahr 1932. Es kam kürzlich beim New Yorker Auktionshaus Christie's unter den Hammer und wurde für mehr als hundert Millionen Dollar versteigert. Das zeigt mir, dass das Interesse an Kunst wieder im Steigen begriffen ist.«

Über hundert Millionen Dollar für ein Gemälde war selbst für den vermögenden Otto ein schwindelerregender Betrag, der außerhalb seiner Vorstellungskraft lag. Dagegen nahmen sich die fünfhunderttausend Euro für ein Bild der Eibenmalerinnen wie Peanuts aus. Trotzdem war es ein hoher Betrag für jemanden, der dringend Geld brauchte. Seine Vermutung über den Gemälderaub aus dem Paterzeller Atelier nahm für Otto nun immer konkretere Formen an. Barbara Engel musste doch als Drahtzieherin dahinterstecken. Das konnte nicht anders sein, denn sie kannte sich am Kunstmarkt hervorragend aus.

Bei diesem Gedanken war es Otto gar nicht wohl. Ausgerechnet die sympathische Barbara. Jeder andere in diesem Fall würde Otto näher liegen. Nun, vielleicht konnte ihm Desch weiterhelfen. Er schlug einen beiläufigen Ton an und fragte: »Weißt du eigentlich, dass deine Barbara Engel in Geldschwierigkeiten steckt? Ihre Wohnung im Lehel wurde zwangsversteigert, sie ist jetzt nur noch Mieterin.«

»Zwangsversteigert?« Desch war ehrlich überrascht. »Davon weiß ich nichts. Mein Gott, ich hätte ihr doch geholfen. Wie ist das passiert?«

Otto hob die Schultern. »Wie das eben so geht. Sie hat sich verzockt. Sie hat auf die falschen Wertpapiere gesetzt. Kurzum: Sie ist pleite. Was meinst du, Conrad, hat deine Barbara etwas mit dem Gemälderaub zu tun? Hat sie womöglich auch mit den Morden zu tun?«

Desch starrte Otto mit offenem Mund an. »Otto, was redest du da. Niemals! Für Barbara Engel lege ich die Hand ins Feuer.«

Otto hob begütigend die Hände. »Noch haben wir keine begründeten Verdachtsmomente. Aber ich würde gern mit ihr sprechen. Ist sie da?«

»Leider nicht. Sie hat Auswärtstermine. Sie war heute Morgen nur kurz da, um sich Unterlagen zu holen.«

Desch klickte sich auf dem PC zu Barbara Engels Kalender. »Also, sie hat einen Termin in Schleißheim. Danach besucht sie einen unserer Maler im Altmühltal. Ein hoffnungsvoller Neuzugang. Sehr ernsthaft. Gute Technik. Als Mensch allerdings äußerst kompliziert. Künstler neigen dazu. Aber Engelchen mit ihrer realistischen Art macht das schon. Anschließend muss sie noch dringend nach Nürnberg, gegen neunzehn Uhr. Hoffentlich schafft sie das.«

Desch äugte am Bildschirm vorbei zu Otto hinüber. »Ich stehe nämlich mit dem Neuen Museum in Verhandlungen. Für die Herbstausstellung wurde ich um ein Exponat aus meinem Privatbesitz gebeten. Es ist eine überwältigende Holz-Stahl-Konstruktion voll subtiler Spannung, die sich hervorragend für den Klarissenplatz vor dem Museum eignet. Das bleibt aber unter uns, Otto. Solche Informationen dürfen nicht voreilig an die Öffentlichkeit gelangen. Barbara hat den Termin extra so gelegt, weil sie ungestört die Lichtverhältnisse und den möglichen Standort vor der konkaven Glasfront überprüfen will.«

Otto stand bereits, um sich zu verabschieden. Da fiel ihm noch etwas ein. »Was wird denn nun aus Verena Bach? Wirst du sie allein als Eibenmalerin vermarkten?«

Conrad Desch erhob sich ebenfalls und reichte Otto die Hand. »Nein, Verena bekommt ein neues Konzept.«

»Weiß sie schon davon?«

»Bis jetzt noch nicht. Ich bin gerade dabei, meine Netzwerke zu sondieren. Aber ich denke, Verena wird mein Projekt gefallen. Es ist wie maßgeschneidert für sie. Sie ist für mich die Malerin der Emotionen, der starken Gefühle. Das soll auch ihr Schwerpunkt sein. Dazu ist sie talentiert. Bettina und Laura waren die Geschichtenerzählerinnen. Verena dagegen kann meisterhaft Gefühle in Farbe und Form umsetzen. Ihre Genialität in der Illusionismusmalerei wird ihr dabei eine große Hilfe sein.«

SIEBZEHN

Renate hörte nur mit halbem Ohr dem zu, was Otto ihr von Desch erzählte. Sie musste sich auf den dichten Autobahnverkehr konzentrieren. Die A9 machte einem das Leben nicht immer leicht. Außerdem fielen ihr gerade jetzt besonders zündende Alternativvorschläge zu ihrem Vortrag ein. Mit einem Seufzer verbannte sie diese Gedanken aus ihrem Kopf und ärgerte sich über sich selbst. Ihr Vortragsmanuskript war, wie es war, und fertig. Sollte der Innenminister nicht mit allen ihren Aussagen einverstanden sein, würde er es sie schon wissen lassen. Vielleicht erwuchs daraus sogar eine interessante und fruchtbare Diskussion.

Otto packte sie am Arm und beschwerte sich. »Renate, du hörst mir überhaupt nicht zu. Seit du weißt, dass auch der Innenminister zu deinem Vortrag kommt, bist du wie vor den Kopf geschlagen. Dabei solltest du dich darüber freuen. Das zeigt doch, wie sehr ihn das Thema interessiert. Außerdem haben wir ein ganz anderes Problem zu lösen.«

Renate riskierte einen kurzen Seitenblick zu Otto. »So, und welches?«

»Dachte ich es doch. Du hast mir nicht zugehört. Von Desch habe ich erfahren, dass Barbara Engel gegen neunzehn Uhr in Nürnberg ist. Sie schaut sich in seinem Auftrag auf dem Klarissenplatz vor dem Neuen Museum um. Es geht um die Aufstellung eines Exponats aus seiner Privatsammlung.«

»Na und, das ist doch nicht gesetzeswidrig.«

Irritiert musterte Otto Renate von der Seite. »Ja, verstehst du denn nicht, was das heißt? Sie käme damit Verena Bach ziemlich nahe. Innerhalb einer guten halben Stunde wäre sie von dort in Gößweinstein. Seitdem ich weiß, welchen Wert die Gemälde der Eibenmalerinnen inzwischen haben, traue auch ich Barbara Engel nicht mehr über den Weg.«

Renate musste scharf bremsen, damit sie nicht auf den Mercedes auffuhr, der sich unvermutet vor ihre Kühlerhaube gesetzt hatte. Sie machte mit einem lautstarken »Idiot« ihrem Ärger Luft. Dann dachte sie über das nach, was Otto gesagt hatte. »Glaubst du wirklich, dass Barbara Engel es riskieren wird, nach Gößweinstein zu fahren? Verena Bach hat ihr sicher von dem Polizeischutz erzählt. Denkbar wäre auch ein anderer Treffpunkt. Unsere Verena hat sich mittlerweile zur Meisterin im Austricksen der Polizei entwickelt.«

»Damit könntest du recht haben. Ich hab daran gar nicht gedacht.«

Otto blätterte in ein paar zusammengehefteten Seiten herum und fuhr mit dem Finger eine Liste entlang. »Das ist die Teilnehmerliste für deinen Vortrag. Interessant, wer da alles kommt. Manche davon kennen wir noch von unserer Ausbildung in Fürstenfeldbruck her. Schau an, der sommersprossige Herbert ist auch dabei. Der war doch immer so scharf auf dich. Am Ende ist er das immer noch. Pass bloß auf, Renate. Ach ja, und da sind sie schon, René Frank und Amire Önar. Sie scheinen Fans von dir zu sein. Gleich bei der ersten Durchsicht der Liste sind sie mir aufgefallen.«

Gerade über Renés Anwesenheit freute sich Renate. Aber Otto schien einen ganz konkreten Plan im Auge zu haben, und sie fragte: »Sag schon, was hast du tatsächlich vor?«

»Ich schlage vor, wir entbinden sie von deinem Vortrag. Stattdessen sollen sie Barbara Engel überwachen. Amire kennt sie von der ersten Zeugenbefragung nach der Vernissage. Sie weiß also, nach wem sie Ausschau halten soll.«

»Otto, die Engel ist auch nicht auf den Kopf gefallen. Wenn Amire sie kennt, dann kennt die Engel ebenso gut Amire.«

»Aber sie kennt René nicht. Lass mich nur machen, Renate.«

Otto griff nach seinem Handy und tippte Renés Telefonnummer ein, die neben dessen Namen auf der Liste stand. Als René sich meldete, unterbreitete er ihm sein Anliegen. Nach einigen erklärenden Worten beendete er das Gespräch und wandte sich mit einem zufriedenen Grinsen an Renate. »Das Meiste hast du selbst gehört. Sie machen es. Mich verwundert es aber schon, dass die zwei jetzt schon in Nürnberg sind. Wie soll man das verstehen? Ist das mangelnde Dienstauffassung, weil sie vorzeitig ihren Arbeitsplatz verlassen haben? Oder ist es übertriebener Ehrgeiz? Immerhin gilt die Vortragsreihe als Weiterbildungsmaßnahme.«

»Ich tippe ganz einfach auf Liebe«, erwiderte Renate schmunzelnd. »Mir ist gleich aufgefallen, wie die zwei sich gegenseitig mit den Augen verschlingen und ein Herz und eine Seele sind.«

***

René konnte sein Glück kaum fassen. Ganz offiziell durfte er dem Vortrag fernbleiben und stattdessen mit Amire zusammen sein. Die Engel-Überwachung war ein reines Kinderspiel, alltägliche Routinearbeit. Die konnte man locker nebenbei erledigen.

Er berichtete Amire von Fechters Auftrag und sah an ihrem fröhlichen Lachen, dass sie sich ebenso wie er darüber freute. Behutsam umfasste er ihren Arm und führte sie vom Polizeipräsidium weg in Richtung Karolinenstraße.

Weit kamen sie aber nicht, denn Amire wurde bereits am Ludwigsplatz magisch von einem Café angezogen. Ohne groß nach Renés Wünschen zu fragen, bestellte sie zwei Eisbecher.

Während sie das Eis löffelten, fragte René: »Welche Sportart treibst du eigentlich? Deine Oberarme sind hart wie Stahl.«

»Pole-Dance.«

»Pole-Dance? Ehrlich, Amire, das habe ich in meinem Leben noch nicht gehört.«

»Stangentanz aber schon, oder?«

Entgeistert legte René den Eislöffel zur Seite. »Stangentanz – du machst Stangentanz? Den kenne ich nur aus dem Rotlichtmilieu.«

»Damit bist du nicht der Einzige«, sagte Amire lachend. »Die einzige Gemeinsamkeit mit dem Rotlichtmilieu ist aber die Stange. Ansonsten trennen uns Welten. Im Gegensatz zu den Frauen dort trennen wir uns nämlich auch vom Boden. Pole-Dance ist harter Leistungssport. Eine Mischung aus Ballett, Turnen und Akrobatik. Erotisch ist daran eigentlich nichts, aber es sieht sehr ästhetisch aus. Im chinesischen Zirkus hat die Stangenakrobatik eine lange Tradition. Viele Elemente davon fließen in den Pole-Dance ein.«

»Kommt es vor, dass auch Frauen aus dem Rotlichtmilieu bei euch mitmachen wollen?«, erkundigte sich René.

»Hin und wieder, wenn sie sich leistungsmäßig verbessern wollen. Für mich ist das in Ordnung.«

René widmete sich wieder dem Eisbecher. Als er ihn ausgelöffelt hatte, lehnte er sich im Stuhl zurück und betrachtete Amire mit ungläubiger Miene. »Ich fass es immer noch nicht. Du tanzt an der Stange. Ehrlich gesagt, hätte ich Bauchtanz bei dir eher vermutet. Was trägt man eigentlich beim Stangentanz?«

»Stringtanga, High Heels, Pailletten auf den Brustwarzen«, Amire machte eine kunstvolle Pause, »jedenfalls nicht. Wir trainieren in eng anliegender Sportkleidung. Und man steckt uns auch kein Geld in die Turnhose.«

Ihre Augen funkelten vor Vergnügen, und sie musterte über ihren Eisbecher hinweg René. Dann begann sie, in ihrer Handtasche herumzusuchen. Sie zog ein gefaltetes Blatt heraus und schob es zu ihm über den Tisch.

»Ich sehe schon, dass du dir von Pole-Dance keine richtige Vorstellung machen kannst. Du bleibst ständig im Erotikbereich hängen. Schau mal, das ist der Flyer für unsere Bayerischen Meisterschaften im Sommer hier in Nürnberg. Die an der mittleren Stange bin ich.«

Kopfüber und mit weit ausgebreiteten Armen hing Amire hoch oben in der Luft. Nur ihre fest um die Stange geschlungenen Beine gaben ihr Halt. Anerkennend pfiff René durch die Zähne. »Wahnsinn. Du, das sieht ja irre aus. Richtig akrobatisch. Sag mal, das muss doch höllisch brennen, wenn man da abrutscht.«

»Klar. Deshalb tragen wir auch keine Stringtangas.«

»Schade eigentlich, aber zu der Meisterschaft würde ich gern kommen und dich fotografieren.«

Das wehrte Amire sofort ab. »Lieber nicht. Dein Fotografieren würde mich nur nervös machen. Am Ende rutsche ich tatsächlich ab und vermassle damit die Meisterschaft. Ich habe nämlich gute Chancen, sie zu gewinnen. Besuch mich doch einfach mal in Weilheim. Ich habe in meiner Wohnung auch eine Stange zum Trainieren. Da bekommst du eine Privatvorstellung von mir.«

René konnte sein Glück kaum fassen und stimmte dem Vorschlag begeistert zu. Das war viel besser als die Meisterschaft mit dem lästigen Publikum. Auch wenn der Eibenwaldmord möglicherweise früher, als ihm lieb war, aufgeklärt wurde, hatte er nun einen weiteren Grund, Amire wiederzusehen. Immerhin hatte sie ihn schon in das Restaurant ihrer Eltern eingeladen. Vielleicht würde sie sich sogar davon überzeugen lassen, dass die Idee mit Europol gar nicht so gut war.

Auf einmal befielen ihn brennende Selbstzweifel. Neben ihr mit ihrer bunt schillernden Herkunft und der außergewöhnlichen Sportart kam er sich vor wie die personifizierte Langweiligkeit. Nichts, aber auch gar nichts in seinem Leben war erzählenswert. Seine Eltern betrieben eine kleine Hausbrauerei im oberfränkischen Scheßlitz. Dort war er geboren und aufgewachsen. Dann kam die Polizeiausbildung. Das einzig Aufregende, was er anbieten konnte, war das Klettern. Aber auch das nahm sich im Vergleich zu Pole-Dance ziemlich alltäglich aus.

Er schreckte aus seinen trübseligen Gedanken auf, als der Ober an ihren Tisch trat. Amire hatte ihn herangewinkt. Sie wollte zahlen. Doch René war schneller und übernahm die Rechnung für die Eisbecher. Danach schlenderten sie die Karolinenstraße entlang.

Als vor ihnen die gotische Pracht der Lorenzkirche mit der filigranen Rosette über dem Portal aufragte, ging er mit sich zurate, ob er mit Amire hineingehen sollte. Er könnte ihr den englischen Gruß zeigen oder das meisterhaft gearbeitete Sakramentshäuschen von Veit Stoß. Doch dann entschied er sich anders. Er führte sie neben der Kirche zum Tugendbrunnen, einem Meisterwerk der Spätrenaissance, und stieg mit ihr die Stufen bis zum Gitter hinauf. Hinter dem Gitter standen die kunstvoll in Bronze modellierten Haupttugenden wie Glaube, Liebe, Hoffnung mit ihren dazugehörenden Emblemen. Aus ihren blanken Brüsten strömte wenig tugendsam Wasser.

Amire hörte Renés Erklärungen aufmerksam zu und lachte herzlich. »Weißt du, an diesen Tugenddarstellungen gefällt mir vor allem, dass der Künstler zwischen Tugendhaftigkeit und Sinnesfreude keinen Widerspruch sah. Den haben sich ganz andere Geistesgrößen einfallen lassen. Schade, dass ich meine Kamera nicht dabeihabe. Ich hätte gern ein Foto von dem Brunnen und den sieben Haupttugenden gemacht. Besonders gut gefällt mir die Tugend der Gerechtigkeit, die mit ihren verbundenen Augen und der Waagschale in den Händen die Spitze des Brunnens bildet.«

»Das Fotografieren holen wir ganz schnell nach«, versprach René und griff nach ihrem Arm. »Aber jetzt müssen wir uns wirklich beeilen. Bevor wir zum Neuen Museum gehen, sollten wir unsere Autos noch strategisch günstig platzieren.«

Das Tempo, das René in Richtung Tiefgarage hinter der Lorenzkirche anschlug, war Amire viel zu schnell. Sie hatte kaum Zeit, auf das bucklige Kopfsteinpflaster zu achten, und kam mit ihren leichten Sandaletten immer wieder ins Straucheln. Wenn sie geahnt hätte, dass statt des Vortrags eine Beschattung auf sie wartete, hätte sie trittfestere Schuhe angezogen.

Ihre Autos standen in der Tiefgarage nebeneinander. Bevor René einstieg, sagte er: »Fahr mir einfach hinterher. Ich kenne in Nürnberg alle legalen, halblegalen und illegalen Parkplätze. Du nimmst den, den ich dir zeige.«

Amire folgte mit ihrem Golf gehorsam seinem silberfarbenen BMW durch das Gewirr von verwinkelten, engen Gassen. Schon bevor er ihr ein Zeichen gab, entdeckte sie die Parklücke für ihr Auto.

Als sie wenig später zu Fuß in der Königstraße anlangte, sah sie, wie er gerade sein Auto versperrte. Sein Parkplatz war eindeutig illegal. Noch ein Auto stach ihr in die Augen, nur ein paar Parkplätze weiter in Richtung Bahnhof. Ein kleines rotes Sportcabriolet mit Münchner Kennzeichen. War Barbara Engel nicht nach der Befragung vor einer Woche in so ein ausgefallenes Cabriolet gestiegen? Wie es aussah, war sie also schon hier. Aber wo? Mit ein paar Schritten war Amire bei René und berichtete ihm von ihrer Beobachtung.

René schaute auf die Uhr und schien ehrlich überrascht, dass es schon nach sechs war. Die Zeit, die sie gemeinsam verbracht hatten, war aber auch wie im Fluge vergangen. Nachdenklich runzelte er die Stirn und fragte Amire: »Was würdest du an Barbara Engels Stelle tun? Du kommst früher als erwartet von einem Gespräch mit einem Künstler, um dir hier in Nürnberg einen bestimmten Platz genau anzuschauen.«

»Also ich würde zu allererst etwas essen wollen«, bekannte Amire. »Aber ich gehöre auch zu den gefräßigen Menschen. Bei der Engel bin ich mir da nicht so sicher, so lang und dünn wie die ist. Ach, da fällt mir ein: Weißt du überhaupt, wie sie aussieht?«

»Kadema hat mir ein Foto gezeigt. Das ist eine auffallend schöne Frau. Die werde ich bestimmt nicht übersehen. Deine Idee leuchtet mir aber trotzdem ein. Auch Dünne müssen essen.«

René blickte die Königstraße entlang und schlug vor: »Du gehst hier hinüber zur Luitpoldstraße und suchst die Lokale nach der Engel ab. Siehst du den schmalen Durchgang, der links von der Luitpoldstraße abbiegt?«

Amire nickte.

»Gut. Der führt direkt zum Eingang des Museums am Klarissenplatz. Dort treffen wir uns. Ich drehe inzwischen eine Runde über den Handwerkerhof und sehe da in den Gaststätten nach.«

Amire durchkämmte diskret, aber gewissenhaft das Café mit Bäckerei an der Ecke, wechselte zum gegenüberliegenden Burger King und stöberte durch das Café des Literaturhauses. Von Engel keine Spur. Ab jetzt begann es, richtig sündhaft zu werden. Ein Porno- und Table-Dance-Schuppen löste den anderen ab. Dazwischen zweifelhafte Hotels. Amire glaubte nicht, dass es notwendig war, auch diese zu durchsuchen, und trat den Rückweg an. Als sie erneut am Literaturhaus vorbeikam, sah sie die Engel. Sie saß an einem der Tischchen im Freien und beugte sich gerade über ein Nudelgericht. Aus einem ihr unerfindlichen Grund hatte Amire sie wohl übersehen. Sie flüchtete sofort auf die andere Straßenseite und drückte sich die Nase an einem Schaufenster platt. Auf keinen Fall wollte sie von Barbara Engel entdeckt werden.

»Na, du geile Schnalle, das gefällt dir wohl«, ertönte es plötzlich neben ihr. »Du, ich mach's dir umsonst.« Ein schmieriger Kerl mit strähnigen Haaren, der ihr höchstens bis zur Schulter reichte, grinste sie zweideutig an und machte dazu eine eindeutige Handbewegung.

»Kein Bedarf.« Amire funkelte ihn zornig an und sah zu, dass sie schleunigst von dem Schaufenster mit den Sexartikeln wegkam.

***

Barbara Engel sah von ihrem Nudelgericht auf. Das war doch die Polizistin von der Weilheimer Kripo, von der sie zum Tod der Eibenmalerinnen befragt worden war. Was machte die hier in Nürnberg und warum ausgerechnet jetzt? Was steckte dahinter? Wurde sie etwa observiert? Das fehlte gerade noch.

Sie verschluckte sich fast an der Gabel voll Nudeln, als die Polizistin sich eilig entfernte, hinter ihr ein schmieriger, kleiner Kerl, der ihr Obszönitäten nachschrie. Dann lehnte sie sich beruhigt zurück. Das hatte alles nichts mit ihr zu tun. Sicher ging es um eine Angelegenheit im angrenzenden Rotlichtmilieu. Warum aber dabei die Polizistin verfolgt wurde und nicht der heruntergekommene Kerl, kam ihr irgendwie eigenartig vor. Sie gab dem Ober ein Zeichen, dass sie bezahlen wollte.

Es wurde Zeit. Zunächst stand das Sondieren einer geeigneten Ausstellungsfläche für eine Installation an. Das war für sie mittlerweile reine Routinearbeit. Den Vorgang hatte sie von Conrad Desch gründlich gelernt. Weitaus schwieriger war das, was sie danach zu erledigen hatte. Verena wurde mehr und mehr zum Problem, das ein für alle Mal gelöst werden musste, und zwar noch heute.

***

Der Kerl ließ sich nicht abschütteln und lief Amire hinterher. »Hab dich nicht so, du geiles Stück. Ich weiß doch, worauf du scharf bist«, brüllte er die Straße entlang und versuchte, mit ihr Schritt zu halten.

Amire hoffte inständig, dass Barbara Engel nicht auf sie aufmerksam geworden war, und schlüpfte durch den engen Durchlass auf den Klarissenplatz. Wütend bemerkte sie, dass ihr der sexbesessene Typ immer noch auf den Fersen war.

Er hielt sie am Arm fest und keuchte, weil ihm vom Laufen die Luft ausgegangen war: »Du bist wohl eine von den ganz Spröden, was? Du, das mag ich gern. Wirst sehen, ich besorg es dir extra gut.«

»Ich besorg es dir auch gleich und zwar so, dass dir Hören und Sehen vergeht, wenn du meine Frau nicht in Ruhe lässt und augenblicklich Leine ziehst.«

René packte den Kerl am Schlafittchen und hielt ihm drohend die Faust unter die Nase.

»Man wird ja wohl noch fragen dürfen«, lenkte der ein. Im Weggehen wurde er jedoch wieder frech. »Pass du lieber besser auf deine Frau auf. Die schaut sich lauter Schweinkram an. Das gehört sich nicht.«

Amire warf René ein ironisches Lächeln zu. »Du sollst besser auf deine Frau aufpassen. Hast du das gehört?«

»Mensch, Amire, das mit der Frau ist mir wirklich nur so herausgerutscht.« Vor lauter Verlegenheit wusste René nicht, wie er sich am besten rechtfertigen sollte. »Du weißt doch selbst, dass diese

Typen nur ganz einfache Ansagen verstehen. Eines wissen sie aber genau: Von Frauen, die in festen Händen sind, lässt man lieber die Finger. Das gibt nur Ärger.«

»Die türkischen Männer denken auch so, wahrscheinlich machen das alle Männer. Es gehört offenbar zu ihrem genetischen Programm.«

Amire sah René an, dass ihm das Thema nicht gefiel, und sie beschloss, es zu beenden. Er sollte aber wissen, was ihr tatsächlich durch den Kopf ging. »Weißt du, René, ich habe so schwer dafür kämpfen müssen, Polizistin zu werden. Meine Eltern waren damit überhaupt nicht einverstanden. Deshalb bin ich vielleicht überempfindlich. Mit Sicherheit wäre ich keine Polizistin geworden, wenn ich bei derartigen Lappalien männliche Unterstützung gebraucht hätte. Ich wäre schon selbst mit dem Kerl fertiggeworden, ich wollte aber kein Aufsehen erregen. Im Literaturhaus-Café sitzt nämlich Barbara Engel. Trotzdem danke für deine Hilfe. – Du, da kommt sie.«

Amire wich tief in den schützenden Schatten eines Gebäudes zurück und hatte mit einem Mal eine Szene voll Magie und Doppeldeutigkeit vor sich. Die Fassaden der ehrwürdigen Nürnberger Bürgerhäuser und die alte Stadtmauer spiegelten sich in der konkav gebogenen Glasfassade des Museums wider, wurden Teil davon wie eine vielschichtige Skulptur.

Barbara Engel, die sich sorgfältig auf dem Klarissenplatz umsah, Fotos schoss und auf einem Block Skizzen machte, wurde in der Spiegelung ebenfalls Teil des Kunstwerks. René verschmolz mit ihr, als er hinter sie trat und wie zufällig einen Blick auf ihren Skizzenblock warf. Beide schienen am Fuß der Treppe zu stehen, die sich im Inneren des Museums in korkenzieherförmigen Schwüngen nach oben wand. Dem Architekten war es auf eine unnachahmlich geniale Weise gelungen, Innen und Außen miteinander zu verweben. Amire war von dem Anblick so betört, dass sie gar nicht bemerkte, wie René herankam.

Er schlang von hinten beide Arme fest um ihre Schultern und stützte sein Kinn auf ihren Scheitel. »Ich sehe, dir gefällt diese fast hundert Meter lange Glasfassade von Volker Staab auch. Das ist pure Leichtigkeit und Transparenz. Schade, dass ausgerechnet heute auf dem Klarissenplatz keine Installation zu sehen ist. Das ist nämlich sensationell, wie fließend die Übergänge von außen nach innen sind und natürlich auch von innen nach ... Ach du Schreck, die Engel ist weg.«

Verdutzt schauten sie sich an. Barbara Engel war es tatsächlich gelungen, sich unter den Augen des Gesetzes unbemerkt aus dem Staub zu machen.

»Vielleicht geht sie zu ihrem Auto. Nichts wie hinterher.« René packte Amire am Arm und zog sie mit sich. Beide spurteten in Richtung Königstraße und sahen, wie Barbara Engel in ihr rotes Cabrio stieg.

René zwängte sich waghalsig zwischen den Autos hindurch und überhörte die Schimpfwörter, die ihm zugerufen wurden. Den Strafzettel, der unter dem Scheibenwischer klemmte, riss er an sich und manövrierte das Auto schon in Fahrtrichtung, als sich Amire auch über die Straße wagte und auf den Beifahrersitz schlüpfte.

Glücklicherweise schien sich Barbara Engel in Nürnberg nicht allzu gut auszukennen. Renés Ansicht nach fuhr sie einen gewaltigen Umweg, um zum Bahnhof zu gelangen. Das machte es ihm leichter, ihr zu folgen. Vor dem Bahnhof wurde es spannend. Wohin wollte sie? Zur Autobahn nach München? Da hätte sie geradeaus weiterfahren müssen. Engel bog links ab Richtung Bayreuth.

Nachdenklich kaute René auf seiner Unterlippe, während er unbeirrt dem roten Cabrio folgte. Er warf einen kurzen Blick auf Amire und fragte: »Was würdest du jetzt tun?«

»Was wohl? Ich würde versuchen, Kadema oder Fächler zu erreichen. Auch auf die Gefahr hin, mit dem Anruf mitten in den Vortrag hineinzuplatzen.«

»Dann mach das bitte.«

ACHTZEHN

Renate stand in der Toilette des Nürnberger Polizeipräsidiums vor dem Spiegel und schüttelte ungläubig den Kopf über ihre verwüstete Frisur. Warum konnte sie nicht wie jeder andere auch ruhig und souverän einen Vortrag halten? Sich mit beiden Händen am Rednerpult festhalten und mit bedeutungsvollem Blick in die Menge der Zuhörer schauen. Aber nein, bei ihr ging es leider immer nur mit heftiger Gestik und vollem Körpereinsatz. Sie wollte gar nicht wissen, wie oft sie sich durchs Haar gefahren war. Gleich nach der Pause würde die Diskussion beginnen. Wenigstens dabei wollte sie eine gute Figur machen. Seufzend holte sie ihre Bürste aus der Tasche und behob den Schaden. Als sie danach mit dem Lippenstift ihre Lippen nachzog, vibrierte ihr Handy.

Amire Önar war am Apparat. Sie teilte ihr mit, dass Barbara Engel stadtauswärts Richtung Bayreuth fuhr, und wollte wissen, ob sie ihr weiter folgen sollen.

»Unbedingt«, antwortete Renate. »Informieren Sie auch die Kollegen, die Verena Bach bewachen. Wenn sie sich entfernen will, sollen sie sie gehen lassen, aber sie sollen ihr unauffällig folgen. Und halten Sie mich auf dem Laufenden.«

Renate sprühte sich noch einen Hauch von Parfüm ins Haar und kehrte in den Vortragssaal zurück. Dort hielt sie Ausschau nach Otto. Sie entdeckte ihn schnell, durch seine beachtliche Länge und Breite war er auch nicht leicht zu übersehen. Er unterhielt sich gerade mit dem Innenminister. Das war ärgerlich. Renate versuchte, mit ihm Blickkontakt aufzunehmen.

Doch statt Otto erwiderte der Innenminister den Blick und winkte sie zu sich heran.

»Ich freue mich schon auf die Diskussion, Frau Wörlein. Sie wissen, wie sehr mir das Thema mit den Hells Angels und den Bandidos unter den Nägeln brennt.«

»Ehrlich gesagt, brennen uns der Fall der Eibenmalerinnen und die geraubten Gemälde stärker unter den Nägeln«, entgegnete Renate und entschloss sich spontan, den Innenminister über ihr akutes Problem, das sie mit Barbara Engel hatten, in Kenntnis zu setzen.

Immerhin war er bei der Vernissage anwesend gewesen und hatte sich einige Male nach dem Stand der Ermittlungen erkundigt.

Der Innenminister war über den Verdacht gegen Barbara Engel rundum verblüfft und ein wenig besorgt. »Gehen Sie bitte vorsichtig an die Sache heran und halten Sie gegenüber der Presse dicht. Sie erinnern sich doch an das handverlesene Publikum anlässlich der Vernissage. Man hat ganz schnell internationale Verwicklungen am Hals.«

»Deshalb nehmen Herr Fechter und ich uns des Falles persönlich an. Sollte es notwendig sein, werden wir die Diskussionsrunde vorzeitig verlassen.«

»Sehr gut. Das beruhigt mich.«

Der Innenminister trank sein Glas aus und ging zum Podium, um die Diskussion zu eröffnen.

***

Barbara Engels rotes Cabrio verschwand hinter einer Kurve, und René Frank trat fest auf das Gaspedal seines BMW, um nicht den Anschluss zu verpassen.

Erleichtert atmete Amire neben ihm auf, als der Sportwagen wieder in Sicht kam, und fragte: »Wo mag Barbara Engel wohl hinwollen? Du kennst dich doch hier aus.«

»Auf der B 2 gibt es eine Menge Möglichkeiten: Wenn sie demnächst links abbiegt, geht es Richtung Wiesenttal. Dort könnte sie das Walberla hinaufsteigen und an der Tür der Walpurgiskapelle rütteln. Sie könnte auch nach Muggendorf weiterfahren und in den ›Pilgerstuben‹ einen Schlehengeist trinken«, scherzte René. »Aber schau, das macht sie nicht. Sie fährt weiter Richtung Gräfenberg.«

»Gräfenberg?«, vergewisserte sich Amire. »Was will sie denn dort? Etwa an einer Nazi-Gegendemonstration der vom braunen Sumpf geplagten Gräfenberger teilnehmen?«

Der Verkehr wurde zunehmend dünner. René hatte Mühe, bei Barbara Engels Höllentempo mitzuhalten, da er sich immer wieder zurückfallen lassen musste, damit sie ihn nicht entdeckte.

Barbara Engel jagte die Anhöhe bei Gräfenberg hinauf, René hinterher. Oben angekommen, keine Spur von dem Sportwagen.

»Allmächd, jetzt haben wir sie verloren«, seufzte René.

»Links. Du musst links abbiegen. Ich habe hinter der Kurve was Rotes verschwinden sehen.«

»Amire, dann weiß ich, wohin sie will. Sie fährt tatsächlich nach Gößweinstein.«

Amire zog scharf die Luft ein. »Jetzt wird es ernst. Ich gebe Kadema und Fächler gleich Bescheid.«

Sie wählte Renate Wörleins Nummer und informierte sie über die Sachlage.

»Kadema und Fächler machen sich auf den Weg. Deine Bamberger Kollegen ebenfalls. Kadema regelt das gerade«, berichtete sie René, als sie das Telefon wieder wegsteckte.

»Das kann aber noch dauern. Barbara Engel hat einen gewaltigen Vorsprung.« René umklammerte fest das Steuerrad und folgte konzentriert der kurvenreichen Straße. Ein Unfall wäre das Letzte, was sie noch brauchen könnten.

Kurz vor Gößweinstein verlangsamte Barbara Engel das Tempo, und René konnte aufholen. Auf der Höhe der Basilika bog sie nach links ab in Richtung Hotel Eibenklause.

»Was sollen wir tun, hinterherfahren?« Amire kaute nachdenklich auf ihrer Unterlippe. »Vorschlag: Bleib du hier im Auto. Wer weiß, vielleicht holt sie Verena nur ab und fährt mit ihr irgendwohin, und wir müssen schnell hinterher. Ich gebe dir Bescheid.«

Sie sprang aus dem Auto und spurtete los.

***

Barbara Engel brachte ihr Auto im dicht bewachsenen Hohlweg hinter der Eibenklause zum Stehen. Wütend stieg sie aus und warf die Tür ins Schloss. Für solche Sperenzchen hatte sie wirklich keine Zeit. Verena musste mit sehr guten Gründen auffahren, um sie versöhnlich zu stimmen.

Ein Schatten löste sich aus dem Gebüsch und kam auf sie zu. Verena.

Barbara Engel hielt sich nicht mit Freundlichkeiten auf. »Was ist denn gar so wichtig, dass du mich extra von München hierher in dieses Kaff jagst?«

»Mir ist eine großartige Idee gekommen, Barbara. Das musst du dir selbst anschauen. Du willst doch auch, dass es mit der Eibenmalerei weitergeht. Ich habe es ausprobiert. Es funktioniert. Komm mit.« Ohne Barbaras Reaktion abzuwarten, folgte sie dem Hohlweg in den Eibenwald.

Barbara Engel lief ihr wohl oder übel mit vorsichtigen Schritten hinterher. Ihre Schuhe waren für den steinigen und abschüssigen Weg vollkommen ungeeignet.

»Eine irrwitzigere Zeit hättest du dir nicht aussuchen können, Verena. Was soll das Ganze? In einer halben Stunde ist es dunkel, und wir stehen mitten im Wald. Hast du wenigstens eine Taschenlampe für den Rückweg dabei?«

Verena drehte sich mit einem strahlenden Lächeln zu Barbara um und hielt ihr die Hand hin. »Klar doch, Barbara. Komm, gib mir deine Hand, dann geht es schneller. Schau dir die wunderschönen Dolomitfelsen an. Das ist der perfekte Hintergrund für meine neuen Eibenbilder. Ich werde mich ganz auf das Mystische, das Geheimnisvolle verlegen. So hätte es Bettina gewollt. Nicht wahr, Barbara?«

Als Barbara Engel nicht antwortete, setzte sie hinzu: »Ich kann es. Du wirst sehen, ich kann das Eibenwaldprojekt allein fortsetzen.«

In verbissenem Schweigen stolperte Barbara Engel hinter Verena her. Das Eibenwaldprojekt. Das Eibenwaldprojekt war für sie längst gestorben. Ausgerechnet hier, in dieser Waldeinsamkeit, musste sie Verena das endgültig klarmachen. Erleichtert nahm sie wahr, dass sich der Weg zu einer Plattform vor einer Felswand erweiterte. Sie trat an das Geländer und sah hinunter. Mehr als zwanzig Meter ging es senkrecht nach unten. Fest umkrallten ihre Hände das Geländer. Einen Sturz in die Tiefe würde keiner überleben.

***

Amire sah sich auf dem Parkplatz vor dem Hotel Eibenklause um. Weit und breit keine Spur von Barbara Engels Auto. In der Wirtsstube des Hotels traf sie auf die Polizistin, die Verena Bach zu bewachen hatte. Mit wütendem Gesicht rief sie gerade René an und teilte ihm mit, dass Verena wieder entwischt war.

»Wie konnte das passieren?«, fragte Amire.

Die Polizistin steckte das Handy ein und grollte: »Sie hat mich ausgetrickst. Vor einer halben Stunde bat sie mich, mit ihr in die Wirtsstube zum Essen zu gehen. Das haben wir schon einige Male so gemacht. Beim Essen sagte sie, sie müsse kurz zur Toilette. Als sie nach fünf Minuten nicht wiederkam, hab ich schnell noch das letzte Stück Schnitzel in den Mund geschoben und bin nachschauen gegangen. Da war sie schon weg, und ich weiß nicht, wohin.«

René kam herein und beruhigte seine Kollegin. »Wir finden sie ganz sicher. Weit kann sie noch nicht sein. Kümmere du dich um die Verstärkung aus Bamberg.«

Amire rief in der Zwischenzeit bei Renate Wörlein an und beschrieb für sie mit knappen Worten die Situation.

»Die von Nürnberg sind schon an Gräfenberg vorbei, und die von Bamberg müssen auch gleich hier sein«, berichtete Amire. »Wir können aber nicht warten. Wer weiß, was die Engel mit Verena vorhat. Wir schauen uns hier um, vielleicht entdecken wir sie.«

Gemeinsam verließen sie den Parkplatz des Hotels und folgten dem Hohlweg, der hinter dem Gebäude vorbeiführte. Hinter einer Wegbiegung stand Barbara Engels rotes Sportcabriolet. Niemand saß darin, die Türen waren verschlossen. Nachdenklich blickte René sich um.

»Der Weg führt direkt in den Eibenwald. Du kennst ihn schon. Ich schlage vor, wir gehen ihn ein Stück weit. Vielleicht finden wir dort die Frauen. Oder hast du eine bessere Idee?«

Amire schüttelte den Kopf und folgte René den abschüssigen Weg hinab. Im Eibenwald teilte sich der Weg. »Welche Richtung könnten sie wohl eingeschlagen haben?«, rätselte Amire.

»Gute Frage. Der rechte Weg führt in einem Bogen wieder aus dem Eibenwald heraus. Wenn wir uns links halten, gehen wir direkt an den Felswänden vorbei. Wohin könnten sie also gegangen sein?«

Amire dachte nach: »Bei dem, was Barbara Engel vielleicht vorhat, will sie ungestört sein. Warum sollte sie also den Wald verlassen wollen? Ich denke, wir gehen nach links.«

***

Mittlerweile war die Sonne untergegangen, und der Himmel wölbte sich in einem geradezu unnatürlich leuchtenden Blau über den grauen, hoch aufgetürmten Felsen. Verena wandte sich Barbara zu.

»So habe ich es mir vorgestellt: grauer Fels zur blauen Stunde. Ich werde dem Felsen Gesichter einhauchen, ich werde ihn zum

Leben erwecken. Ich werde den Felsen weinen lassen. Blut. Blutige Tränen.« Verena strich sanft über die Felswand, die neben ihr aufragte. In ihre Augen trat ein träumerischer Glanz. »Frauen in mittelalterlichen Gewändern lasse ich aus dem Fels treten. Weise Frauen, Heilerinnen oder schrundiger Fels. Die Augentäuschung wird perfekt sein. Es soll eine Hommage an Bettina sein. Bettina würde sich freuen.«

Barbaras Mundwinkel sanken unwillig nach unten. »Du kannst Bettinas Werk nicht fortsetzen. Dazu hast du das Zeug nicht. Was du dir ausdenkst, ist nur billiger Abklatsch. Du und eine Hommage!« Barbara lachte ironisch. »Du hast doch keine Ahnung, wie eine Hommage auszusehen hat. Das müsste man dir erst einmal beibringen.«

Verena fühlte, wie ihr die letzten zwanzig Jahre ihres Lebens aus den Händen glitten. Mit einem Mal war sie wieder das siebenjährige, hilflose Kind. »Du kannst nichts, du hast das Zeug nicht dazu, du bist unfähig, dir fehlt das Talent«, hörte sie die raue, grobe Stimme ihrer Mutter sagen. Mutters abwertendes Lachen.

»Barbara, dir habe ich vertraut. Dir und Bettina und Laura. Du hast doch an mein Talent geglaubt und aus mir die dritte Eibenmalerin gemacht. Gilt das nun nicht mehr? Bin ich in deinen Augen auf einmal nichts mehr wert?« Verenas Stimme wurde unnatürlich hoch wie bei einem Kind.

»Natürlich bist du eine wertvolle Künstlerin. Wir können das Eibenmalerinnenprojekt aber nicht mit einer Malerin fortsetzen«, argumentierte Barbara in sachlichem Ton. »Das verstehst du doch.« Bedachtsam setzte sie hinzu: »Auf dich warten andere Projekte. Du wirst schon sehen.«

Verenas Augen füllten sich mit Tränen. »Die beiden Jahre als Eibenmalerin waren die schönsten Jahre meines Lebens. Auf einmal war ich wichtig. Andere haben sich für das, was ich denke und mache, interessiert. Barbara, sei ehrlich. Du magst mich doch, oder?«

»Aber sicher mag ich dich.« Barbaras Stimme klang nun ruhig und begütigend. »Du weißt selbst, wie ich bei Desch für dich gekämpft habe. Du bist eine großartige Künstlerin. – Auf deine Weise eben.« Nur langsam kam ihr der letzte Satz über die Lippen.

***

René bewegte sich mit traumwandlerischer Sicherheit auf dem schmalen, steinigen Weg, dicht an den Felswänden entlang. Jeder Tritt, jeder Stein war ihm vertraut von seinen unzähligen Klettertouren, die er hier unternommen hatte. Er kam zügig voran.

Auf einmal schrillte hinter ihm Amires Stimme: »René, nicht so schnell. Meine Schuhe sind viel zu glatt.«

In dem Moment, als er sich umdrehte, passierte es. Amire verlor den Halt und rollte den steilen Abhang hinunter. Ihr Kopf schlug gegen den Stamm einer Eibe. Sie rutschte weiter und weiter. Erst ein Felsbrocken bremste den höllischen Sturz ab. Reglos blieb sie liegen.

Erschrocken setzte René ihr nach. Er hangelte sich von Baum zu Baum und kam schlitternd bei Amire zum Stehen. Besorgt betrachtete er die klaffende Wunde an ihrem Kopf und tätschelte vorsichtig ihre Wangen.

»Amire, kannst du mich hören?«

Sie schlug die Augen auf und versuchte sich aufzurichten. Mit einem Jammerlaut fasste sie sich an den Kopf. »Das war vielleicht ein K.-o.-Schlag. Ich sehe nur noch Sterne.«

»Du bleibst hier liegen, und ich informiere die anderen, damit sie dir hochhelfen. Ich werde inzwischen die beiden Frauen weiter verfolgen«, bestimmte René.

Doch Amire wehrte vehement ab. »Kommt nicht in Frage. Du hilfst mir jetzt, den steilen Abhang wieder hinaufzukriechen. Dann sehen wir weiter. Ich bleibe hier jedenfalls nicht allein liegen. Und wenn ich die weitere Verfolgung auf allen vieren vornehme, ich bin dabei.«

Rene tat sein Bestes. Abwechselnd zog er Amire nach oben, dann schob er sie vor sich her. Endlich hatten sie den Weg wieder erreicht und setzten sich hin.

Allmählich beruhigte sich Amires Atem, und sie konnte wieder sprechen. »Mir brummt vielleicht der Kopf. Nie hätte ich gedacht, dass Eibenwälder so gefährlich sein können.« Sie klopfte sich Blätter und Nadeln von der Kleidung. »Ruf doch bei den anderen an und informiere sie, welchen Weg wir gegangen sind. Kadema soll sich unbedingt rutschfeste Schuhe anziehen. Dann müssen wir schleunigst weiter. Wir wissen doch nicht, was die Engel vorhat.«

***

Renate und Otto erreichten nahezu gleichzeitig mit den Bamberger Kollegen den Parkplatz der Eibenklause. Der Anblick des abschüssigen Hohlwegs hinter dem Hotel ließ Otto Schlimmstes befürchten, und er fasste umgehend einen Entschluss.

»Ich übernehme die Organisation hier vor Ort. Alle Informationen sind unverzüglich an mich weiterzugeben. Macht euch vom Acker und schwärmt aus.« Sein Blick blieb an Renates Pumps hängen. »René hat durchgegeben, dass du ordentliche Schuhe anziehen sollst. Der Weg ist nicht ganz einfach. Mit deinen hohen Absätzen kommst du nicht weit.«

»Aber du kämst mit deinen flachen Absätzen auf dem Weg gut voran. Du fauler Sack willst dich nur vor dem Fußmarsch drücken.«

Doch Otto winkte nur ab und stapfte zum Hotel zurück.

Renate griff nach der Plastiktüte mit ihren Sportschuhen, die sie immer im Kofferraum dabei hatte, und machte sich an den Schuhwechsel. Typisch Otto. Der konsequente Bewegungsverweigerer. Sie band die Schnürsenkel zu und drang bald darauf mit den Bamberger Kollegen in die Dämmrigkeit des Eibenwaldes vor.

***

In Verenas Augen schlich ein harter Zug. Dicht trat sie an Barbara Engel heran. »Du hättest es in der Hand gehabt, mich an der Herbstausstellung mit meinen Bildern zu beteiligen. Du hättest Desch umstimmen können. Ich wollte auch meine Bilder zeigen und nicht nur meine Installationen. Ich wollte allen beweisen, was ich draufhabe als Malerin.«

Barbara Engel versuchte es noch einmal mit Güte und Verständnis. Es musste doch möglich sein, Verena zur Einsicht zu bringen. »Verena, du hast schon längst bewiesen, dass du eine wunderbare Malerin bist. Nur eben mit den mystischen Erzählungen, das klappt einfach nicht bei dir. Versteh doch. Desch und ich haben uns die Entscheidung weiß Gott nicht einfach gemacht. Wir wissen genau, wie gern du dein Talent als Malerin präsentieren willst. Aber dafür brauchst du ganz andere Aufgaben. Das kann dir Desch am besten erklären. Mit deinen Installationen dagegen finden wir dich im Eibenthema richtig überzeugend.«

Verena packte sie am Arm und fiel ihr ins Wort: »Das ist doch leeres Geschwätz. Dir ging es nur um das Gesamtkunstwerk, dem wir uns unterordnen mussten. Jede bekam ihre Rolle zugewiesen. Für mich blieben nur die Installationen.«

Barbara Engel schüttelte Verenas Hand ab und wich zurück. Hatten sie das Thema nicht bereits bis zum Überdruss durchgekaut? Wie deutlich musste sie bei Verena denn noch werden?

»Und womit hätte ich Desch überzeugen können? Mit deinen Bildern etwa? Deine Geschichten, deine Träume sind alle schon gemalt.« Ärger stieg in ihr hoch und ließ sie schärfer formulieren, als sie es geplant hatte. »Blaue Stunde. Pah. Blaue Himmel hatten wir zur Genüge. Was willst du mir noch anbieten? Eibenbeeren zu Pyramiden aufgetürmt vor blauem Himmel? Eibenbeeren in der Größe eines Gymnastikballs gemalt, angefüllt mit Giftfläschchen oder ausgekleidet mit Todesanzeigen. Wie banal willst du denn noch werden?«

Jetzt war sie zu weit gegangen. Barbara Engel bemerkte es sofort an Verenas Gesicht. Es hatte sich auf unheimliche Weise verändert. Sie hatte das Gefühl, plötzlich einer Fremden gegenüberzustehen. Unwillkürlich wich sie vor ihr zurück und spürte den harten Stein der Felswand im Rücken.

Verenas Hände ballten sich zu Fäusten, und aus den zu schmalen Schlitzen verengten Augen schlug Barbara Engel tödlicher Hass entgegen.

»Du miese, geldgierige Schlampe. Was verstehst denn du schon von Kunst.«

***

René folgte dem Weg, den die beiden Frauen vermutlich eingeschlagen hatten. Amire humpelte, so gut es ging, hinter ihm her. Er hörte Stimmen. Hinter einem Felsvorsprung gekauert, spähte er aufmerksam den Weg entlang. Der verbreiterte sich vorn zu einer Aussichtsplattform. Eine Person konnte er darauf erkennen. Verena. Sie lehnte am Geländer. Wo aber war Barbara Engel? Er musste unbedingt näher heran.

Amire schloss zu ihm auf und flüsterte: »Kannst du etwas sehen?«

Warnend legte René den Finger auf den Mund und zog Amire an sich. Er hauchte ihr ins Ohr: »Schau selbst. Von hier aus ist nur Verena zu sehen. Ich versuche jetzt, Barbara Engels genaue Position herauszufinden, und nähere mich ihr an. Gib inzwischen den anderen unseren Standort durch. Sie sollen schleunigst kommen, aber leise. Schärf ihnen das ein.«

***

Dank Amires genauer Wegbeschreibung kam Renate mit den Bamberger Kollegen rasch voran. Hoffentlich erreichten sie Verena Bach und Barbara Engel noch zur rechten Zeit. Was würden sie vorfinden? Zwei kämpfende Frauen? Oder eine Tote? Falls ja, wer würde das Opfer sein?

Das dichte Blätterwerk der Bäume verwandelte das Tageslicht vorzeitig in eine diffuse Dämmerung, die das Vorankommen auf dem schmalen, unebenen Pfad zusätzlich erschwerte. Streckenweise konnten sie nur hintereinander gehen. Eine Ewigkeit schien vergangen zu sein, bis sie endlich Amire erreichten.

Besorgt musterte Renate die blutende Wunde an deren Stirn. Doch Amire winkte ab.

»Das ist nicht so schlimm, wie es aussieht«, flüsterte sie. »Viel wichtiger ist es jetzt, René zu unterstützen. Er versucht, sich weiter an die Frauen heranzuschleichen.«

Renate drehte sich in die Richtung, die ihr Amire wies. Sie beobachtete, wie sich René vorsichtig von Baum zu Baum vorarbeitete, und flüsterte den Kollegen zu: »Ich folge ihm zunächst allein und sondiere die Situation. Wenn ich euch ein Zeichen gebe, kommt ihr sofort nach. Unterrichtet Otto Fechter über den augenblicklichen Stand der Dinge.« Danach huschte sie lautlos René hinterher.

Der hockte bewegungslos hinter einem Felsblock und starrte gebannt zur Aussichtsplattform. Als Renate neben ihm auftauchte, begrüßte er sie mit einem stummen Kopfnicken. Vorsorglich legte er den Finger an die Lippen.

Renate verstand und kauerte sich wortlos neben ihm an den Felsen. Hier hatten sie einen ganz guten Überblick. Barbara Engel lehnte mit verschränkten Armen an der Felswand. Von Verena Bach sah sie allerdings nur den Arm, der sich am Geländer der Plattform abstützte. Den Abstand zwischen den Frauen schätzte sie auf mindestens zwei Meter. Nichts deutete auf eine bedrohliche Situation hin. Als Verena aber zu sprechen anfing, verschlug es Renate den Atem.

***

Barbara Engel erkannte ihre ausweglose Situation. So dicht an den Felsen gequetscht, hatte sie gar keine Chance zum Weglaufen. Schritt für Schritt kam Verena näher. Sie sah ihren flackernden Blick. Was war nur mit ihr los? War Verena überhaupt noch Herrin ihrer Sinne? Was sollte sie tun? Verena reden lassen. Das würde wohl das Beste sein.

Barbara Engel breitete in einer freundlichen Geste die Arme aus und sagte: »Lass uns ruhig miteinander sprechen, Verena. Erzähl mir, was dich tatsächlich bedrückt.«

»Bedrückt hast du mich, und erdrückt. Nichts konnte ich dir recht machen. An allem hast du herumgemäkelt.« Verenas Stimme überschlug sich fast. »Als wir die Ausstellung für das Lenbachhaus planten, war dir keiner meiner Vorschläge wichtig. Du hast mir nicht einmal zugehört. Es ging immer nur um Bettinas und Lauras Bilder. Wo meine Installationen aufgestellt werden sollten, war dir ja so egal. In irgendwelchen dunklen Ecken wären sie wohl gelandet. Schlecht ausgeleuchtet. Jeder hätte sie übersehen. Und meine Bilder, die ich extra dafür gemalt hatte? Keines hat dich interessiert. Sogar lustig habt ihr euch gemacht, du, Laura und Bettina. Am schlimmsten war Laura, dieses Biest. ›Verena kann ja noch ihre Bilder mit den grauen Felswänden, auf die sie die alten Eibensagen geschrieben hat, dazuhängen.‹ Und dann habt ihr gelacht. Ihr konntet euch gar nicht mehr einkriegen vor Lachen.«

»Was redest du da?« Barbara Engel starrte Verena entsetzt an. »So war es wirklich nicht. Das hast du falsch verstanden. Ich kann mich noch genau an die Szene erinnern. Laura hat doch dabei nur den Kunstsammler aus Stuttgart imitiert. Du weißt selbst, dass sie jeden Dialekt nachmachen konnte. Das war so lustig.« Ihre Stimme wurde beschwörend. »Glaube mir, ich hätte es gern gesehen, wenn du auch mit einigen deiner Gemälde an der Ausstellung teilgenommen hättest. Aber Desch wollte das auf keinen Fall. Für deine Malerei hatte er andere Pläne. Du weißt, auf Deschs Einschätzung des Kunstmarktes kannst du dich absolut verlassen.«

Barbara Engel hatte auf einmal das Gefühl, dass Verena ihr nicht mehr zuhörte, sie gar nicht verstand.

»Desch, Desch, Desch.« Verena schnaubte vor Wut. »Versteck dich doch nicht immer hinter Desch. Bei der Retrospektive bin ich nicht dabei, das ist klar. Zu dritt waren wir Eibenmalerinnen sehr erfolgreich. Doch jetzt gibt es nur noch mich. Und darum muss ich eine Einzelausstellung bekommen. Dafür hättest du bei Desch um mich kämpfen müssen. Ich brauche die Einzelausstellung, damit es für mich als Malerin weitergeht. Deshalb hättest du Desch überzeugen müssen. Das hast du nicht getan. Und das verzeihe ich dir nie.«

Panische Angst kroch in Barbara Engel hoch, als sie sah, wie Verenas Gesicht sich vor Wut verzerrte und in der Dämmerung immer mehr einer bösen Dämonenfratze glich. Was hatte sie vor? Trotzdem musste sie ihr sagen, was sie von der Einzelausstellung hielt.

»Verena, erinnere dich an die früheren Ausstellungen. Für die großen Auftritte hat immer Laura gesorgt. Auch Bettina musste es mühsam lernen. Für eine Einzelausstellung hast du noch nicht das Stehvermögen.«

Was Verena nun sagte, klang wie das Zischen einer Schlange: »Immer ging es bei euch nur um die ganz großen Auftritte, um die Show, um Ranking, um Geld. Die Kunst hat euch einen Dreck interessiert. Das durfte ich nicht dulden. Bettina und Laura sollten dafür büßen. An ihren verdammten Eiben mussten sie verrecken. Und nun bist du dran.«

Der Tritt ins Gesicht kam so schnell, dass Barbara Engel keine Chance zur Gegenwehr hatte. Sie taumelte nach vorne, und schon trafen sie Faustschläge. Unerbittlich wurde sie in Richtung Abgrund gedrängt. Verzweifelt klammerte sie sich an das Geländer. Aber für die durchtrainierte Verena war sie keine Gegnerin. Sie fühlte, wie sie Zentimeter für Zentimeter über das Geländer rutschte und schließlich über dem Abgrund baumelte. Schreie hallten in ihren Ohren. Erst Augenblicke später merkte sie, dass sie selbst es war, die schrie. Schreie, geboren aus der Todesangst und aus dem Schmerz heraus. Ihre Hände krallten sich in höchster Panik um das Geländer. Verena setzte einen gezielten Tritt auf ihre rechte Hand. Barbara Engel heulte auf und ließ los.

Wie lange würde sie noch so hängen können, an einer Hand? Wann kam Verenas nächster Tritt? Schlagartig wich die Panik in Barbara Engel einer dumpfen inneren Ruhe. So sah also für sie das Ende aus. Sie würde Verenas drittes Opfer sein.

***

Renate gab den Kollegen das Zeichen zum Zugriff und folgte René, der bereits in langen Sätzen auf Barbara Engel zustürmte. Den Tritt auf Barbaras Hand hatten sie beide nicht kommen sehen, doch jetzt galt es, schnell zu reagieren, um Schlimmeres zu verhindern. Hoffentlich hielt Barbara Engel noch so lange durch. Barbara Engel, das Opfer, nicht die Täterin.

Wie ein Rammbock prallte René auf Verena Bach, die gerade zum tödlichen Tritt ausholte, und warf sie zur Seite. Er packte Barbara Engel am Handgelenk und hielt sie fest. Zusammen mit einem heranstürmenden Bamberger Kollegen zog er sie vorsichtig nach oben und legte sie behutsam auf den Boden.

Renate stand mit gespreizten Beinen über Verena Bach und drehte ihr die Arme auf den Rücken. Verena Bach trat um sich und fauchte wie eine Wildkatze. Aber gegen Renates geschulten Griff konnte sie nichts ausrichten. Die Handschellen schlossen sich um ihre Handgelenke, und sie wurde unsanft auf den Rücken gedreht.

NEUNZEHN

Otto ging ruhelos auf dem Parkplatz des Hotels Eibenklause hin und her und starrte zum düsteren Eibenwald hinüber. Wann kehrten die denn endlich zurück? Ihm kam es vor, als wären Stunden vergangen, seitdem der Notarzt und die Sanitäter sich auf den Weg zum Tatort gemacht hatten. Verena Bach war die Täterin. Als Renate ihm am Telefon kurz den Ablauf der Tat geschildert hatte, war es ihm kalt über den Rücken gelaufen. Er hatte sie zwar mehrfach als mögliche Täterin in Betracht gezogen, aufgrund der gegenteiligen Indizienlage war er aber immer wieder davon abgerückt. Dass sie tatsächlich die Mörderin ihrer Freundinnen war, machte ihm jetzt schwer zu schaffen.

Veit Bach kam aus dem Hotel heraus und stapfte zu ihm herüber. »Wir haben den großen Tagungsraum jetzt fertig für Sie, und das kleine Nebenzimmer auch. Ich hätte nicht gedacht, dass unser Hotel noch zu was nütze ist. Das Hotel, das eigentlich dem Verenala gehören soll. Haben Sie schon Nachrichten von ihr? Es ist ihr doch nichts passiert da unten im Wald, oder?«

»Nein, es ist ihr nichts passiert.«

Otto brachte es im Augenblick einfach nicht übers Herz, dem jungen Mann die Wahrheit über seine Schwester zu sagen. Er würde sie noch früh genug erfahren. Sogar sehr früh, denn von Weitem waren in diesem Moment Stimmen zu vernehmen, und der Schein von Taschenlampen blitzte zwischen den Bäumen auf.

Umringt von den Kollegen der Bamberger Polizei führte Renate die gefesselte Verena Bach heran.

Veit Bach bemerkte ihre Handschellen gar nicht. Er stürzte auf seine Schwester zu, wollte sie erleichtert in die Arme schließen.

Doch sie trat nach ihm und zischte ihn böse an: »Bleib mir vom Hals und lass mich endlich in Ruhe. – Das gilt auch für dich«, setzte sie gellend hinzu, als sie ihre Mutter mit besorgter Miene auf sich zukommen sah.

Otto verständigte sich mit Renate kurz über die weitere Vorgehensweise. Renate würde aus nahe liegenden Gründen die Vernehmung übernehmen. Immerhin war sie Zeugin des Mordanschlags auf Barbara Engel gewesen.

»Ich beschränke mich bei ihr heute nur auf das Notwendigste, also auf reines Täterwissen«, beschloss Renate. »Damit sind dann schon die wichtigsten Eckdaten im Protokoll gesichert.«

Otto war einverstanden. Er brachte Renate und Verena Bach in das kleine Zimmer neben dem Tagungsraum. Die Schreibkraft, die ihnen die Bamberger Polizei für das Vernehmungsprotokoll zur Verfügung stellte, saß schon am Tisch und sah ihnen erwartungsvoll entgegen. Otto schloss die Tür. Trotzdem drangen noch Stimmengewirr und das Poltern von schweren Schuhen zu ihnen herein, verursacht von René mit seinem Bamberger Tross. Sobald der Staatsanwalt eingetroffen war, würde René ihn zu Otto hereinbringen.

Otto sah zu, wie Renate Verena Bach behutsam auf die Vernehmung vorbereitete. Sie bot ihr einen Stuhl an und deutete auf die gefesselten Hände: »Wenn Sie keinen Blödsinn machen, Frau Bach, dann nehme ich Ihnen die Handschellen ab.«

Verena Bach starrte die Wand an und zuckte mit den Schultern. »Das ist mir egal. Machen Sie doch, was Sie wollen.«

Renate ging darauf nicht ein. Sie nahm ihr die Fesseln ab und wies auf die Flaschen und Gläser auf dem Tisch. »Haben Sie Durst? Sehen Sie, Ihr Bruder hat uns Wasser und Orangensaft besorgt. Oder möchten Sie lieber Kaffee?«

»Kaffee wäre gut. Veit weiß, wie ich ihn gerne mag.«

Auf Renates Zeichen hin sagte Otto dem Beamten, der hinter der Tür Wache hielt, Bescheid. Für sich, Renate und die Schreibkraft gab er ebenfalls Kaffee in Auftrag. Dann bezog er wieder neben der Tür Posten und verfolgte, wie sich Renate ihren Vernehmungsfragen mehr und mehr näherte. Ziemlich schlau ging sie zu Werke, was bei einer vollkommen durchgedrehten Person, diesen Eindruck machte Verena Bach zumindest momentan auf ihn, nicht einfach war.

Renate nahm Verena Bach gegenüber am Tisch Platz und suchte den Blickkontakt. Das war schwierig, denn entweder senkte diese die Augen, oder ihr Blick irrte ruhelos durch den Raum. Renate erhob ihre Stimme nur unmerklich, als sie Verena Bach mit ihrer Tat konfrontierte.

»Frau Bach, Sie werden des Mordversuchs an Barbara Engel beschuldigt. Ich selbst war Zeugin der Tat, Leugnen ist deshalb zwecklos.«

Otto sah, wie Verena Bach mit grenzenlosem Erstaunen Renates Worte verfolgte. Verwundert schüttelte sie den Kopf. »Warum soll ich leugnen? Barbara hat den Tod verdient, ebenso wie Bettina und Laura.« Die Verwunderung schlug von einer Sekunde zur anderen in nackte Wut um. Sie schoss von ihrem Stuhl hoch. Ihre Finger krallten sich um Renates Hals, und sie schrie: »Du verdammte Schlampe. Warum musstet ihr euch einmischen, du und René, dieser Dreckskerl? Wenn eine den Tod verdient hat, dann ist es Barbara.«

Bevor Otto eingreifen konnte, war der Ausbruch schon vorbei. Verena Bach löste ihre Hände von Renates Hals und sank schluchzend auf ihren Stuhl zurück. »Es tut mir leid, ich wollte Ihnen nicht wehtun. Es ist der Hass in mir. Alle sind gegen mich.«

Otto verständigte sich stumm mit Renate. Hinter Verena Bachs Rücken kreuzte er die Handgelenke übereinander als Zeichen, die Handschellen wieder anzulegen. Doch Renate schüttelte den Kopf. Zur Sicherheit postierte er sich jetzt aber dicht hinter Verena Bach. So konnte er beim nächsten Ausbruch gleich zupacken. Es klopfte an der Tür. Ohne die Augen von Verena Bach zu lassen, öffnete er und nahm das Tablett mit den Kaffeetassen in Empfang. Otto verteilte den Kaffee und stellte sich wieder hinter sie.

Renate warf ihr einen aufmunternden Blick zu und schlug einen verständnisvollen Ton an. »Ich glaube Ihnen, dass Sie mir nichts tun wollten. Aber machen Sie das nie wieder. Trinken Sie Ihren Kaffee und erzählen Sie mir von Ihrem Hass.«

Otto beobachtete, wie Verena Bachs Schultern nach vorn sanken. Ihre Augen, von roten Haarsträhnen halb verdeckt, waren auf ihre Hände gerichtet.

»Sie wissen ja gar nicht, wie das ist, ständig in der zweiten Reihe zu stehen. In Gößweinstein, in München, in London – überall.« Verena hob den Blick. Mit dem rechten Arm vollführte sie einen Halbkreis. »Für Mutter ist Veit alles. Er macht alles richtig. Und ich, ich bin nur die unordentliche Malerin, die ihre Arbeitskraft hinter der Staffelei vergeudet, statt sie im Hotel einzubringen. Eine nutzlose Esserin, die keiner hier brauchen kann.«

Schweigen. Otto vermerkte zufrieden, dass Renate das Schweigen nicht durchbrach. Mitleid stieg in ihm hoch und Befremden. Es war doch Verena Bach gewesen, die zuvor die fürsorgliche Zuwendung ihrer Familie grob zurückgewiesen hatte.

»Auf der Kunstakademie in Nürnberg war es schön.« Wie von weit her klang ihre Stimme. In ihren Augen lag ein träumerischer Glanz. »Ich hatte Erfolg. Meine Professoren machten mir Mut, und meine Kommilitonen bewunderten mich. Trompa haben sie mich genannt.« Sie lachte kurz auf. »Ja, ich hatte sogar einen Spitznamen: Trompa. So haben meine Kommilitonen den französischen Begriff *Trompe-l'oeil* für mich verkürzt. *Trompe-l'oeil* bedeutet Augentäuschung. Das war meine Spezialität. Darauf war ich so stolz und bin es noch heute. Der Name passt zu mir. Nichts ist so, wie es scheint. Was ist echt, was ist gemalt? Ich habe gezaubert mit meinem Pinsel. Als Malerin bin ich eine geniale Täuscherin. Frau Wörlein, haben Sie vielleicht meine Wandmalerei in der Schmuckgalerie Tauber in Nürnberg gesehen?«

Renate nickte. »Sie sind tatsächlich eine wunderbare Malerin. Das wusste auch Conrad Desch. Wie war das nun mit Bettina und Laura?«

Das Lächeln in Verena Bachs Augen erlosch, unwillig schürzte sie die Lippen. »Desch hat mich gegängelt. Immer musste ich mir Bettina zum Vorbild nehmen. Er war nur mit meinen Installationen zufrieden. Die gefielen ihm sehr. Aber Bettina und Laura waren gemein. Ständig kritisierten sie an meinen Bildern herum. Ich sollte wie sie Geschichten erzählen mit meinen Bildern. Immer diese alten Geschichten. Ich wollte Gefühle malen. Trauer, Wut, Angst, Verzweiflung. Vielleicht sogar Freude«, setzte sie leise hinzu. Eine Träne löste sich aus ihrem Augenwinkel und verlor sich auf der Wange.

Otto stockte der Atem. Er kannte Deschs Pläne für Verena Bach. Mit ihr habe er etwas Besonderes vor, hatte er gesagt. Sie sollte die Malerin der Emotionen werden. Das wollte er ihr unterbreiten, wenn sie wieder aus Gößweinstein zurückkehrte. Verena Bach wusste noch nichts von diesen Plänen. Welch eine Tragik.

Renate goss Wasser in ein Glas und schob es über den Tisch. Sie sah zu, wie Verena Bach gierig trank, und setzte die Vernehmung fort. »Warum mussten Bettina und Laura sterben?«

»Da fragen Sie noch?« Verena Bach richtete sich kerzengerade auf. Ihre Hände ballten sich zu Fäusten. »Bettina und Laura wollten mich zerstören, mich und meine Kunst. Sie waren gewissenlos, böse und egoistisch. Ständig schoben sie sich in den Vordergrund, wanzten sich an Desch heran, schmierten der Engel Honig ums Maul. Und erst bei den Sammlern! Das war die reinste Prostitution. Allen wollten sie es recht machen. Sie haben gar nicht gemerkt, wie sie ihre Kunst verraten haben. Wie sie unsere Kunst verraten haben. Sie haben sie zu reinen Showveranstaltungen verkommen lassen. Ich habe sie gewarnt. Täglich habe ich sie gewarnt. Aber sie haben nur gelacht. Ausgelacht haben sie mich. Über meine Bilder haben sie gelacht. Hinter meinem Rücken natürlich. Mir taten sie immer freundlich ins Gesicht. Die Verlogenheit, das war das Schlimmste für mich. Damit hatten sie den Tod verdient. Sie mussten sterben.«

Sie füllte selbst ihr Wasserglas und kippte den Inhalt in drei großen Schlucken hinunter. »Sie mussten durch ihre Eiben und bei ihren Eiben sterben. So, wie sie es gemalt hatten.« Mit unnatürlich glänzenden Augen fragte sie Renate: »Wissen Sie, wer mich auf die Idee gebracht hat? Das war Klara. Klara, die alte Hebamme aus Gößweinstein.«

»Moment bitte.« Renate erklärte Otto, was es damit auf sich hatte: »Das ist die alte Hebamme, von der Betti und Lotti erzählt haben. Die alte Heilkundige, die vor zwei Monaten gestorben ist.«

»Genau die«, bestätigte Verena Bach. »Wenn wir in Gößweinstein malten, saßen wir danach oft bei der alten Klara. Besonders Bettina konnte gar nicht genug hören von den alten Geschichten über den Eibenzauber, über die Anderswelt und über den Tod. Kurz bevor Klara starb, hat sie uns all ihre Kräuterrezepte vermacht.«

»Darunter war wohl auch das Rezept für das todbringende Eibengift?«, erkundigte sich Renate.

Dazu nickte Verena Bach nur und wandte sich mit einem verschlagenen Lächeln zu Otto um.

»Es war ja so einfach, verstehen Sie? Regelmäßig nach unseren Präsentationen, nach den Festen, nach den Showauftritten, bedankten wir uns bei den Eiben. Das war für uns in Paterzell ein Ritual, das wir nie vergaßen. Wir nahmen eine Decke mit und einen Korb mit Champagner und Tee. Damit gingen wir zu unseren Eiben. Wir sprachen mit ihnen, sangen für sie und wir tanzten. Mitten in der Nacht. Das war unsere heilige Stunde. Niemand wusste davon.«

Otto konnte seinen Widerwillen kaum unterdrücken. Diese heilige Stunde, dieses Ritual, das allen so wichtig war, hatte Verena für ihre heimtückischen Morde benutzt. Was für ein verkommenes Weibsstück. Kein Funken Reue. Sogar beim Erzählen hatte sie gegrinst.

»Ich nehme an, das Gift war dem Tee beigemischt. Was sollte eigentlich der Tee zusätzlich zum Champagner?«, fragte Renate interessiert nach.

Verena Bach betrachtete sie mit grenzenloser Verwunderung. »Waren Sie denn nie nachts im Wald? Dort wird es auch im Sommer kühl. Wir wärmten uns mit dem Tee auf und mit Tanzen. Danach kam der Champagner für Bettina und Laura. Für mich nicht. Ich trinke so gut wie keinen Alkohol.«

Bevor Renate dazu eine Nachfrage stellen konnte, begann Verena Bach, mit größter Hast weiterzusprechen. Mit einem Mal machte sie den Eindruck, so schnell wie möglich zum Kern ihrer Geschichte vordringen zu wollen.

»Wir verließen die Vernissage während des Feuerwerks und kehrten nach Paterzell zurück. Wie immer fuhr ich, weil ich keinen Alkohol trinke. Der Tee war vorbereitet. Das war stets meine Aufgabe. Doch diesmal enthielt er Taxin. Wir sind in den Wald gegangen, zur Schlupfeibe, und tanzten um den Baum. Bettina und Laura tanzten noch, während ich die Becher mit dem Tee füllte. Dem fügte ich das GHB hinzu. Sie sollten nicht leiden, es sollte ein heiliger Tod sein, ein weihevoller Akt. Bettina brach sofort zusammen. Bei ihr ging es ganz schnell. Laura dagegen ließ sich Zeit. Sie wollte einfach das Leben nicht loslassen.«

Urplötzlich lachte Verena Bach schrill auf. »Diese Laura. Sie wollte nicht zu dem Kunstwerk werden, das ich für sie erdacht hatte. Aber auch sie musste sich dem Plan fügen, meinem großen Plan. Bettina zog ich durch die Schlupfeibe, sie machte sich nun auf den Weg in die Anderswelt. Laura, das Leichtgewicht, trug ich einfach zur Locheibe. Sie musste selbst keinen Schritt tun, alles machte ich für sie. Aber sie war widerspenstig, wollte nicht vom Leben lassen, atmete weiter. Ein Atemzug und noch einer. Deshalb musste sie ertrinken neben ihren Sintergrabsteinen. Das verstehen Sie doch, Frau Wörlein.«

Sie ließ Renate keine Möglichkeit zur Antwort, beugte sich über den Tisch und umkrallte Renates Handgelenk. Mit weit aufgerissenen Augen starrte sie ihr ins Gesicht. »In der Liebe verloren – was für eine Installation. Nicht einmal den roten Schuh in der Locheibe habe ich vergessen. Es war die gewaltigste, die emotionsgeladenste Installation meines Lebens. Sie übertraf sogar die Installation mit Bettina. Jetzt habe ich den Ruhm, den ich schon lange verdiene.«

Otto konnte es nicht fassen. Diese Verena Bach war komplett durchgeknallt. In größter Selbstverständlichkeit erhob sie ihre Morde zum Kunstwerk. Er beobachtete, wie sich Renate müde übers Gesicht fuhr und kurz die Augen schloss. Doch die Vernehmung war noch nicht zu Ende. Es war aber dringend eine kleine Pause nötig.

»Also, ich brauche jetzt einen weiteren Kaffee, wer noch?«, fragte er in die Runde.

Alle nickten zustimmend: Renate, die Protokollantin und Verena Bach.

Während Otto den Kaffee in Auftrag gab, trat Renate schnell zu ihm und flüsterte ihm ins Ohr: »Otto, die Frau ist doch völlig durch den Wind. Für mich ist sie ein Fall für die Psychiatrie. Die von der JVA müssen das wissen. René soll sich darum kümmern. Verena Bach muss unbedingt lückenlos überwacht werden.«

Otto ließ durch den Beamten vor der Tür René herbeirufen und schilderte ihm kurz die Situation. Anschließend nahm er neben Renate am Tisch Platz. Er musterte Verena eingehend. Sie wirkte ein wenig überdreht, aber sie strahlte auch Selbstbewusstsein aus. Und Stolz. Sie hatte es sogar genossen, von ihren mörderischen Installationen zu erzählen.

Es klopfte und das Tablett mit dem Kaffee wurde hereingereicht. Renate verteilte die Tassen. Verena Bach griff sofort danach und nahm einen Schluck. Den Milchschaum wischte sie mit dem Handrücken von der Oberlippe.

Otto registrierte jede ihrer Bewegungen genau. Da war kein Zittern, keine Unsicherheit, keine Angst. Eine rätselhafte Frau. Er blickte ihr direkt in die Augen.

»Frau Bach, kommen wir nun zu dem Anschlag gegen Sie in London. Auch hier waren Taxin und GHB im Spiel. Nach allem, was ich jetzt von Ihnen gehört habe, bin ich der Ansicht, dass das auch eine Ihrer Inszenierungen war. Habe ich recht?«

»Natürlich, und es musste so sein. Sie werden es gleich verstehen. Bernd Tauber ist nämlich ein mieses Schwein. Alles, was mir heilig ist, zog er in den Schmutz. Meine Kunst hat er als ambitioniertes Wandgeschmiere bezeichnet. Meine illusionistischen Vorschläge für das Londoner Geschäft hat er verhöhnt. Ich solle froh sein, dass ich von einem wie ihm einen Auftrag bekäme. Und in seiner Wohnung ist er über mich hergefallen. Er hat mich vergewaltigt, der Dreckskerl.« Der letzte Satz endete in einem langen Schluchzen.

Otto beobachtete, wie sich Verena Bachs Körperhaltung veränderte. Sie sank in sich zusammen und kreuzte die Arme wie zum Schutz über der Brust. Erstaunt erkundigte er sich: »Warum haben Sie mir nicht von der Vergewaltigung erzählt, als ich Sie im Hospital besuchte? Wir hätten gegen Herrn Tauber sofort ein Verfahren einleiten können.«

»Pah, Polizei. Meine Pläne waren viel besser.«

Von einem Wimpernschlag zum anderen versiegte Verenas Schluchzen. Selbstbewusst und herausfordernd schaute sie Otto ins Gesicht.

»Dieser Tauber sollte leiden und zwar lange, das war mein Plan. Er sollte wegen versuchten Mordes hinter Gitter kommen. Wegen einer Tat, die er nicht begangen hat. Was er aber nicht hätte beweisen können. Ursprünglich wollte ich ihn vergiften wie Bettina und Laura. Aber einen heiligen Eibentod hatte er nicht verdient. Der nicht.«

So sehr sich Otto auch um eine neutral klingende Stimme bemühte, konnte er das Quäntchen Ironie nicht verbergen, das in seiner Antwort mitschwang. »Aber für sich hätten Sie den heiligen Eibentod, versetzt mit einer gehörigen Portion Themsewasser, in Kauf genommen. Sie waren doch kurz vor dem Ertrinken, als Sie gerettet wurden.«

Verena Bach überhörte die Ironie und quittierte stattdessen seinen Einwand mit einem spöttischen Grinsen.

»So, meinen Sie? Wie Sie sicher bemerkt haben, waren es erotische Spielzeughandschellen. Sie stammten von Tauber. Damit und mit einem weiteren Paar hat er mich ans Bett gefesselt, und zwar so.« Sie breitete die Arme weit auseinander. »Sehen Sie, so. Auf diese Weise kann man sie nicht selbst aufmachen. Ich war wehrlos und musste die Vergewaltigung über mich ergehen lassen. Aber in mir wuchs der Hass. Dafür sollte er büßen. Ich fasste einen Plan. Als er mich wieder befreite, nahm ich ein Paar der Handschellen unbemerkt an mich. Den Rest wissen Sie.«

Otto nickte lediglich dazu. Er hütete sich davor, auch nur ein Wort zu sagen.

Verena Bach griff zu ihrer Tasse mit Milchkaffee, trank aber nicht. Über den Tassenrand hinweg fügte sie nachdenklich hinzu: »Zugegeben, mit der Dosierung des GHB hatte ich mich verschätzt. Das lag wohl an dem Wein, den ich zuvor getrunken hatte. Dessen Wirkung hatte ich nicht berücksichtigt. Und ich musste auch länger als erwartet ausharren, bis mich dieser Burke endlich entdeckte. Aber schlussendlich hat es ganz gut geklappt. Dass ich selbst das Taxin und das GHB genommen habe, darauf wären Sie doch nie gekommen.«

Otto verzichtete auf jeden Kommentar. Offenbar war es Verena Bach entgangen, dass sich durch dieses Geständnis ihr Rachefeldzug gegen Bernd Tauber in Luft aufgelöst hatte. Irgendwann würde es ihr schon noch dämmern.

Mittlerweile waren ihr Spuren von Erschöpfung anzusehen. Sie schien langsam am Ende ihrer Kraft zu sein. Trotzdem wussten sie noch nicht alles von ihr. Es fehlte der Raub der Gemälde. Er verschränkte die Arme vor der Brust und schlug einen leichten Plauderton an.

»Frau Bach, kommen wir noch einmal zur Vernissage zurück. Die war am Freitag vor einer Woche. Zwei Tage später, in der Nacht von Sonntag auf Montag, wurden aus dem Haus in Paterzell die Bilder geraubt. Wir gehen inzwischen davon aus, dass sich die Räuber durch die Haustür Zutritt verschafften und nicht über das Atelierfenster. Schildern Sie mir bitte so genau wie möglich, was in dieser Nacht vorgefallen ist.«

Verena Bach ließ das Kinn sinken und schloss die Augen. Otto befürchtete schon, dass sie einschlafen würde. Doch mit einem Mal öffnete sie wieder die Lider und blickte abwechselnd von ihm zu Renate. Anfangs flüsterte sie, doch ihre Stimme wurde zunehmend fester.

»Ich schlief schon. Auf einmal wachte ich durch ein ungewohntes Geräusch auf und hatte das Gefühl, dass jemand bei mir im Zimmer war. Ich hörte Männerstimmen. Jemand blendete mich mit der

Taschenlampe. Dann spürte ich einen Schlag auf den Kopf. Das tat furchtbar weh. Ab da weiß ich nichts mehr.«

Otto griff über den Tisch und tätschelte ihre eiskalte Hand. »Das war doch schon sehr gut. Versuchen Sie, sich noch einmal an die Stimmen zu erinnern. Kamen sie Ihnen bekannt vor?«

»Ja, ich wusste gleich, wer es war. Und er wusste das auch. Deshalb schickte er auch die Drohbriefe mit dem Totholz.«

Erneut griff Otto nach ihrer Hand. »Sagen Sie endlich, wer es war. Kumarow?«

»Ja.«

Renate mischte sich nun verärgert ein. »Wenn Sie uns das gleich gesagt hätten, als Frau Önar und ich zu Ihnen nach Paterzell kamen, wäre es gar nicht zu dem zweiten Drohbrief gekommen. Warum haben Sie Kumarow gedeckt? Wollte er Sie am Erlös der Gemälde beteiligen?«

Verena Bach schüttelte den Kopf und stellte mit ihrem Schweigen Renate und Otto auf eine harte Geduldsprobe. Endlich antwortete sie: »Geld interessiert mich nicht. Er hatte mir einen Kontakt zu seinem Vater versprochen, damit ich ihm mein eigenes künstlerisches Konzept vorstellen kann. Desch und Engel machten das doch nicht. Für die waren nur Bettina und Laura wichtig.«

»Kam es zu dem Kontakt?«, hakte Otto interessiert nach.

»Nein. Kumarow dachte gar nicht daran. Aber das wurde mir erst später klar. Ihn haben nur die Bilder interessiert. Damit ich darüber den Mund hielt, schickte er die Drohbriefe und überfiel mich am Kletterfelsen. Überhaupt hatte ich ständig das Gefühl, dass er in der Nähe war.«

»Ein klares Wort hätte genügt, und er säße bereits hinter Schloss und Riegel«, seufzte Renate frustriert. »Jetzt wissen wir nicht einmal, wohin er die Gemälde geschafft hat.«

Verunsichert schaute Verena Bach von einem zum anderen. »Wissen Sie das wirklich nicht? Vielleicht sind sie im Lehel, in Lukrezia Brancas Kellerabteil. Dort bunkert er jedenfalls immer seine Drogen.«

Das war eine handfeste Information, die Otto besonders freute. Vorsichtshalber vergewisserte er sich aber noch einmal. »Sind Sie sich da sicher?«

»Natürlich. Das weiß nicht nur ich. Als er auf einer seiner wüsten Feten vollkommen zugedröhnt war, hat er damit angegeben und sich vor Lachen gebogen über die dämliche Polizei, die ihm nichts nachweisen konnte.«

Otto wandte sich an Renate: »Ich habe keine Fragen mehr. Und du?«

Renate schüttelte den Kopf und beendete die Vernehmung. Sie belehrte Verena Bach über ihre vorläufige Festnahme und ließ sie das Protokoll unterschreiben. Erst danach fiel ihr wieder die Frage ein, die sie noch hatte stellen wollen, bevor Otto die Vernehmung weiterführte. »Frau Bach«, bat sie, »sagen Sie uns bitte noch, woher Sie das GHB hatten.«

»Von Alexander Kumarow. Der hat ein ganzes Arsenal davon. Ich glaube, der hat bis heute nicht gemerkt, dass ich ihm davon ein paar Fläschchen geklaut habe.«

Renate nickte nur wortlos dazu und verließ den Raum. Sie brauchte jetzt dringend frische Luft und eine Kopfschmerztablette. Von René ließ sie sich eine Tablette und ein Glas Wasser besorgen. Sie trat damit ins Freie und atmete tief die kühle Nachtluft ein. Dabei hallten Verena Bachs Worte in ihren Ohren: geniale Täuscherin. Sie hatte sich selbst als geniale Täuscherin bezeichnet und damit den Nagel auf den Kopf getroffen. Hatte sie sich nicht auch getäuscht in dieser Frau, die wie eine Renaissance-Madonna aussah? In diesen klaren Augen, die so nachdenklich in die Welt blickten? War sie nicht auch auf die rotblonden Locken hereingefallen, die Verena wie ein Schutzmantel umhüllten? Niemals hätte sie bei ihr so viel Heimtücke vermutet.

Als René mit dem Staatsanwalt auf sie zukam, verwies sie beide an Otto. Er sollte mit ihnen schon mal die ersten Schritte des Justizapparats in Gang setzen, bis sie zurückkam. Für das versuchte Tötungsdelikt im Gößweinsteiner Eibenwald war zunächst der Bamberger Ermittlungsrichter zuständig. Er würde Haftbefehl gegen Verena Bach erlassen und sie der JVA Bamberg überstellen. Renate glaubte aber nicht, dass Verena lang in Bamberg bleiben würde, denn die beiden vollendeten Tötungsdelikte lagen im Zuständigkeitsbereich der Weilheimer Kripo.

ZWANZIG

Seit Verena Bachs vorläufiger Festnahme am Montag in Gößweinstein waren vier Tage vergangen.

Heute, am Freitagabend, hatte Otto extra für sie beide gekocht. Renate nahm einen kleinen Schluck aus ihrem Weinglas und schaute von Ottos Dachterrasse aus überwältigt um sich. Ganz Haidhausen lag ihr zu Füßen.

Ihr Blick glitt über die goldenen Flügel des Friedensengels zum ausladenden Prachtbau des Maximilianeums und folgte dem Lauf der Isar bis zur Ludwigsbrücke. Sogar die eckigen Türme des Deutschen Museums konnte sie sehen. Immer wieder erstaunte es sie, wie sich Haidhausen von dem einstigen Arbeiterviertel zu einem bunten, quirligen Szenestadtteil gemausert hatte.

Dort unten in der Preysingstraße entdeckte sie zwei der kleinen Herbergshäuschen aus dem 18. und 19. Jahrhundert. Hübsch renoviert und gepflegt standen sie da. Man sah es ihnen nicht mehr an, dass hier einst Tagelöhner mit ihren Familien auf engstem Raum hausen mussten, unter erbärmlichsten hygienischen Verhältnissen. Obwohl immer wieder die Cholera ausbrach, blieben die Arbeiter dort wohnen. Wo sollten sie auch hin? Hier war es billig, und mehr konnten sie sich eben nicht leisten mit ihrem geringen Verdienst. Bei einem Tageslohn von gerade einmal sechzig Pfennigen für die Männer und dreißig Pfennigen für die Frauen schufteten sie in den Lehmgruben und Ziegeleien. Die gab es natürlich längst nicht mehr. Der Verkehr des Mittleren Rings brauste jetzt darüber hinweg.

Betti war es, die Renate vor Jahren einmal die anrührende Geschichte von den Lettenweibern erzählt hatte, wie die Lehm schaufelnden Frauen überall genannt wurden. Nach einem langen Arbeitstag in den Lehmgruben hatten sie auch noch Kinder und Haushalt zu versorgen. Es war ein Frauenleben voll täglicher Überforderung. Doch damals gab es schon Rebellinnen. Es waren Töchter der überarbeiteten Lettenweiber. Die beobachteten voll Abscheu den tretmühlenartigen Arbeitstag ihrer Mütter. So würden sie niemals leben wollen. Deshalb richteten sie ihr besonderes Augenmerk auf zahlungskräftige Herren. Bald waren auch sie überall bekannt, und zwar als die Lettenschlampen.

Otto trat mit der Weinflasche zu ihr an die Brüstung und inspizierte ihr Glas. »Komm, Renaterl, lass dir nachschenken.«

Als das Glas gefüllt war, legte ihr Otto den Arm um die Schulter und wies mit dem Hals der Weinflasche hinüber zu Haidhausens ältester Kirche, die Johannes dem Täufer geweiht war. »Schau dir nur den verwunschenen Friedhof der Kirche an. Von hier oben betrachtet, meint man gar nicht, dass er schon tausend Jahre alt ist. Links vom Eingang ist das Grab meines Vaters, erinnerst du dich?«

»Aber ja. Wir waren zusammen mit deiner Mutter dort. Ganz in der Nähe ist doch auch das Grab von dieser zählebigen Lehrerwitwe.«

»Was du dir für Geschichten merkst!« Otto schmunzelte. »Aber die mit der Witwe war wirklich kurios. Sie hatte gleich drei Lehrer überlebt. Das Amt des Lehrers war nämlich an das Haus gebunden. Den Bewerbern blieb somit nichts anderes übrig, als die Witwe gleich mitzuheiraten, um überhaupt an die Lehrerstelle zu kommen.«

Renate prostete Otto zu. »Auf die Lehrerwitwe. Ihr Auskommen war auf alle Fälle gesichert.«

Otto stieß mit ihr an und meinte: »Auf uns müssen wir aber auch anstoßen. Immerhin haben wir allen Grund zu feiern. Der Mordfall Eibenwald ist im Wesentlichen geklärt. Die paar Kleinigkeiten, die noch nicht ganz wasserfest ermittelt sind, kriegen wir auch noch hin.«

Das konnte Renate nur bestätigen. Sie nahm noch einen Schluck von Ottos samtigem Rotwein. »Das sind aber wirklich nur noch unbedeutende Nebensächlichkeiten, die kaum ins Gewicht fallen. Verena Bach hat sehr umfassend ausgesagt.«

Sie warf Otto einen amüsierten Blick zu. »Weißt du, am besten hat mir unser Botticelli-Engel gefallen, der Alexander Kumarow. Der wäre am liebsten vor Wut die Wand hochgegangen, als wir ihn zu Lukrezia Brancas Kellerabteil brachten. Zu allem Überfluss musste er selbst aufschließen und zusehen, wie die Gemälde und all die anderen illegalen Dinge sichergestellt wurden. Was für eine Demütigung.«

»Die war auch nötig. Vielleicht hat ihm das endlich einmal Respekt vor der deutschen Polizei eingeflößt. Aber er konnte einfach nicht anders, der elende Mistkerl. Sofort wollte er alles der Lukrezia in die Schuhe schieben. Das jedoch war im Handumdrehen geklärt. Sie konnte glaubhaft nachweisen, dass sie nichts damit zu tun hatte.«

Otto zog Renate fest an sich und stöhnte: »Ganz ehrlich, Renaterl, manchmal habe ich unsere Arbeit ziemlich satt. Ständig diese Ganoven. Wir müssen ihnen ihre Schuld nachweisen. Die dagegen müssen nichts. Als Beschuldigte dürfen sie uns anlügen, dass sich die Balken biegen. Das ist doch alles so ungerecht.«

Ojemine, bei Otto bahnte sich Weltschmerz an. Renate kannte die Vorzeichen. Nach all den Jahren, die sie schon miteinander befreundet waren, war er für sie wie ein offenes Buch. Sie griff ihm energisch um die Taille und brachte ihn zum Tisch zurück, auf dem noch die Teller des Abendessens standen, das Otto zur Feier des Tages vorbereitet hatte. Hauchzarte Rinderfiletspitzen in Morchelrahmsoße.

Otto stieß mit dem Kopf an die Heilig-Geist-Kugel, die mit einem langen Samtband an der Überdachung der Terrasse befestigt war und direkt über dem Tisch hing. Verärgert knurrte er: »Schau dir nur den Suppenbrunzer an. Der hängt doch viel zu tief. Jedes Mal stoße ich mir den Kopf an. Aber meine Tante will das einfach nicht glauben.«

Renate kannte den Streit zwischen Otto und seiner Tante Ilse, der Schwester seines Vaters aus dem Bayerischen Wald, um die kunstvoll gestaltete Heilig-Geist-Kugel seit Langem. Im Inneren der Glaskugel schwebt der Heilige Geist in Form einer weißen, mit einem goldenen Strahlenkranz verzierten Taube. Diese Kugeln waren früher in Böhmen und im Bayerischen Wald in den Bauernhäusern weit verbreitet gewesen und hingen direkt über dem Esstisch. Der Dampf, der aus der Suppenschüssel aufstieg, kondensierte an der Kugel und tröpfelte wieder in die Suppe zurück. Dies führte zu der despektierlichen Bezeichnung Suppenbrunzer.

Tante Ilse verfolgte mit ihrem Geschenk eine äußerst wohlmeinende Absicht: Der Heilige Geist sollte über Otto wachen und schon beim Essen seinen Geist erhellen.

Renate brachte die schaukelnde Kugel zum Stillstand und mahnte Otto: »Geh nicht so abfällig mit deiner Heilig-Geist-Kugel um.

Womöglich hast du ihr ein paar wertvolle Geistesblitze zu unserem Fall zu verdanken.«

Sie nötigte ihn dazu, ein Glas Wasser zu trinken, und fragte: »Wie ging das eigentlich mit Bernd Tauber weiter? Du warst heute Vormittag gerade im Begriff, es mir zu erzählen, als ich in eine Besprechung gerufen wurde.«

»Der hat jetzt eine saftige Anklage wegen der Vergewaltigung von Verena Bach am Hals. Nebenbei erzählte mir James Parker noch, dass Tauber sich von seiner Londoner Luxuswohnung trennen will, weil ihm die englischen Nachbarn angeblich zu spießig seien. Er trägt sich wohl auch mit dem Gedanken, die Londoner Schmuckfiliale zu schließen und dafür lieber eine in Asien zu eröffnen.«

Otto ließ sich von Renate noch einmal Wasser nachschenken und grollte über das erhobene Glas hinweg: »Ich sag dir was, Renate, der ist der Hauptnutznießer aus dem Eibenmalerinnenfall. Durch den Tod seiner Cousine ist ihm das ganze Tauber-Schmuck-Imperium einfach so in den Schoß gefallen. Er musste dafür nicht einmal den kleinen Finger rühren.«

Begütigend klopfte ihm Renate auf den Arm. »Zumindest muss er sich für die Vergewaltigung verantworten. Das ist ein ganz hässlicher Fleck auf seiner weißen Managerweste. Und über eine Nachricht aus Bamberg können wir uns auch freuen: Amire Önar liegt zwar noch im Krankenhaus, aber mit ihrer Gehirnerschütterung geht es aufwärts. Ihr Krankenzimmer gleicht inzwischen einem Rosenbeet. Die Krankenschwester, die mir das erzählte, konnte auch den Rosenkavalier gut beschreiben: groß mit rotblonden Haaren.«

»Da schau an, der René. Na, bei den beiden hat es aber ordentlich gefunkt«, schmunzelte Otto. »Zwischen Oberbayern und Franken ist sie also doch möglich, die Liebe.«

»Selbstverständlich. Man darf sie sich durch die Politik nur nicht kaputt machen lassen. Ich vertrau dabei ganz der jungen Generation. Sie geht mit dem Konflikt viel entspannter um.«

Zu Renates Überraschung ging Otto jedoch nicht weiter darauf ein. Er drehte sein Glas so heftig zwischen den Fingern, dass das Wasser über den Rand schwappte, und sagte: »Vorgestern wollte ich Barbara Engel besuchen. Du weißt ja, dass sie sich mit dem Jochbeinbruch, den ihr Verena mit dem Tritt ins Gesicht zugefügt hatte, noch am gleichen Abend von Gößweinstein nach München in die Klinik bringen ließ. Sie lehnt aber jeden Besuch ab. Schade, ich hätte sie gern wiedergesehen.«

Otto war die Enttäuschung darüber deutlich anzusehen. Deshalb versuchte Renate, ihn ein wenig aufzumuntern. »Otto, das kannst du auch, aber später. Sie hat bestimmt noch ein vollkommen geschwollenes und blutunterlaufenes Gesicht. Damit will sie sich vor niemandem präsentieren. Ich kann das gut verstehen.«

»Meinst du wirklich?«

Renate nickte. »Aber sieh dich vor, Otto. Das ist eine sehr schöne Frau, daran gibt es keinen Zweifel. Sie ist aber auch knallhart. Mir gefällt es immer noch nicht, wie sie mit Verena Bach umgesprungen ist. Sie hätte doch erkennen müssen, wie es tatsächlich um sie stand.«

Dazu sagte Otto zwar nichts, aber Renate wusste, dass er darüber nachdenken würde. Sie wechselte das Thema und fragte: »Weißt du eigentlich, wie es Verena Bach jetzt geht?«

»Sie wurde inzwischen in die JVA München verlegt. Das war zu erwarten, da der Ermittlungsschwerpunkt in den Händen der Weilheimer Kripo liegt. Von Jan Altinger weiß ich, dass sie psychologisch betreut wird.«

Mit Schaudern erinnerte sich Renate erneut an die schwierige Vernehmung im Hotel Eibenklause. Verena Bach hatte bei ihr einen vollkommen verrückten Eindruck hinterlassen.

»Die Betreuung hat sie bitter nötig. Wann kann ihr denn der Prozess zu den Morden an Bettina Tauber und Laura Berger gemacht werden? Ist das überhaupt möglich bei ihrem Geisteszustand?«

»Keine Ahnung.«

Otto ging vom Wasser wieder zum Wein über und blickte sinnend über sein Glas hinweg. »Vielleicht wäre es gar nicht zu den Morden gekommen, wenn Conrad Desch ihr früher von dem Projekt erzählt hätte, das er sich für sie überlegt hatte.«

Renate ließ dazu keine weiteren Spekulationen aufkommen. »Otto, überlege doch. Wenn jeder gleich zum Mörder wird, nur weil er sich ungerecht behandelt fühlt, dann können wir uns vor Kapitaldelikten bald nicht mehr retten. Und was ist mit uns Polizisten? Nimm mal die Kollegen, die dreißig Stunden Dienst bei den

Castortransporten schieben und dabei ihre Notdurft im Wald vor laufender Kamera eines Demonstranten verrichten müssen. Die bald darauf Flughäfen und Bahnhöfe vor Terroristen schützen, kurzfristige Urlaubssperren ohne Murren hinnehmen und einen riesigen Berg von Überstunden vor sich herschieben müssen. Das alles bei einem Streikverbot für Beamte. Da könnten einem auch ganz radikale Gedanken kommen.«

Als von Otto keine Antwort kam, fuhr Renate nachdenklich fort: »Zu Verena Bach bin ich nicht deiner Meinung. Ich glaube, selbst wenn Desch sie in seine Pläne eingeweiht hätte, wäre es trotzdem zu diesen Morden gekommen. Meiner Ansicht nach hat sie ein ganz schwach ausgeprägtes Selbstwertgefühl. Jede vorsichtig angebrachte Kritik, selbst der leiseste Zweifel, warf sie aus der Bahn. Dabei suchte und fand sie die Schuld nur bei den anderen. Sie fühlte sich ständig übervorteilt, gegängelt und gedemütigt. Besonders von ihren Malerkolleginnen, von Barbara Engel und von ihrer Mutter. Für meine Begriffe hätte Verena Bach einen Psychologen nötiger gebraucht als einen Galeristen.«

Otto stieß mit seinem Glas prostend an die Heilig-Geist-Kugel, ließ den zarten Ton ausklingen und wandte sich Renate zu. »Recht hast, Renaterl. Mein Bedauern gilt sowieso mehr den Opfern. Zudem ist ihr Tod ein großer Verlust für die Kunstwelt.«

»Trotzdem habe ich auch Mitleid mit Verena Bach, die sich so ins Unglück gestürzt hat. Aber mal was anderes, Otto: Den morgigen Samstag könnten wir zwei doch für ein wenig Fitness nutzen und einen Ausflug auf die Kampenwand machen, was meinst du?«

Als Renate sah, wie Otto bereits bei dem Wort Fitness zusammenzuckte, befürchtete sie Schlimmes. Er würde doch hoffentlich nicht mit dem uraltbekannten Spruch »Wenn ich mit meiner Wampen kannt, dann gangert ich auf 'd Kampenwand« aufwarten?

Doch es kam anders. Otto schaute sie mit durch und durch treuherziger Miene an. »Renaterl, die Idee mit der Fitness ist schon gut. Aber müssen wir dabei wirklich so hoch hinauf? Mir würde das Walberla in der Fränkischen Schweiz höhenmetermäßig voll ausreichen.«

»Einverstanden. Dann fahren wir morgen zum Walberla und übernachten in Nürnberg. Lotti und Betti werden sich freuen. Vergiss aber nicht, deine Wanderschuhe einzupacken.«

»Wanderschuhe.« So, wie Otto das Wort aussprach, klang es wie eine ansteckende Krankheit. »Weißt, Renaterl, eigentlich habe ich insgesamt mehr an Geistiges gedacht. Um das Walberla herum gibt es so viele Wirtshäuser. Die haben einen Schlehengeist, einen Holundergeist, einen Vogelbeergeist, einen Meerrettichgeist.«

Renate lachte. Typisch Otto. Das war also sein Plan. Sich bequem durch die Fränkische Schweiz kutschieren lassen und keinen Gedanken an Promille und Schäufele-Kalorien verschwenden. Ganz so leicht wollte sie es ihm aber nicht machen. Ein paar Höhenmeter zu Fuß würde sie ihm schon abtrotzen.

NACHWORT

Das Bücherschreiben ist bekanntermaßen eine einsame Tätigkeit. Dies gilt aber nicht für uns Zwillingsschwestern. Wir sehen uns ähnlich, denken ähnlich und schreiben am liebsten gemeinsam. Als wir uns zum gemeinsamen Schreiben von Kriminalromanen entschlossen, war zudem bald klar, was uns interessiert: Uns faszinieren ungewöhnliche Orte, die oft gar nicht groß bekannt sind. Bayern hat eine Fülle davon.

Möglicherweise hat das Interesse daran mit unserer Kindheit zu tun, die wir an einem sagenumwobenen Ort verbracht haben. Wir wuchsen in der Teufelsmühle am Fuße eines Hexentanzplatzes in einem einsamen Spessarttal auf. Jahrzehnte später erinnerten wir uns wieder an die zahlreichen eigenartigen Episoden und Begebenheiten, die wir damals erlebt hatten, und verarbeiteten sie in dem autobiografischen Krimi »Des Teufels Mühle«.

Schon während des Verfassens dieses ersten Krimis wurden wir auf die nächsten ungewöhnlichen Orte aufmerksam: die Eibenwälder von Paterzell in Oberbayern und Gößweinstein in Oberfranken.

Es gibt nur wenige Bäume, um die sich so viele Mythen ranken wie um die Eiben. Wer einmal einen Eibenwald durchwandert, kann sich seinem Zauber kaum entziehen.

Als wir vor der extravaganten Locheibe im Paterzeller Eibenwald standen, wurde uns bewusst, dass vor allem Maler oder Fotokünstler mit ihrem geschulten Auge die Schönheit dieser uralten Bäume in Szene setzen können, und von der Malerei zum Kunstmarkt war es dann nur noch ein kleiner Schritt.

Ob es sich um die genauen Umstände eines Mordes oder die spezielle Dynamik auf dem Kunstmarkt handelt, beim Schreiben unserer Kriminalromane sind uns immer wieder Expertenmeinungen wichtig. Das mutet auf den ersten Blick ganz harmlos an, für die Experten können wir mit unseren lästigen Fragen aber zu einem echten Prüfstein werden. Deshalb schulden wir ihnen besonders großen Dank.

Wir bedanken uns von ganzem Herzen bei den Experten für Mord und Totschlag vom Nürnberger Polizeipräsidium für die wertvollen Informationen. Auch der Rechtsmedizinerin, die uns umfassend über Vergiftungen aufklärte, gilt unser innigster Dank. In die finsteren Abgründe des Organisierten Verbrechens ließ uns ein Experte des LKA München blicken. Es grenzt an ein Wunder, dass er noch nicht den Glauben an das Gute im Menschen verloren hat.

Auf eine besonders große Geduldsprobe stellten wir durch unsere hartnäckigen Fragen eine Reihe von Galeristen in München und London. Ihnen verdanken wir wichtige Hinweise über den Kunstmarkt und den Werdegang von Künstlern.

Marit Obsen, unsere bewährte Lektorin, war wieder einmal eine unverzichtbare Hilfe. Wir bedanken uns für die großartige Unterstützung.

Es würde uns freuen, wenn wir durch unseren Krimi so manchen Leser und manche Leserin dazu anregen, zumindest einen der Eibenwälder zu besuchen. Vielleicht erliegen sie dem besonderen Zauber ebenso, wie es uns und wohl auch Annette von Droste-Hülshoff erging.

Du starrtest damals schon
So düster treu wie heut,
Du, unsrer Liebe Thron
Und Wächter manche Zeit;
Man sagt, dass Schlaf, ein schlimmer,
Dir aus den Nadeln raucht, –
Ach, wacher war ich nimmer,
Als rings von dir umhaucht!

Annette von Droste-Hülshoff